JN087772

New Encyclopedia of
Cthulhu Mythological Materials

クトゥルー神話
解体新書

森瀬 繚・著

コアマガジン

はじめに

"最初のクトゥルー神話作品"とみなされているH・P・ラヴクラフトの「ダゴン」の執筆から、今年で105年目になります。彼と交流のあった作家たちの、自ら創造した太古の神々や魔術書などのバックグラウンド・マテリアルを互いの作品で共有するというお遊びから生まれたクトゥルー神話ですが、この1世紀で積み上げられた作品群はもはやその数を把握するのが困難な数に及びます。とりわけ世界的な拡散が見られた2010年前後、爆心地は他ならぬこの日本でした。動画投稿サイト「ニコニコ動画」から米国製のテーブルトークRPG『クトゥルフ神話TRPG』のブームが始まり、その収益が巡り巡って本国の関連製品開発や環境整備に寄与し、国外へのさらなる普及に繋がりました。日本国内でもこれに引っ張られる形で、H・P・ラヴクラフトをはじめとする作家たちの翻訳書を含む商業の関連書や関連製品が数多く発売されたのみならず、それまで以上に多くのゲームやコミック、アニメなどの娯楽作品に、もはや当然のことのように、クトゥルー神話由来のマテリアルが取り込まれる状況になっています。

奇縁あって、筆者はここ20年ほど、在野の研究者としてこの"クトゥルー神話"というテーマに取り組んで参りました。『図解クトゥルフ神話』（新紀元社、2005年）、『ゲームシナリオのためのクトゥルフ神話事典』（SBクリエイティブ、2013年）はそれぞれ、このジャンルに興味のある方の基本文献として長いこと増刷を重ね、ご愛読いただきました。今回、その最新版として本書『クトゥルー神話解体新書』をお送りするわけですが、先の2冊を制作した時とは大きく変わった点として、筆者がこの間に英語翻訳者として仕事を始め、ラヴクラフトをはじめクトゥルー神話作品の日本語訳に取り組んできたことがあります。翻訳ともなりますと、当然ながら原文の一言一句につぶさに目を通す必要があり、そのことによって作品に対する高い解像度を得ることができました。また、仕事上の必要から、それまでは既存の日本語訳に頼っていた諸作品についても改めて原文にあたったことで、見落としていたこと、気づかなかったことを数多く発見することができました。もうひとつ、10年前と状況が変わってきたことも、新しい事典をリリースする必要を感じた動機のひとつです。この話については「シェアード・ワード」項目（P.14）で触れましたので、そちらをご覧ください。

本書は創作者と読者／視聴者の参考に供するべく、クトゥルー神話のマテリアルを素因数分解し、特に第一世代、第二世代作家の作品における設定とその変遷をリバースエンジニアリングした、クトゥルー神話というデータベースの「更新記録」です。

読者諸兄諸姉のお役に立てれば幸いです。

2022年10月31日 ハロウィーンの夜に

クトゥルー神話研究家　森瀬 繚

本書の概要

　本書では、クトゥルー神話を構成する代表的・伝統的なマテリアルを6つのカテゴリ
に分類、一部のものを除き1項目1点にまとめました。各項目においては、ざっくりと
概要を掴むための物語「内」視点での"概要"パートを冒頭に配置し、以下、初出作品や
個別の設定の出典を解説する"出典"パートで構成しています（第6章後半のアーティ
ファクト関連項目を除く）。可能な限り配慮をしておりますが、クトゥルー神話にまつわ
る各種設定を解体するというコンセプトから、解説文の内容が既存の関連作品のストーリ
ーのネタバレになっている場合があります。この点につきましては、創作者向けの解説書
でもあるという本書の性質を考慮した上で、あらかじめご了承いただければと思います。
以下、各章の内容について解説します。

●第1章 暗黒の神話大系

　この章では、クトゥルー神話の誕生と発展の歴史、創始者であるH・P・ラヴクラフト
と彼を取り巻く作家たち、そして特徴的な世界観などについて概説します。

●第2章 "大いなる古きものども"、第3章 異形の種族

　本書の第2章、第3章ではクトゥルー神話の最大の特徴であるところの異形の怪物的
存在——恐怖の体現者たる邪神と、その邪神を崇拝することもあれば、対立することもあ
るクリーチャーたちをそれぞれ紹介します。なお、フランシス・T・レイニーの「クトゥ
ルー神話小辞典」以降、クトゥルー神話の神々の総称として慣用的に使用されてきた"グ
レート・オールド・ワン（旧支配者）"という語の本書における扱いについて、第2章最
初の項目で解説しておりますので、まずはそちらに目を通してください。。

●第4章 幻夢境の生物

　クトゥルー神話の世界観においては、我々が生活しているこの"覚醒の世界"とは別に、
地球の生物が見る夢の深層に存在する、それでいて地続きでもある中世ヨーロッパ風ない
しは古代ローマ風の異世界、"幻夢境"が存在します。この章では、幻夢境に棲息するク
リーチャーを、前章とは別に紹介します。とはいうものの、幻夢境のクリーチャーは設定
上、覚醒の世界の人間が夢に見たことで幻夢に出現した存在です。我々が知らないだけ
で、こちらの世界のどこかに潜んでいるのかもしれません。

●第5章 "旧き神々"

　クトゥルー神話の神々は人類の理解を絶した巨大な存在であり、人類の害にはなっても、
単純な善悪の概念には当てはまらないと言われます。故にダーレスが「星の忌み仔の棲ま

うところ（潜伏するもの）」において、邪悪なる神々を封印した善神として"旧き神々"
を登場させたことは、彼が神話普及のために犯した「罪」の最たるものとして批判されて
きました。しかしながら、HPL自身が"旧き神々"の設定を容認し、自らの作品中に取
り込んだフシが見られること、「星の忌み仔〜」以前のいくつかのクトゥルー神話作品に
おいて既に善悪対立の概念が見られることが判明しているなどの事実から、近年の研究で
は"旧き神々"をダーレスの独自設定として切り捨てるのは時代遅れの考えとなっていま
す。また、もうすぐ1世紀にも及ぼうとしているクトゥルー神話の長い歴史の中で、
"旧き神々"にまつわる設定についてもゲイリー・マイヤーズやフレッド・L・ペルトン、
ブライアン・ラムレイらの後続作家たちによって掘り下げとアレンジが行われ、「名前が
わかっている"旧き神々"はノーデンスのみ」とされた時代とは、大きく事情が異なって
います。この第4章では、クトゥルー神話作品の創作において悩みの種になることが多
い、"旧き神々"にまつわる設定を解説します。

●第6章 神話典籍とアーティファクト

　クトゥルー神話のマテリアルとして、時として邪神や怪物以上に重要視されるのが禁断
の書物の数々で、とりわけ重要なのがアブドゥル・アルハズレッドの『ネクロノミコン』
です。「ダンウィッチの怪異」や「狂気の山脈にて」に登場した引用によれば、『ネクロノ
ミコン』は人類誕生以前の地球の有様——南極大陸の"先住者"や、彼らの後からやっ
てきたクトゥルーとその眷属たち、ヨグ＝ソトース、シュブ＝ニグラスといった神々の情
報を含み、さらにはそれらを地上に招来する方法までもが書かれています。無論、地球の
暗黒の歴史を記した禁断の書物は『ネクロノミコン』だけではありません。HPLや、彼
に続いて神話創造に参戦した作家たちは、次々と新たな書物を創造しました。この第6章
ではこれらの禁断の神話典籍に加え、神話作品に登場するいくつかのアーティファクト（魔
道具）について解説します。

●巻末資料について

　マテリアル単位の解説とは別に、クトゥルー神話の概要をざっくり把握するのに役立つ
資料を2点、巻末に収録しました。物語形式で書き起こした、地球の裏面史とも言える
"クトゥルー神話年代記"（『ALL OVER クトゥルー』（三才ブックス））収録のものの再編
集版）と、日本語訳の刊行されている代表的な神話作品（小説）に基づく、クトゥルー神
話にまつわる出来事の流れを追うことのできる関連年表です。

目次

第**3**章 異形の種族 **129**

凡例

◻文献や書籍について、時系列情報が必要になる場合のみ、ラヴクラフト作品については執筆時期を、それ以外の作家の作品については発表時期を示す場合があります。

◻出典の文献、製品、作品のタイトルの内に、日本語訳が存在しないものについては、調査・確認の利便性を優先して英語などの原題を併記します（一部例外あり）。

◻解説文中に示される著作物などの媒体は、以下のカッコ記号で示されます。

- ◉『　』……単行本、映画などの商業製品としての名称。
- ◉〈　〉……新聞、雑誌などの名称。
- ◉「　」……小説作品、詩、エッセイなどの個別作品の名称。

◻国名・地名については、日本国政府や各国大使館などが用いる表記を使用します。

◻天体名の表記については、今世紀発売の天文学書、天文ソフトウェアに準拠します。

◻解説文中に頻出する以下の作家については、省略記名することがあります。

- ◉ HPL　　　　：ハワード・フィリップス・ラヴクラフト
- ◉ CAS　　　　：クラーク・アシュトン・スミス
- ◉ REH　　　　：ロバート・E・ハワード
- ◉ AWD　　　　：オーガスト・W・ダーレス
- ◉ FBL　　　　：フランク・ベルナップ・ロング
- ◉ ブロック　　：ロバート・ブロック
- ◉ バーロウ　　：ロバート・H・バーロウ
- ◉ レイニー　　：フランシス・T・レイニー
- ◉ カーター　　：リン・カーター（リンウッド・ヴルーマン・カーター）
- ◉ ラムレイ　　：ブライアン・ラムレイ
- ◉ キャンベル　：ラムジー・キャンベル
- ◉ ティアニー　：リチャード・L・ティアニー

◻頻出するフランシス・T・レイニー「クトゥルー神話小辞典」を「小辞典」、リン・カーター「クトゥルー神話の神神」を「神神」と省略することがあります。

◻固有名詞については、出典作品中の原文表記や、英語圏における発音を可能な限り確認し、より適切と思われる日本語表記を採用しております。

第1章
暗黒の神話大系

シェアード・ワード

Shered Words

"背景素材"

　20 世紀前半のアメリカにおいて、ひとつの興味深い文化事象が起きました。〈ウィアード・テイルズ〉などの大衆読物雑誌で活躍していた HPL を中心とする怪奇小説作家たちが、架空の太古の邪神や土地、書物などの固有名詞 ──ワードを互いの作品でシェア（共有）するという、稚気に溢れたお遊びを始めたのです。ワードを介して接続された作品群は有機的に結び付けられていき、あたかもひとつの神話世界を共有しているかのような装いを帯びました。HPL 自身は「ウルタールの猫」「白い船」などの、幻夢境を舞台とするファンタジー小説で、既に名称共有の遊びを始めていました。ただし、これらはアマチュア雑誌に掲載されていたので、実質的には〈ホーム・ブリュー〉1922 年 2 月号から連載の始まった「ハーバート・ウェスト─死体蘇生者」と、〈ウィアード・テイルズ〉1924 年 2 月号に掲載された「猟犬」に始まりました。前者はアーカムとミスカトニック大学が、後者は『ネクロノミコン』とその著者アブドゥル・アルハズレッドについて言及された最初の商業作品です。この時、アマチュア誌〈ウルヴァリン〉1921 年 11 月号掲載の「無名都市」にアルハズレッドの名前があったことに気付いた読者もいたかも知れません。

　その後、〈ウィアード・テイルズ〉1924 年 3 月号に「壁の中の鼠」が、1928 年 2 月号に「クトゥルーの呼び声」が掲載され、神話体系は徐々にその姿を見せ始めます。

　そして、同じく〈ウィアード・テイルズ〉1925 年 9 月号に、HPL と直接面識のある親しい友人であり、NY 在住の友人たちの集まりであるケイレム・クラブの一員でもあった FBL の「人蛇 The Were-Snake」（未訳）の中で、"狂気のアラブ人アルハズレッド"の言及があったのを皮切りに、HPL の神話がついに他の作家の作品まで巻き込み始めると、彼の作品の世界観に注目していた読者の好奇心はいよいよ高まりました。

　これが、後にクトゥルー神話と呼ばれる、架空の神話大系が誕生した経緯です。

　ラヴクラフトは、これらのワードを"背景素材"と呼びました。そして、友人作家たちに、自分の作品中に登場する神々や書物を引用するよう奨励し、自身も友人の作品から気兼ねなく引用しました。事前に許可を取ることもあれば、そうでないこともありました。

さらに、他人の原稿やプロットを小説として完成させるゴーストライティング業を営んでいた HPL は、そうした仕事の際、神話マテリアルを勝手に挿入しました。こうした作品の多くは、実質書き下ろしのゴーストライティングはもとより、改作についてもほぼ全文を書き直したことが判明しているので、今日の米国では彼自身の作品と見なされています。

　面白いことが進行中だと気づいた読者たちは、各雑誌でそれらしいワードを探し回りました。たとえば REH は、〈ウィアード・テイルズ〉1929 年 10 月号から連載した「スカル・フェイス」に登場するカトゥロスという名の妖術師とクトゥルーとの関係について読者から問い合わせを受けるまで、クトゥルーのことを知りませんでしたが、これがきっかけとなり、積極的にクトゥルー神話作品を手がけていくことになるのです。

神話データベースへの "参加"

　複数の作家が同一の世界観を舞台に物語を創造するスタイル、あるいはその世界観をシェアード・ワールドと呼びます。ただし、クトゥルー神話物語群の世界観は同一とは言えず、共有されるワードについても作品毎にアレンジが加えられ、必ずしも同一性が保たれません。クトゥルー神話のこのスタイルを、筆者はシェアード・ワードと呼んでいます。これは筆者の個人的な見解ですが、クトゥルー神話というデータベース群に作品を参加させるということは、自作中の独自ワードを、新たなマテリアルとして供出するということでもあります。神話作品を創る際には、第三者が自分のマテリアルを別作品に盛り込む可能性について考慮しておくのが良いでしょう。なお、マテリアルを使用せず、物語の筋立てや雰囲気を既存作品に近づけるやり方で、神話物語を創ることもできます。逆に、作り手の側にそのつもりがなくとも、受け手から神話作品と見なされることがあります。

　最近の傾向として、特に日本が中心になっての『クトゥルフ神話 TRPG』のヒットもあり、2010 年あたりからクトゥルー神話がビッグビジネスになってきましたので、存命中の作家の中には、自身の創作したマテリアルや設定を無許諾で使用されることに厳しい目を向ける方々も出てきました。もともと、『クトゥルフ神話 TRPG』はアーカムハウスからクトゥルー神話の製品化について、いわば "お墨付き" として許可をとっていたのですが、同社がそうした役割を担った時代はとうに過去のもので、先ごろ国内展開が始まった『新クトゥルフ神話 TRPG』（第 7 版）では、大量の著作権者たちから個別に許可を得ています。

　特定著作物中の独自名称は、商標登録などがされない限り保護対象にはならず、アイディア（設定を含む）にも著作権が認められていないとはいえ、実際には著作権のみならず、商標権、意匠権、不正競争防止法などにまたがる複雑な仕組みがあります。著作権が切れておらず、なおかつ存命中の作家の設定を採用する際には、慎重な配慮と、何よりもリスペクトが必要です。そうした出典の切り分けにも、本書はお役に立てることでしょう。

クトゥルー神話
Cthulhu Mythology

- クトゥルー
- ヨグ＝ソトース
- 神話典籍
- 3 つの世代

"クトゥルーその他の神話"

　クトゥルー神話を最大公約数的な言葉でまとめると、「人類の誕生以前の永劫の太古に、宇宙や異次元から地球を訪れ、この星を支配した怪物的な存在を巡る恐怖・怪奇物語群」となります。主導者である H・P・ラヴクラフト（以下 HPL）は、"クトゥルーその他の神話"などと呼びました（P.34 参照）。クトゥルーやヨグ＝ソトース、ナイアルラトホテプといった異形の神々や、地球に移住した知的種族たちは事実、人類を含む地球上の生物の創造にも関与し、一部の人間たちの間では今なお密かに崇拝されているのです。

　たとえばギリシャ神話が、演劇や叙事詩などに現れる無数の物語を原典とするように、クトゥルー神話もまた数多くの物語によって形作られています。作中では、『ネクロノミコン』『エイボンの書』といった神話典籍の数々が、"原典"に相当するかもしれません。

　クトゥルー神話物語の創り手は、おおざっぱに 3 つの世代に分類することができます。

・第一世代：神話の形成期。HPL と交流し、ワードをやり取りして神話創造に参加した作家たち。"ラヴクラフト・サークル""ラヴクラフト派（スクール）"と呼ばれることも。
・第二世代：神話の整理・補完期。第一世代作家の作品に影響を受け、アーカムハウスなどの版元で作品を発表した作家たち。中心人物はキャンベル、ラムレイ、カーターなど。
・第三世代：第一、第二世代作家の作品とは関係なく、クトゥルー神話というジャンルが既に存在する時代の作家たち。1970 年代あたりから現在に至る。

　神話の"原典"としてとりわけ重要視されるのは、HPL を中心とする第一世代作家たちの文章です。ここで言う"文章"は小説や詩などの作品のみならず、創作メモや断章（書きかけで中断した小説）、書簡も含まれます。バックグラウンド・マテリアルを共有するお遊び──クトゥルー神話は、作家たちのコミュニケーション・ツールでもありました。必然的に、彼らの手紙には作品中で示されていない大量の情報が含まれるのです。なお、HPL がゴーストライティングや改作を請け負った作家たちの作品は、今日では HPL 作品

に数えられます。また、HPL に影響を与え、作中のマテリアルが引用された先行作家たちも、第一世代作家たちの文章と同様に重要な原典となります。

- HPL と交流した作家たち：フランク・ベルナップ・ロング（FBL）、クラーク・アシュトン・スミス（CAS）、ドナルド・ウォンドレイ、オーガスト・W・ダーレス（AWD）、ロバート・E・ハワード（REH）、ロバート・ブロック、ヘンリー・カットナーなど。
- HPL が引用した作家たち：アンブローズ・ビアース、ロバート・W・チェンバーズ、アーサー・マッケン、アルジャーノン・ブラックウッドなど。

なお、HPL と交流はありませんでしたが、HPL たちの作品に触発されて自作品に神話ワードを取り込んだヘンリイ・ハーセ、ブルース・ブライアンなど、HPL と同時代の作家たちを第一世代作家に加えて良いかも知れません。

宇宙年代記

　HPL の作品世界の特徴として、あくまでも人間の時代を舞台とする従来の怪奇小説やオカルト小説に見られた、せいぜい数十年から数百年、どれほど長くても数千年規模の時間スケールを、数百年～数億年単位に拡大したことが挙げられます。

　クトゥルー神話作品には「地球がまだ出来たばかりの頃」「人類誕生以前」などの表現が頻出し、物語に数億年単位の時間的奥行きを与えます。1920 ～ 30 年代当時の地質学的知識という限界がありはしましたが、それは数十億年前に誕生したと考えられていた地球の歴史に寄り添う、異形の年代記でした。作中に示される具体的な時期で言えば、クトゥガが地球に到来した 40 数億年前（ティアニー「メルカルトの柱 Pillars of Melkarth」（未訳））が最古ですが、ティンダロスの猟犬などは時間そのものが生まれる以前に出現したことになっています（FBL「ティンダロスの猟犬」）。

　その根っこには、HPL が少年期に愛読し、科学——とりわけ天文学に関心を抱くきっかけとなった、アーサー・コナン・ドイルやジュール・ヴェルヌなど初期の SF 作家による、太古の世界をテーマとする作品からの影響もありますが、より直接的影響源として、19 世紀後期に欧米で流行したアトランティス・ブームや、神智学に代表される神秘主義運動がありました。こうした神秘主義者たちは、大西洋のアトランティスや太平洋のレムリアといった古代の水没大陸などで栄えたとされる超古代文明を、現代よりも遥かに高度な文明を持ったユートピアだったと主張しました。中でも、アメリカで創設された神智学協会は、宇宙の創生や地球の知的種族の段階的進化という概念を唱え、その著作を通して怪奇小説家や SF 作家、ひいては HPL やクトゥルー神話にも大きな影響を与えたのです。

H・P・ラヴクラフト

H.P.Lovecraft

- プロヴィデンス
- エドガー・アラン・ポオ
- アマチュア・ジャーナリズム
- ロード・ダンセイニ

I AM PROVIDENCE

　1890年8月20日、ハワード・フィリップス・ラヴクラフト（以後、HPL）はロードアイランド州の州都プロヴィデンスに生まれました。母親のサラ・スーザン・ラヴクラフトは、地元の名士であるフィリップス家の出です。父ウィンフィールドは、HPLが3歳の頃に精神異常でプロヴィデンスのバトラー病院に入院し、5年後に死亡しました。幼い彼は母と共に祖父ウィップルに引き取られますが、母の精神状態は不安定になり、幼い息子に過剰の愛情を向けながらも「おまえのような醜い顔の人間は誰からも愛されないだろう」と言い聞かせました。とはいえ、少年時代の彼の生活は比較的明るく、屋根裏部屋で祖父の蔵書を読み漁る毎日ではありましたが、地元の友達ともそれなりに遊んでいたようです。彼は2歳でアルファベットを覚え、4歳で大人が読むような難しい本も読みこなし、創作にも興味を向けました。現存する最古の小説は1905年に書かれましたが、「詩や随筆に比べて小説は劣る」とやめてしまいました。続いて科学に興味を持った彼は、天文学や地質学の本を読み漁り、地元の科学雑誌や新聞に投稿しました。エドガー・アラン・ポオやジュール・ヴェルヌの空想科学小説から受けた影響が、少なからず後押ししたようです。

　彼は子供の頃から偏食気味で、特に魚介類が苦手でした。そのため、海産物への嫌悪が作中の怪物に影響を与えたとよく言われますが、彼の創造した怪物に占める魚介類系の割合はさほど高くはなく、彼の読んだ先行作品が直接の元ネタであることも多々ありました。

　病弱な彼はホープ高校を中退し、ブラウン大学への進学も断念します。その彼に転機が訪れたのは1914年頃。ユナイテッド・アマチュア・プレス・アソシエーションというアマチュア・ジャーナリストたちの集まりに参加し、初めて"同好の士"を得たのです。彼は会合に参加したのみならず、手紙で仲間たちと連絡を取り合いました。博識と頭の回転の速さ、文章力は皆から一目を置かれ、やがて中心的な人物になっていきます。

　長いこと小説から離れたHPLですが、仲間の勧めで1917年に「霊廟」「ダゴン」を執筆しました。「ダゴン」は、クトゥルー神話の前身ともいうべき作品なので、この年をクトゥルー神話の始まりの年とすることがあります。

作家への道

　1919 年にロード・ダンセイニの作品と出会い、彼の小説に対する偏見は完全に消え失せました。以後数年で 20 本以上の小説を執筆し、ダンセイニ風の幻想的な作品に取り組んだのもこの頃です。また、知人が創刊した雑誌〈ホーム・ブリュー〉の 1922 年 2 月号から 7 月号にかけて「ハーバート・ウェスト—死体蘇生者」を連載、商業デビューを果たしています。

　1921 年に母が亡くなり、自由の身になった HPL は、頻繁に旅行に出かけました。彼の小説の多くは、直前の旅行で訪れた町や、旅先で聞いた話が元ネタになっています。1924 年には、アマチュア・ジャーナリズム仲間である 7 歳年上の未亡人ソニア・H・グリーンと結婚してニューヨークに引っ越しました。この町での FBL をはじめとする友人たちとの親密な付き合いを通し、1920 年代前期まではやや過激な差別主義的なところのあった HPL の信条が大分マイルドになったことが、以後の手紙から窺えます。妻の失業と再就職により別居状態になった彼は、都市生活への不満を溜め込んでいき、1926 年に故郷プロヴィデンスに戻りました。この前後で、怪奇文学論「文学における超自然の恐怖」に取り組んだ彼は、自身の作風に向き合ったようで、「未知なるカダスを夢に求めて」を最後にファンタジーに見切りをつけ、ポオ的な怪奇物語に専心することにしたようです。その後、数年の模索を経て、「クトゥルーの呼び声」を出発点とする "クトゥルー神話" の構想に着手します。しかし、残された時間はそれほど長くありませんでした。

アーカムハウスの設立

　HPL は、1937 年 3 月 15 日の早朝に、プロヴィデンスのジェーン・ブラウン記念病院で亡くなりました。死因は、偏食と栄養失調が原因のブライト病と腸癌の複合症状でした。

　AWD は、HPL と共通の友人であるドナルド・ウォンドレイと共に亡き友人の作品集を刊行する計画を立て、様々な出版社に営業をかけました。残念ながらこれに応じる版元がいなかったので、彼ら 2 人は CAS の支持のもと、アーカムハウスという出版社を立ち上げます。

　1939 年に最初の作品集『アウトサイダーその他 Outsider and others』を刊行した時、ダーレスとウォンドレイは売り上げの 1000 ドル（現在の金額に換算すると数万ドル）を、そのまま HPL と同居していた叔母アニー・ギャムウェルに渡しています。

　AWD は、HPL の遺言で彼の遺稿を管理していたロバート・H・バーロウの協力を得て事業を進め、他のクトゥルー神話作家の作品集も次々と刊行しました。情熱と趣味のみに突き動かされた彼の出版事業は赤字続きで、彼は作家、編集者、大学講師など様々な仕事をこなして資金を稼がねばなりませんでした。しかし、彼はひたすら神話作品を書き続けたのみならず、新世代の神話作家たちを育て、その作品を自社から刊行したのです。

宇宙的恐怖

Cosmic Horror

"地球外"（アウター・スペース）
局外者（アウトサイダー）
宇宙主義（コズミシズム）
十分条件

無関心な宇宙

　"宇宙的恐怖（コズミック・ホラー）"という言葉は、20世紀前半のアメリカで活動した怪奇小説家ハワード・フィリップス・ラヴクラフトの著した書簡や評論に幾度か用いられた言葉です。

　天文知識に通暁したHPLはしばしば、恐怖存在を宇宙と結びつけました。彼の作品に登場する神々やクリーチャーの多くは、たとえばユゴス（冥王星）やヤディスといった地球から遠く離れた星からやってきます。"地球外（アウター・スペース）"という語もよく使われます。

　ただし、文学や芸術の分野における宇宙的恐怖という言葉は、HPLの発明ではありません。啓蒙時代を経た19世紀、チャールズ・ダーウィンの『種の起源』（1859年）や、フリードリヒ・ヴィルヘルム・ニーチェの「神は死んだ」（『悦ばしき知識』、1882年）などに後押しされたニヒリスティックな宇宙観の帰結として、オハイオ州の医師・辞典編纂者であるジョージ・M・グールドの『生命の意味と方法：生物学における宗教の探求』（1893年）において、宗教的な神の愛と、自然科学に裏打ちされた無反応な宇宙の無限性の矛盾にぶつかった人間の感情として示された造語なのです。1910年代頃にはエドガー・アラン・ポーの作品に対して用いられたようなので、HPLはそこから知ったのでしょう。

　HPLの場合は特に、地球上の価値観や概念を超越した、合理的な説明も理解も許されない未知の存在・状況に遭遇し、自分が無機質で広漠なこの宇宙でたった一人の孤立無援な局外者（アウトサイダー）であるかのような、強烈な不安の中に取り残される恐怖を指しました。　そうした恐怖を感じ取る人間の心の動き、「自然法則を破るような現象や宇宙における孤立、あるいは"局外者（アウトサイダー）"としての感覚」（「恐怖小説覚書」より）について、彼は書簡などでしばしば"宇宙的な感覚"と呼んでいます。

　なお、日本では"宇宙的恐怖"という言葉はもっぱらクトゥルー神話に属する物語と、それに登場する宇宙や異次元由来の神々やクリーチャーの総称として使われますが、こうした用法はごく最近まで日本特有の現象で、この神話大系を日本に紹介した初期の翻訳者・解説者が、わかりやすいカテゴリ名として広めたもののようです

　HPLが物語る恐怖は時に、彼が著したエッセイ「文学における超自然の恐怖」の冒頭に掲げられた「人類の最も古く最も強烈な感情は恐怖であり、恐怖のなかで最も強烈なも

のは未知なるものの恐怖である」という言葉で総括されることがあります。前述した通り、彼は確かに未知なるものに対する人間の本能的な恐怖を重視しましたが、同時に、人間が物事を関連付け、この世界で起きていること、この世界に存在する事物を「知る」ことによって、人の心に浮かび上がってくる恐怖を描いた作家でもありました。

彼の代表作であるどころか、クトゥルー神話の中心的な作品でもある「クトゥルーの呼び声」は「人間の精神が、頭の中にあるすべてを関連づけることができないことこそが、この世界でいちばん慈悲深いことなのだと私は思っている」という文章から書き起こされ、語り手であるフランシス・ウェイランド・サーストンは、ミステリの主人公のように資料や書類に目を通し、様々な場所を訪れ、様々な人間に会って話を聞き、そうして集まった断片的な手がかりを結びつけて、恐るべき真実に辿り着く物語です。

クトゥルー神話≠コズミック・ホラー

実のところ、HPL の小説作品はもちろん、その中でもクトゥルー神話物語ものとみなされる作品の全てが、彼の言うコズミック・ホラーを描いたものではありません。たとえば、「ハーバート・ウェスト―死体蘇生者」はミスカトニック大学が初登場する、クトゥルー神話的には重要な作品です。しかし、ユーモア系の雑誌である〈ホーム・ブリュー〉の連載作品として書かれただけあって、その内容はシンプルかつ伝統的な怪奇物で、コズミック・ホラーの要素は特にありません。また、草創期の作品である CAS「七つの呪い」には、後にクトゥルー神話に連なる神々や人外のクリーチャーたちが登場しますが、彼らと人間のメンタリティはさほど離れておらず、意思疎通ができない相手ではありませんでした。

HPL の言う"コズミック・ホラー"という言葉と、彼の架空神話をイコールで結びつけたのは、アーカムハウス時代の AWD だったように思われます。彼の作品ではよく「想像を絶する宇宙起源の恐怖存在を前に、無力な人間はただ翻弄されるのみ」という大意のフレーズが見られますが、これは「ラヴクラフトのコズミック・ホラー」の定番的な説明そのものです。AWD は HPL の作品と世界観を広めるにあたり、その特異性を強調するための象徴的な言葉を必要としたのでしょう。コズミック・ホラーの味わいを備えることは、クトゥルー神話物語の必要条件ではありません。しかし、HPL の理念に倣うという意味において、これを意識することは、「クトゥルー神話的な物語」であることの十分条件ではあります。

クトゥルー
神話作品

コズミック・
ホラー作品

ラヴクラフトの作品群

"神話"の体系化

Encyclopedists

「クトゥルー神話小辞典」
「クトゥルー神話の魔道書」
「クトゥルー神話の神神」
『クトゥルフ神話 TRPG』

体系化の歴史

　クトゥルー神話の形成期である 1920 年代において、HPL をはじめとする第一世代作家たちの多くは、体系的な神話を想定していませんでした。HPL と CAS の作品に顕著ですが、彼らは相手の作中に登場するワードを引用する際、何かしらの事前合意を得るでもなく設定を変更したり、新たな設定を追加することが多々ありました。各種設定の共有は辻褄合わせはフィーリングによって行われ、互いの作品と手紙でのやり取り以外に規範になるものは存在しませんでした。HPL には HPL の世界観が、CAS には CAS の世界観が、REH には REH の世界観があって、その中で時折、マテリアルや設定のやり取りがあったのです。

　年若いダーレスやブロックは、"共通の世界観"のようなものをある程度意識していたようですが、彼らは彼らで自由に神話を解釈し、アレンジしました。

　とはいうものの、1926 年頃には HPL も設定を首尾一貫する必要を感じたようで、たとえば「『ネクロノミコン』の歴史」のような文章を執筆しました。1930 年代に入ると、「クトゥルーの呼び声」を起点とする神話体系を意識し始めていたことが窺えます。「インスマスを覆う影」「狂気の山脈にて」「時間の彼方の影」「魔女の家で見た夢」「戸口に現れたもの」を順番に読むと、それ以前の作品に比べて明確な連続性が見て取れるのです。

　HPL が覚書や書簡で"クトゥルーその他の神話"という言葉を用いたのもこの時期で、自作品で独自にフォン・ユンツトのファーストネームを設定したブロックに、自分が既にファーストネームを設定したと HPL が苦言を呈したこともありました。

　残念ながら、彼自身の構想が明らかにされる前に、HPL は 47 歳の若さで亡くなりました。彼の死後、AWD や CAS はこれらの作品を同一世界観に属するものと見なしました。ただし、実際に体系化を行ったのはファンジン〈アコライト〉を刊行していたフランシス・T・レイニーで、彼は同誌の 1942 年冬号に「クトゥルー神話小辞典」を発表します。これに注目したAWD は、レイニーとの意見交換を経て 1943 年刊行の単行本『眠りの壁を越えて Beyond the Wall of Sleep』に加筆版「小辞典」を収録、以後の自作品もその設定に合わせます。

　「小辞典」編纂にあたり、レイニーが付け加えて知れ渡った設定をいくつか紹介します。

・ダーレス作品で「四大精霊に対応しているように見える」とおぼろげに書かれていた四大設定を明確な分類として取り入れ、不在だった火の精霊を補った。
・同じく"旧き神々"設定を取り入れ、彼らが二度にわたり邪神を追放したと設定した。また、ラヴクラフト作品に登場するノーデンスを"旧き神々"に数えた。
・ウボ＝サスラなどスミス作品の神々を、ラヴクラフト年代記の中に配置した。
・ナイアルラトホテプの化身について"千の異なる姿"と明示した。

　事典の編纂という形でのクトゥルー神話の更新を受け継いだのが、アマチュア時代のリン・カーターです。彼がファンジンに発表した「クトゥルー神話の魔道書」（〈インサイド・アンド・サイエンス・フィクション・アドヴァタイザー〉1956年3月号）と「クトゥルー神話の神神」（〈インサイドSF〉1957年10月号）は、アーカムハウスの単行本『閉ざされた部屋とその他の小品 The Shuttered Room and Other Pieces』（1959年）に収録され、日本にも早い時期に紹介されました。後にプロの作家・編集者となったカーターは、クトゥルー神話の体系化に改めて取り組みました。彼はキャンベル、ラムレイ、ティアニーといった第二世代作家たちの設定も貪欲に取り込み、数多くの作品を通して設定の空白を埋めました。しかし、カーターにとってはおそらく不本意なことに、彼が賛否両論に揉まれつつ体系化したクトゥルー神話の世界観は、20代で執筆した「魔道書」「神神」の記述と全く異なるものとなったにもかかわらず、日本での紹介はかなり遅くなりました。

『クトゥルフ神話 TRPG』以降

　カーターの仕事を意識しつつ、更に独自の体系化を進めたのが『クトゥルフ神話 TRPG』のゲームデザイナーであるサンディ・ピーターセンです。同作のルールブックは、最新のクトゥルー神話事典でもありました。"外なる神"の概念や、奉仕種族、独立種族などの分類はピーターセンの発明で、その関連製品も含めて、1980年代以降のクトゥルー神話作品に多大なる影響を与えました。2020年現在、世間一般がふんわり認識している"クトゥルー神話"の世界観は、実質的に『クトゥルフ神話 TRPG』の世界観となっています。
　事典編纂による神話の体系化は、ダニエル・ハームズが引き継ぎました。彼の『エンサイクロペディア・クトゥルフ』は事典という以上にハームズ解釈による世界観の解説書で、第三版まで刊行されています（邦訳されたのは、若干の誤りを含む第二版）。近年は『クトゥルフ神話 TRPG』のサプリメントである『マレウス・モンストロルム』がよく読まれていますが、『クトゥルフ神話 TRPG』という特定製品の独自設定を数多く含んでいるため、同書に書かれた設定をこのTRPGの関連製品以外で使用することは、あまりお勧めしません。
　2010年以降、クトゥルー神話作品は世界中で増え続けていて、個々の作品や設定を追うのは難しく、ハームズの『エンサイクロペディア』も更新される気配はありません。

ラヴクラフト・カントリー

Lovecraft Country

- アーカム
- ニューイングランド地方
- ミスカトニック・ヴァレー
- キングスポート

"アーカム・サイクル"

　旅行好きで、時に数週間から数ヶ月に及ぶ長期の旅行にしばしば出かけた HPL は、自身が訪れた町や土地、あるいはそうした場所をモチーフとする架空の街を作品の舞台とし、旅先で書いた日記や私的な回顧録の文章をそのまま小説に転用することもありました。

　HPL が創作した架空の街は、彼が頻繁に訪れたニューイングランド地方——とりわけマサチューセッツ州に配置されていることが多く、その中心となったのが、「家の中の絵」（1920 年末）に初めて言及された同州のミスカトニック・ヴァレー、そしてアーカムという町になります。なお、ニューイングランド "地方" とは言いますが、実際にはメイン州、バーモント州、ニューハンプシャー州、マサチューセッツ州、コネチカット州、そして HPL 自身の故郷であるロードアイランド州を包含する 18 万 6 千 4 百平方キロメートルに及ぶ広大な領域で、日本列島の本州部分の 8 割ほどにあたる広さがあります。

　HPL が「クトゥルーの呼び声」に登場させた異形の神、大いなるクトゥルーを中心とする架空神話の構築に着手し始めた頃、彼はニューイングランド地方の町や村が舞台の作品群を、"アーカム・サイクル"（1927 年 4 月 1 日付ジェイムズ・F・モートン宛書簡など）、あるいは "ミスカトニック・ヴァレー神話サイクル"（1930 年 11 月 11 日付 CAS 宛書簡）と呼んでいました。"クトゥルーその他の神話"、"クトゥルーもの"、"ヨグ＝ソトースもの"（P.34）などの総称を用いるのは、もう少し後のことです。

　HPL の故郷であり、「クトゥルーの呼び声」などの舞台でもあるプロヴィデンスを含むニューイングランド地方の町々や、オクラホマ州のビンガー（「墳丘」）、ルブアルハリ砂漠のどこかにある無名都市（「無名都市」）、オーストラリア西部のグレートサンディ砂漠（「時間の彼方の影」）、南極（「狂気の山脈にて」）など、HPL が神話的な事件の舞台とした土地は、実在・虚構を問わず "ラヴクラフト・カントリー" と呼ばれています。

　ラヴクラフト・カントリーは "H・P・ラヴクラフト的なホラー・フィクション" の空気感を再現する上では重要な要素で、たとえばスティーヴン・キングが自身のホームであるメイン州にキャッスルロック、セイラムズロット、デリーといった架空の町を配置したように、少なからぬ後続作家たちがこのスタイルに倣っています。

ミスカトニック・ヴァレー

　神話作品の創り手が自分の"カントリー"を設定する上で、最上のお手本となるのはやはり"ラヴクラフト・カントリー"——特にミスカトニック・ヴァレーの町々の成り立ちを知ることでしょう。"ミスカトニック川"の名前は、マサチューセッツ州の北西部から南へと流れ出し、コネチカット州の西部を南北に貫く**フーサトニック川 Housatonic River** から採ったと考えられています。"フーサトニック"は「山地の彼方」などを意味するアルゴンキン語族系のモヒカン語の"usi-a-di-en-uk"に由来するらしく、S・T・ヨシ『H・P・ラヴクラフト大事典』(KADOKAWA) によれば、ラヴクラフト研究家のウィル・マレーは"ミスカトニック"という言葉をアルゴンキン語族の言語と見立て、"赤い山地 red-mountain-place"を意味するものと解釈しているようです。

・**キングスポート**：「恐ろしい老人」が初出で、古代の信仰が息づくほか、異界との接触点が複数存在する、現実とも幻ともつかない謎めいた町。初出作品ではロードアイランド州南東部の港町ニューポートをイメージしていたようだが、その後、1922 年末に旅行したマサチューセッツ州東海岸の港町マーブルヘッドの夕暮れの光景に感銘し、「祝祭」以後の作品ではモチーフをこちらに切り替えて、ミスカトニック川の河口の港町とした。

・**アーカム**：ミスカトニック大学のホームタウンで、HPL 作品の様々な怪事件と結び付けられている（「ハーバート・ウェスト——死体蘇生者」「宇宙の彼方の色」「名状しがたいもの」「魔女の家で見た夢」「戸口に現れたもの」）。モチーフはマサチューセッツ州のセイラムで、HPL によれば「より起伏に富んでいる」「セイラムの北あたりに置いている」(1934 年 4 月 29 日付フランクリン・リー・ボールドウィン宛書簡)。HPL 自身の描いたアーカムの地図は 3 種類が現存し、町の北部をミスカトニック川が東西に流れている。

・**インスマス**：「インスマスを覆う影」の舞台で、マサチューセッツ州北部沿岸（イプスウィッチの東）に位置する、近隣住民から忌み嫌われ、地図にない漁村。地名の言及は「セレファイス」(1920 年)、「未知なるカダスを夢に求めて」(1927 年) が先立つが、こちらでは英国のコーンウォール半島に位置する海沿いの村とされていた。その後、連作詩「ユゴスよりの真菌」(1929 年) で、アーカムから約 10 マイル離れた谷間の町に変更された後、1931 年秋に旅行で訪れた、当時は寂れた港町だったマサチューセッツ州北東部のニューベリーポートがモチーフの漁村に再変更された。HPL の描いた中心部の地図がある。

・**ダンウィッチ**：「ダンウィッチの怪異」(1928 年) が初出で、ミスカトニック川と平行するエールズベリイ街道からそれた先にある地図にない町で、HPL が直前に旅行したマサチューセッツ州のアソール（6 月）とウィルブラハム（8 月）がモチーフ。詩「古の轍」にも言及があるが、連作詩「ユゴスよりの真菌」にもそれらしい町が見える。

幻夢境

Dreamland

ゲイリー・メイヤーズ
ロジャー・ゼラズニイ
ブライアン・ラムレイ
キジ・ジョンスン

"深き眠りの門" を抜けて

　幻夢境は、「北極星（ポラリス）」（1918 年）から「未知なるカダスを夢に求めて」（1927 年）にかけての、HPL の前期作品中にしばしば描かれた、人間の見る夢の深層に横たわる中世ヨーロッパ風というよりは古代ローマ風の幻想的な異世界です。様々な時代の地球人が夢見た美しいものや恐ろしいものが実体化した、文字通りの意味の夢の世界で、地上の時間感覚や距離感を超越した不可思議な法則に従っています。"dreamland" というひと続きのワードとしては、「未知なる～」が初出です。明確に地球人の夢の中の世界とされたのは「セレファイス」（1920 年）が最初で、集大成的な「未知なる～」が書かれるまでの間、いくつかの作品については同一世界に属しているのかどうかすら定かではありませんでした。

　少なからぬ後続作家がこの世界を扱いかねたようで（AWD や初期カーターはクトゥルー神話とは別個の神話と考えました）、ゲイリー・メイヤーズの作品集『妖蛆の館 House of Worms』（未訳）や、ロジャー・ゼラズニイの長編『虚ろなる十月の夜に』、そして「タイタス・クロウ・サーガ」シリーズと地続きであるブライアン・ラムレイの幻夢境三部作（第 1 巻『幻夢の英雄』のみ既訳）などの作品があるくらいでした。特にラムレイのシリーズは貴重な設定ソースとして重宝され、『クトゥルフ神話 TRPG』の幻夢境ソースブックである『クトゥルフ神話 TRPG ラヴクラフトの幻夢境』には、彼の設定がたくさん取り込まれています。なお、近年作にキジ・ジョンスン『猫の街から世界を夢見る』（2016 年）がありますが、こちらは HPL 作品がベースのオリジナル世界観のようです。

　「未知なる～」によれば、幻夢境は地表部分の外部世界（アウターワールド）と、地下に広がる闇に閉ざされた内部世界（インナーワールド）に分かれていて、人間が幻夢境に赴くためには、浅い夢の中のどこかにある階段を 70 段降りて神官のナシュトとカマン＝ターがいる "焔の神殿" に赴き、さらにそこから 700 段の階段を降りることで、この世界に通じる "深き眠りの門" に到達します。こうした人間は "夢見人（ドリーマー）" と呼ばれ、ラムレイ作品では幻夢境の現地人よりも体格が大きいとされています。なお、食屍鬼（グール）やズーグのような、覚醒の世界と幻夢境を生身で行き来している種族は、別の移動手段を心得ています。

この地図は、HPLとラムレイ作品の描写をもとに、推測的に作成したものです。
出典明示と非改変を条件に、商業非商業を問わずオリジナル作品でこの地図での配置を使用することを許可します。（森瀬繚・中山将平）

剣と魔法
Sword and Sorcery

- ヒロイック・ファンタジー
- "蛮勇コナン"
- アトランティス
- 神智学

表裏一体のジャンル

　クトゥルー神話は、ホラー・フィクションから生まれたサブジャンルではありますが、ほぼ同時期、同じ媒体で生まれた"剣と魔法"のヒロイック・ファンタジーと、表裏一体のところろがありました。欧米の"中世風"ファンタジーにはそれこそ 11 世紀頃の騎士物語に遡る長い歴史があり、用語としても 19 世紀には既に、ウィリアム・モリスの国籍不明の作品が中世ファンタジー、中世ロマンスと呼ばれていました。しかし、武勇に優れた人間の英雄を主人公とするヒロイック・ファンタジーは、H・R・ハガードや E・R・バローズの影響を受けつつ、太古の地球が舞台の英雄譚をいくつも生み出した、ロバート・E・ハワード（以下、REH）が切り拓いたジャンルだと言われています。

　彼が"蛮勇コナン"以前に生み出した、アトランティス出身のヴァルーシア王カルのシリーズ 1 作目にあたる「影の王国」は〈ウィアード・テイルズ〉1929 年 8 月号に掲載されました。この時点で既に、HPL は幻夢境ものの作品を全て書き終え、ファンタジー・ジャンルは好きだけれど自分には向いていないとして手を引き、怪奇物語に注力していましたが、読者として REH の作品に強く惹かれました。2 人は翌年に文通を始め、1932 年に"蛮勇コナン"の執筆が始まった時には、助言をしています。なお、CAS がツァトーグァの初出作でもあるヒュペルボレイオスものの「サタムプラ・ゼイロスの物語」を執筆したのは 1929 年 11 月で、「影の王国」の発表直後でした。当初、彼は HPL 宛ての手紙で REH について厳しめの意見を書いているので、対抗意識のようなものがあったのかもしれません。

　そんな CAS も、HPL の勧めで 1933 年から REH と文通を始め、親しい友人となります。

　HPL は 2 人の作品から大いに触発され、以下の作品で自作にその設定を取り込んでいます。

1929 年：ゴーストライティング作品「墳丘」でツァトーグァへの言及。

1930 年：「暗闇で囁くもの」でツァトーグァに言及。

1931 年：「狂気の山脈にて」でヴァルーシアに言及。

1934 年：「時間の彼方の影」でヴァルーシアと"キンメリアの族長クロム＝ヤー"に言及。

1936 年：「闇の跳梁者」でヴァルーシアに言及。

REHもコナンものの「忍び寄る影」で蟇蛙に似たクスタルの神トォグ Thog を登場させ、「ザンボウラの影」では“虚ろなる居留地の主”ヨグ Yog に言及しました。エビデンスはありませんが、この両神はツァトーグァ、ヨグ＝ソトースではないかと言われています。

アトランティス・ブーム

　クトゥルー神話と初期のヒロイック・ファンタジーの共通点として、太古の地球上に存在した失われた大陸と密接な関わりがあったことが挙げられます。その背景に、19世紀後半の欧米を席巻したアトランティス・ブームがあります。政治家でもあったイグネイシャス・ロヨーラ・ダンリーの『アトランティス―大洪水前の世界』（1882年）が火付け役で、伝説上のアトランティスを大西洋の“大陸”とみなし、エデンの園、アスガルドなどと同一視した上で、人類文明の起源と見なしました。この流行をさらに拡大したのが、ロシア出身の霊媒ヘレナ・ペトロヴナ・ブラヴァツキーらが主導した神智学運動で、古代アトランティスに太平洋とインド洋にまたがるレムリア大陸を加え、それらの失われた世界に文明を築いた先住種族について説きました。この流行は作家たちに大きな影響を与え、中にはアルジャーノン・ブラックウッドやE・R・バローズ、エイブラハム・メリットといったHPLが愛読した作家が含まれます。また、HPL、REH、CASは3人揃って、神智学運動の流れをくむアマチュア人類学者のウィリアム・スコット＝エリオットが著したアトランティス、レムリアにまつわる著作を参考にしたと証言しています。

ロバート・E・ハワード以降の作家たち

　“剣と魔法”ジャンルの草創期に活躍した代表的な作家たちとその作品は、何かしらの形でHPLないしはクトゥルー神話と接点がありました。

- キャサリン・ルシール・ムーア「ジョイリーのジレル」：中世フランスの架空の小国、ジョイリーが舞台の女戦士もの。ムーアは1934年からHPLと文通、35年には連作「彼方よりの挑戦」に参加した。彼女の「シャンブロウ」の金星人の神ファロールに、夫カットナーが神話作品「ヒュドラ」で言及。キャンベル「ユゴスの坑」でジョイリーに言及。
- ヘンリー・カットナー「アトランティスのエラーク」：晩年のHPLの文通相手、神話作家。同シリーズの「ダゴンの末裔」はクトゥルー神話作品に分類されている。
- フリッツ・ライバー「ファファード＆グレイ・マウザー」：晩年のHPLの文通相手、神話作家。同シリーズ最初の作品（異世界ネーウォンではなく現実世界が舞台）である「魔道士の仕掛け Adept's Gambit」は、HPLの助言をもとに仕上げられた処女作で、初期稿の段階では神話作品だったが、単行本掲載時に削られた。

日本での展開
Cthulhu Japanesk

- 江戸川乱歩
- 荒俣宏
- 栗本薫
- 『クトゥルフ神話 TRPG』

江戸川乱歩から栗本薫へ

　日本でラヴクラフトが知られるようになったのは、1949 年、岩谷書店の探偵小説雑誌『宝石』に江戸川乱歩が連載していた「幻影城通信」にて紹介されたのがきっかけです。

　以後、乱歩の紹介作を中心に翻訳され、雑誌やアンソロジーに掲載されました。

　この頃に影響を受けた人物に、水木しげるがいます。「ダンウィッチの怪」の翻案作「地底の足音」をはじめ、水木はラヴクラフト的な作品をいくつも手がけました。

　1960 年代に入り、フランス文学者の澁澤龍彦らによる、戦時中に抑圧された怪奇・幻想文学の復権を促す「異端の復権」運動の後押しで、ラヴクラフト紹介熱が加速します。クトゥルー神話が見出されたのもこの頃で、紀田順一郎や荒俣宏が同人誌で紹介しました。なお、荒俣の主宰する〈リトル・ウィアード〉には、翻訳家の大瀧啓裕や、ゲームジャンルとの橋渡しをしたグループ SNE の安田均が名を連ねていました。

　そして、アメリカでクトゥルー神話ブームが起きた 1970 年代初頭、日本でも 3 つの雑誌において重要な記事が掲載され、その知名度をさらに押し上げました。

・早川書房『ミステリマガジン』：矢野浩三郎訳「クトゥルーの喚び声」を、1971 年 12 月号から全 3 回で掲載。1972 年 2 月号には、『ネクロノミコン』の解説が掲載される。
・早川書房『S-F マガジン』：1972 年 9 月臨時増刊号において、荒俣宏がクトゥルー神話特集を組み、商業刊行物では最初の体系的な解説を行った。
・歳月社『幻想と怪奇』：荒俣宏と紀田順一郎が編集する怪奇幻想文学の専門誌。1973 年 1 月発行の第 4 号は「ラヴクラフト＝ CTHULHU 神話」特集。

　その後、1980 年代にかけて単行本も次々と刊行され始めます。1972 年に日本初の HPL 作品集『暗黒の秘儀』（創土社）が刊行され、1973 年には現在の文庫版『ラヴクラフト全集』の原型となる『ラヴクラフト傑作集』1 巻（東京創元社）が刊行されました。国書刊行会からは、初のクトゥルー神話作品集『ク・リトル・リトル神話集』（1976 年）、

『真ク・リトル・リトル神話大系』（1982年）、書簡やエッセイも含む『定本ラヴクラフト全集』（1984年）などが。1980年には、青心社の定番的なアンソロジー『クトゥルー』シリーズ（当初ハードカバーで、後に文庫化）の刊行が始まります。

　なお、日本人作家による神話小説は、高木彬光「邪教の神」が最初だと言われますが、実質的な始まりは1980年代でした。翻訳家の風見潤、ライター出身でHPLの熱心なファンだった菊地秀行、怪奇幻想小説の同人“黒魔団”を主宰し、国書刊行会の編集者として『真ク』『定ラ』などに携わった朝松健などが、作品を次々発表します。決定的なのは、1981年に刊行の始まった栗本薫の『魔界水滸伝』（角川書店）です。この作品はホラー小説ジャンルの開拓を画策した角川春樹の肝煎りで、地球の先住種族である伝説の妖怪たちと、宇宙からの侵略者であるクトゥルー神話の邪神たちの闘争を描き、人気を集めました。

キャラクター文化の時代

　いわゆるオタクカルチャーが勃興した1980年代後半、コミックやゲームなどのメディアでの展開が始まりました。ワードの共有で成立するクトゥルー神話は、キャラクター文化との親和性が高かったのです。特に重要なのが、1986年に日本語版が発売されたTRPG『クトゥルフの呼び声』（現在は『クトゥルフ神話TRPG』）です。『ダンジョンズ＆ドラゴンズ』に代表される剣と魔法のファンタジーの全盛期にあって、禁酒法時代の米国などを舞台に太古の地球を支配した邪神たちの陰謀に立ち向かうというこのゲームは、当時はとんでもなく斬新で、アンテナ感度の高い若い世代の興味を惹きつけました。また、1987年には安田均がパソコンホラーRPG『ラプラスの魔』を手がけ、クトゥルー神話もののデジタルゲームの先がけとなっています。21世紀現在、クトゥルー神話市場のメインストリームはオタクメディアへと移行し、「萌え」などの新たな要素を取り込みつつも、2009年4月に刊行の始まったライトノベル『這いよれ！ニャル子さん』に代表される数多くの作品が生まれています。この流れの起爆剤となったのは、動画投稿サイト「ニコニコ動画」の存在です。2007年10月頃、「ニコマス」と呼ばれるカテゴリのムービーが盛んに投稿され始めました。ナムコ（現バンダイナムコゲームス）の人気ゲーム『THE IDOLM@STER』のキャラクターを使用したファン創作ムービー（ＭＡＤムービーとも呼ばれる）なのですが、2008年に入ったあたりでTRPGのリプレイ動画「卓ゲM@Ster」というサブジャンルがそこから更に派生し、とりわけ人気を集めたのが『クトゥルフ神話TRPG』だったのです。嚆矢となったのは、「ハワード・P」による「アイドルたちとクトゥルフ神話世界を楽しもう！」で、2008年9月に第00話が投稿されました。これらの動画の影響で、『クトゥルフ神話TRPG』が日本のTRPG市場でヒットし、クトゥルー神話ジャンル全体が牽引されているのです。

　とはいえ、『這いよれ！ニャル子さん』のような、海外でも知名度の高い国産ヒット作がしばらく現れていないことも確かで、クリエイターの奮起が期待されるところです。

アメコミとクトゥルー神話
American Comics

EC コミックス
シュマ＝ゴラス
『ダークホールド』
ムナガラー

アメリカン・ポップ・クトゥルー

米国のコミックにおけるクトゥルー神話の影響は早く、HPL の死のわずか 4 年後、DC コミックス社の前身ナショナル・アライド・パブリケーションズ社の〈モア・ファン・コミックス〉65 号（1941 年）掲載の「ナイアル＝アメンの魚人 The Fish-Men of Nyarl-Amen」が、確認される限り最古のクトゥルー神話コミックです。魔術ヒーロー、ドクター・フェイトもので、ライターは HPL と REH の愛読者だったガードナー・フォックス。1969 年発表の彼の小説「蛮人剣士コーサル」シリーズにも、クトゥルー神話的な名称や設定が見られました。

その後、1940 年代には各社にクトゥルー神話から材を採ったコミック作品が散見された程度でしたが、1950 年代に入ると EC コミックス社を中心に俗悪でどぎついホラー・コミックが量産され（スティーヴン・キングは同社コミックの大ファンでした）、HPL や CAS の作品が元ネタと目される作品が時折紛れ込んだものでしたが、この時点で権利者から正式に許諾を取ったコミカライズ作品は存在せず、HPL などの名前も伏せられていました。

コミックス・コードの緩和

1954 年にコミックス倫理規定委員会が発足し、暴力描写や性愛描写、残酷描写、オカルト描写などを忌避する自主規制基準“コミックコード”が制定されたことで、ホラー・コミック市場は一時的に衰退します。小規模な出版社や自費出版を中心に、“アングラ・コミックス”と呼ばれるドラッグやセックス、暴力などを扱う小部数コミックが刊行されはしましたが、全盛期とは比べるべくもない部数でした。しかし、1960 年代末期になると規制は徐々に緩み、再びクトゥルー神話もののコミックが散見され始めます。そうした中、ウォーレン社の〈クリーピイ〉21 号（1968 年）に、「壁の中の鼠」が HPL の名前つきで掲載されました。公式のものとしては、これが最初の HPL のコミカライズ作品のようです。

1970 年代に規制が正式に改定され、マーベル・コミックス社は吸血鬼や狼男のシリーズを展開する傍ら、往年のパルプ雑誌の様々な作品のコミカライズを始めました。

HPL作品では〈チャンバー・オブ・ダークネス〉5号（1970年）掲載の「彼方よりの音楽！ The MUSIC FROM BEYOND!」（原作「エーリヒ・ツァンの音楽」）が最初で、〈ジャーニー・イントゥ・ミステリー〉Vol.2 3号〜5号（1973年）にはロバート・ブレイク三部作「星から訪れたもの」「闇の跳梁者」「尖塔の影」が連続掲載されました。

　以後、ひとつひとつ紹介していくとキリがないほど、各社の様々な作品にクトゥルー神話の影響が入り込んでいきます。特に、70年代に「蛮勇コナン」シリーズのコミカライズが大ヒットしたこともあり、マーベル・コミックス社の作品世界には多くの読者が思っている以上にクトゥルー神話由来の設定が根幹に入り込んでいます。

アメコミにおける神話的マテリアル

　大手2社のコミックに登場する、重要なクトゥルー神話的マテリアルを紹介します。

・シュマ＝ゴラス：REHの「黄金髑髏の呪い The Curse of the Golden Skull」（未発表）に言及される「シュマ・ゴラスの書物 books of Shuma Gorath」が初出。マーベル・コミックス社の〈ジャーニー・イントゥ・ミステリー〉Vol.2 1号掲載のREH「われ埋葬にあたわず Dig Me No Grave」のコミカライズに名前が言及された後、同時期の〈マーベル・プレミア〉3〜10号で展開されたドクター・ストレンジのシリーズで、触手に取り巻かれた単眼の怪物というよく知られる姿で、黒幕として暗躍した。以後、様々な作品に登場し（格闘ゲームで採用される以前の登場回数が2回という話は事実誤認）、〈コナン・ザ・バーバリアン〉の1992年のシリーズではコナンとも対決した。

・『ダークホールド』：〈マーベル・スポットライト〉誌（1972年）で始まった「ウェアウルフ・バイ・ナイト」シリーズに登場する書物。様々な作品に登場し、最終的に“旧き神々”（エルダー・ゴッズ）の一柱であるクトーンが地球に帰還する道標として自身の知識を刻んだもので、『ネクロノミコン』の原型になったことが設定された。

・アーカム・アサイラム：実在のダンバース州立精神病院と、HPL「戸口に現れたもの」のアーカム・サナトリウムがモチーフ。DCコミックス社の〈バットマン〉258号（1974年）に、精神異常の悪人が収容される病院として、ニューイングランド地方のアーカム・ホスピタルが登場した。現在の設定では、アーカムは創設者名とされている。

・ムナガラー：DCコミックス社の〈スワンプシング〉8号（1974年）が初出の、ニューイングランド地方のパーディションに巣食う、人間の眼球や筋組織、内臓などを無造作にぶちまけたような姿の神。キャンベル「誘引」で『グラーキの黙示録』に言及があるとされ、ジョゼフ・S・パルヴァー『悪夢の使徒 Nightmare's Disciple』（未訳）では、地球の大陸と海が一つだった頃にクトゥルーの右腕としてテティス海を支配したとされた。

"クトゥルー神話" の由来

アーカムハウスが刊行した HPL 最初の作品集『アウトサイダーその他』(1939 年) の冒頭に掲載された AWD、ドナルド・ウォンドレイ連名の序文「ハワード・フィリップス・ラヴクラフト：アウトサイダー」において、HPL の架空神話について "クトゥルー神話 Cthulhu Mythology" という語が使われました。これは、文芸雑誌〈リバー〉1937 年 6 月号に AWD が寄稿した HPL の評伝に手を加えたものです。

このため、かつては AWD の造語とされてきましたが、実情はもっと複雑です。

まず、1930 年代初頭 (1931 年 2 月以前) に HPL が作成した「狂気の山脈にて」の覚書中に、"クトゥルーその他の神話——戯れに地球上の生物を創造したネク (ネクロノミコン) 中の宇宙的存在にまつわる神話 Cthulhu & other myth - myth of Cosmic Thing in Nec. which created earth life as joke" と書かれています。この頃、AWD は "ハスター神話 The Mythology of Hastur" という呼称を考えていて、実際に HPL に提案もしました。しかし、これに対する返信 (1931 年 5 月 16 日付) で、HPL は自身はこう呼ぶとして "クトゥリズム＆ヨグ＝ソトーサリー Cthulhuism & Yog-Sothothery" と述べました。さらに、バーロウ宛の 1931 年 7 月 13 日付書簡では "クトゥルーとその神話大系 Cthulhu & his myth-cycle" とも書いています。

その後、AWD の HPL 宛 1933 年 7 月 3 日付の書簡に初めて "クトゥルー神話 the Cthulhu mythology" が現れ、ほぼ同時期に CAS の AWD 宛 1933 年 7 月 22 日付書簡にも "クトゥルー神話大系 Cthulhu-myth-cycle" と書かれているなど、HPL 周辺の作家たちの間で徐々にクトゥルーを中心に据えるコンセプトが広まっていきました。

ともあれ、ダーレスが独断でこしらえた造語とするのは、無理があるようです。

作中世界での "クトゥルー神話"

では、クトゥルー神話物語の世界観においてはどうだったか？　「クトゥルーの呼び声」(1926 年) の時点では、ニューオーリンズのカルトから押収されたクトゥルーの神像を、ジョン・レイモンド・ルグラース警視正がアメリカ考古学会の大会に持ち込んだ 1908 年が、"クトゥルー" の神名がアカデミックな場で公然と口にされた初めての出来事とされていました。しかし、リン・カーター「墳墓に棲みつくもの」(1971 年) において、太平洋海域考古学会のハロルド・ハドリー・コープランド教授が「ポリネシア神話—クトゥルー神話大系に関する一考察」という論文を 1906 年に発表し、環太平洋地域の考古学分野で議論を巻き起こしたと設定されされました。現状、第一世代、第二世代のクトゥルー神話物語において最初に "クトゥルー神話" という言葉を使った (ことが確認されている) のは、このコープランド教授になるようです。

第2章
"大いなる古きものども"
グレート・オールド・ワンズ

神々の分類
Deities & Demigods

"古きものども"^{オールド・ワンズ}
"大いなる古きものども"^{グレート・オールド・ワンズ}
"小さき古きものども"^{レッサー・オールド・ワンズ}
"外なる神"^{アウター・ゴッズ}

"古きものども"^{オールド・ワンズ}と"大いなる古きものども"^{グレート・オールド・ワンズ}

　英語圏のクトゥルー神話作品において、神々はしばしば "Old Ones" ないしは "Great Old Ones" と総称され、日本語訳される際は一意に「旧支配者」と翻訳・置換される傾向がありました。しかし実のところ、少なくとも HPL 作品に関する限り、これは必ずしも同一グループを指し示す言葉ではありません。用例を以下にリストアップします。

① 「クトゥルーの呼び声」（1926）：クトゥルーは "Great Old Ones" の大祭司。
② 「ダンウィッチの怪異」（1928）：クトゥルーは地球の支配者たる "Old Ones" の縁者。
③ 「墳丘」（1929）："Old Ones" は地底世界クナ＝ヤンの住人で、クトゥルーなどを崇拝。
④ 「暗闇で囁くもの」（1930）："外側のもの"^{アウトサイド・シング}の呼称のひとつが "Old Ones"。
⑤ 「狂気の山脈にて」（1931）：クトゥルー以前に地球に棲みつき、クトゥルーと戦った"先住者"^{エルダー・シング}が、"Old Ones" ないしは "Great Old Ones" と呼ばれている。
⑥ 「インスマスを覆う影」（1931）："深きもの"^{ディープ・ワン}を退ける "Old Ones" の印形^{サイン}言及。
⑦ 「蝋人形館の恐怖」（1932）：ラーン＝テゴスが死ぬと、"Old Ones" は二度と戻れない。
⑧ 「闇の跳梁者」（1935）："Old Ones" が"輝く偏方二十四面体"^{シャイニング・トラペゾヘドロン}を地球にもたらした。

　描写や設定などから考えて、①と②、④と⑧がおそらく同種族と思われますが、⑦が何を指しているのかは作中に何の情報もなく、全く不明です。ともあれ HPL がこの言葉を複数のグループに対して用いたのは明らかです。「ダンウィッチ～」に至っては、クトゥルーと "Old Ones" は別の存在とされ、確実に総称ではありません。
　なお、AWD とその友人マーク・スコラーの合作「星の忌み仔の棲まうところ」（邦題は「潜伏するもの」）では、同作が初出となる"旧き神々"^{エルダー・ゴッズ}は同時に "Old Ones"、"Great Old Ones" とも呼ばれ、彼らと対立する邪神は "Evil Being" と総称されました。⑤と⑥は同じ存在かもしれませんが、HPL は「星の忌み仔～」を読んだ直後に「インスマス～」を書いていますので、⑥は AWD の"旧き神々"^{エルダー・ゴッズ}を意識した可能性が高いように思われます。

本書並びに筆者の翻訳では、通常は"Old Ones"を"古きものども"、"Great Old Ones"を"大いなる古きものども"と日本語表記していますが、③のような明らかに別個のものは"古ぶるしきもの"とするなど、言葉を使い分けています。

　"大いなる古きものども"が神々の総称として定着したのは、HPLの死後に神話の体系化を試みた「クトゥルー神話小辞典」（初期版は1942年）が、外宇宙から到来したアザトース以下の神々をその名で呼んで以降です。ただし、その到来以前から地球にいたウボ＝サスラとアブホースの扱いは曖昧でした。続く「クトゥルー神話の神神」（1957年）では、ウボ＝サスラとアブホースが地球上で生み出した神々が"大いなる古きものども"とされ、地球外から到来したツァトーグァ、クトゥルー、ヨグ＝ソトースは別枠とされましたが、こちらではアザトースの扱いが不明です。

その他の分類

　クトゥルー神話の神々については、以下のような分類も存在します。

・四大霊：AWD考案。『ハスターの帰還』などの初期作品では「四大霊を超越しているとはいえ四大霊に関するかのような」という曖昧な分類だが「小辞典」で明確になり、「神神」が下表の整理を行った。水の精は風の精、地の精は火の精に敵対する。

水	クトゥルー	⇔対立⇒	風	ハスター、イタカ、ロイガー、ツァール

地	シュブ＝ニグラス、ツァトーグァ、ナイアルラトホテプ、ナグ、ニョグタ、ハン、ヨグ＝ソトース	⇔対立⇒	火	クトゥガ

・"外なる神"："大いなる古きものども"の上位カテゴリで、『クトゥルフ神話TRPG』の独自設定。多くが盲目にして白痴である宇宙の支配者で、ナイアルラトホテプの采配のもと、魔皇アザトースと副王ヨグ＝ソトースを盟主に仰ぐ。カーター「神神」における地球外から到来した神々が原型と思われるが、クトゥルー、ツァトーグァは含まない。

・"小さき古きものども"：カーター「陳列室の恐怖」が初出。"深きもの"の長老ダゴンとヒュドラ、シャンタク鳥の長クームヤーガ、蛇人間の首領ススハー、"冷たきもの"の指導者ルリム＝シャイコースなどが含まれる小神カテゴリ。

・クトゥルー眷属邪神群（CCD:Cthulhu Cycle Deities）：ブライアン・ラムレイ作品における邪神の総称。クトゥルーを盟主に仰いでいる。

・クトゥルー12神：栗本薫『魔界水滸伝』で、クトゥルー配下の異次元の神々。アザトート、イグ、イレム、シャブ＝ニグラト、ダゴン、ツァトゥグァ、ナイアルラトホテプ、ハストゥール、ヒプノス、ヨグ＝ソトート、ヨゴス、ラン・テゴス、ロイガー。

クトゥルー

Cthulhu

ゾス星系
イダ＝ヤー
ンガ＝グゥン
ルルイェ

"大いなる古きものども"の大祭司

　"大いなるクトゥルー"の尊称で呼ばれるクトゥルーは３億５千万年前に暗黒のゾス星系から眷属を率いて地球へ飛来した異形の巨神で、"大いなる古きものども"なる存在の大祭司とされる。『ネクロノミコン』や『無名祭祀書』などの神話典籍によれば、クトゥルーはヨグ＝ソトースとシュブ＝ニグラスの間に生まれ、ツァトーグァ、ヴルトゥームなどの兄弟がいる。また、ゾス星系では雌性存在イダ＝ヤーとの間に三柱の小神を設けたとされている。なお、クトゥルーその他の神話に造詣の深い米国の怪奇作家Ｈ・Ｐ・ラヴクラフトは、ルルイェの民の出身地を、暗黒星の地獄めいた都市、ンガ＝グゥンと呼んでいた。

　外見上は緑色の流動性の肉体で構成された不定形の怪物だが、通常はドラゴンを思わせる胴体に、タコやイカといった頭足類に似た頭部を備えた姿を取る。前述のラヴクラフトが描いたスケッチによれば、どうやら左右３つずつの眼が存在しているようだ。

　クトゥルーと眷属たちは、"先住者"との戦いを経て南太平洋の大陸（レムリア大陸）を支配下に収め、イグやシュブ＝ニグラスなどの神々と共に崇拝されるが、大変動によって支配地の大半が水没した後は、ルルイェないしはレレクスと呼ばれる都市の巨石造りの館で眠りについた。なお、この大変動の原因が、宇宙からの侵略とされることもある。

　眠りについた後も、クトゥルーは夢を介して"深きものども"や人間の崇拝者たちの精神に働きかけてカルト教団を組織させ、復活の日に備えて蠢動を続けている。教団の拠点は世界各地に存在するが、1908年にニューオーリンズ南部の沼地で逮捕された者によれば、教団の不死の指導者たちは中国奥地の山岳地帯に潜んでいるということである。

　この神の本来の名前は人間には発音できないが、時代や場所によって様々な名前で呼ばれてきた。英語圏ではもっぱら"クトゥルー"と呼ばれ、メキシコの山岳地帯ではナワトル語風の"クトゥルートル"、ウガンダでは"クルル"の名で知られ、グリーンランドの一部の部族からはトルンガルスクという熊の姿をした悪魔と同一視されている。なお、北米の地底世界クナ＝ヤンには、アトランティスやレムリアの植民都市のひとつが今なお存在し、この地の住人たちはクトゥルーを宇宙の調和を司る神"トゥル"と呼んでいる。

伝説上のドラゴンの原形？

　クトゥルーは、名前の通り**クトゥルー神話の象徴**とも言うべき存在で、ラヴクラフト**「クトゥルーの呼び声」**（1925 年）が初出です。クトゥルーの姿は、地元の芸術家ヘンリー・アンソニー・ウィルコックスが、夢をモチーフに制作した薄肉浮き彫りの粘土板として作中で描写されます。その外見特徴は次の通りです。

・全体として、蛸ないしはイカの頭部を備えたドラゴンを戯画化したようなフォルム。
・イカのような頭部の口元には、無数の触手が髭のように生えている。
・背中には、未発達の翼を備えている。
・四肢には、巨大な鉤爪を備えている。
・緑色の胴体は鱗に包まれているが、本質的には不定形の肉体である。

　同作には「**イカドラゴン**」ともありますが、「**狂気の山脈にて**」など後年の作品ではもっぱら**タコ**と形容されます。1934 年に HPL がバーロウに送ったクトゥルーの影像のスケッチでは、タコのような球形の頭部で、左右それぞれ三角形に並ぶ 6 つの眼を備えています。バーロウはこのスケッチをもとに**ルルイエの館**から今まさに這い出してくるクトゥルーを描いた**リノリウム板**の判子を作って HPL に贈り、HPL はこれを書簡などで愛用しました。（下図参照）
　なお、AWD「**謎の浅浮き彫り**」の描写では、顔の下部を覆う触手の内 2 本が触腕状の捉脚になっていて、胴体の側面や中心からも触手が伸びています。

HPL のスケッチとバーロウの判子
（ブラウン大学のコレクション）

夢見るままに復活を待つもの

"CTHULHU" の綴りは当初、人間の耳では正確に聞き取れない音を無理に書き起こしたものでしたが、「墳丘」「狂気の山脈にて」「銀の鍵の門を抜けて」などの後年の作品では、同時代の学者や神秘学者たちの間である程度知られていた名前になっています。

「クトゥルーの呼び声」の執筆にあたり HPL が参考にした作品に、エイブラハム・メリットの『ムーン・プール』があります。南太平洋のポナペ島にまつわる物語で、ナン＝タウアッチ遺跡（実在のナン＝マドール遺跡がモチーフ）について「地元の者は、そこを"父祖よりも遥か昔"に君臨した強壮なる王、チャウ＝テ＝ルー Chau-te-leur の宝物殿だと言っている」と説明する文章が序盤に出てきます。チャウ＝テ＝ルーというのは、現在はサウデルー Saudeleur と呼ばれるポナペの古代王朝の古い表記で、この文章こそがクトゥルーとルルイェの直接の元ネタではないかと考えられています。

HPL は「〜呼び声」で何も知らない人間にクトゥルー崇拝を追跡させましたが、数年後の「墳丘」（1929 年）では、崇拝者側の歴史を説明しました。北米の地底に広がるクナ＝ヤンの、青い光に照らされる大都市ツァスの住民たちは、かつてアトランティスやレムリアで彼らがトゥルと呼ぶ蛸の頭を備えた神を崇拝していた人々の子孫です。クナ＝ヤンで最も豪華な神殿に祀られる大いなるトゥルは、宇宙の調和の霊とされ、伝説によればこの都市の住民は、遥かな太古にトゥルによって地球に連れてこられました。しかし、人間と人間の神々の双方に敵意をもつ宇宙の魔物のしわざで地上世界の大半が水没したため、トゥルは半ば宇宙的な海底都市レレクス（ルルイェ）の房室に幽閉され、夢を見ながら横たわっているのです。なお、「〜呼び声」ではルルイェが沈んでいるのは南太平洋の南緯 47 度 9 分、西経 126 度 43 分とされていて、これはイースター島の南西方向に位置しています。

クトゥルーは以下の HPL 作品で言及され、暗黒の年代記を形成します。

- ・「ダンウィッチの怪異」（1928 年）：「大いなるクトゥルー彼のもの（"大いなる古きものども"）の縁者なれども、彼のものに就いて朧に窺い知るばかりなり」という『ネクロノミコン』からの引用文がある。
- ・「電気処刑器」（1929 年）：メキシコ山間部でクトゥルートル Cthulhutl の名で崇拝。
- ・スミス宛書簡（1930 年 2 月 27 日）：クトゥルーが恐竜に跨りルルイェから遠出する。
- ・「狂気の山脈にて」（1931 年）：南太平洋の大陸が隆起した 3 億 5 千万年前に、タコのような姿をした宇宙生物クトゥルーとその眷属が地球に到来し、"先住者"と戦った。クトゥルーは新大陸を領有したが、大陸が水没して深い眠りについた。
- ・「インスマスを覆う影」（1931 年）：父なるダゴン、母なるヒュドラと共に"深きものども"から崇拝される。創作メモによれば、"深きものども"も宇宙起源の種族。
- ・「翅ある死神」（1932 年）：ウガンダの密林でクルル Clulu の名で崇拝される。

・「銀の鍵の門を抜けて」（1932 年）：クトゥルーが地球にルルイェ語をもたらした。
・「永劫より出でて」（1933 年）：「墳丘」でクトゥルーと共に太古の大陸で崇拝されたイグとシュブ＝ニグラスが、人間に友好的な神々としてムー大陸で信仰されていた。
・ジェームズ・F・モートン宛書簡（1933 年 4 月 27 日）：神々の系図（P.170）で、アザトースの曾々孫、ヨグ＝ソトースとシュブ＝ニグラスの孫、ナグの息子とされる。

ゾスより来たる神々

　AWD は「ハスターの帰還」でクトゥルーとその半兄弟であるハスターを敵対関係とし、連作「永劫の探求」では、クトゥルー教団と戦う者たちにハスターが助力を与えました。

　ケチュア＝アヤル族の戦争の神、アステカ帝国の蛇神ケツァルコアトル、南太平洋の島々で見つかる神像がクトゥルー崇拝の痕跡とされ、「～呼び声」でクトゥルー崇拝の拠点だった中東の無名都市が、その深部を除いてハスターの勢力圏とされたのも同作です。

　REH「スカル・フェイス」に登場する、アトランティスの生き残りと称する犯罪結社の総帥カトゥロスの名前が、クトゥルーに似ていたことを面白がった HPL は「暗闇で囁くもの」でルムル＝カトゥロスに言及しました。これを受け、カーター＆ロバート・M・プライス「エノス・ハーカーの奇妙な運命 The Strange Doom of Enos Harker」（未訳）では、アトランティスの神官王カトゥロスはクトゥルーの化身となっています。なお、REH はブリテン島のピクト人にまつわる「大地の妖蛆」の初期稿においてクトゥルーとルルイェに言及しましたが、決定稿ではクトゥルーの名前を削除しました。

　カットナーの諸作品では、クトゥルーはイグ、イオド、ヴォルヴァドスと共にムー大陸で崇拝された神とされています。

　クトゥルー神話の整理と補完に取り組んだカーターは、クトゥルーの出身地とされる暗黒星の名称に、CAS が作成した神々の系図におけるイクナグンニスススズの出身地"暗黒星ゾス Zoth"をいじったらしいゾス Xoth を採用しました。。また「陳列室の恐怖」において、地球到来以前のクトゥルーが、緑色の二重恒星ゾスあるいはその近傍に棲むイダ＝ヤーなる雌性生物との間に、ガタノソア、イソグサ、ゾス＝オムモグなどの子供らを作ったと設定しました。ヨグ＝ソトースが第 21 星雲にあるヴールという世界の雌性存在と交わり、クトゥルーを生んだとも書いています。

　カーターは以後の作品でもこのゾス神話群を拡充し続けましたが、HPL が 1930 年 12 月 1 日付ドナルド・ウォンドレイ宛書簡において、ルルイェの民の出身地を暗黒の星の都市ンガ＝グゥン N'gha-G'un と書いていたことについては知らなかったようです。

　ブライアン・ラムレイは『地を穿つ魔』で、ゾスの三兄弟にクティーラという妹を加えました。彼の作品世界ではアザトースではなくクトゥルーが邪神の首領で、その双子の兄弟と形容されるクトゥルーそっくりのクタニドが"旧き神々"の王とされています。

"Cthulhu" をどう読むか

　HPL が明確に「人間の耳では正確な発音を聞き取れない」とした語は、「クトゥルーの呼び声」の "Cthulhu" と "R'lyeh"、「暗闇で囁くもの」の "N'gha-kthun" のみで、たとえばアザトースもナイアルラトホテプも当初は人名で、発音できないような説明や描写がされたことはありません。その "Cthulhu" の読み方について、ウォンドレイは HPL から直接聞いた話として "ク＝リュル＝リュル K-Lütl-Lütl" を正確な発音としましたが、HPL は1934 年 7 月 23 日付ドウェイン・ライメル宛書簡でこれを否定、以下の説明をしています。「CTHULHU という文字は、エンジェル教授が若き芸術家ウィルコックスから聞いた夢の中の名前を表すために（無論、大雑把で不完全ですが）取り急ぎ工夫したものに過ぎません。実際の発音は——人間の器官で発声しうる限りでは、Khlül'-hloo のような具合になるでしょう。u の発音は、full の u の発音とそっくりで、第一音節の h は不明瞭な喉音を表しているのですから、第一位音節の発音は klul とさして変わりません。第二音節はうまく表現できませんね——この l の音を例示できないのです」

　また、1936 年 8 月 29 日付ウィリス・コノヴァー宛書簡では "Cluh-luh" とも書いていて、東京創元社版『ラヴクラフト全集』の "クルウルウ" 表記の根拠がこれになります。

　ただし、HPL がここで説明しているのは "本来の神名" のことで、英語の文章中に出てくる "Cthulhu" という当て字の英語読みの話ではありません。また、"Cthulhu" の名前そのものは「ダンウィッチの怪異」「墳丘」「狂気の山脈にて」「銀の鍵の門を抜けて」などに繰り返し言及され、HPL の作品世界では研究者や神秘主義者がしばしば口にしますが、発音についての但し書きは全くなく、慣用的な発音が想定されていたことが窺えます。

　HPL と直接顔を合わせる機会が多かったバーロウは、HPL 自身は「クトゥルー Koot-u-lew」と発音していたと証言しています（「バーロウ・ジャーナル Barlow Journal」）。

　前述の "チャウ＝テ＝ルー Chau-te-leur" が元ネタなのであれば、頷ける発音です。

　実際、今日の英語圏における標準的な読み方は「クトゥルー」と「クゥルー」の中間あたりです。"CTHULU" の誤字が商業刊行物や映像作品上で頻出するのみならず、各国語の表記（例：Cthulu（スペイン語）／Kutulu（スウェーデン語）／克蘇魯（中国語））を参照しても、国際的な流れとして LHU の H が省略される傾向にあることは明らかです。

　日本の "クトゥルフ" 表記は東京創元社版『ラヴクラフト傑作集（全集）』の「クトゥルフの呼び声」が初出ですが、TRPG"Call of Cthulhu" の日本版発売の際、ゲームデザイナーのサンディ・ピーターセンが吹き込んだテープの発音 "kuh-THOOL-hoo" に基づいて "クトゥルフ" 表記を採用したものです。ただし、現在のケイオシアム社の推奨発音は "kuh-THOO-loo" で、ピーターセン自身も最近は "クトゥルー" を併用しています。

　これらの根拠から、筆者は "クトゥルー" 表記が適切だと判断し、採用しています。

ガタノソア
Ghatanothoa

クトゥルー
シュブ＝ニグラス
『ポナペ教典』
ムー大陸

クトゥルーの御子<ruby>御<rt>み</rt></ruby><ruby>子<rt>こ</rt></ruby>

『ネクロノミコン』『無名祭祀書』『ポナペ教典』『ザントゥー石板』などの神話典籍によれば、大いなるクトゥルーは地球に到来する以前、ゾス星系の緑色の二重恒星において、雌性存在イダ＝ヤーとの間に三柱の小神を設けた。それが、"山上のもの"ガタノソア、"深淵の忌まわしきもの"イソグサ、そして"深みに潜むもの"ゾス＝オムモグだ。なお、ガタノソアについては『サセックス稿本』に見られるグタンタの別表記も知られている。

この神はおそらく3億5千万年前、同胞と共に地球に降り立ち、現在の南太平洋に隆起した大陸（レムリア大陸、ムー大陸）に君臨していたが、"旧き神々"（<ruby>旧き神々<rt>エルダー・ゴッズ</rt></ruby>）に制圧された。そしてガタノソアは、ヤディス＝ゴーと呼ばれる山の中に封じられた。

ムー大陸に人間の九王国が栄えた20万年前には、この山を囲むように聖王国クナアが栄え、ガタノソア信仰の中心地となっていたが、シュブ＝ニグラスやイソグサの信徒との間に諍いが絶えなかった。

『無名祭祀書』によれば、ヤディス＝ゴー山は地球上に生命が誕生する以前（つまり、35億年以上前？）、暗き惑星ユゴスの異形の落とし子どもによって建造された巨石造りの巨大な要塞であったという。そして、遠い昔に滅びたこの種族がガタノソアを後に残していったというのだが、これは前述の他の書物と矛盾している。この神を目にしたものは石化してしまうため、外見はよく知られていない。間接的に瞥見した者によれば、鱗や皺に覆われた巨大な肉体は半ば無定形で、触手と長い鼻、蛸のような眼を備えていたという。

ユゴス？ ゾス星系？

ガタノソアは、HPLのゴーストライティング作「永劫より出でて」に登場します。同作ではユゴスの異形の落とし子ども（<ruby>異形の落とし子ども<rt>エイリアン・スポーン</rt></ruby>）が地球にもたらしたと説明されますが、この種族が"外側のもの"（<ruby>外側のもの<rt>アウトサイド・シング</rt></ruby>）と同一なのかどうかは不明です。HPLの「暗闇で囁くもの」によれば、太陽系最外縁の惑星であるユゴスは、太陽系に進出する種族の中継地点として使われてきた

らしく、"外側のもの^{アウトサイド・シング}"も本来の出身地は別の星だとされています。

ガタノソアにクトゥルーの落とし子^{スポーン}という出自と、"山上のもの"の異名を与えたのは、カーターの連作小説「時間の彼方の恐怖」です。この設定は、1969年にアーカムハウスから刊行されたコリン・ウィルスンの『ロイガーの復活』を発展させたものでしょう。同作において、ガタノソアは太古のアンドロメダ星雲から飛来してムー大陸を支配したロイガー一族の首領とされ、ジェイムズ・チャーチワードのムー大陸関連書で人間の創造者とされた七頭の蛇神ナラヤナを、ガタノソアと同一視しています。ただし、『ロイガーの復活』は独自色が強く、HPLやカットナーの小説に語られるレムリア＝ムー・サイクルとの整合性を取るのが困難でした。カーターは同作を取り込みつつ、HPLの世界観に接続できるよう、ガタノソアの設定を再整理したのでしょう。なお、『ロイガー〜』の設定の矛盾点は、同作に登場する退役陸軍大佐ライオネル・アーカートの著作、『ムー大陸の謎』の誤謬という形ですり合わせることも可能です。

特撮ドラマ『ウルトラマンティガ』には、『ロイガーの復活』ベースの"暗黒の支配者"ガタノゾーアが登場、飛行タイプの怪獣であるゾイガーを従えています。ガタノゾーアのデザインは造形家の丸山浩で、一見、ハヤカワ文庫モダンホラー・セレクション版の『ロイガーの復活』の表紙に描かれるガタノソアを彷彿とさせますが、シナリオライターの小中千昭によれば、印象が似ているのは偶然とのことです。ガタノゾーアは、同作の劇場版『ウルトラマンティガ THE FINAL ODYSSEY』では南太平洋のルルイエの支配者とされました。『ウルトラマンオーブ』でもマガタノゾーアという派生怪獣が言及されますが、『ウルトラマンオーブ完全超全集』によれば、トリックスター的宇宙人ジャグラスジャグラーが、古代イシュタール文明の時代にヌル・ラ・ホテップを名乗り、マガタノゾーアを崇拝するマガ教を布教していたということです。

ガタノソア教団と『ポナペ教典』

「永劫より出でて」によれば、最盛期のムー大陸（『無名祭祀書』によれば紀元前173148年頃）のクナアにおいて、ガタノソア神殿には大祭司イマシュ＝モを頂点とする100人の司祭が奉職していました。王家直属の者たちを除く司祭たちは絶大な権力を握り、クナア人の生殺与奪を握る市民法の対象から外れ、大理石造りの邸宅や黄金の櫃、二百人の奴隷たち、百人の愛妾^{あいしょう}を所有していました。ムー大陸の住人たちは山上の巣穴からガタノソアが出現し、石化の力を発揮することをひどく恐れていたのです。

この恐怖はあまりにも強いもので、ガタノソアの司祭たちは神の姿を推測や想像したりすることを禁じました。これが、この神の姿が知られていないことの一因なのでしょう。

なお、カーターの「時代より」が初出の『ポナペ教典』は、大神官イマシュ＝モその人によって、ムー大陸の言語であるナアカル語で書かれた記録とされています。

イソグサ

Ythogtha

クトゥルー
ガタノソア
ゾス＝オムモグ
『ザントゥー石板タブレット』

"赤の供物" を捧げるべし

　"深淵の忌まわしきもの" イソグサは、クトゥルーが地球に到来する以前、雌性存在イダ＝ヤーとの間に設けた三柱の息子の一柱で、3 億 5 千万年前に同胞と共に地球に到来した後、"旧き神々エルダー・ゴッズ" への叛逆の結果として、ムー大陸北端に存在するイェーの裂溝に幽閉された。『ザントゥー石板タブレット』によればその後、同地に勃興したムー大陸九王国のひとつ、グスウで崇拝されていたが、兄弟神ではあるがイソグサと折り合いの悪いガタノソア崇拝に押されていた。この劣勢を覆すべく、赤い月の年（フリードリヒ＝ヴィルヘルム・フォン・ユンツトは、『無名祭祀書』（XXI、307 ページ）において紀元前 173148 年としている）に 1 人のイソグサの神官がイェーの裂溝に赴き、『三一の秘められしイェーの儀式』を実行してイソグサを覚醒めさせようとするのだが、これを察知した "旧き神々" がグリュ＝ヴォより星の光条スター＝ビームをムー大陸に降らせ、彼ら自身ないしはその下僕である「恐ろしい炎の塔の如き巨大なものたち」（『ザントゥー石板タブレット』の記述）が荒れ狂い、ムー大陸はついに滅び去ったのである。

　クトゥルーやゾス＝オムモグ同様、この神もまた崇拝者に自身の姿を象った彫像を与え、悪夢を見せるなどの邪な影響を与えた。彫像のひとつによれば、イソグサは両棲類めいた姿で、蛙に似た後肢で立ち上がり、吸盤が先端についた水かきのある前肢を伸ばしている。頭部は沸き立つような偽足ないしは触鬚の塊で、中心部にはぎらつく単眼がある。

ゾスの三兄弟の着想源

　イソグサはゾス＝オムモグと同じく、リン・カーターの連作小説「時間の彼方の恐怖」に登場する神性です。初出は同連作に含まれる「時代より」ですが、中心的な作品は「奈落の底のもの」で、同じくカーターの「夢でたまたま」も重要作です。前者ではイソグサの神官がこの神を復活させようとしたことによりムー大陸が滅亡した顛末が、後者ではイソグサの神像を祖父から受け継いだ人物が悪夢に苛まれる様子が描かれ、前述のイソグサ

の外見も、こちらの作品で描写されています。

　カーターは、ガタノソアの石化能力からギリシャ神話のゴルゴーン姉妹を連想し、そこから三兄弟の着想を得たようです。イソグサの頭部が触手の塊と描写され、ゾス＝オムモグの頭部が蛇のような鬣（たてがみ）に埋もれていると設定されているのは、髪の毛の代わりに蛇が生えているゴルゴーンがモチーフなのです。

　その点に着目して考えると、カーターの諸作品では直接の描写がありませんし、ガタノソアのようにその姿を見ただけで石化するようなことはないようですが、イソグサとゾス＝オムモグにも石化能力が存在すると見なして良いのかもしれません。

イソグサの言及がある神話典籍

　イソグサ教徒とガタノソア教徒は険悪なので、おそらくその奉じる兄弟神同士も険悪だと考えられます。しかし、不朽かつ腐朽なるウップと、これを父とするユッグが、イソグサとゾス＝オムモグの双方に仕えているということですので、ゾス＝オムモグとの関係性は、比較的穏やかなのかも知れません。なお、イソグサに言及のある神話典籍はゾス＝オムモグとほぼ同じで、大抵、この兄弟神と併記する形で名前が挙がっていますので、ゾス＝オムモグの項目における一覧を参照してください。

　ただし、『ザントゥー石板（タブレット）』は例外で、主にイソグサを中心的に扱っています。何故かというと、この石板の著者であるザントゥーは、ムー大陸最北のグスウの地に拠点を構えるイソグサ教団の大祭司だったのです。必然的に、『ザントゥー石板（タブレット）』の翻訳であるカーターの「奈落の底のもの」「赤の供物」は、同時にイソグサ教団の物語にもなっています。

　また、「夢でたまたま」によれば、『無名祭祀書』にはこう書かれています。

　"クトゥルーの落とし子のうち、唯一イソグサのみが沈みしルルイェに連なる場所にてつなぎとめられたり。なんとなれば、イェーはかつてムーの州のひとつなりて、ルルイェはかの引き裂かれ海に沈みし大陸の沿岸からさほど離れざるがゆえに。さればイェーとルルイェは我々の知る三つの次元には数えられざる幾多の次元におきて互いに極めて近し"

　つまり、イェーの地名の由来はルルイェであり、ルルイェはムー大陸の滅亡時には既に内陸に存在せず、大陸の北側の海底に沈んでいたということになります。

　これらの作品は『クトゥルーの子供たち』（KADOKAWA）にまとめて収録されています。

　なお、カーターのムー大陸もののヒントになったらしい作品として、HPLがヘンリー・S・ホワイトヘッドにプロット協力した「挫傷」があります。「奈落の底のもの」と同様、ムー大陸を天変地異が襲い、ついには水没に到る顛末を記す物語で、矛盾点は多々ありますが、同時に起きていた別の出来事を描いた小説として読むこともできそうです。

ゾス＝オムモグ

Zoth-Ommog

クトゥルー
ウッブ
『ポナペ教典』
ムー大陸

"深みに潜むもの"

　"深みに潜むもの" ゾス＝オムモグは、クトゥルーが地球に到来する以前、ほの暗い緑色の二重恒星ゾス、あるいはその近傍に棲まう雌性存在イダ＝ヤーとの間に設けた三柱の息子の一柱だ。ガタノソアと同じく3億5千万年前に同胞と共に地球に到来、古代ムー大陸を分割支配した小神で、兄弟神たるイソグサと同様、ユッグに仕えられている。

　『ポナペ教典』によれば、ムー大陸が大変動で沈む遥か以前に、"聖なる石像都市の島"の海底に束縛されていたというが、これはポナペ島の沖合にある海底の裂溝のことである。

　1909年、ポナペ沖の海底から現地人の漁師が、大衆紙では "ポナペの小像" と呼ばれる、異形の怪物の姿を象った翡翠像を引き上げた。これは、ゾス＝オムモグの似姿と考えられている。怪物の胴体は底辺の広がった円錐台形をしていて、爬虫類じみた頭部がその上に載っているのだが、蛇のようにうねうねととぐろを巻く長い髭ないし鬣が、頭部を隠してしまっている。台座の側面には、既存のいかなる文字にも類似しない複雑な象形文字──おそらくルルイェ語ないしはツァス＝ヨ語が刻みつけられている。この翡翠像は実のところゾス＝オムモグないしはこれを崇拝する "深きものども" によって地球にもたらされたもので、周囲に有害な影響力を与えるのみならず、彼方の世界に棲む同胞を召喚する力があった。サンボーン太平洋海域考古遺物研究所に保管されていた翡翠像は、1928年に破壊されたが、ゾス＝オムモグの脅威が完全に去ったわけではない。

ポナペ沖に眠る悪意

　ゾス＝オムモグは、リン・カーターが1971〜1981年に発表した5本の小説から成る連作、「時間の彼方の恐怖」に登場する神性です。初出は「時代より」(1975年) ですが、中心的な作品は「陳列室の恐怖」(1976年、発表時のタイトルは「ゾス＝オムモグ」) で、左ページの紹介は事実上、同作の要約になっています。

　「時代より」によれば、イースター島から発見 (時期不明) された、クトゥルーないしは

ゾス＝オムモグを象った玄武岩の神像が、現地民から“海の深みの神”と呼ばれました。

また、「陳列室の恐怖」によれば、“深淵の王”と呼ばれる水の精霊がポナペ島の密林の原住民の間で崇拝されていたとされ、さらにはクック諸島では“漁師の神”ザタマガ、ニューカレドニアではホモガア、マルキーズ諸島ではズォトモグ、ニュージーランドではザタマグワァ、マオリ族の呪い師（シャーマン）からはソタマガ、ニューギニアのセピク川流域の現地民からはズモグ＝ヤア、南インドシナの退廃した現地民の宗派ではモグとして崇拝されていたと説明されています。

ポナペ島の沖合から発見されたという翡翠像については、「時代より」で触れられた後、「陳列室の恐怖」においてこれが破壊されるまでの顛末が語られています。同作を含む連作「時間の彼方の恐怖」は、『クトゥルーの子供たち』（KADOKAWA）にまとめて収録されていて、同書の表紙イラストはこの翡翠像を描いたものとなっています。

ゾス＝オムモグにまつわる神話典籍

リン・カーターの諸作品によれば、ゾス＝オムモグは以下の神話典籍で言及されます。

- ラテン語版『ネクロノミコン』（17世紀にスペインで刊行されたもの）：第II書第vii章に、「ゾス＝オムモグは神聖なる石造都市の島（イェー？）を囲繞（いにょう）する大洋の深みより吠え続け」という記述がある。（「時代より」）
- 英語版『ネクロノミコン』：ゾス＝オムモグとイソグサの従者であるウッブ、ユッグについての記述がある。（「ウィンフィールドの遺産」）
- 『ポナペ教典』：緑色の二重恒星より到来した強壮なるクトゥルーの三柱の息子たちが、父神と共に「旧き神々」に挑み、「旧き印」の魔力により封じられた。（「時代より」）
- 『ザントゥー石板（タブレット）』：不朽かつ腐朽なるウッブを父とするユッグが、イソグサとその兄弟神ゾス＝オムモグに仕え、主を捕らえる縛鎖を蝕み続けている。（「時代より」）
- 『グラーキの黙示録』第12巻：イゴーロナクと共に言及される。（「陳列室の恐怖」）
- 『無名祭祀書』：ゾス＝オムモグを含むクトゥルーの眷属の家系や、イソグサとゾス＝オムモグに仕えるウッブとユッグについて書かれている。（「陳列室の恐怖」）

ただし、ラテン語版『ネクロノミコン』において、“神聖なる石造都市の島”をイェーとするのは誤りで、これはムー大陸の北端のあたりに位置する、イソグサの封印地です。

また、ハロルド・ハロリー・コープランド教授の研究論文『『ポナペ教典』から考察した先史時代の太平洋海域』（1911年）が、カリフォルニア州サンティアゴのサンボーン太平洋海域考古遺物研究所に遺贈されています。（上記2作と「墳墓に棲みつくもの」）

クティーラ

Cthylla

- クトゥルー
- ゾス星系
- インスマス
- イハ=ンスレイ

クトゥルーの愛娘

　"クトゥルーの秘められし胤" クティーラは、ゾス星系で生まれたガタノソア、ゾス=オムグ、イソグサの妹神だが、厳重に秘匿されたため、『ネクロノミコン』などの神話典籍に全く触れられていない。クトゥルーにとってのクティーラは単に娘であるだけでなく、自らの肉体が滅びた時に、精神をその胎内に宿して改めて生まれなおすために用意しておいた、母となるべき存在なのだ。そのため、彼女はマサチューセッツ州の漁村インスマスの沖に入り口がある海底都市イハ=ンスレイで、ダゴンとヒュドラにより厳重に守られている。ミスカトニック大学の対邪神組織ウィルマース・ファウンデーションが、核攻撃によるクティーラ抹殺を試みたことがある。クトゥルーの怒りは凄まじく、大地震と竜巻、三日三晩続いた暴風雨がアーカムを襲い、ミスカトニック大学は壊滅的な被害を受けた。

　数少ない情報源によれば、クティーラの姿は伸縮自在の三組の目、収納可能な鉤爪を先端に持つ触手、体内にひっこめられる翼ないし鰭を備えた、巨大な黒い蛸のような姿をしているということだ。体色を除けば、父神の頭部だけのミニチュア版という感じだろうか。

父神の母胎となって

　クティーラは、クトゥルーの三柱の息子たちについての設定が最初に言及された商業刊行物でもある、ブライアン・ラムレイの長編『タイタス・クロウの帰還』に登場します。

　彼女の外見は、ラムレイのトリビュート作品であるティナ・L・ジェンス「娘の冥き胎内にて In His Daughter's Darkling Womb」（未訳）に基づいています。

　邪神の姫という稀少な属性を持つクティーラは、対戦格闘ゲーム『カオスコード』をはじめ、ゲーム作品にしばしば美少女化して登場しました。

　なお、ジョゼフ・S・パルヴァー『悪夢の使徒 Nightmare's Disciple』（未訳）では、クトゥルーは姉妹であるカソグサとの間にヌクトサとヌクトルーという双子の娘を設けています。この双子は現在、木星の大赤斑に封印されているということです。

ダゴン、ヒュドラ

ルルイェ
クトゥルー
"小さき古きものども"（レッサー・オールド・ワンズ）
ポナペ島

Dagon, Hydra

カルト教団の神々

　ダゴンとは、古代カナン地方において崇拝された、旧約聖書にも名前がある半人半魚の神である。そしてヒュドラは、古代ギリシャでは水辺に棲む蛇の呼称としても用いられた、神話上の多頭の毒蛇のことだ。直接の接点があるとは考えにくい存在だが、19世紀以降の北米東海岸に出現した複数のカルト教団において、両者は父なるダゴン、母なるヒュドラ（英語形はデイゴンとハイドラ）と並び称される番の神とされ、南太平洋の深海に沈むルルイェなる海底都市で眠り続けている、大いなるクトゥルーの異名あるいは従神とされているのである。『ネクロノミコン』や『無名祭祀書』などの神話典籍によれば、ダゴンはかつて大いなるクトゥルーが暗黒のゾス星系から地球へと到来する際に伴った半人半魚の両棲種族、"深きもの"（ディープ・ワン）の長老格であり、"小さき古きものども"（レッサー・オールド・ワンズ）と呼ばれる小神の一柱だという。かつて環太平洋考古学の権威として尊敬を集めたハロルド・ハドリー・コープランド教授は、カロリン諸島のポナペ島における1909年の調査において、カナンのものと酷似する同名の神が、"深きものども"（ディープ・ワンズ）の盟主として信仰されているのを確認したということだが、追加調査は行われておらず、ポナペ島のダゴン崇拝は謎に包まれている。

クトゥルー神話のプロトタイプ

　ダゴンは、HPLが架空神話の創造に着手する以前の作品「ダゴン」に登場する半人半魚の巨人（モノリス）で、南太平洋に浮上した陸地で巨大な立石を崇拝する様が描かれますが、その目撃者である語り手がその巨人をダゴンと呼んだというだけのことで、固有名というわけではありませんでした。ダゴンは本来、古代カナン（現代のパレスチナ）で崇拝された、上半身が人間、下半身が魚の神で、ベロッソスの『バビロニア誌』で言及される文化神オアンネスと同一視されています。その名前は、ヘブライ語で魚を意味する「dag」と偶像を意味する「aon」を組み合わせたものとも、ウガリット語で穀物を意味する「dgn」の名をもつ穀物神（こくもつ）であったとも言われます。ダゴンは旧約聖書において異教徒ペリシテ人の神と

して言及され、HPL が愛読したジョン・ミルトンの叙事詩『失楽園』にも登場しています。

　HPL は「インスマスを覆う影」において、父なるダゴン、母なるヒュドラの名前を"深きもの"の帰依の対象として挙げています。ヒュドラというのはギリシャ神話に登場する多頭の蛇のことですが、古代ギリシャでは水辺に棲む蛇全般を指す言葉でもありました。

　同作では、マサチューセッツ州の漁村インスマスを支配する"深きもの"のカルトの名前がダゴン秘儀教団とされていますが、彼らはクトゥルーも崇拝していますので、「インスマス〜」が原作の映画『ダゴン』のように、「ダゴン＝クトゥルー」と解釈されることもあります。とはいえ、大抵の後続作家は「ダゴン＝"深きもの"の長老＝クトゥルーの配下」と解釈しました。たとえば AWD 作品のダゴンは、クトゥルーと共に"深きもの"が崇拝する海の神で（「門口に潜むもの」）、"深きもの"はインスマスの悪魔の暗礁でダゴンの賛歌を歌います（「ファルコン岬の猟師」）。連作「永劫の探求」で言及されている"ダゴンへの祈り"の存在も、AWD がダゴンを神と考えていたことを物語っています。

　HPL はまた、「門口に潜むもの」のベースとなった小説断片で、植民地時代のニュープリマス（現マサチューセッツ州プリマス）の森の中にダゴンの礼拝所が設けられたと書きました。おそらくこれがダゴン秘儀教団設定の前身で、マサチューセッツ州のマールボロという街のあたりで"古き神々"が崇拝されるとするハーバート・ゴーマン『ダゴンと呼ばれた地 The Place Called Dagon』（未訳、1927 年）が直接の元ネタだと思われます。

　カーターは「神神」でダゴンを"深きもの"の首領かつクトゥルー配下の小神として、ヒュドラと夫妻にしました。また、「陳列室の恐怖」ではダゴンが南太平洋のポナペ島でも崇拝されていると設定し、両神をルルイエかイハ＝ンスレイに棲む"小さき古きもの"に分類しました。ラムレイ『タイタス・クロウの帰還』はこれを踏襲し、両神をイハ＝ンスレイにおけるクトゥルーの娘クティーラの後見者としました。クトゥルーが古い肉体を捨てて娘の胎内に宿ったとき、彼らは生まれ変わったクトゥルーの養い親となるのです。

母ならぬヒュドラ

　カットナーは HPL の死後、「ヒュドラ」という作品を発表しました。同作のヒュドラは、アザトースの棲む混沌に接する外世界の深淵に生まれた怪物で、様々な世界の生物の頭部を奪い、脳を喰らいます。ギリシャ神話の多頭蛇ヒュドラはこの怪物が原型です。ヒュドラ崇拝者はあらゆる世界に存在し、たとえば 1783 年にセイラムで刊行された『魂の射出』と題する 8 ページの小冊子は、アストラル体投射という肉体離脱の魔術の指南書を装った、ヒュドラに生贄を送る罠なのです。カットナーが「インスマス〜」のヒュドラを意識していたかどうかはわかりませんが、「ヒュドラ」発表の前年に、彼は海の邪神ダゴンにまつわる「ダゴンの末裔」（「アトランティスのエラーク」シリーズ）を発表しています。

アザトース

Azathoth

魔　皇 デーモン・スルターン

ザーダ＝ホーグラ

ビッグ・バン

アザーティ

蕃神

アザトース

星間宇宙の帝王

　窮極の混沌の中心、あるいは宇宙の中心にあるという形のない深奥の虚空に魔　皇アザトースの玉座がある。黒い玉座の周りには盲目で口もきけない蕃神どもが侍り、無定形の踊り手が太鼓とフルートの音に合わせて踊り続け、神々の化身にして使者たるナイアルラトホテプが傍らに控える中で、黒々としたアザトースが形を持たぬまま飢えて囓り続け、冒瀆の言葉を吐き散らし続けている。アザトースの名には角度ある空間の彼方に存在するすさまじい核の混沌が隠されているとも、その名自体が言いようもなく恐ろしい原初の邪悪であるとも言われる。

　邪神たちの王として君臨するアザトースは、同族あるいは上位の存在とされる"旧き神々"エルダー・ゴッズに反旗を翻した際にはその指揮を執った。この戦いに敗れた際、アザトースは知性と意思を奪われて盲目にして痴愚の存在となり、窮極の混沌に追放されたのだと言われる。

　明確な形を持たない不定形の存在とされることが多いアザトースだが、シャッガイという星の昆虫族が崇めるアザトースの神像は何対もある柔軟な肢に支えられた巨大な二枚貝を思わせる姿で、貝殻の割れ目からは先端にポリプ状の付属器官が生えた節のある円筒形のものが何本も伸びている。この姿はザーダ＝ホーグラと呼ばれることもある。

　この宇宙の創造主であるとも考えられているアザトースの力は、宇宙の根源である原子核反応に通ずるものがあると推測されている。ルートヴィヒ・プリンの『妖蛆の秘密』にはアザトースを召喚するための式文が記されているが、その実行には相当量の核物質が必要である。

　通常その玉座から動くことのないアザトースは、ごく稀に召喚に応じて力の一端を解放するが、それだけでも途方もない破壊力を有する。また、玉座でのたうち回る間にアザトース本体から分離した欠片が宮廷から離れ、落とし子となって宇宙を彷徨う。

邪悪なるスルターン

　HPLはウィリアム・ベックフォードの『ヴァテック』に影響を受け、18世紀風の東方

奇譚「アザトース」を執筆しましたが、未完に終わりました。ここでのアザトースは邪悪な王の名でしたが、「未知なるカダスを夢に求めて」で蕃神やナイアルラトホテプを侍らせる知能なき 魔 皇 という現在知られるアザトースになっています。その後も「ユゴスよりの真菌」「暗闇で囁くもの」「闇の跳梁者」「魔女の家で見た夢」などの作品で HPL の万魔殿における邪神の王として肉付けがされました。HPL と CAS はそれぞれ、クトゥルーとツァトーグァをアザトースの子孫とするものの、他は全く異なる神々の系図を作成しています（P170、P188 参照）。

　アザトースを明確に邪神の王と位置付けたのは「用語集」で、時間と空間の支配者としています。カーターもこれを踏襲しつつ、「神神」で知性と意思を奪われたこと、「陳列室の恐怖」で双子の兄弟ウボ＝サスラとともに "旧き神々" に創造されたという設定を追加しました。なお、「宇宙はアザトースの見る夢に過ぎず、目覚めにより消滅する」という設定もよく聞かれますが、これは渋沢工房のコミック『エンジェルフォイゾン』の設定や、ペガーナ神話のマアナ＝ユウド＝スウシャイとの混同によるものらしく、カットナーの「ヒュドラ」における「あらゆる存在は万物の王アザトースの思考により創造された」という記述が根っこにあると思われます。『クトゥルフ神話 TRPG』の副読本『マレウス・モンストロルム』で、マアナ＝ユウド＝スウシャイがアザトースの化身と設定されたことも大きいでしょう。

　ラムジー・キャンベルは「昆虫族、シャッガイより来たる」で、それ以前の作品にはない二枚貝を思わせる姿をしたアザトースを登場させました。この姿のアザトースは、『クトゥルフ神話 TRPG』でザーダ＝ホーグラという名を持つ化身と設定されましたが、このザーダ＝ホーグラという名は「ユゴスの坑」で言及される言葉ではあるものの、アザトースと直接関係あるかどうかは定かではありません。

　ブライアン・ラムレイは「タイタス・クロウ・サーガ」シリーズの『地を穿つ魔』で、"原子の混沌" と呼ばれるアザトースを核反応と結びつけたのみならず、この宇宙を創生したビッグ・バンそのものではないかと示唆しています。ラムレイ『旧神郷エリシア』には、核反応で形成されたアザトースの落とし子アザーティが登場します。また、「狂気の地底回廊」では『ゲイハーニ断章』で "核なる混沌" なるものが太陽系第五惑星サイオフを破壊し、現在の小惑星帯を形成したことがほのめかされます。これについて、サンディ・ピーターセンの『クトゥルフ・モンスター・ガイド』ではジェイムズ・モリアーティ教授が論文「小惑星の力学」で同様の主張を述べたとしています。これは「狂気の地底回廊」とアイザック・アシモフの「終局的犯罪」を組み合わせたものです。

ヨグ＝ソトース

Yog-Sothoth

『ネクロノミコン』
環状列石
"門の鍵にして守護者"
ウムル＝アト＝タウィル

万魔殿のナンバー2

『ネクロノミコン』などの神話典籍において、魔皇（デーモン＝スルターン）アザトースの副王などとされるヨグ＝ソトースは、ある面においてはアザトースを凌駕しているとすら思われる強力な神性だ。

地球上で知られるヨグ＝ソトースの顕現は、玉虫色に光り輝く巨大な球体が集積した姿である。ただし、『ネクロノミコン』によれば、この球体はヨグ＝ソトースの本体ではなく、この神に寄生する下僕たちであり、これらの球体に覆い隠されたヨグ＝ソトースの真の姿は、触覚を蠢かせながら泡立ち続ける不定形の怪物なのである。

ヨグ＝ソトースはシュブ＝ニグラスとの間にナグとイェブをもうけたと言われることもあれば、クトゥルーやハスター、ツァトーグァの父神とされることもある。この神の本体は異次元に存在するようで、贄として捧げられた女性におぞましい姿の子供を生ませて手先となし、三次元空間に受肉しようと試みることがある。こうした混血児たちの多くは、父親の特徴をある程度受け継いだ異形の姿をしているようだ。

"門の鍵にして守護者"たるヨグ＝ソトースの本質は、全ての時間と空間に隣接した概念的な存在だ。遥かな太古より、無数の魔術師たちがヨグ＝ソトースを崇め、環状列石で召喚を試み、"外側のもの"（アウトサイド・シング）もこの神を"彼方なるもの"と呼んで崇拝したという。その背景に、ヨグ＝ソトースが体現する永遠の真理への渇望があったことは想像に難くない。

神であり、概念でもある存在

ヨグ＝ソトースは、HPLの半自伝的な作品「チャールズ・デクスター・ウォード事件」（1927年）が初出です。同作に登場する魔術師は、ヨグ＝ソトースを召喚してその顔を直接目にし、この神から授かった死者を蘇生・崩壊させる呪文（ヨグ＝ソトースの名前が含まれています）で数多の秘儀に通じていくのですが、最終的に神の逆鱗に触れ、その身を滅ぼされています。HPLはアドルフ・デ・カストロの「科学の犠牲」を改作した「最後のテスト」（1927年）でも、ヨグ＝ソトースに言及しました。

ヨグ＝ソトースにまつわる重要作「ダンウィッチの怪異」（1928 年）が執筆されたの
は、これらの作品の翌年です。魔術師に召喚されたヨグ＝ソトースは、その娘との間に双
子の兄弟をもうけ、『ネクロノミコン』に書かれている方法で自分を含む異世界の存在を
地上へと招き入れる門を開くよう命令します。また、「大いなる**クトゥルー**彼のものの縁
者なれども、彼のものに就いて朧に窺い知るばかりなり」という引用から、クトゥルーよ
りも上位の存在だとわかりました。「ダンウィッチ〜」にはまた、『ネクロノミコン』から
の引用として「ヨグ＝ソトース門を知る。ヨグ＝ソトースこそ門なり。ヨグ＝ソトースは
門の鍵にして守護者なり。過去現在未来の総てヨグ＝ソトースの内にて一なり」と書かれ
ます。HPL はこの設定を「銀の鍵の門を抜けて」（1932 年）で掘り下げ、「無限の存在と
自己の“**一中の全**”と“**全中の一**”──単に一つの時空連続体に属するものではなく、
存在の無限の広がり──制限を持たず、空想も数学も超越した最果ての絶対的な広がりの、
根源的な生の本質と結びついたもの」である、ある種の神秘的な概念として描写しました。
なお、同作において、あらゆる宇宙と時間の外側に位置する“**終局の空虚**”への門を抜け
ようとする際に現れるという“**最古なるもの**”ウムル・アト＝タウィルは“**案内者**”に
して“**門の守護者**”とも呼ばれていて、これが「ダンウィッチ〜」の「ヨグ＝ソトース
は門の鍵にして守護者なり」と重なることから、後続作品ではヨグ＝ソトースの化身とみ
なされることがあります。その名前はアラビア語で「生き永らえしもの」を意味する言葉
──なのですが、文法的に誤っているということで、『クトゥルフ神話 TRPG』では**タウ
ィル・アト＝ウムル Tawil At-U'mr** に修正されています。（正確には**タウィル・アル・ウ
ムル Tawil al Umr** だという指摘もあります）
「ダンウィッチの怪異」の時点ではまだヨグ＝ソトースの外見はわかりませんが、父親か
ら身体的特徴を受け継いだ**ウェイトリイ家**の双子についての描写はありました。

・**ウィルバー・ウェイトリイ**：長い耳、顎のない口など山羊を思わせる容貌。蛇の鱗状の
　ものと黒い毛に覆われた脚は恐竜の後脚に似ていて、先端は蹄でも鉤爪でもない肉の塊
　になっていた。腹部には先端に赤い吸盤がついた緑色の触手が 20 本生えている。尻に
　はピンクがかった球体が埋まり、象の鼻や触腕のような尾が垂れている。
・**ウィルバーの兄弟**：この世界に属さない物質で構成され、通常は眼に見えない。巨大な
　胴体は蛸やムカデ、蜘蛛を思わせる複数の脚を備え、てっぺんには何ヤード（1 ヤード
　は約 0.9 メートル）もあるウィルバーに似た顔がついている。

　現在、よく知られている虹色の球体の集積物というヨグ＝ソトースの外見は、HPL の
ゴーストライティング作品「蠟人形館の恐怖」（1932 年）で言及され、「小辞典」「神神」
もこの描写を踏まえています。ただし、AWD は「ダンウィッチ〜」「銀の鍵の〜」を踏

まえ、「門口に潜むもの」（1945年、邦題は「暗黒の儀式」）において、太陽のような強い光を放つ玉虫色の球体の背後に潜む、時空間の底、混沌の中で永遠に泡立ち続ける、触角を持つ粘液状の怪物をヨグ＝ソトースの本体としました。ちなみに、コリン・ウィルスンがプロデュースした『魔道書ネクロノミコン』収録の「ネクロノミコン断章」では、環状列石を用いた召喚方法が解説されていると共に、全部で13個ある球体がそれぞれゴモリ、ザガン、シュトリ、エリゴル、ドゥルソン、ウアル、スコル、アルゴル、セフォン、パルタス、ガモル、ウンブラ、アナボスという名の下僕であると設定されています。

大地の神ヨグ＝ソトース

　レイニー「小辞典」（1943年）は、ヨグ＝ソトースがアザトースと領土を共有し、「銀の鍵の門〜」に登場するウムル・アト＝タウィルと“古なるものども”を、地上での代理人としていると設定しました。人格神であると同時に力そのものでもあるという解釈も、「小辞典」で明示されたものです。なお、レイニーはヨグ＝ソトースを大地の精に分類しますが、根も葉もない話ではありません。「ダンウィッチ〜」のヨグ＝ソトースは異次元の存在ですが、同時に「地の底から呼び出される called out of the earth」という記述もあるのです。「地球外から〜」と翻訳されることもありますが、前後の描写や HPL の書簡を参照する限りでは、「地の底」するのが適切と思われます。これに基づき、ヘンリー・カットナーは「クラーリッツの秘密」（1936年）において「鱗に覆われた地下のヨグ＝ソトース」、AWD は「戸口の彼方へ」（1941年）において「大地の底に住むヨグ＝ソトース」と描写しました。これらの記述が、レイニーの根拠なのでしょう。あるいは、AWD の四大精霊設定は「ダンウィッチ〜」での大地の神としての描写が根拠なのかも知れません。ともあれ、1943年以降の AWD の作品を見ると、「闇に棲みつくもの」（1944年）でヨグ＝ソトースについて「時間と空間の双方を旅するとはいえ、あの存在は地の精にちがいない」と説明し、「小辞典」の設定に合わせています。ただし、彼は新設定もこしらえていて、「永劫の探求」第4部（1952年）ではこの神を“大いなる古きもの”最強の存在とし、「ルルイェの印」（1957年）では時空連続体と表現しました。また、「丘の夜鷹」（1948年）に示される「日輪第五の宮に入りて、鎮星の三部一対座に位置するときを待ち、炎の五芒星形を描き、第九の詩を三度唱え、ヨグ＝ソトースが守護者なる門の彼方の外なる空間にて、聖十字架頌栄日と万聖節前夜の儀式を繰り返すべし」という召喚手順は「チャールズ〜」の引用ですが、出典ではヨグ＝ソトース自身が教示した手順でした。

ヨグ＝ソトースにまつわる他作家の設定

　CAS「聖人アゼダラク」によれば、『エイボンの書』にはヨグ＝ソトースにまつわる記述があります。また、カーター「陳列室の恐怖」では、ヨグ＝ソトースは第23星雲のヴールという世界の雌性存在との間にクトゥルーを、別の神との間にハスターを、続いてヴルトゥーム（CAS「ヴルトゥーム」に登場）を設けたとしています。

　ブライアン・ラムレイの「タイタス・クロウ・サーガ」シリーズでは、ヨグ＝ソトースが全ての空間に隣接し、全ての時間に同時に存在（数カ所が限界）するのは、"旧き神々"（エルダー・ゴッズ）により次元宇宙の境界に幽閉されたからで、彼本来の力ではありません。力関係でもクトゥルーに劣るものの、イブ＝ツトゥルとバグ＝シャシュを従える強力な存在として描かれます。なお、最終作『旧神郷エリシア』には、ヨグ＝ソトースの対の存在らしい、黄金の球体の集積物の姿をした"旧き神"（エルダー・ゴッド）ヤド＝サダーグが登場します。

　第二世代作家のリチャード・L・ティアニーは、グノーシス派の創始者として知られるローマ時代の魔術師シモン・マグスを主人公とする作品群を著しています。彼の世界観は、キリスト教の唯一神ヤハウェが宇宙を支配する邪悪なる"旧き神"（エルダー・ゴッド）とし、"大いなる古きもの"（グレート・オールド・ワンズ）をその暴虐への叛逆者として描く、価値観の反転したものでした。長編『混沌のドラム The Drums of Chaos』（未訳）において、ヨグ＝ソトースの落とし子であるイエス・キリストとその不可視の兄弟は、絶え間なく続く人類の苦しみに心を痛め、ヨグ＝ソトースを召喚して人類を宇宙の歴史から消し去ろうとします。

　「ダンウィッチの怪異」には、新約聖書におけるイエス・キリストの物語のパロディの側面があり、ウィルバーの兄弟が「父上！ 父上！」とヨグ＝ソトースに呼びかけるクライマックスは、磔にされたイエスが「エリ・エリ・レマ・サバクタニ（わが神、わが神、なぜわたしをお見捨てになったのですか）」と呼びかけるシーンを換骨奪胎したものと言われています。ティアニーは、言わば二重のパロディを行ったわけです。

　ロバート・M・プライス「悪魔と結びしものの魂」で、聖地エルサレムがかつてのヨグ＝ソトース教団の中心地とされるのは、ティアニー作品のことでしょう。

　また、『魔道書ネクロノミコン』ではアザトースの副摂政、混沌の媒介にして原初の言葉の外的側面とされます。占星術的には古代アラブ人がアル・カルブ・アル・アサドと呼び、ローマ人がコル・レオーニス（ライオンの心臓）と呼んでいた獅子座の星の胸のあたりに位置する星の顕れで、地上における方位はほぼ南です。

シュブ＝ニグラス

Shub-Niggurath

レムリア大陸
シュマス＝グン
惑星ヤディス
大地母神

神々の"母"たる存在

"千の仔を随えし山羊"シュブ＝ニグラスは、太古のレムリア大陸（ムー大陸）やその生き残りに崇拝された神性で、地球上の各地で知られる多産と豊穣の象徴、大地母神の原形である。なお、やはりムー大陸で崇拝されたガタノソアとは敵対関係にあったようだ。

『ネクロノミコン』によればシュブ＝ニグラスはアザトースの子たる"闇"が、暗黒星雲のシュマス＝グンで産み落とした存在で、現在は惑星ヤディスに封印されていて、この星の大地を喰い荒らす巨大なボール族や、地球上の森に棲む矮人族を従者としている。

『無名祭祀書』には、"名づけられざりしもの"ハスターとの間にイタカ、ロイガー、ツァールを産み落としたとあるが、これとは別に、ヨグ＝ソトースとの間にナグ（クトゥルーの親）とイェブ（ツァートーグァの親）を設けたとする系図の存在も知られている。

大地母神の原型

シュブ＝ニグラスはクトゥルー神話の代表的な神の一柱です。アドルフ・デ・カストロ「科学の犠牲」をHPLが改作した「最後のテスト」（1927年）が初出ですが、この時は名前のみでした。「墳丘」（1929年）では、シュブ＝ニグラスは北米の地底世界クナ＝ヤンで、水没したレムリア大陸やアトランティス大陸の子孫である住民たちからクトゥルー、イグなどの神々と共に崇拝されています。同作で「万物の母であり、"名付けられざりしもの"（ノット・トゥ・ビー・ネームド・ワン）の妻」という記述と共に、古代セム人の豊穣多産の女神アスタルテに例えられたのが、大地母神としての性格を決定づけました。この際、「壁の中の鼠」（1923年）で言及される古代ローマ人の崇めた太母神（マグナ・マーテル）（キュベレイ）も重ねられていたようです。

なお、神話作品でよく口にされる「いあ！しゅぶ＝にぐらす！」の聖句は、シュブ＝ニグラスを讃える言葉というより、「アヴェ・マリア」のような慣用句なのでしょう。

その後、「蠟人形館の恐怖」（1932年）などの作品で"千の仔を随えし山羊"という異名が言及され、「永劫より出でて」（1933年）では水没前のムー大陸（＝レムリア大陸）

において、自身を奉ずる神官に敵対するガタノソアの石化を免れる呪文を授けています。

　HPLはまた、1933年4月27日付ジェームズ・F・モートン宛書簡で、**アザトース**の子である"闇"の娘を**シュブ＝ニグラス**、同じく"**無名の霧**"の息子を**ヨグ＝ソトース**とし、両神の間に**ナグ**と**イェブ**が生まれたという系図（P.170）を示します。**カーター版『ネクロノミコン』**の「第九の物語」では、"闇"がシュブ＝ニグラスを生んだのは暗黒星雲のシュマス＝グンという場所（HPLのスミス宛1932年7月26日付書簡が出典の語）とされます。

　カーターの「神神」では**ハスター**の妻とされますが、これは AWD「ハスターの帰還」でハスターの異名が"名づけられざるもの"とされるのを、「墳丘」の記述と組み合わせた設定でしょう。また、AWDの長編「門口に潜むもの」では、『ネクロノミコン』の引用文の形で、**森の妖精、サテュロス、レプラコーン、矮人族**がこの神の配下とされます。

　カーターはこの記述を受けて、シュブ＝ニグラスの設定を整理しました。「陳列室の恐怖」ではシュブ＝ニグラスは**惑星ヤディス**に追放されていて、『無名祭祀書』の引用として「シュブ＝ニグラスが悪夢めきたる噂あるヤディスより、森の矮人族を含む全ての眷族を打ち連れて来たれり」という一文と共に、ハスターとの間に**イタカ、ロイガー、ツァール**を生んだとしました。また、カーター版『ネクロノミコン』には森の矮人その同盟者である惑星ヤディスのボール（原文ではドール）が"強壮なる母"シュブ＝ニグラスの従者とあります。なお、ジョゼフ・S・パルヴァーの「ガードコマンド The Guard Command」（未訳）ではイグとの間に性魔術結社"孤立の娘たち"から崇拝される**ウーツル＝ヘーア Ut'ulls-Hr'ehr**という娘を設けています。

シュブ＝ニグラスの外見

　1936年9月1日付ウィリス・コノヴァー宛書簡に「恐ろしい雲のような存在」と書かれている他に、HPLはシュブ＝ニグラスの外見描写をしませんでした。CAS は人間と山羊の特徴を備えたシュブ＝ニグラスの胸像を作っていて、これは彼の画集に写真が載っています。

　シュブ＝ニグラスの姿が初めて明確に描写されたのはキャンベル「ムーン＝レンズ」で、英国グロスターシャーの異様な田舎町ゴーツウッドの住民が、この神を崇拝している様子が描かれます。ゴーツウッドに現れたシュブ＝ニグラスについては、カーター「陳列室の恐怖」での『グラーキの黙示録』からの引用に、「シュブ＝ニグラスがムーン＝レンズを打ち砕かんと大股にて歩み」という文章が含まれています。

　作中で描写される特徴は以下の通りで、本項のカットはこれに基づきます。

・白い柱のような胴体に、クラゲ状の大きく丸い頭部がついている。
・大きな円形の突起が先端についた、いくつもの関節がある無数の脚がある。
・三つある爪のような器官と脚を使って立っている。
・頭部に灰色の眼玉が複数あり、中心には牙が並ぶ嘴状の大きな口がある。

"闇の跳梁者"

"無貌の神"

"闇に棲みつくもの"

ナイアル ラトホテプ

バイアグーナ　Nyarlathotep
ネフレン＝カ
アザトース
シャールノス

クトゥルー神話のトリックスター

"這い寄る混沌"ナイアルラトホテプは、その異名が示す通りの混沌と矛盾の体現者だ。自身が仕える神々すらも嘲笑する彼は矛盾の塊であり、善き意図から悪しきことを、悪しき意図から善きことを行う彼の言動から、その真意を推し量ることは決してできない。エジプトの神王（ファラオ）を想起させるその名前が示す通り、この神はエジプト最古の神と言われる暗黒神で、猫の頭を持つバースト女神や、鰐の頭を持つセベク神と共に崇拝された。

世界の終末が近づくと、彼は聖杖を携えた顔のない黒人の姿で砂漠に現れ、背後の生者たちに死を、行く手の死者たちに生を与えると言い伝えられている。古代遺跡から時折発掘される顔の削られたスフィンクス像は、実はこの神の崇拝の名残りなのかもしれない。

古代エジプトにおけるナイアルラトホテプ崇拝は、神官の身でありながら王位を簒奪して神王（ファラオ）となったネフレン＝カの御世に隆盛を迎えた。しかし、国内は大いに混乱し、血なまぐさい統治に反発した人々は反乱を起こして邪悪な神王（ファラオ）と神官たちを追放し、彼らの崇めた神の名前と共にあらゆる記録からその存在を抹消したという。しかし、ナイアルラトホテプ自身が暗躍を続け、とりわけ欧米の魔女宗と繋がっているため、今なお崇拝者が数多い。なお、ネフレン＝カの墓所を発掘したブラウン大学のイノック・ボウアン教授は、プロヴィデンスに帰還後、この神を奉ずる"星の智慧派"を設立している。

夢の中に現れた男

"這いよる混沌"ナイアルラトテホテプは、HPL が夢をもとに執筆した「ナイアルラトホテプ」（1920 年）が初出です。エジプト王アメンホテプの名は「アメン神は満足する」を意味しますが、"ナイアルラトホテプ"の由来は諸説あって判然とせず、ロード・ダンセイニ作品に登場する預言者アルヒレト＝ホテプ、ミナルヒトテプの影響とも言われます。

ナイアルラトホテプはエジプトから来た謎めいた人物で、奇妙な機械を操作しながら、宇宙の終末について群衆に語ります。物語の末尾で、時の彼方の想像を絶する暗黒の房室

から響き渡る太鼓とフルートに合わせて無様に踊り続ける、視力も声も心もないガーゴイルの魂魄がナイアルラトホテプなのだと明かされます。「未知なるカダスを夢に求めて」（1926年）によれば、暗黒の房室というのは魔皇アザトース（デーモン＝スルターン）の玉座がある場所です。そしてナイアルラトホテプこそは、魔皇とその周囲で踊る盲唖の蕃神（ばんしん）たちの化身（けしん）にして使者なのです。この作品のナイアルラトホテプは、幻夢境北方のカダスの城に棲む"大いなるもの"（グレート・ワンズ）の後見人であり、自身もガグや月獣、レン人から崇拝されています。

虹色のローブをまとい、光を放つ黄金の二重冠をかぶる古代の神王（ファラオ）めいた長身痩躯の人物で、若やいだ容貌には暗黒神や堕天使の魅力が備わっています。

十四行詩連作「ユゴスよりの真菌（きのこ）」では、ナイアルラトホテプは太古のケム（エジプト）に人間の姿で現れ、野獣たちが彼に従ったとされます。アザトースの臣下である彼は、自分が戯れに造ったものを魔皇が壊すのを看過しますが、白痴の主（あるじ）を嘲って頭を叩くこともあります。ナイアルラトホテプについては、次に挙げる作品にも描写があります。

・「壁の中の鼠」（1923年）：かつて邪神崇拝が行われていたらしいウェールズのエクサム修道院跡の地下洞窟で、発狂した無貌の神ナイアルラトホテプが、無定形で白痴の笛吹き二体の笛の音にあわせ、でたらめな声をはりあげている。
・「暗闇で囁くもの」（1930年）："外側のもの"（アウトサイド・シング）と人間の協力者の会話中、「人間に似せて蝋塗りの仮面と身を隠す長衣（ローブ）を纏い、嘲り笑わんとて"七つの太陽"の世界から降り下る」"大いなる使者"、虚空を抜けてユゴスに奇異なる歓喜をもたらすもの、"百万の愛でられしものどもの父"、"？の只中を闊歩するもの"」などと語られる。
・「魔女の家で見た夢」（1932年）：アーカムの魔女宗のサバトに"黒い男"（ブラックマン）として出現、主人公をアザトースの玉座に伴い、帳面に自分の血による署名を強要する。
・Ｊ・Ｆ・モートン宛書簡（1933年4月27日）：アザトースの子。ハエクのヴィブルニアという貴族の姿で古代ローマに現れ、HPLはその遠い子孫にあたる。
・「闇の跳梁者」（1935年）：19世紀プロヴィデンスの"星の智慧派"が、ネフレン＝カの墓所で見つかった"輝く偏方二十四面体"（シャイニング・トラペゾヘドロン）でこの神を召喚し、生贄と引き換えに知識を得た。ナイアルラトホテプは光を嫌い、強い光で打ち倒されてしまうという。「神神」はこの作品に基づき、人間が彼を知ったのはレムリア大陸とする。

エジプトを好んだブロックは、ナイアルラトホテプを『死者の書』から抹消されたエジプト最古の冥府神とし、『妖蛆（ようしゅ）の秘密』と絡めて様々な作品に登場させました。

妖術と黒魔術の守護神であるナイアルラトホテプは世界最古の神であり、様々な名前のもと世界各地で崇拝されました。『妖蛆の秘密』にはナイアルラトホテプの神話が曖昧にほのめかされ、アブドゥル・アルハズレッドも円柱都市イレムでこの神を知りました。

エジプトではハゲタカの翼とハイエナの胴、鉤爪を持ち、三重冠を戴く頭部に顔が欠けている、人間大のスフィンクスの姿で知られます。"大いなる使者""星の世界を闊歩するもの""砂漠の王"ナイアルラトホテプは復活の神、カルネテル（古代エジプトの冥府）の黒き使者であり、いつの日か復活して生者に死をもたらすと伝えられます（「無貌の神」「哄笑する食屍鬼」）。エジプト史から抹消された聖書時代の神王、ネフレン＝カは、ブバスティス、セベク、アヌビスと共に"強壮なる使者"ナイアルラトホテプを崇拝しました。反乱で王座を追われた彼はカイロの近くにある秘密の埋葬所に逃れ、大理石の棺の中で7000年後の復活を待ち続けています。前述の「闇の跳梁者」で発掘された墓所がここなのでしょう（「セベクの秘密」「暗黒のファラオの神殿」）。なお、エジプトものではありませんが、ブロックの「闇の魔神」に言及される"暗きもの"も、"悪魔の使者"という異名からナイアルラトホテプの化身と考えられます。

　彼はまたHPLの死後、人間に乗り移ったナイアルラトホテプが、人類を破滅に導く核兵器開発に携わる「闇の跳梁者」の後日談「尖塔の影」を発表しました。長編『アーカム計画』では、邪神復活を目論む"星の智慧派"のナイ神父として登場します。彼は漆黒の服に身を包み、ジャマイカあたりの出身を思わせる訛りで喋ります。白手袋に隠された手のひらは真っ黒で、唇や舌も同じ色です。後続作品でナイアルラトホテプが黒幕的に描かれるのは、ブロックの影響も大きいでしょう。なお、彼の「哄笑〜」「無貌〜」で言及される"無貌のもの"バイアグーナは、「神神」でナイアルラトホテプの化身説が出ています。

　ジェイムズ・アンブール「バイアグーナの破滅 The Bane of Byagoona」（未訳）では、バイアグーナはアメリカ先住民族の間でルー＝クトゥの魔神の一柱として知られます。

　ダーレスもまたナイアルラトホテプの設定に大きな寄与をしました。彼は「闇に棲みつくもの」（1944年）で、ウィスコンシン州のンガイの森を、ナイアルラトホテプの地上の棲家と設定しました。この森にあるリック湖のほとりにある石碑には、円錐形の顔のない頭部と触腕状の付属器官と手を持ち、全身が流動するナイアルラトホテプが、二体の笛を吹く従者を従えている姿が刻まれています。この姿は「壁の中の鼠」の描写のアレンジですが、『クトゥルフ神話TRPG』で有名なナイアルラトホテプの化身、"夜に吼えるもの"の原型となりました。なお、「闇に〜」において、ナイアルラトホテプは"生ける炎"クトゥガを恐れると設定されますが、これは「闇の跳梁者」の弱点設定の応用でしょう。

ナイアルラトホテプの千の仮面

「未知なるカダス〜」において、ナイアルラトホテプは「千の異なる姿 thousand other forms」を取るとランドルフ・カーターに告げています。レイニー「小辞典」ではこれを受けて、「千の異なる姿を取れる Capable of appereearing in a thousand different shapes」と説明しました。前者は「たくさん」くらいの意味で、後者は具体的な「1000」の数です

が、ともあれこの記述によりシェイプシフターの性質が強調されました。

　以下、ナイアルラトホテプの主だった化身を箇条書きにしてみます。

・"闇の跳梁者"：燃える三眼 Three-Lobed Burning Eye と黒い翼を持つ。"Three-Lobed" は、クローバーの葉のような３方向に広がる状態を指す。（「闇の跳梁者」）
・"暗黒の神王（ファラオ）"：長身痩軀の黒人男性。前述。（「未知なるカダスを夢に求めて」）
・"無貌の神"：顔のないスフィンクス。詳しくは前述。（「無貌の神」）
・"闇に棲みつくもの"：前述。（「闇に棲みつくもの」）
・"暗きもの"：悪魔アスモデウスに例えられる。柔毛におおわれた全身は真っ黒で、豚のような鼻、緑の目、鉤爪と牙を備えている。（「闇の魔神」）
・アトゥ：19 世紀の中頃、中央アフリカのコンゴ自由国において、バコンゴ族の反乱者たちが崇拝した巨大な樹木の姿の神。（デヴィッド・ドレイク「蠢く（うごめく）密林」）
・"膨れ女（ふくれ）"：５つの口と無数の触手を持つ、巨大な肥満体の女性の姿をした神。中国で崇拝されている。（『ニャルラトテップの仮面』）

　ナイ神父やランダル・フラッグ（スティーヴン・キング『ザ・スタンド』）など、人間の姿を取ることがあります。また、「エノス・ハーカーの奇異なる運命 The Strange Doom of Enos Harker」（未訳）では、ネフレン＝カは彼の化身です。

　HPL & AWD の『門口に潜むもの』（1945 年、邦題「暗黒の儀式」）によれば、ナイアルラトホテプはアブドゥル・アルハズレッドに"無貌"、ルートヴィヒ・プリンに"なべてを見る目"、フォン・ユンツトに"触覚に飾られたる"と呼ばれ、復活した邪神とその配下に言葉をもたらすと『ネクロノミコン』に書かれます。

　「小辞典」「神神」では、ナイアルラトホテプは"旧き神々（エルダー・ゴッズ）"の封印を免れたとされていますが、M・S・ワーネス「アルソフォカスの書」では、惑星シャールノスの黒檀の宮殿がナイアルラトホテプの幽閉地にして故郷です。また、カーターは『無名祭祀書』と『ナコト写本』にほのめかされるという暗黒の世界アビス（「暗闇で囁くもの」にある七つの太陽持つ世界のこと）を彼の幽閉地とし（「陳列室の恐怖」）、ナイアルラトホテプとその息子イブ＝ツトゥルに夜鬼が仕えると設定しています（「深淵の降下」）。なお、CAS がバーロウ宛てた書簡によれば、「土星への扉」（邦題「魔道士エイボン」）で言及されたヒュペルボレイオスのヘラジカの女神イホウンデーがナイアルラトホテプの配偶者です。

　『クトゥルフ神話 TRPG』のシナリオ『ニャルラトテップの仮面』は、AWD『永劫の探求』のナイアルラトホテプ版にあたる大作です。"膨れ女"などの化身や世界各地の教団が登場し、後続作品で時折使用される祈りの言葉「ニャル・シュタン、ニャル・ガシャンナ」（ケニヤの"血塗られた舌"教団のもの）の出典でもあります。

ナグ、イェブ

Nug,Yeb

謎めいた双子神

　ナグとイェブは、レムリアやムーといった太平洋の水没大陸や、アラビア半島の円柱都市イレムの地下聖堂で崇拝されたという、双子の神である。クトゥルー神話についての造詣が深く、知られざる様々な資料に通じていた米国の作家Ｈ・Ｐ・ラヴクラフトは、この神々についてヨグ＝ソトースとシュブ＝ニグラスの間に生まれ、ナグはクトゥルーの、イェブはツァトーグァの親だと幾つかの書簡に書いている。ただし、『エイボンの書』に記されている素性はこれと大きく異なるようで、アザトースが生み出した雌雄同体の落とし子であるサクサクルースが男性体と女性体に分裂、このうち男性体がナグで、女性体がイェブであり、両者の間にクトルット（クトゥルー）と、後にツァトーグァの父親となる聖なるギーズグスが生まれたとされている。なお、この書物によれば、ナグとイェブは「自分たちの姿に似せてクトルットを生み落とした」ということだ。

　オクラホマ州に入口がある地下世界クナ＝ヤンにおいても、イグ、クトゥルー、"名づけられざりしもの Not-to-Be-Named One" などと共に、ナグとイェブが崇拝されている。クナ＝ヤンを訪れた16世紀のスペイン人パンフィロ・デ・サマコナ・イ・ヌーニェスはその手記（現在は行方不明）において、この地で目にした様々な儀式の中では、ナグとイェブの儀式がとりわけ「吐き気を催させた」と報告していたということである。

クトゥルー、ツァトーグァの親

　ナグとイェブはHPLが創造した神性ですが、外見も含めて作中描写は殆どありません。小説作品では、もっぱらHPLが代作した別の作家の作品において言及されます。

・アドルフ・デ・カストロ「最後のテスト」（1927年）：初出作品。円柱都市イレムの地下聖堂においてナグとイェブが崇拝されたとだけ書かれている。

・ズィーリア・ビショップ「墳丘」（1929年）：オクラホマ州に入口がある地下世界クナ

＝ヤンにおいて、イグ、クトゥルー、"名づけられざりしもの Not-to-Be-Named One"
などと共に、ナグとイェブが崇拝されている。サマコナの手記も同作。なお、クナ＝ヤ
ンは、古代レムリアやアトランティスの植民都市のひとつとされる。
・ヘイゼル・ヒールド「永劫より出でて」（1933 年）：ナグとイェブが、イグやシュブ＝
ニグラスと共に、ムー大陸のクナアという土地で崇拝されていたことが説明されている。

　ナグとイェブについてのもう少し具体的な情報は、HPL が友人に宛てた手紙の中か
ら得ることができます。ジェームズ・F・モートン宛の 1933 年 4 月 27 日付の書簡には、
アザトースを頂点とする神々の系図が掲載されています。その系図によれば、ナグとイェ
ブはヨグ＝ソトースとシュブ＝ニグラスの夫婦の間に生まれた子供とされています。アザ
トースにとっては曾孫にあたり、ナグはクトゥルーの、イェブはツァートゥグァの親でもあ
ります。配偶者の名前は記載されておらず、あるいは単体で生み出したのでしょう。ウ
ィリス・コノヴァー宛の 1936 年 9 月 1 日付の書簡にも、ヨグ＝ソトースとシュブ＝ニ
グラスの間に邪悪な双子ナグとイェブが生まれたという記述があるので、この血縁関係
は HPL の中で確定事項だったのだと考えられます。ちなみに、神々の系譜について HPL
と異なる考えだった CAS は、ロバート・H・バーロウに宛てた 1934 年 9 月 10 日付の書
簡の中で、ナグと交わってクトゥルーを生んだ配偶者をプトマク Ptmak と書いています。
ただし、このあたりの設定にまつわる CAS の記述には矛盾が多いので、無視して良いか
も知れません。

サクサクルスの分裂体

　カーターとロバート・M・プライスは、HPL と CAS 双方の設定を参考に、ナグとイェ
ブの設定を整理しました。前述の『エイボンの書』関連の記述がそれです。プライス
「弟子へのエイボンの第二の書簡、もしくはエイボンの黙示録」によれば、アザトースが
生み出した雌雄同体のサクサクルスが、雄性のナグと雌性のイェブに分裂し、クトルット
（クトゥルー）と聖なるギーズグス（ツァートゥグァの父親）を生んだとあります。この
際、「自分たちの姿に似せてクトルットを生み落とした」とあるのが、両神の数少ない外
見情報です。また、カーターの「奈落の底のもの」には、ムー大陸で崇拝されていたナグ
とイェブについて、それぞれ"おぼろげなる"ナグ、"囁く霧なる"イェブという異名つ
きで言及しています。ちなみに、カーターの「深淵への降下」「陳列室の恐怖」などの作品
では、地球のすべての食屍鬼の父祖の名前もまたナグとされていますが、混乱を避ける
ためか、後にナグーブという別の名前に変更されたようです。またプライスは、カーターの断
章を完成させた「エノス・ハーカーの奇妙な運命 The Strange Doom of Enos Harker」
（未訳）の中で、ナグとイェブをロイガーとツァールの秘められた名であり、星辰正しき
時にはクトゥルーとナイアルラトホテプになると書いています。

イグ、ハン

Yig, Han

蛇人間
クナ＝ヤン
ングロス
『妖蛆の秘密』

全ての蛇の守護神

　イグは巨大な蛇、半人半蛇、あるいは屈強な蛇人間のような姿で描写される蛇神で、地球上の蛇や蛇人間はこの神が創造したと言われている。その出自は錯綜し、ウボ＝サスラの子とも、シュブ＝ニグラスとツァトーグァとの間に生まれたとも言われている。ナグとイェブ、ハンの兄弟とされることもあれば、バイアティスのように子とも兄弟とも言われる神性もいる。また、シュブ＝ニグラスと交わってウーツル＝ヘーアという娘をもうけたという話もある。イグのすみかは、北米の地下世界クナ＝ヤンの深層にある赤く輝くヨスの廃墟にある、緑褐色の石柱に囲まれたングロスの大穴で、そこに“旧き印”で封印されているともいう。

　イグを崇拝したのは眷属たる蛇人間だけでなく、古代ムー大陸ではクトゥルーやシュブ＝ニグラスなどの神々と共に、人類に友好的な神々として祀られた。北米や中米の蛇神崇拝は、これらの国々の植民地であったクナ＝ヤンの住民たちから地上に逆輸入されたもので、たとえばメキシコのアステカ帝国で崇拝された文化神ケツァルコアトルの原形がイグだと考えられている。1925 年に研究目的で聞き取り調査を行った民俗学者の報告によれば、イグは人間に対して比較的穏健な態度の神ではあるが、自らを侮辱したり子供である蛇を害したりした者には必ず復讐する。そうなると毒蛇に噛まれて苦しみながら死ぬというのは序の口で、斑紋のある蛇に変えてしまう、女性なら蛇めいた特徴を備えた人ならざる子を宿してしまうといった苛烈な復讐を行う。このため、イグを知る民は毒蛇を決して殺さず、蛇が飢える秋頃になるとイグもまた飢えて危険になるので、儀式を行って鎮めようと試みるのだ。なお、イグの兄弟神としてしばしば共に名が挙げられるハンについては、“暗き”ハンというその名以上のことはほとんど知られていない。

土俗の色濃き蛇神

　イグの初出は、HPL がズィーリア・ビショップのためにゴーストライティングした

「**イグの呪い**」です。ビショップが、同作の舞台であるオクラホマ州に隣接するカンザス州に住んでいたので、HPL は地理的風土や特色について手紙で質疑応答を行いましたが、先住民族や中米の神話については自分で資料にあたったようで、**ケツァルコアトル**やこれと同一視される中米マヤ神話の**ククルカン**のことも言及されています。イグの性質は同作の時点で概ね確定し、蛇を害したものへの報復の凄まじさが物語の中心となっています。

　同じくビショップのために HPL が代作し、「イグの呪い」の後日談的な要素（一部登場人物が同じ）のある「**墳丘**」では、ウィチタ族に伝わる円盤状の護符に浮き彫りされた人間じみた蛇の模様がイグの姿とされています。同作によれば、北米大陸の地下世界**クナ＝ヤン**では、イグは**トゥル（クトゥルー）**や**シュブ＝ニグラス**と共に、尾を打ち鳴らすことで覚醒と睡眠の長さを決める神として崇拝されています。

　HPL が**ヘイゼル・ヒールド**のために代作した「**永劫より出でて**」でも、ムー大陸で崇拝された人間に友好的な神として、シュブ＝ニグラスやナグ、イェブに並び、イグの名前が挙がります。クナ＝ヤンの住民は、レムリア大陸（＝ムー大陸）の住民の遠い子孫とされているので、設定に一貫性を持たせたのでしょう。ヘンリー・カットナーも「**侵入者**」でこれを踏襲し、ムーの民が信仰する神の名として、自身の創造した**イオド**や**ヴォルヴァドス**に並べて、イグやクトゥルーの名前を出しています。

　リン・カーターは、彼の体系化した神話体系の出発点ともいうべき「**陳列室の恐怖**」において、イグを**ウボ＝サスラ**の子としました。ただし、後年執筆した「**イグの復讐 Vengeance of Yig**」（未訳）では、シュブ＝ニグラスとツァトーグァの子と書いており、「墳丘」でクナ＝ヤンの住人がいっときツァトーグァ崇拝を受け入れた理由としています。同作では、**赤く輝くヨス**にある**ングロス Ngroth** の大穴がイグのすみかで、そこに“旧き印”で封印されています。カーター版『**ネクロノミコン**』には、イグが「すまいとするクナ＝ヤンから到来する」とあります。

　イグは蛇神なので、「イグの呪い」で中米のケツァルコアトルと結び付けられたのをはじめ、様々な蛇神と同一視されました。デイヴィッド・T・セント・オールバンズ「**師の生涯**」では「古代エジプト人がセトと呼んだイグ」と記されています。また、ジョゼフ・S・パルヴァー「**ガードコマンド The Guard Command**」（未訳）では、シュブ＝ニグラスとの間に**ウーツル＝ヘーア Ut'ulls-Hr'her** という娘をもうけたと設定されました。

羽毛ある蛇

　HPL の死後、〈ウィアード・テイルズ〉1937 年 9 月号に掲載されたブルース・ブライアン「**ホー＝ホー＝カムの怪**」には、**イグ＝サツーティ Yig-Satuti** という蛇神が登場しました。HPL とブライアンの間には知られている限り接点はないので、この作品はおそ

らく〈ウィアード・テイルズ〉1929年11月号に掲載された「イグの呪い」に触発されたものと考えられます。イグ＝サツーティは、掲載時期の2000年前に、アリゾナ州のヒラ川渓谷のあたりに城塞を築いたという"蛇の民"ホー＝ホー＝カム族が崇拝したという蛇の神です。大地よりも古く、全ての知恵が彼より発すると伝わるイグ＝サツーティは、先住民族の全ての神の上に君臨する神であり、名前を口にすることも禁じられています。

イグ＝サツーティの姿は巨大な蛇で、斑模様の胴体の首の下あたりの鱗から、翼竜を思わせる一対の膜状の翼が生えていると描写されます。その姿は、ナワトル語で"羽毛ある蛇"を意味する、メキシコ中央部に栄えたアステカ帝国で崇拝された主要な神々の一柱である蛇神ケツァルコアトルを彷彿とさせるものです。

ホー＝ホー＝カム族は16世紀にスペイン人探検家がやってくる以前に姿を消していたという、現実に存在する北米先住民です（正しくはホ＝ホ＝カム族）。ガラガラヘビの聖域であるスーパースティション山（迷信山）には、今でもズニ族とホピ族の雨の聖者以外の者が立ち入ると、罰を与えられると言われています。

語られざる暗きハン

暗きハンの初出はロバート・ブロックの「星から訪れたもの」で、ルートヴィヒ・プリンが著した神話典籍『妖蛆の秘密』の中に、父なるイグ、暗きハン、蛇の髭をもつバイアティスの名前が予言の神々として並べられている箇所です。書名に含まれる"妖蛆Worm"というのは、蛆のみならず蛇や竜などの爬虫類も含む言葉なので、暗きハンもまた蛇に関連する神と解釈されました。

リン・カーターの「陳列室の恐怖」では、この三柱の神は、ニョグタやアブホースと同じくウボ＝サスラの落とし子とされています。しかし「陳列室の恐怖」よりも後に書かれたカーター版『ネクロノミコン』では、バイアティスはイグの息子と書かれているので、ハンの出自もまた変更されている可能性もあります。同作品によれば、ハンは凍てつくレンに幽閉されているようです。また、カーターがCASの遺稿をベースに執筆した「最も忌まわしきもの」によれば、蛇人間たちは彼らの種族的起源であるイグ、ハン、バイアティスを崇拝していたとされています。

ちなみに、『クトゥルフ神話TRPG』におけるハンは、厚い霧に覆われて出現する、人間とも亡霊ともつかない姿の存在とされ、予言に関連する権能を有していますが、蛇との関わりについては特に触れられていません。

バイアティスについては、後にラムジー・キャンベルが「城の部屋」で背景設定を行いましたが、暗きハンについては残念なことに、今の所この神性を主題とする作品は発表されていないようです。その意味で、創り手側にとっては「狙い目」の存在かも知れません。

リリス
Lilith

クルド人
レッド・フック地区
ズヴィルポグーア
『サセックス稿本』

"アダムの最初の妻"

リリスは、古代の西アジアで知られた女性の悪魔ないしは夢魔で、ユダヤ教の伝承ではアダムの最初の妻とされた存在だ。神話・伝説上のリリスと同一の存在かどうかはわからないが、クルド人の間ではリリスと呼ばれる存在を奉ずる秘儀宗派が現代まで生き残っていて、移民として米国に渡った信徒が大都市在住の神秘主義者と結びつくことがあった。

そうした教団のひとつが1920年代のニューヨークにはびこり、小児誘拐の疑いが濃厚ということで、市警により大規模な手入れが行われたこともあった。

中原の女悪魔

リリスはもともと、古代のメソポタミア地方においてリリトゥと呼ばれた女悪魔でした。

旧約聖書の創世記の記述から、アダムが2度結婚したように読み取れることから、ユダヤ教徒の間でリリスを最初の妻とする民間伝承が発生し、8世紀から11世紀頃に成立した『ベン・シラのアルファベット』に、アダムとの閨事のやり方を巡って不和が生じた経緯が描かれました。そして後世、キリスト教徒世界でも女悪魔と見なされるようになります。

HPL「レッド・フックの恐怖」は、ニューヨークのレッド・フック地区にはびこる邪教を調査する刑事の物語で、このカルト教団はリリスと呼ばれる存在を崇拝しています。

リリスは裸形の女性めいた全身から燐光を発していて、手足はまるで病み崩れたようで、恐ろしい鉤爪を備えています。彼女は儀式の日になると海から這い上がってきて、幼い子供たちの血に体を浸し、蘇らせた死体を踊り狂わせて悦に入るのです。

HPLのリリスをクトゥルー神話に取り込んだのはカーターで、カーター版『ネクロノミコン』の中でリリスについて触れました。「ヴァーモントの森で発見された謎の文書」でも『ネクロノミコン』からの引用としてズヴィルポグーアの召喚方法が示されますが、この神のすみかであるアルゴール星は、現実でもリリスの名前で呼ばれることがあり、その関連性が作中で示唆されています。なお、フレッド・L・ペルトゥンの『サセックス稿本』にも、「レッド・フックの恐怖」に登場する祈りを捻ったものが見られます。

ラーン＝テゴス

Rhan-Tegoth

ユゴス
ロマール大陸
『ナコト断章』
『エイボンの書』

北極圏の神

　"無限にして無敵なるもの"ラーン＝テゴスは、ユゴスの名で知られる冥王星の海底都市から地球の北極圏に飛来した水陸両棲の怪物である。『ナコト断章』の第八断片によれば、その到来は人類の誕生以前、北方の大陸ロマールの隆起よりも以前のことらしい。

　アラスカのどこかに存在する石造都市の廃墟で、300万年にわたり象牙の玉座で眠り続けていたラーン＝テゴスだが、20世紀初頭、『ナコト断章』の記述を手がかりにこの場所に辿り着いた英国人蠟人形師の手でロンドンに運ばれた。その後の行方は不明である。

　ラーン＝テゴスの体長は10フィート（約3メートル）ほどで、ほぼ球形の胴体から曲がりくねった手足が6本伸びており、その先端は蟹の鋏のような形をしている。皺だらけの球形の頭部には3つの目が三角形に並んでいて、柔軟に動く長い鼻と鰓に似た器官がある。

　特徴的なのは、体の全体を覆うように生えている、黒くて長い繊毛状の吸引管だ。ラーン＝テゴスはこの吸引管で、滋養分たっぷりの血液を生物から吸い取るのである。餌食の皮膚は酸に侵されたように焼けただれ、無数の吸引管によって円形の穴が無数に穿たれる。

　伝説によれば、ラーン＝テゴスが死ぬと"古きものども"は戻ってこれなくなるというのだが、この"古きものども"というのが何を指すのかは不明である。

　なお、『エイボンの書』によれば、ラーン＝テゴスは古代ロマールに棲息する獣に似たノフ＝ケーから崇拝されていた。また、時代が降り、ロマールの地がヒュペルボレイオスと呼ばれた頃に崇拝を集めたツアトーグァとは、激しい敵対関係にあったという。

蠟人形館に潜むもの

　ラーン＝テゴスは、ラヴクラフトがヘイゼル・ヒールドのためにゴーストライティングした「蠟人形館の恐怖」に登場する邪神です。第一世代、第二世代の小説作品において、ラーン＝テゴスを掘り下げた作品は少なく、上記の概要についても殆どが大祭司を名乗る頭のおかしい人物が話した内容なので、どこまで信用できるのかわかりません。

また、"古きものども"のくだりについても同作の記述ですが、別項（P.36）で解説した通り、このワードは必ずしもクトゥルー神話の邪神たちの総称ではありませんので、HPLがこの箇所で何を指しているのか、今となってはわかりません。

　自作品にラーン＝テゴスを登場させるなら、このあたりを好きに解釈して良いでしょう。

　AWDとHPLの没後合作の1つである中編「門口に潜むもの」では、ラーン＝テゴスの名前がノフ＝ケーの異名として挙がっていますが、これは実のところ、「蠟人形館の恐怖」の舞台である蠟人形館内にノフ＝ケーの蠟人形らしきものが存在するという描写を、AWDが誤読したのだと考えられます。少なくとも、当該シーンのノフ＝ケーらしき物体の描写はラーン＝テゴスと似ても似つかないので、HPLが両者を同一視した可能性はありません。

　ともあれ、この記述を根拠に、ラーン＝テゴスはノフケーの神とされるようになります。

　リン・カーターとロバート・M・プライスが企画した、『エイボンの書』の再現を目論む同名のアンソロジーでは、収録作のカーター「モーロックの巻物」において、この設定が膨らまされました。カーターはラーン＝テゴスを「実体のない大気の精霊」とした上で、ツァトーグァとの敵対関係を付け加えています。

　なお、『クトゥルフ神話TRPG』の関連書ではしばしば、ラーン＝テゴスがロンドンの蠟人形館からカナダのオンタリオ美術館に引き取られ、アリューシャン列島の先住民族であるアレウト族の遺物として展示されたという話が載っておりますが、これはサプリメント『玄関先にて At Your Door』（未訳）に収録されているシナリオ「神々が踏みしめるところ Where a god shall tread」の設定です。『クトゥルフ神話TRPG』と無関係の商業作品で使用する場合は、許諾ないしは配慮が必要となるかもしれません。

蟇蛙の神ラン＝テゴス

　登場作品が少ないマイナー神であるラーン＝テゴスですが、栗本薫「グイン・サーガ」シリーズの外伝第1巻『七人の魔道師』に登場したこともあって、日本では比較的取り上げられる機会が多い神性でした。同作の印象的な登場人物の1人である、ランダーギア出身の黒人魔道師〈黒き魔女〉タミヤが、〈ク・ス＝ルーの古き神〉ラン＝テゴス（作中表記）の崇拝者だったのです。ただし、『七人の魔道師』のラン＝テゴスは、蟇蛙の神と呼ばれています。あるいは、「蠟人形館の恐怖」において、蟇蛙を思わせる黒々とした存在として描写されているツァトーグァとの混同があったのかもしれません。

　なお、「グイン・サーガ」シリーズは、クトゥルー神話をベースとした栗本薫の「魔界水滸伝」シリーズと何らかの繋がりを持っていたようで、他にも幾つかクトゥルー神話要素が存在します。外伝第14巻『夢魔の四つの扉』には、ク・スルフという名の好々爺然とした怪物が出現し、主人公グインと言葉を交わしているのです。

ツァトーグァ
Tsathoggua

ヒュペルボレイオス大陸
サイクラノーシュ
ンカイ
アヴェロワーニュ

鈍重な “蟇蛙の神”

　氷河期が到来する以前、ヨーロッパ亜大陸の北方（グリーンランドのあたり）にはヒュペルボレイオスという大陸があった。この土地で崇拝されたツァトーグァは、地球が誕生して間もない頃に太陽系の6番目の惑星——ヒュペルボレイオスのムー・トゥーラン半島ではサイクラノーシュと呼ばれていた土星から飛来した神性だ。蝙蝠に似た耳があり、丸い目をいつも眠たげに半開きにしたツァトーグァの頭部は蟇蛙に似た印象を与えるので、“蟇蛙の神” とも呼ばれている。全身が柔らかい毛に覆われ、太鼓腹を突き出してどっしりと腰をおろす様子は、ナマケモノに例えられることもある。その肉体はクトゥルーなどと同じく原形質状の無定形の塊で、その気になれば体を自由に変化させることができる。

　地球に到来したツァトーグァは、地上には関心を持たず、ンカイと呼ばれる暗黒の地下世界に居をさだめ、気楽に暮らしていたようだ。ツァトーグァを最初に発見し、崇拝するようになったのは、ヴァルーシア王国が滅びた後に地下へと逃れた蛇人間の生き残りで、やがてツァトーグァの存在は広く地上世界にも知られるようになったという。

　なお、ツァトーグァというのは現代の英語圏で知られる名前で、ヒュペルボレイオスではゾタクァー、中世フランスのアヴェロワーニュではソダギ（ソダグイ）ないしはサドクァ、北米ではサドゴワァ、ウガンダではツァドグワと呼ばれていた。

CAS のツァトーグァ、HPL のツァトーグァ

　ツァトーグァは、どこかユーモラスさが漂う鈍重な獣のような外見をした神です。創造者は CAS で、彼が 1929 年に著した「サタムプラ・ゼイロスの物語」が初出ですが、この作品が発表されたのは〈ウィアード・テイルズ〉1931 年 11 月号と大分遅く、ツァトーグァそのものは同誌 1931 年 8 月号に掲載された HPL「暗闇で囁くもの」の方で先に登場するという、読者にとっては少々ややこしい現れ方をしました。CAS は書き終えた「サタムプラ〜」を HPL に送ったのですが、この作品を気に入った HPL は「今取りかかっている

添削の仕事で、彼のものが地表に現れる前の崇拝について幾つか言及しようと思います」と返事をしています。HPL の言う「作品」というのはズィーリア・ビショップのためのゴーストライティング作品「墳丘」で、彼の死後、1940 年にようやく日の目を見ました。HPL は、CAS の設定をあまり重視せず、自分の関わった作品や書簡中で好き勝手に設定をこしらえたのみならず、他の作家宛ての書簡でツァトーグァを使うよう奨励しました。

「サタムプラ・ゼイロスの物語」によれば、ツァトーグァは非常に古い時代のヒュペルボレイオス大陸で崇拝されていた古（いにしえ）の神々の一柱です。古い神殿に祀られているツァトーグァの神像は、腹がせり出しているずんぐりした胴体に、悍ましい蟇蛙（ヒキガエル）にも似た頭部が乗っていて、全身が短い柔毛めいたものに覆われるその姿は、どこか蝙蝠やナマケモノを思わせます。眠たげに垂れるまぶたが丸い眼を半ば隠していて、奇妙な舌先が口から突き出ているということです。

なお、ツァトーグァは時代や場所によって、様々な名前で呼ばれました。

・ゾタクァー Zhothaqquah：ヒュペルボレイオス大陸での呼称。CAS の関連作品。
・ソダギないしはソダグイ Sodagui：アヴェロワーニュでの呼称。CAS の関連作品。
・サドクァ Sadoqua：アヴェロワーニュでの呼称。HPL の 1934 年 2 月 11 日付 CAS 宛書簡。
・サドゴワァ Sadogowah：北米の先住民族からの呼称。（HPL の未完成小説断片）
・ツァドグワ Tsadogwa：ウガンダの密林地帯での呼称。（HPL「翅ある死神」）

ツァトーグァ神殿にある青銅の鉢の中には、黒々とした原形質状の怪物が潜んでいて、侵入者に襲いかかります。ツァトーグァ崇拝が盛んになる直前の時代のヒュペルボレイオス大陸が舞台の「土星への扉」（1932 年、邦題は「魔道士エイボン」）では、ゾタクァー（ツァトーグァ）は遥か太古に、ムー・トゥーランではサイクラノーシュと呼ばれていた土星を経由し、外宇宙から地球へと到来したと説明されます。この神が実際に登場したのは、「アウースル・ウトックアンの不運」（1932 年）が最初です。この作品において、洞窟の中に財宝を溜め込んでいる怪物の名前はわかりませんが、外見描写からツァトーグァだろうと推測されます。かつて盗まれた緑柱石が、自分の意思を持っているかのように洞窟へと戻ってきた時、怪物はこれを追いかけてきた人間に嘲弄を浴びせてから、体から無数に生えているイカやタコのような触腕で犠牲者を捕え、ばりばりと貪り喰らいます。

また、「七つの呪い」（1934 年）ではヴーアミ族が巣食うエイグロフ山脈の最高峰、ヴーアミタドレス山の地下洞窟にツァトーグァが潜んでいます。この時はたまたま満腹で、妖術師エズダゴルの呪いを受け、貢物として送り込まれてきた人間を、さらに深いところに棲むアトラック＝ナチャにたらいまわしします。

HPL の描くツァトーグァは、外見こそ CAS の描写と似ているものの、性質も出自も大きく異なっています。以下、登場作品とその描写を箇条書きします。

- 「墳丘」（1929年）：北米の地下世界クナ＝ヤンの住民が、深層の赤い世界ヨスでツァトーグァ像を発見。人々は黒々とした蟇蛙の神ツァトーグァを**トゥル（クトゥルー）**などに代わる神として崇拝したが、その後、ヨスの奥深くの神殿で無定形の黒い粘液状の怪物がツァトーグァ像を崇拝していたため、悍ましさから信仰は放棄された。
- 「暗闇で囁くもの」（1930年）：ツァトーグァは、クナ＝ヤンの地下にある無明のンカイから到来した。定まった形のない、蟇蛙を思わせるツァトーグァについては、『**ナコト写本**』や『**ネクロノミコン**』、アトランティスの大祭司**クラーカシュ＝トン**が記録した**コモリオム**（ヒュペルボレイオス大陸の都）の神話で言及されている。
- 「翅ある死神」（1932年）：ウガンダの密林にある巨石遺構を**クルル Clulu**、ツァドグワ **Tsadogwa**、“外世界からの漁者（いさり）”が利用していた。
- 「銀の鍵の門を抜けて」（1932年）：アークトゥルスを回る二重星キタニルから飛来した、黒く可塑的の体をもつ生物が崇拝した。キタニル星人は超銀河の星**ストロンティ**（S・T・ヨシによれば「ションヒ」の判読ミス）の生物の子孫。

　CAS宛の書簡によれば、ツァトーグァはクトゥルーよりも先に生まれました。ツァトーグァの地球到来は、クトゥルーがルルイェの砦を建造した後で、**クリ＝フォン＝ナイアー**という石だらけの荒野に現れたといいます。そして、CASから贈られたツァトーグァの彫像について、ロード・ダンセイニのペガーナ神話において、**マアナ＝ユウド＝スウシャイ**の秘密を知ったがために沈黙を続ける叡智の神フウドラザイの似姿として丘に彫り込まれた神像、“曠野の眼”とも呼ばれる**ラノラダ**の兄弟と評しました（1930年10月7日）。CASは彫刻家でもあり、ツァトーグァやクトゥルー、シュブ＝ニグラスなどの神像を自ら制作しています。また、別の手紙では、コモリオムに関する羊皮紙にツァトーグァもしくは**サト＝オーグ＝ワー**の名前があり、アブドゥル・アルハズレッドもまた『ネクロノミコン』においてサトという名で言及したと言っています。HPLは、**ヨグ＝ソト＝オース**のソトと語源的に関係があるという推測を披露しています（1930年12月25日）。なお、ブロック宛書簡では、HPLは『妖蛆の秘密』に「蝦蟇（がま）の姿せるツァトーグァ」という記述があると書いています（1935年1月25日）。ツァトーグァの血縁についても2人の設定は異なりますが、アザトースの子孫という点では一致しています（第3章、第4章末掲載の系図を参照）。

　なお、CASは1934年9月16日付バーロウ宛書簡に、ツァトーグァは異次元を通って地球に到来し、まずはンカイの闇の中に出現した後、地表に近い洞窟にしばらく棲んだ後、氷期の到来後に再びンカイに戻ったのだと書いています。なお、彼の「アタマウスの遺言」などに登場するヴーアミ族は、ツァトーグァを崇拝する種族です。この種族の一員である**クニュガティン・ザウム**の母方の先祖は、ツァトーグァともツァトーグァが宇宙から連れてきた不定形の黒い怪物とも噂されますが、幾度処刑されてもより悍ましい姿で蘇る性質について、CASは同じ書簡にアザトースから受け継いだものと書いています。

カーターその他の設定

　カーターは、「神神」の執筆時にはヴーアミタドレス山の地下洞窟をツァトーグァの幽閉地としていましたが、その後、全面的に設定を変更しています。

・「陳列室の恐怖」：ツァトーグァは異次元を通り抜け、地球に最初に到来した。**ヴルトゥーム**はツァトーグァの兄弟。**クトゥガ**はツァトーグァの天敵でもある。
・「スリシック・ハイの災難」：ヒュペルボレイオスのスリシック・ハイに築かれた蛇人間（ヒス）の都市はツァトーグァによって滅ぼされた。
・「モーロックの巻物」：ヴーアミ族にツァトーグァ信仰を広めた太祖ヴーアムは、シャタクという神とツァトーグァの子供。ツァトーグァは**ラーン＝テゴス**と敵対している。
・「星から来て饗宴に列するもの」：ツァトーグァが第7世界ヤークシュでシャタクという女性の存在と交わってできた一番最初の子供は、ズヴィルポグーアである。
・カーター版『ネクロノミコン』：アブドゥル・アルハズレッドはメンフィスのスフィンクスに隠された地下墓所において、ンカイからツァトーグァを召喚した。

　ツァトーグァの子ズヴィルポグーアは、前述のCASが作成した系図でその存在が示された神で、カーター「ヴァーモントの森で見いだされた謎の文書」によればナンセット族、ワンパーアノグ族、ナラガンセット族などから"サドゴワァ（ツァトーグァのこと）の息子"を意味するオサダゴワァの名で崇拝されました。サドゴワァとオサダゴワァは、もともとはHPLの未完成断片に出てきた名前です。AWDがこれと別の断片を膨らませて「門口に潜むもの」（邦題「暗黒の儀式」）を執筆、オサダゴワァを蟇蛙（ひきがえる）に似た無定形の怪物で、顔には蛇が生え、体の大きさを自在に変えられると設定しました。同作をさらに膨らませたのが「星から来て〜」で、ズヴィルポグーアはペルセウス座のアルゴール星を取り巻くアビスという世界に棲み、この星座が空に出ている時期のみ呼び出すことができます。

　なお、「サタムプラ〜」に登場する黒い粘液状の怪物について、HPLは「銀の鍵の門を抜けて」において、アークトゥルスの周りを公転していた二重惑星キタニルから飛来した異星人としましたが、『クトゥルフ神話TRPG』ではツァトーグァの落とし子と呼ばれています。また、ロバート・M・プライス「アトランティスの夢魔」によれば、ツァトーグァは忠実なる魔術師エイボンが転生するようはからいました。水没前のアトランティスにおけるツァトーグァの大神官クラーカシュ＝トンは、エイボンの七回目の転生です。クラーカシュ＝トンというのは、もともとはHPLがCASにつけたあだ名で、書簡などで使用しました。HPL「暗闇で囁くもの」ではアトランティスの高位神官として言及され、ツァトーグァの神話を含むコモリオム神話大系を後世に伝えた人物とされています。

ウボ＝サスラ
Ubbo-Sathla

『エイボンの書』
ショゴス
アザトース
『無名祭祀書』

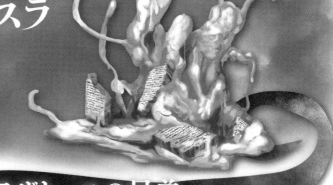

アザトースの兄弟

　灰色の肉塊という姿をした無定形のウボ＝サスラは、クトゥルーやヨグ＝ソトースといった神々に先んじて外宇宙から地球へと飛来した神性だ。『エイボンの書』には、ウボ＝サスラこそ"始原にして終末"の存在であり、あらゆる生命は途方もない時が巡った果てに、ウボ＝サスラに還るという意味ありげな予言が示されている。

　この神は、地の底深くに存在するという蒸気の立ち込めた泥の沼地"灰色に照らされしイクァア"をすみかとし、その体が身じろぎするたびに振り落とされた肉塊は原型と呼ばれる別個の生命となったが、多くは生まれ落ちてすぐにウボ＝サスラに食べられてしまう。分裂と吸収のサイクルを繰り返すウボ＝サスラの生命活動はアブホースのそれに酷似しているので、ウボ＝サスラとアブホースを同一視する者たちも少なからず存在する。

　『エイボンの書』には、南極の"先住者"がウボ＝サスラの体組織を改良し、ショゴスを造ったという話が書かれている。ショゴスはしばしば地球上の生命の源とされるので、ウボ＝サスラがあらゆる生命の母体だとする伝説は、そのことを指すのかもしれない。

　『無名祭祀書』によれば、ウボ＝サスラはアザトースと双子の神であり、創り主たる"旧き神々"に叛逆してその書庫（『ネクロノミコン』によればケレーノ近くの無明の世界）から"旧き記録"を盗み、地球の地下深くに隠匿したのだという。有史以来、星から切り出された石板に記された宇宙創生の秘密を求め、数多くの魔術師や隠秘学者たちがウボ＝サスラの洞窟を探し求めた。しかし、首尾よくその知識を持ち帰ることができた者は皆無である。

設定の変遷

　ウボ＝サスラは、CAS「ウボ＝サスラ」に登場します。同作の冒頭に掲げられた『エイボンの書』からの引用文によれば、ウボ＝サスラは"始原にして終末"の存在であり、ゾタクア（ツァトーグァ）、ヨグ＝ソトース、クトゥルーなどが地球に到来する以前、生

まれたばかりの地球に最初に棲み着いた存在でした。地球上の生物の原型を産み落としたのはウボ＝サスラであり、輪廻の果てにウボ＝サスラに回帰するとも書かれますが、神話作品には地球の生物を造り出したとされる存在が他にも登場します。そこの整合性をどのようにつけていくのかが後続作家の悩みの種であり、腕のふるいどころでもありました。

　たとえば、レイニーの「小辞典」では、ウボ＝サスラは同じく CAS が創造したアブホースと共に、地球に最初に棲みついた存在とされています。レイニーはこの二柱と、"旧き神々"に追放され地球に到来した"大いなる古きものども"を別個の存在としたのです。その後、AWD「門口に潜むもの」において「ウボ＝サスラは"大いなる古きものども"（"旧き神々"に対する反乱者）の親」という設定が追加されたので、カーターは「神神」で、他の惑星から到来したツァトーグァ、クトゥルー、ヨグ＝ソトースを除く"大いなる古きものども"が、ウボ＝サスラとアブホースを親とすると書きました。ただし、この記述は少々あやふやで、例えばアザトースの位置づけなど不明な点があります。

　カーターは、その後もウボ＝サスラの設定の整理・拡張に取り組み続けました。
「陳列室の恐怖」（1975 年）において、カーターは『無名祭祀書』の記述という形で、ウボ＝サスラについて以下の設定を提示しています。

・双子の怪物アザトースとウボ＝サスラは、"旧き神々"の下僕として生み出された。
・ウボ＝サスラは両性具有で、アブホース、アトラック＝ナチャ、ズルチェクォン、ニョグタ、イグ、バイアティス、暗きハンなどの落とし子を生みだした。
・"旧き神々"の書庫（カーター版『ネクロノミコン』では、ケレーノに近い無明の世界にある）から"旧き記録"を盗み、地底の"灰色に照らされしイクァア"に隠匿した。
・ウボ＝サスラは"旧き記録"から得た力で、地球とその住人達を元々存在していた次元から宇宙に移動させてしまった。
・ウボ＝サスラは"旧き神々"によって智恵を奪われ、イクァアに幽閉された。

　カーター「深淵への降下」では、一体の年経りたショゴスがウボ＝サスラの巣穴で主人と仰ぐこの神に仕えており、ウボ＝サスラがショゴスの先祖ではないかと示唆されます。
　これを裏付けるように、カーター「暗黒の知識のパピルス」では、南極の"先住者"がウボ＝サスラから生まれた原初の細胞を加工し、ショゴスを創造したと書かれています。
　コリン・ウィルスンは、『宇宙ヴァンパイアー』において、他者の生命力を糧とする精神寄生型のエイリアンに、ウボ＝サスラ人の名前を与えました。ウボ＝サスラ人は、元々はオリオン座のリゲルを取り巻く惑星のひとつ、カルティスに棲息する烏賊のような外見のニオス＝コルガイ族の科学者で、ブラック・ホールによる事故の影響でヴァンパイアのような生命に変異しました。また、遊演体の PBM（郵便媒体で行われる大人数 TRPG）『ネットゲーム 88』には、産佐須良比賣という神が登場します。

アトラック＝ナチャ
Atlach-Nacha

ツァトーグァ
ヒュペルボレイオス
『エイボンの書』
ウボ＝サスラ

宇宙に巣網をかける蜘蛛

　アトラック＝ナチャは、ツァトーグァと同じく土星から地球に到来し、ヒュペルボレイオス大陸で崇拝された神性だ。全身を黒い毛に覆われた蜘蛛の姿をしていて、どことなく歪んだ人間を思わせる顔つきと真っ赤な目が特徴である。クトゥルー神話の神々の中でも比較的人間に近い精神を持っているようで、甲高く神経に障る声ではあるが、人間の言葉を用いて意思の疎通をはかることができる。また、地球上の全ての蛛形網の支配者とされることもある。これを裏付ける例として、幻夢境に住まう"レンの蜘蛛"と呼ばれる紫色の大蜘蛛が、アトラック＝ナチャを崇拝することが知られている。

　『エイボンの書』によれば、アトラック＝ナチャはチィトカアを長とする眷属たち"灰色の織り手"と共に、地球の中心近くにある無限の峡谷に住んでいる。同書にはまた、ツァトーグァが地球にやってきた際、この神が架けた巣網を辿ってきたことが示唆されている。

　強靭な糸を紡ぎ出して、底無しの深淵に架け橋のような巣を張り巡らせるのがアトラック＝ナチャの仕事とされる。この峡谷はかつて、ヒュペルボレイオス大陸のヴーアミタドレス山の地下にあったのだが、大氷期後の地殻変動でこの地が滅びたとき、この洞窟もまた地中深くへと沈降したと思われる。計り知れない広さの深淵の底で、アトラック＝ナチャが永遠にも似た長い時の中、一心に巣を作り続けている理由については確かなことがわからない。ただ、古い書物によれば、アトラック＝ナチャが巣をかけ終えたときが世界の終わる時なのだという。アトラック＝ナチャは比較的温厚な神ではあるが、作業を中断させられることを最も嫌っている。食事に時間をかけることさえも厭うほどなので、予期せぬ訪問者や召喚を試みる魔術師など要注意だ。

北方の深淵にて

　アトラック＝ナチャは、CAS「七つの呪い」が初出の、大氷期以前にヒュペルボレイオス大陸のヴーアミタドレス山の地下に住んでいた神性です。蜘蛛の姿をした神で、ロー

プのように太い糸を紡ぎ、山の地下に広がる底無しの深淵に、架け橋のような巣を永遠に張り続けています。顔には毛に縁取られた丸い眼があり、うずくまった人間ほどの大きさの黒い体から、複数の関節がある長い脚を生やしています。精神は比較的人間に近く、甲高い声で会話します。カーター＆プライス版『エイボンの書』によれば、アトラック＝ナチャは同じくヴーアミタドレス山の地下に巣食っていたアブホース共々、ウボ＝サスラの落とし子で、北米地下の暗黒世界ンカイ（地底深くにある始原の大洞窟とも）に幽閉されているということです。また、同書に収録されているアン・K・シュウェーダーの「灰色の織り手の物語（断章）」では、アトラック＝ナチャには**チィトカア**を長とする眷属"**灰色の織り手**"が仕えているとされ、さらには**ツァトーグァ**が地球に到来した際、この神の巣網を辿ってきたことが示唆されています。

アトラック＝ナチャの性別

当初、この神に性別設定はありませんでしたが、**クロゴケグモ**（黒衣の未亡人の意）を思わせる姿や、オウィディウス『変身物語』のアラクネーに代表される蜘蛛の女怪の影響を受けてか、後続作品ではしばしば女神とされます。日本でも、アリスソフトのAVG『**アトラク＝ナクア**』などの作品で「巣の奥で獲物を待ち構える女怪」を形容する名称として使用されるのは、女郎蜘蛛のイメージだと思われます。（なお、前述の『アトラク＝ナクア』に、クトゥルー神話の神性としてのアトラック＝ナチャ自体は登場しません）

蛛形綱の神

レイニー「小辞典」では「あらゆる蛛形綱に関係がある」とされました。蛛形綱というのは、節足動物門の綱の1つで、蜘蛛やサソリ、ダニ、ザトウムシなどの11目を含みます。

この記述を受けてか、HPL「未知なるカダスを夢に求めて」に言及される、幻夢境のレンの近くにある谷間に住むという紫色の大蜘蛛、通称"**レンの蜘蛛**"は、『**クトゥルフ神話TRPG**』などの後続作品において、アトラック＝ナチャを崇拝する種族とされています。

この設定を認めるのであれば、地球上に節足動物が生まれたおよそ5億年前、既にアトラック＝ナチャが地球に辿り着いていて、何かしらの影響を与えたと考えるべきでしょう。

他の作家による設定も紹介しましょう。コリン・ウィルスン『賢者の石』では、アトラック＝ナチャはツァトーグァ同様に土星から飛来し、地中海東岸の古代フェニキアで崇拝された後、現在はシベリア北部のとある山の地下に幽閉されています。

また、新庄節美『地下道の悪魔』では、毎年6月6日午前6時6分6秒、アトラック＝ナチャが世界中のあらゆるトンネルの中を同時に横切り、呼吸を行うというユニークな設定が使われています。

アブホース

Abhoth

ヒュベルボレイオス大陸
ヴーアミタドレス山
『エイボンの書』
ウボ＝サスラ

"忌むべきもの全ての源"

　"不浄の源""奇形""忌むべきもの全ての源"などと呼ばれるアブホースは、太古の地球に出現した神性だ。記録されている最も古いアブホースのすみかは、大氷期以前のヨーロッパ北方にあったヒュベルボレイオス大陸の中央部に聳えている、ヴーアミタドレス山の地下洞窟である。同じくヴーアミタドレス山の地下に巣食っていたツァトーグァやアトラック＝ナチャなどの神々と同じく、『エイボンの書』で触れられている。

　ヒュベルボレイオス大陸が滅んだ後の足取りは定かではないが、米国北東部のニューイングランド地方にあるダンウィッチという村の地下で目撃されたという話がある。

　巨大な灰色の無定形の塊アブホースは、粘液のプールの中で膨張と分裂を飽くことなく繰り返し、忌まわしい姿の分体を絶え間なく産み出し続けている。分裂と吸収を繰り返すこと以外に興味のないこの神に崇拝を捧げたとしても、見返りを与えられることは全くないので、アブホースの崇拝者や教団は殆ど知られていない。アブホースはこの繁殖ともいうべき活動を邪魔されることを何よりも嫌っていて、人間が洞窟に迷い込んできても積極的に危害を加えることはない。こうした侵入者がやってくると、アブホースは体から感覚器官を生じさせてその体を撫で回し、吸収可能な生き物だとわかって初めて攻撃を仕掛けてくる。逆に、金属など吸収できない材質を感じ取ったならアブホースはたちまち興味を失い、テレパシーを用いてこの場所からただちに立ち去るよう伝えてくる。

　アブホースから分裂した生物の群れは、"アブホースの落とし子"などと呼ばれるが、産みの親はこうした落とし子にかけらも愛着を感じておらず、生まれたそばから触腕で捕え、次々と食い喰らってしまう。このため、生れ落ちた子供の最初の行動は、アブホースの食欲から逃れるために洞窟の奥へと逃げ出すことなのだ。

"宇宙の不浄全ての母にして父"

CAS「七つの呪い」の中で、"宇宙の不浄全ての母にして父"と呼ばれるアブホースは、

灰色の無定形の塊で、粘液のプールの中で膨張と分裂を繰り返し、自らの分体を絶え間なく産み出し続けています。分体の殆どは生まれてすぐアブホースの触腕に捕まり、貪り喰われてしまいます。アブホースは、分裂と吸収にしか関心がありません。その住処に侵入者が迷い込んでくると、感覚器官を伸ばして相手を撫で回し、吸収できるかどうかわからないと判断した場合、立ち去るようテレパシーで通告してきます。

　レイニーの「小辞典」では、ウボ＝サスラとアブホースは地球最初の住人であり、地球上の生命は彼らから生まれたと設定されました。しかし、同じく CAS の創造物であるこの神は、不定形の外見も併せて混同されがちだったのみならず、他の神話作品においてやはり地球上の生命を生み出したとされている神々と設定がぶつかることから、後続作家により大きくアレンジされました。

　たとえば、1980 年に TSR 社から発売された『デイティーズ＆デミゴッズ Deities & Demigods』の第 1 版（未訳、TRPG『アドバンスト・ダンジョンズ＆ドラゴンズ』のサプリメント）では、シュブ＝ニグラスの説明が「七つの呪い」におけるアブホースの設定そのものになっていて、ライターが両者を同一視していたことがわかります。

　また、CAS の創造した神々や、ヒュペルボレイオス大陸にまつわる数多くの設定を含む、『エイボンの書』を企画したリン・カーターは、同書以外にもアマチュア時代に書いた「神神」やその後に著した小説を通して、アブホースについても以下の設定を拵えました。

・アブホースはウボ＝サスラの落とし子で、北米地下の暗黒世界ンカイ（地底深くにある始原の大洞窟とも）に幽閉されている。
・ウボ＝サスラとアブホースは、ツァトーグァ、クトゥルー、ヨグ＝ソトースなど異星から到来した者ではない、地球生まれの神々の親である。

　カーター設定における神々の関係性については、P.208 の系図を参照してください。

　他の作品では、トルコのカラテペ遺跡から 1987 年に発掘された小像に「トゥダリヤス（ヒッタイトの王）は暗黒王アブホースに臣下の礼をとった」と刻まれていたことがコリン・ウィルスン『精神寄生体』で示されます。

　また、『クトゥルフ神話 TRPG』のサプリメント『ダニッチの怪』では、北アメリカのダンウィッチに巣食うアブホースが、人々を夢で操ってこの地に呼び寄せます。この設定は、HPL の「インスマスを覆う影」や「戸口に現れたもの」などの作品において、アブホースと同じく不定形の怪物であるショゴスが、マサチューセッツ州やメイン州の邪神教徒と結託しているという描写が下敷きになっているのかもしれません。

　同じくサプリメント『ラヴクラフトの幻夢境』では、幻夢境のレンとインガノクを隔てる障壁山脈の地下に、アブホースが潜むとされています。

クァチル・ウタウス

“塵埃を踏み歩くもの”
Quachil Utaus
『カルナマゴスの誓約』
“塵埃の守護者”
カ＝ラース

ミイラの如き異形の神

　クァチル・ウタウスは、時空を外れた辺獄のような領域に棲むとされる、人間型の神である。この神の教団は確認されていないが、時間を超越し、不老不死を与える能力を持つと信じられていることから、永遠の真理を求める魔術師の関心を集め、祈願や召喚の儀式がたびたび行われてきた。その姿は、悠久の時の中で朽ち果てた子供のミイラのようで、頭部には髪の毛も目鼻もなく、全身がひび割れのような網目状の皺に覆われている。召喚されたクァチル・ウタウスは、空の彼方から召喚者に向けて、青白い光の柱が橋のように伸びる中を、胎児が足を引き寄せているような格好で、ゆっくりと降下してくる。そして、召喚者の眼前に到達すると、灰色の光の中に足を伸ばして浮かぶのである。クァチル・ウタウスが前方に指し伸ばした手で触れたものは、瞬く間に老朽化して崩壊してしまう。そして、三次元空間から退去する際、老化して崩れ果てた犠牲者の塵の上に、小さな窪みのような足あとを残すことから、“塵埃を踏み歩くもの”の異名がつけられている。

　この神に言及する典籍は、邪悪なる賢者の著した『カルナマゴスの誓約』のみである。

『カルナマゴスの誓約』

　クァチル・ウタウスは、CAS の「塵埃を踏み歩くもの」に登場しますが、同作は単体ではクトゥルー神話と無関係の独立作品でした。『カルナマゴスの誓約』が登場する「クセートゥラ」も同様ですが、「地獄の星 Infernal Star」（断章、未訳）に『ネクロノミコン』への言及があり、ここでようやくクトゥルー神話との接点ができます。最終的に、『クトゥルフ神話 TRPG』のサプリメント『アーカムのすべて』に、『カルナマゴスの誓約』とクァチル・ウタウス自体が登場し、神話存在と見なされるようになりました。

　なお、HPL の熱心なファンであった、ジョゼフ・ペイン・ブレナンの「塵埃の守護者 The Keeper of the Dust」（未訳）という小説には、クァチル・ウタウスにと似通っている、古代エジプトで崇拝されたカ＝ラースという神が登場します。

ヴルトゥーム

Vulthoom

『ネクロノミコン』
ヨグ＝ソトース
『グラーキの黙示録』
ラヴォルモス

花を咲かせる神

　『ネクロノミコン』によれば、ヴルトゥームはヨグ＝ソトースの三番目の息子、つまりクトゥルーとツァトーグァの弟神とされている。また、英国のグラーキ教団の内部文書である『グラーキの黙示録』にも、ヴルトゥームの名前が言及されている。

　ヴルトゥームは、火星の地底深くにある大洞窟ラヴォルモスに棲んでいる。その姿は一見して青白く巨大な球根植物を思わせ、太い幹の先に朱い萼がついていて、そこから真珠色の妖精じみた姿が生えている。ヴルトゥームの花は幻覚を見せる甘い香りを発散し、その誘惑に負けたものを奴隷にしてしまうのだ。1000年の休眠期と1000年の活動期を交互に繰り返すという奇妙な生命周期を持ち、ヴルトゥームに不死を授けられた信徒もまた、この周期に従わされるようになる。火星の先住種族アイハイ族からは、悪魔と見なされている。遠い昔に宇宙船で火星に到来したヴルトゥームは、優れた科学と長生を約束してアイハイ族の一部を信徒としたものの、火星全土を支配するに至らず、彼らから警戒されることになったのである。年老いた火星に飽きたヴルトゥームは、若く活力のある地球への進出を企むのだが、地球人の思わぬ抵抗によって1000年の休眠期を送らねばならなくなった。もちろんそれは、ヴルトゥームにとってはごく短い時間に過ぎないのだ。

クトゥルー神話入り

　ヴルトゥームは、CASの同名の小説に登場する火星の神です。独立したSF小説で、クトゥルー神話作品ではありませんでした。この神性をクトゥルー神話に導入したのはラムジー・キャンベルで、「湖の住人」において、『グラーキの黙示録』の記述に「"ヴルトゥームすらほんの子供に過ぎない"ような年経りた種族」というフレーズを混ぜたのです。

　また、リン・カーターは「陳列室の恐怖」とカーター版『ネクロノミコン』で、ヴルトゥームについて「ヨグ＝ソトースの三番目の息子」と書きました。これは、CAS作品を愛好していたカーターのリスペクトと遊び心の発露なのでしょう。

モルディギアン

Mordiggian

- ゾティーク大陸
- ズル＝バ＝サイル
- 食屍鬼（グール）
- ナイアルラトホテプ

死者の神殿

　モルディギアンは、遠い未来の地球において、人類が最後に住む場所となるゾティーク大陸の都市ズル＝バ＝サイルで崇拝される、死者を贄として受け取る奇妙な神である。

　モルディギアンの姿は、目のない頭部と手足のない胴体を備えた、蛆のような円柱形の、不透明の闇の塊とされている。赤い炎を纏うその姿は、もうもうとわきあがる煙にも例えられ、見たものの目を眩ませる力がある。人格を持つ神というより、炎のように消滅させ浄化する力そのものなのかもしれない。モルディギアンの寺院は、王よりも強い権力を握っていて、神官たちは菫色のローブと骸骨めいた仮面の下に、人間とも犬ともつかないまがまがしい姿を隠している。彼らは街中で出た死者を葬儀のため神殿に運ばせ、そこで神と共に死体を処理するということである。

　モルディギアンは悪意のある存在ではなく、死者のみを求めて生者に構う事をしない。ただ、神殿から死者を奪おうとしたものには、容赦ない制裁を下すのである。

食屍鬼（グール）の神

　モルディギアンは、CAS のゾティーク大陸ものの作品「死体安置所の神」に登場します。

　ヴルトゥームやファチル・ウタウスと同様、クトゥルー神話とは無関係の神性でしたが、AWD の「闇に棲みつくもの」においてゾティークへの言及があるなど、この CAS の未来大陸を神話体系と結びつけようとする試みが、様々な後続作家により行われてきました。

　そして、ペイガン・パブリッシング社製の『クトゥルフ神話 TRPG』用サプリメント『デルタ・グリーン Delta Green』（未訳）において、モルディギアンに食屍鬼（グール）たちの崇める神という設定が追加されることになるのです。

　なお、『デルタ・グリーン』の食屍鬼（グール）たちは以下の 2 派に分かれて争っています。

・モルディギアンを崇めて墓荒らしで食いつなぐ伝統派。
・ナイアルラトホテプに仕え、食料の確保のために進んで生者を殺害する異端派。

チャウグナー・フォーン

Chaugnar Faugn

ツァン高原

ガネーシャ

ミリ・ニグリ族
"大無名者"

ローマからアジア、そして米国へ

　チャウグナー・フォーンは、体長4フィート（1.2メートル）ほどの小柄な神で、紀元前1世紀頃から20世紀初頭にかけて、中央アジアのツァン高原の洞窟に潜んでいた。長い鼻と大きな耳、口の両端から牙を生やすという緑色の象を思わせる姿をしており、インドの一部の有力者の間では、同じく象のような頭部を備えるヒンドゥー教の神ガネーシャの古い名前であり、さらに古い時代にはツァトーグァと呼ばれていたと信じられている。

　この神は、かつて両棲類から創り出した人形の生物ミリ・ニグリ族や、人間の信奉者たちに奉仕されている。ミリ・ニグリ族によれば、地球に到来したのは有機生命体が出現する以前で、地球に到来したばかりの頃は黒い粘液のようだったが、地球上の鉱物を「受肉」することで現在の姿になった。空腹になると、先端がラッパ状になっている鼻を生贄や崇拝者の体に密着させ、血液を長い鼻で啜りとる。血を吸われた箇所は腐敗して黒く変色し、やがて犠牲者の体は4回りほども縮み、真っ黒なミイラのような姿に成り果てる。

　紀元前1世紀頃までは、似たような姿の兄弟たちと共にイベリア半島のピレネー山脈に潜み、"大無名者"として恐れられていた。だが、共和制ローマ末期の兵士たちとの間で小競り合いが起きたため、力を温存しようと彼のみが中央アジアに移動したのである。その後、捕虜とした米国人に自身をニューヨークへと運ばせて、そこで大事件を起こすのだが、霊能力者の尽力で時空の彼方に追放されたという。

ツァトーグァの別名？

　この神は、FBLの「恐怖の山」に登場します。同作はHPLが1927年10月31日の深夜から翌朝にかけて見た古代ローマの夢の内容を、FBLが小説形に膨らませたもので、ミリ・ニグリ族、"大無名者"などのワードはHPLの夢に由来します。ロバート・ブロックは、「死は象の姿をして Death Is an Elephant」（未訳、ネイサン・ヒンディン名義で発表）において、この神をツァトーグァ及びインドのガネーシャと同一視しましたが、後続作品ではスルーされがちです。

イオド
Iod

ムー大陸
『妖蛆の秘密』
『古の鍵』
『イオドの書』

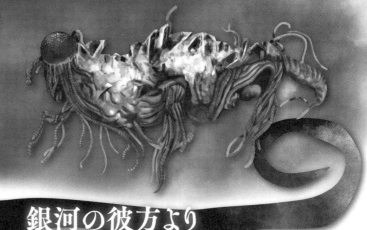

銀河の彼方より

　イオドは銀河の彼方で崇拝されている神で、星間移動をしていた神々が地球を中継点としていた、人類誕生以前の時代に到来している。ムー大陸をはじめ、太古の地球で敬われた最古の神の1柱で、ギリシャ人はトルフォニオス、エトルリア人はヴェディオヴィスという別の名前で崇拝したと伝えられている。また、『妖蛆の秘密』では、イオドを"秘められた世界を経由して魂を狩りたてるもの""輝ける狩人"などの異名で呼び、地球ではなく異次元に棲む存在だと説明されている。

　この神は、熟練した魔術師であれば、安全に召喚し仕えさせることができると言われているが、この神の召喚法が記述された書物は存在しない。イオドの召喚には六十石（イシャクシャール）というリビア奥地の蛮族が所有する未知の文字が書かれた黒い石や、暗号文書『古の鍵』（いにしえ）などに断片的に記された呪文を解読するしかないとされる。

　召喚されたイオドがどのような姿で現れるかはわからない。伝承によると、イオドは同じ姿で現れることは殆どないという。だが、召喚者がイオドを扱うのに失敗すると、この神はその最悪の姿を顕し、目撃したものを破滅させるという。

　イオドの最悪の姿とは、人間の脳を吸引し、魂を狩ることを楽しみとする、禍々しい本性である。イオドの餌食となった人間は意識を保ちはするが、生命力をごっそり奪われた体は死体同然になる。このことをエジプト人は"死の中の生"と呼んでいた。

"魂を狩りたてるもの"

　イオドは、ヘンリー・カットナーが創造した神で、修道院を焼き払い、修道士を皆殺しにしたことで呪われたクラーリッツ男爵家の秘密を描く、「クラリッツの秘密」（1936年）が初出作品です。ただし、この作品では「始原のイオドが銀河の彼方で信じがたい方法で崇拝されている」という一文があるのみで、それ以上の説明はありませんでした。

　具体的な登場は、「狩りたてるもの」（1939年）という作品です。

イオドが地球に到来したのは人間が誕生する以前、太古の神々が地球を旅の中継点にしていた頃のこととされます。カットナーは、地球に複数の恐ろしい邪神たちが集まってきた理由を、このような形で作中で示したのです。

　ムー大陸の水没後、イオドは世界各地で異なる名前で崇拝され、生贄を捧げられました。"魂を狩りたてるもの"という異名の通り、イオドは人間の魂、即ち生命力を奪うことを至上の娯楽にしています。イオドの触手に捕まり、魂を奪われた者は、体は死んでいるのに意識だけは残っている状態になります。犠牲者は自ら死を選ぶこともなく、永劫の恐怖の只中に投げ出されてしまうのです。ただし、古代の魔術師たちの間では、予防措置をとった上でなら、このイオドを召喚して自分に仕えさせることも可能とされました。その方法は、イオドについての記述がある『妖蛆の秘密』ではなく、六十石という黒い石や、暗号文書『古の鍵』に載っているということです。なお、六十石というのは、アーサー・マッケンの連作小説『怪奇クラブ』の一編である「黒い石印」において、リビア奥地の異形の民が崇拝する石のことです。

　また、カットナーの「侵入者」によれば、イオドはクトゥルーやイグ、ヴォルヴァドスなどの神々と共に、ムー大陸で崇拝されていました。そして、異次元の存在が地球を侵略してきた時、これを迎え打ったとされています。

　ところで、カットナーの創造物には『イオドの書』という神話典籍があるのですが、どうしたことか、この典籍とイオドの関係についてカットナーは全く説明しませんでした。

イオドの外見

　"輝ける狩人"として召喚されたイオドは目のくらむような光と、凍りつくような冷気を伴って出現しますが、目撃者によるとその身体特徴は次のように混沌としています。

・胴体は鉱物の結晶や水晶の集合体のようで、鱗に覆われている。
・膜状の肉から粘液がしたたっている。
・体全体が、ねばねばという感じに脈動する光に包まれている。
・大きな複眼がひとつある。
・体の下部にはすぼまった穴のような口がある。
・植物を思わせるロープ状の触手を備え、これを伸ばして他者の生命力を奪う。

　このわずかな記述を頼りに、数多くのイラストレーターがイオドの図像化を試みてきましたが、スタンダードなイメージが確立されていません。「同じ姿で現れることは殆どない」ということですので、イオドについてはそれで良いのでしょう。

ヴォルヴァドス

Vorvados

ベル・ヤーナク
“魂を喰らうもの”
ムー大陸
『エイボンの書』

ベル・ヤーナクの守護者

　ヴォルヴァドスは、オリオン座の１等星ベテルギウスのさらに彼方に存在する世界——恒星を巡る惑星ではないという、３つの月を持つ謎めいた星にあるベル・ヤーナクという都市において、代々“シンダラ”の名前を継承するただ１人に拝跪される神である。なぜ、ただ１人だけなのかというと、それこそがこの神の命令だったからだ。

　ある時、“灰色なすヤーナクの深淵”と呼ばれる底なしの深みに、邪悪な飢えを満たそうと宇宙からやってきた、“魂を喰らうもの”と呼ばれる怪物が棲み着いた。ベル・ヤーナクの水占い師たちによれば、この怪物は暗黒の太陽において、宇宙と宇宙の間を奇妙なやり方で通り抜けてゆく“古のものども”と、何処とも知れぬ場所からやってきた“黒耀のもの”の不浄なる交合によって産み落とされたものだということだった。当代のシンダラは“魂を喰らうもの”の討伐に赴く際、ヴォルヴァドスから不吉とも取れる託宣を受け、その言葉通りに自身の命を犠牲にして怪物を打ち倒すのだった。

　ヴォルヴァドスは太古のムー大陸でも崇拝されており、“炎を焚きつけるもの”“砂を騒がせるもの”“外なる闇にて待つもの”という３つの異名が知られている。かつて、死にゆく自分たちの世界を捨てた異次元の存在が、若く豊かなこの惑星を一掃し、移り住もうと侵略してきたことがあった。その時、クトゥルーやイグ、イオドといった神々の中にあって、誰よりも雄々しく迎え討ったのがヴォルヴァドスである。山の頂にあるヴォルヴァドゥスの神殿では、祭壇には大きなかがり火が焚かれていて、“監視するものたち”と呼ばれる白い服を着た神官たちが控え、異次元からの侵入を見張っているという。

ムー大陸の神

　ヴォルヴァドスの初出は、ヘンリー・カットナーの「魂を喰らうもの The Eater of Souls」（未訳）で、〈ウィアード・テイルズ〉1937 年 1 月号に掲載されました。この作品自体は、遠い星が舞台の SF 風の作品で、クトゥルー神話的な要素は特にありませんでした。

それがHPL作品と接続されたのは、カットナーがキース・ハモンド名義で〈ストレンジ・ストーリーズ〉1939年2月号に発表した「侵入者」です。こちらの作品では、"灰色なすヤーナクの深淵のヴォルヴァドス"は、太古のムー大陸において、山の如き巨軀の"水淵のクトゥルー"、"毒蛇イグ"、"輝ける狩人イオド"などの、忘れ去られた奇異なる神々と共に崇拝されていました。そして、ヴォルヴァドスは今なお異界からの侵入者に直面した人間から崇拝者を守っていて、これを焼き払ってしまうのです。

　召喚されたヴォルヴァドスは、銀色の靄に隠れた異形の貌という姿をとっています。

　黒々とした容貌で、目鼻は人類とは異なる異界的なパターンで配置され、この世のものならぬ智慧をたたえた冷然たる目には、小さな炎がきらめいています。しかし、見るものに恐怖を与えるものではなく、逆に心を安らげるとも描写されます。

　なお、リン・カーターが『エイボンの書』に含まれる文書として執筆した小説「深淵への降下」では、「魂を喰らうもの」においてヴォルヴァドスがヤーナクより追放した"魂を喰らうもの"は、カーターが創造した別の神性、ムノムクアとされています。

「人類に友好的な神々」

　「侵入者」において、ヴォルヴァドスは人類に友好的な神々と書かれています。この神が守護するベル・ヤーナクが、AWD作品において"旧き神々"が棲まうベテルギウスの彼方に存在する星（あるいは世界）と説明されていることもあって、ヴォルヴァドスはしばしばクトゥルーなどの有害な神々に対するある種の善神、さもなくば"旧き神々"の一柱に数えられることが少なくありませんでした。ヴォルヴァドスが棲まうという"ヤーナクの深淵"が、ノーデンスのしろしめす"大いなる深淵"を連想させるためか、ノーデンスの眷属あるいは子供と解釈されることもあるようです。『クトゥルフ神話TRPG』第6版のサプリメント『マレウス・モンストロルム』では、ヴォルヴァドスを"旧き神々"にカテゴライズしていました。

　ところで、「永劫より出でて」ではムーのシュブ＝ニグラスが、「墳丘」ではレムリアやアトランティスのクトゥルーやイグ、シュブ＝ニグラスが（どちらもHPLのゴーストライティング作品）、それぞれ崇拝者——人間に好意的な神々とされていました。また、見落とされがちなのですが、「侵入者」においては、クトゥルーやイグはヴォルヴァドスが戦った相手ではなく、むしろ共に戦った同陣営なのです。実のところ、ヴォルヴァドスが戦った異次元からの侵入者というのは、ひょっとするとクトゥルーやイグを討伐したという"旧き神々"だったのではないでしょうか。

　なお、「墳丘」によれば、クトゥルーは人間と人間の神々の双方に敵意をもつ宇宙の魔物に敗北し、半ば宇宙的な海底都市レレクス（ルルイエ）に幽閉されているのです。

ハスター

Hastur

『黄衣の王』
アルデバラン
ハリ湖
カルコサ

"黄衣の王"

クトゥルーの半兄弟

　『ネクロノミコン』などの神話典籍において、ヨグ＝ソトースの息子とされるハスターは、その半兄弟（おそらく母親が違うのだろう）とされる宿敵クトゥルー同様、"旧き神々"に叛逆した "悪しき存在" の一柱で、牡牛座の赤い星、アルデバラン近傍の暗黒星に封じられ、この星にあるハリ湖の湖底に棲み着き、湖畔に存在するカルコサという都市を支配下に置いている。また、ハスター同様、風の諸力と関係があるかに見えるイタカや双子神ロイガーとツァールなどの神々は、『ネクロノミコン』によればハスターの子供とされている。外見についての情報は少ないが、かつて "レンのガラス" を通してハリ湖を垣間見た者が、頭部だけで 80 ヤード（約 73 メートル）ほどの大きさに及ぶ蛸のような怪物がゆらゆらと湖面に近づいてくるのを目にしたといい、これがハスターなのだとすれば、あるいはクトゥルーと似た姿をしているのかもしれない。

　地球の古い時代には、温厚なる神として牧羊者から信仰されていたこともあり、旧約聖書の『アモス書』に言及される異教徒の星の神キウンが、ハスターの別名ないしは顕現のひとつとされる。だが、現代のハスター教団はいささか物騒だ。19 世紀末に刊行された戯曲『黄衣の王』は、ハスターが崇拝されているカルコサを舞台にしており、これを読んだものの精神を狂わせたのみならず、現実を侵食して時に歴史すら捻じ曲げる恐ろしい力があるようだ。また、ハスターと『黄衣の王』に関係のある "黄の印" をシンボルとする教団が、異次元に由来する怪物的な諸力のために暗躍しているという話もある。この教団はどういうわけか、"外側のもの" とは対立関係にあるようだ。

『黄衣の王』との関係

　ハスターは元々、アンブローズ・ビアースの「羊飼いハイタ」に登場する、羊飼いを守護する温和な神でした。ビアースはまた「カルコサの住民」という作品で、アルデバランとヒュアデス星団に関わるハリという人名、カルコサという地名に言及しています。

ロバート・M・チェンバーズは、ビアス作品におけるこれらの語を架空の戯曲『黄衣の王』に絡め、同名単行本の収録作で意味ありげに言及しました。その1作である「評判修理者」は、この戯曲の悪影響でハスター化し、異なる歴史を歩んだアメリカが描かれます。ビアースとチェンバーズの読者だったHPLは、「暗闇で囁くもの」でハスターとハリの湖、そして "黄の印^{イエロー・サイン}" をシンボルとする教団に言及しました。

　ハスターをクトゥルー神話に取り込んだのはAWDです。彼は「ハスターの帰還」で、この神に "名づけられざりしもの" の異名を与え、アルデバランのハリ湖に幽閉されている、星間宇宙を歩く風の精としました。「門口に潜むもの」などの後の作品では、ハリ湖の位置はアルデバラン付近の暗黒星とされ、近傍の都市カルコサを支配下に置いています。ただし、「異次元の影」によれば、この暗黒星は死に瀕しているということです。ハスター復活の刻は近いのかも知れません。同作は、巨大な蛸としてハスターらしき怪物を描写した作品でもあります。また、黄色い襤褸を身にまとい、蒼白の仮面を着用する "黄衣の王" がハスターの化身とされるのは、『クトゥルフ神話TRPG』のシナリオ集『グレート・オールド・ワンズ The Great Old Ones』（1989年、未訳）が初出の設定です。

　他の異名としては、AWD「破風の窓^{はふ}」の "星間宇宙の帝王"、ヒュー・B・ケイブ「臨終の看護」の "邪悪の君公^{プリンス}" があります。また、リチャード・L・ティアニーは「星神の種子 The Seed of the Star-God」（未訳）で、旧約聖書の「アモス書」に言及される星の神キウンの別名としてアッサトゥル Assatur（ハスター）を挙げ、さらにはエジプトの蛇神セトと同一視しました。

ハスターを取り巻く神々

　AWDは「ハスターの帰還」において、ハスターを水の精であるクトゥルーと敵対させました。クトゥルーと戦う主人公たちにハスターが加護を与えるAWDの連作小説「永劫の探求」をはじめ、この対立関係は様々な作品でうまく活用されています。

　リン・カーターは「陳列室の恐怖」やカーター版『ネクロノミコン』において、ハスターをヨグ＝ソトースを父に持つクトゥルーの異母兄弟としました。また、ハスターはシュブ＝ニグラスとの間に、イタクァ、ロイガー、ツァールという三柱の息子をもうけています。これは、HPLが代作した「墳丘」にある、シュブ＝ニグラスを "名づけられざりしもの" の妻" とする記述に基づいているのでしょう。なお、HPL作成の神々の系図（P.170）では、シュブ＝ニグラスはヨグ＝ソトースの妻となっています

　AWDの連作小説「永劫の探求」では、バイアキーという宇宙生物がハスターに仕えます。ハスターは、加護を求めてきた人間のもとにバイアキーを送り、肉体をアラビア半島の支配地である無名都市に、精神を "旧き神" の図書館があるケレーノに移しました。この他にも、カダス、レン高原などにハスターの支配地があるようです。

　また、カーターはカーター版『ネクロノミコン』や「陳列室の恐怖」において、首領ンガ＝クトゥン率いる "ユゴスよりの真菌^{きのこ}" をハスターに仕える生物としています。

イタカ
Ithaqa

ハスター
ボレア
ウェンディゴ
アルマンドラ

北方の空を闊歩する神

"風に乗りて歩むもの"イタカは、地球北方の寒冷地を領土とする神性だ。ハスターの眷属とされ、ボレアという並行宇宙の惑星に封印されているとの噂もあるが、北半球の各地で発生している豪雪の夜の不可解な失踪事件の数々が、この神が地球に舞い戻っていることを暗示している。人間の焼死体をねじまげたようなグロテスクな姿とされるイタカだが、その姿を直視した者は殆どいない。数少ない目撃談によれば、イタカは途方もない大きさの野獣のような黒い輪郭で、人間を恐ろしいまでに戯画化したものであり、頭部らしきものには目のような濃い赤紫の光を放つ星が二つ輝いている。また、イタカの立っていた場所には水掻き状のものがある足跡が残されていて、その足跡の間隔から、歩くというよりもはねるようにして雪上を高速移動することが窺える。

アルゴンキン族やオジブワ族など北米先住民族の間では"ウェンディゴ"の名で知られ、人間の肉の味を覚えて堕落した者がついには怪物に身を落とした姿だと古くから信じられた。

不運にも、山林をさまようイタカに遭遇してしまった人間は鉤爪のある長い手に掴まれ、幽閉地にして領土であるボレアをはじめ、地球内外の様々な場所に連れ回された後、高所から投げ落とされたような凍死体として発見されるのだ。

風の精霊

イタカは AWD「風に乗りて歩むもの」に登場した、カナダのマニトバ州の先住民の間で、"風に乗りて歩むもの""歩む死"と呼ばれて恐れられる風の神あるいは精霊です（「イタカ」の名は未登場）。この地域には 1931 年に住民全員が忽然と姿を消したスティルウォーター村など、イタカに生贄を捧げ続けている崇拝者のグループが残っています。同作ではまた、イタカに遭遇した人間を待ち受ける死の運命が描かれています。

マニトバ州が舞台の「イタカ」（「風に〜」の初期稿「歩む死」に加筆）では、コールド・ハーバー村の森の中にある環状列群が、"大いなる白き沈黙の神"トーテムに徴とて

なき神"イタカに生贄を捧げる祭壇として使われていることが示されます。「風に～」では、幾つかの神話ワードが意味ありげに挿入されただけですが、「イタカ」では**ハスター**に仕える風の神だと具体的に設定されました。イタカの姿や足跡については AWD「**戸口の彼方へ**」で詳しく描写され、『**ナコト写本**』『**ルルイェ異本**』『**ネクロノミコン**』にイタカについての記述が存在すると書かれ、同じく「**闇に棲みつくもの**」では星間宇宙を歩むものと呼ばれ、宇宙空間を移動できることが示唆されます。

　ブライアン・ラムレイの設定では、イタカは"<ruby>旧き神々<rt>エルダー・ゴッズ</rt></ruby>"の結界により、北極圏周辺とボレアという異世界にしか移動できません。ボレアは「**タイタス・クロウ・サーガ**」シリーズの『**風神の邪教**』『**ボレアの妖月**』などの舞台です。氷雪と永久凍土に閉ざされたボレアでは、イタカに拉致された人々とその子孫が暮らしています。ラムレイ描くイタカは、同族を増やす目的でしばしば人間の女性との間に子供を設けます。『風神の～』のヒロインである"風の女"アルマンドラはイタカの娘ですが、反イタカ勢力の盟主として父神と戦っています。彼女は赤毛の美女で、父神から受け継いだ風の力を使う時、その<ruby>双眸<rt>そうぼう</rt></ruby>は真紅の星のように輝くのです。ただし、足の形状を父神から受け継いでしまっていて、自らの手でナイフで削ぎ落としているという描写があります。ラムレイの「**風より生まれて Born of the Winds**」（未訳）というスティルウォーター村のあたりが舞台の作品にはイタカの息子が登場し、父親と同じ姿に変身して激しい戦いを繰り広げます。この作品を発展させたのが、『風神の～』なのです。なお、カーターは「**陳列室の恐怖**」において、イタカ、ロイガー、ツァールをハスターとシュブ＝ニグラスの子としています。

先住民族の悪霊伝説

　ウェンディゴは、米国の北部からカナダ東部にかけて居住していた、アルゴンキン語族に属するオジブワ族などに伝わる、森の奥に住む魔物で、**ウィンディゴ**、**ウィチコ**とも呼ばれます。ウェンディゴは、人間に憑依して人喰いをさせる悪霊であると同時に、人喰いをした人間が変異した魔物でもあります。骨と皮ばかりの痩せた体で、目が深く落ち窪み、乾燥した灰色の肌から腐敗臭を漂わせる姿は、墓から掘り起こした死体のように見えます。首の下に<ruby>鬣<rt>たてがみ</rt></ruby>があったり、鹿のような角を生やしていたりすることもあるようです。

　AWD はイタカの創造にあたり、アルジャーノン・ブラックウッドの「**ウェンディゴ**」を参考にしました。カナダの森でイタカに魅入られた男が、焼け付くような痛みを両足に感じ、絶叫しながら徐々に変異し、ついにはウェンディゴのような姿に成り果てるという物語で、イタカが風の神とされるのは、ウェンディゴが風を擬人化した悪霊だという作中の説明に由来するのでしょう。AWD はまた「戸口の～」などで、ウェンディゴをイタカの異名としています。このあたりの設定は後に『**クトゥルフ神話 TRPG**』に取り込まれました。

ロイガー、ツァール
Lloigor, Zhar

ハスター
イタカ
アラオザル
チョー＝チョー人

風の神々

『無名祭祀書』によれば、双子神ロイガーとツァール、これにイタカを加えた、風に関係があるらしい神々は、ハスターとシュブ＝ニグラスの息子である。遠い昔、父神と共に"旧き神々"（エルダー・ゴッズ）に叛逆したロイガーとツァールは、ビルマ（現ミャンマー）のシャン＝シ地方の奥地、忘れ去られて久しいスン高原に存在する、古代の石造都市アラオザルの地下に幽閉されている。心ならずも同地に足を踏み入れ、ロイガーとツァールを垣間見た人物によれば、両者は長い触腕を生やした暗緑色の肉魂のような姿をしていたということだ。

彼らはこの地に棲み着いた異形の種族、チョー＝チョー人に傅かれながら、双子神は復活の準備を着々と進めていた。しかし、再びこの地に"旧き神々"（エルダー・ゴッズ）の配下である星の戦士たちが差し向けられ、ついには滅ぼされた——当時はそう思われていた。だが、アラオザルの破壊後に確認された骨のない生物の遺体は、実際にはひとつだけだったのである。

残念ながら、それから何年も経過した1938年の冬、マサチューセッツ州のとある屋敷をロイガーが襲い、屋敷の主人である妖術師を連れ去るという事件が起きた。死んだのは片方だけで、もう一方——おそらくロイガー——は生き延びたのかもしれない。あるいは、遺体は体の一部ないしは分体で、両者共に生き残っていることも大いにありえるだろう。

なお、ロイガーが宇宙の風に乗ってやってくるのは、うしかい座の恒星アークトゥルスが地平線の上に昇っている時に限定されているということである。

双子神の行方は？

ロイガーとツァールは、AWD「星の忌み子の棲まうところ」（1931年、邦題は「潜伏するもの」など）が初出の、ハスターを首魁とする風の精に連なる双子の神です。ハスターと共に"旧き神々"（エルダー・ゴッズ）に反旗を翻したロイガーとツァールは、ビルマ（現ミャンマー）の奥地にあるスン高原の石造都市アラオザルの地下に幽閉され、この地でチョー＝チョー人に傅かれながら復活の準備を進めていたのですが、"旧き神々"（エルダー・ゴッズ）の差し向けた星の戦士た

ちによって滅ぼされてしまいます。滅びたかに思われたロイガーですが、AWDは「サンドウィン館の怪」に、うしかい座の恒星アークトゥルスが地平線の上に昇っている時に宇宙の風に乗ってやってくる風の神として、ロイガーを再登場させました。同作の出来事は「潜伏〜」執筆時期の大分後である1938年の冬に起きたことがわかっているので、少なくともロイガーは生き延びていたと考えて良いでしょう。ちなみに、「星の忌み子〜」の作中で実際に姿を見せるのも、チョー＝チョー人と言葉を交わすのもロイガーだけでした。なお、AWD「闇に棲みつくもの」において、クトゥガの召喚条件としてフォーマルハウトについて同様のことが言われているので、ロイガーもまたスン高原に幽閉される前は、アークトゥルスに棲んでいたのでしょう。「サンドウィン〜」ではまた、ロイガーが「（他者の肉体を）体をばらばらにして大地から引き離せる」と書かれています。

カーター「陳列室の恐怖」では、『無名祭祀書』の記述として、ロイガーとツァール、イタカが、ハスターとシュブ＝ニグラスの息子とあります。また、カーターの断章をロバート・M・プライスが完成させた「エノス・ハーカーの奇妙な運命 The Strange Doom of Enos Harker」（未訳）では、この双子神の秘められた名前がナグとイェブなのであり、星辰正しき時にはクトゥルーとナイアルラトホテプになるのだと書かれました。。

ロイガーから派生した神々

ロイガーからの派生ですが、実質的には別の存在となっている神々を紹介します。

・ロイガー族（コリン・ウィルスン）：コリン・ウィルスンの『ロイガーの復活』には、上記のロイガーとは多くの部分で設定が異なる、"ロイガー族"が登場します。ロイガー族はアンドロメダ星雲から星間宇宙の風に乗って地球に飛来し、奴隷として創造した人類の生命力を収奪する存在です。ジェイムズ・チャーチワードが発見したナアカル碑文によれば、支配地のムー大陸ではガタノソアとも呼ばれました。爬虫類めいた形態をとることもありますが、本来は透明の非物存在で、エネルギーの渦とも言うべき姿をしています。なお、ウィルスン『精神寄生体』に登場するツァトグァンズとも同一の存在と思われます。

・ロイゴロス（アメコミ）：マーベル・コミックス社から刊行されている〈アベンジャーズ Avengers〉（未訳）の #352 から #354 にかけて、邪神ロイゴロス Lloigoroth が登場します。グリム・リーパーという怪人が冥界でヨグ＝ソコート Yog-Sokot とシュマ＝ゴラスの名において召喚しました。ロイゴロスは指先に眼が、掌に口がついた巨大な右手の姿をしています。指の一つ一つに個別の人格が宿り、「お前に力を貸そう」「深淵の養子となるのだ」「我が闇の左手よ」「汝の欲することをなせ」と語りかけてきますます。グリム・リーパーの呪文には、「黒きアザトロス azotharoth とニグラアブ nigguraab の名において」など、微妙に変更されたクトゥルー神話の神々の名前も見られます。

クトゥガ
Cthugha

フォーマルハウト
フサッグァ
アフーム゠ザー
ナイアルラトホテプ

全てを灼き尽くす焔の神

　かつて地球に君臨した神々の一柱、巨大な生ける炎の神クトゥガが最初に地球を訪れたのは、40億年以上前に遡ると考えられている。クトゥガにとって、どろどろに溶けた灼熱の溶岩の塊だった太古の地球は実に居心地の良い場所だったのだ。『ネクロノミコン』などにほのめかされている伝説によれば、クトゥガとその眷属は現在、みなみのうお座の青白い一等星、フォーマルハウトのあたりに住んでいる。冷えた地球に興味を失ったのか、それとも旧神との戦いに敗れて幽閉されたのか、詳しいことはわからない。なお、フォーマルハウトという名前は、アラビア語で魚の口を意味する「フム・アル・フト」に由来するというのが通説だが、クトゥガを召喚するルルイエ語の呪文に「ほまるはうと」というフレーズがあるので、実際には遥かに古い時代からの名前なのだとも考えられる。クトゥガは早いうちに地球から立ち去ったので、この神を崇拝している教団は現存していないようだ。しかし、ヒュペルボレイオスやアトランティスなどの古代大陸で崇拝されていたらしいので、クトゥガこそが後世の太陽神や炎の神のルーツになった可能性がある。

　クトゥガは無数の炎の精と、そのリーダーである青みがかった稲妻の姿をしたフサッグァを従えている。また、『ナコト写本』によれば、今は北極の氷の底で眠りについているアフーム゠ザーという神性は、クトゥガの落とし子とされている。

　クトゥガはナイアルラトホテプの不倶戴天の仇敵で、ナイアルラトホテプの脅威に晒された人間の召喚に応じ、配下数千の炎の精と共に地球上に出現することがある。憎悪に駆られてやってくるクトゥガがもたらす大破壊は、小型の反応兵器の爆発に匹敵するものがある。例えば1940年に召喚された折には、ウィスコンシン州北部にあったナイアルラトホテプの地上の住処のひとつであるリック湖とその周辺の森林を焼き尽くしたのである。

ナイアルラトホテプの天敵

　"生ける炎"クトゥガは、ダーレスが創造した巨大な炎の姿をした神です。刊行物として

の初出はレイニーの「小辞典」でした。過去のクトゥルー神話作品に炎の神が欠けていることをレイニーに指摘され、ダーレスがクトゥガを考案したのです。その後の発表順で言うと、ダーレスの連作「永劫の探求」でクトゥガの名前が言及されますが、本格的な登場はダーレス「闇に棲むもの」が最初になります。なお、ツァトーグァに寄せたのだろう「クトゥグァ」表記もありますが、前者の名前の末尾が"gua"で終わるのに対して、クトゥガは"gha"なので、「ガ」ないしは「ギャ」が適切ですし、そもそもクトゥルー神話の神々の名前に法則性があるのは不自然でしょう。

　クトゥガはみなみのうお座の一等星フォーマルハウトに棲んでいます。また、この神は火の精なので、土の精であるナイアルラトホテプとは敵対しています。フォーマルハウトが梢の上にかかる時に「ふんぐるい むぐるうなふ くとぅぐぁ ほまるはうと んがあ・ぐぁ なふるたぐん いあ！ くとぅぐぁ！」と呼びかけると、無数の光の小球を従えた巨大な生ける炎——クトゥガが出現し、全てを焼き尽くしてナイアルラトホテプを追い払ってくれるのです。この設定は、HPL「闇の跳梁者」における、強い光がナイアルラトホテプを滅ぼすという記述を意識したのかも知れません。なお「闇に棲むもの」では、ナイアルラトホテプの地球上における拠点であった、ウィスコンシン州のンガイの森が焼き払われています。カーターの「神神」では、クトゥガは地球に到来した神々に含まれません。しかし、リチャード・L・ティアニーの「メルカルトの柱 Pillars of Melkarth」（未訳）により、クトゥガは中東ティルスの主神メルカルトとして、地球でも崇拝されていたことになりました。炎の塊という性質上、到来時期は地球がどろどろに融解していた40億年以上前と想定されます。結果、クトゥガは従来の設定で地球に最初にやってきたウボ＝サスラやアブホースより早く地球を訪れた神となったのです。

　クトゥガと関係の深いフサッグァとアフーム＝ザーについては、該当項目を参照。

フォーマルハウト問題

　フォーマルハウトという星の名前は、〈魚の口〉を意味するアラビア語〈フム・アル・フト〉に由来するというのが通説です。しかしながら、ダーレスは「闇に棲むもの」で使用されているクトゥガの召喚呪文中で、「ほまるはうと」というフレーズを含めてしまっています。HPLが冥王星をユゴス、ベテルギウスをグリュ＝ヴォと読んだように、本来はフォーマルハウトについても古い言語の名前を与えるべきだったでしょう。あるいは、フォーマルハウトのアラビア語起源説は誤りで、もっと古い時代から存在した言葉だったのだと解釈するのが妥当なのかも知れません。

　このように、クトゥルー神話の草創期の作品においてすら、しばしばこのような無頓着な設定が見られるので、後続作家にとっては悩みの種になっています。

フサッグァ

Fthaggua

『無名祭祀書』
クティンガ
ノルビー彗星
クトゥガ

"炎の精"を束ねる神

『無名祭祀書』によれば、フサッグァはクティンガ——地球上ではノルビー彗星の名で知られている移動天体を支配下に置いている、赤い稲妻のような姿をした怪物たち、"炎の吸血鬼"の首領である。フサッグァ自身は青く巨大な稲妻の姿をしていて、実のところ"炎の吸血鬼"というのは、フサッグァの無数に存在する感覚器官に過ぎないのである。

フサッグァはまた、"生ける炎"クトゥガの手先ないしは眷属とされ、この神が出現する際に一緒に現れるという無数の光の小球たち、"炎の精"の長だとされているが、その一方で、クトゥルー神話の研究者からは、クトゥガの化身のひとつだとも考えられている。

クトゥガの配下？ 化身？

　AWD自身の証言など、確固たるエビデンスが存在するわけではありませんが、彼がクトゥガという炎の神を考案するにあたり、彼と一緒にアーカムハウスを立ち上げた同輩、ドナルド・ウォンドレイの「炎の吸血鬼 The Fire Vampire」（未訳）に登場する宇宙の怪物フサッグァを参考にした可能性があります。

「炎の吸血鬼」は24世紀の地球が舞台の、侵略テーマのどちらかといえばSFジャンルの作品です。2321年7月7日に、天文学者グスタフ・ノルビーによって、地球から約5光年離れた位置に発見されたノルビー彗星は実のところ、宇宙のあらゆる生命体を餌食として吸収する"炎の吸血鬼"に支配されている、クティンガという移動天体でした。

"炎の吸血鬼"の首領フサッグァは青く巨大な稲妻の姿をした怪物で、同作では、"炎の吸血鬼"というのが実は、フサッグァの無数の器官に過ぎないことが判明します。

　カーターは「陳列室の恐怖」において、フサッグァとクティンガを『無名祭祀書』の記述として引用し、フサッグァをクトゥガの手先である"炎の精"——つまり、クトゥガの初出作品である「闇に棲むもの」で描写されている、クトゥガと一緒に出現した無数の光の小球の長であることにしました。

ルリム・シャイコース
『エイボンの書』
Rlim Shaikorth

ヒュペルボレイオス大陸
イイーキルス
アフーム＝ザー

氷山に乗った災厄

　ルリム・シャイコースは、『エイボンの書』第9章に触れられている、神とも怪物とも
つかない存在だ。北方のヒュペルボレイオス大陸が繁栄していた時代、海洋を浮遊する氷
山状の城塞イイーキルスが、北極から南へと漂い出した。そして、イイーキルスの頂上に
建つ塔の中には、巨大な芋虫のような姿をした青白い怪物、ルリム・シャイコースが棲ん
でいた。ルリム・シャイコースの胴体は忌まわしいほどに膨れ上がり、顔の位置には大き
な口と空ろな眼窩があり、赤い玉のような涙をほろほろとこぼし続けているのだった。
　イイーキルスには8人の魔道士が囚われ、冷気に耐えうる生物に作り変えられて、否
応なく白蛆に仕えさせられていた。そして、彼らを乗せた氷山がヒュペルボレイオス大
陸の港に流れ着く度に、その土地はどこも寒気に襲われ、滅びていくのである。
　しかし、最終的に魔道士の一人が造反し、自らの命と引き換えにルリム・シャイコース
に青銅の剣を突き立て、イイーキルスも溶けて亡くなった。地球は救われたのだ。
　エイボンは、黒魔術によって波間をさまよう魔道士の霊を呼び寄せて話を聞き、その記
録を書き残したのである。ルリム・シャイコースはおそらく死んだのだろうが、その死体
を確認した者はおらず、ヒュペルボレイオス大陸は最終的に、地球全土に影響を及ぼした
氷河期の到来によって滅び去ったのである。

アフーム＝ザーの従神

　ルリム・シャイコースは、CASのヒュペルボレイオス大陸ものの1作、「白蛆の襲来」
に登場します。リン・カーターは「陳列室の恐怖」において、ルリム・シャイコースを
"小さき古きもの"に分類しました。さらに、CASに倣って『エイボンの書』の一部とし
て執筆した「極地からの光」においてアフーム＝ザーという神の従神とし、同じく「炎の
侍祭」で冷気に耐えるよう改造された従者たちを"冷たきもの"と呼び、ルリム・シャイ
コースをその長としています。

アフーム＝ザー

Aphoom-Zhah

- フォーマルハウト
- 『ナコト写本』
- ヤークシュ
- ヤーラク

クトゥガの眷属

『エイボンの書』によれば、アフーム＝ザーは、クトゥガが"旧き神々（エルダー・ゴッズ）"によってフォーマルハウトに封じられた後にもうけた眷属である。『ナコト写本』のほのめかしによれば、フォーマルハウトから太陽系へと飛来したアフーム＝ザーは、ユゴスの近くにある凍てついた星ヤークシュ（海王星）を経由して地球に到達し、北極点に聳える氷の山ヤーラクの地下洞窟に棲み着いた。しかし、"旧き神々（エルダー・ゴッズ）"によって、そのままそこに縛り付けられてしまったのである。アフーム＝ザーには、冷気に耐えられるよう改造された従者たち、"冷たきもの（イーリディーム）"が仕えていて、その長はルリム・シャイコースという"小さき古きもの（レッサー・オールド・ワン）"である。

アフーム＝ザーの放出する冷気は、ヤーラクの地底に封じられてもなお外に漏れ出すのを止められなかった。この冷気がやがて、北極のあたりから広がっていき、ヒュペルボレイオス大陸を凍りつかせてしまったのである。

白蛆を統べるもの

この神は、CAS「白蛆の襲来」の初期稿にあたる、「エヴァフの誘惑」をベースに執筆された「極地からの光」が初出の神性で、クトゥルー神話の神々における立ち位置がよくわからなかったルリム・シャイコースの上位存在と設定されました。

「極地からの光」は、「白蛆〜」に倣い『エイボンの書』の一部として書かれた作品ですが、同趣旨で執筆された「炎の侍祭」において、アフーム＝ザーはさらに掘り下げられ、クトゥガの子供となりました。

アフーム＝ザーの外見はクトゥガに似ていますが、氷のように冷たい炎を纏っています。また、この神は他の神々を解放する役目を与えられているのですが、現在は自らも"旧き神々（エルダー・ゴッズ）"に束縛されているのです。

ここで挙げられた作品は全て、『エイボンの書』（新紀元社）に収録されています。

ヤマンソ

Yomagn'tho

- フェルカード
- クトゥガ
- 『ネクロノミコン』
- ナイアルラトホテプ

炎の円

　ヤマンソは、炎に関連する神で、燃え上がる３つの花弁を内包する、炎の円という姿をしている。この世界の外側にあるフェルカードと呼ばれる場所を棲み家とし、"外側で容赦なく待つもの"という異名が示す通り、召喚されるその時をじっと待ち受けている。

　同じく炎の神であるクトゥガとヤマンソの間に、どのような関係があるのかはわかっていないが、両者の召喚呪文は極めて似通っているらしく、クトゥガを召喚を試みた際に失敗した場合、代わりにヤマンソの精神と接触する場合があるようだ。そうして接触した者に、ヤマンソは自らをこの世界に解き放つよう要求する。ヤマンソは何らかの理由で人類を滅ぼそうと目論んでおり、虎視眈々とその機会を窺っているのである。

　ヤマンソを退散させるには『ネクロノミコン』に記されている呪文が必要となるのだが、この神の復讐から逃れられた者はごくわずかに過ぎない。ヤマンソに殺害された者は炎に焼かれるのみならず、生命力を奪われて老化し、しなびた亡骸（なきがら）が残されるのだ。

クトゥガを喚び出すと……

　ヤマンソは、E・P・バーグルンド「星から来た貪るもの The Feaster from the Stars」（未訳）に登場する炎の神である。AWD「闇に棲みつくもの」に描かれている通り、ナイアルラトホテプはクトゥガと敵対関係にあり、特に『クトゥルフ神話 TRPG』などのクトゥルー神話もののゲームにおいては、ナイアルラトホテプの陰謀への対抗手段として、クトゥガを呼び出すというのが、定番的とは言わぬまでも有効な手段と考えられがちだが、ある意味、そうしたセオリーに対するカウンターとして設定されたのがヤマンソである。

　ちなみに、ヤマンソはクトゥガとは異なり、ナイアルラトホテプとむしろ友好関係にあるらしく、バーグルンドの「七つの太陽の剣 Sword of the Seven Suns」（未訳）では、ナイアルラトホテプの加護を受けた魔術師が、クトゥガの力を行使する魔術師に対抗するべく、ヤマンソを召喚するという展開があるのだった。

ゴル＝ゴロス、
グロス＝ゴルカ

"闇の神"
Gol-Goroth, Groth-Golka

バル＝サゴス
"蟇蛙の神殿"
『無名祭祀書』

蟇蛙の如き神

　"闇の神"ゴル＝ゴロスは、非常に謎めいた神性だ。『エイボンの書』によれば、ゴル＝ゴロスはシャンタク鳥の長であるクームヤーガを従えているというのだが、現代のクトゥルー神話研究者の間では、これは"鳥の神"グロス＝ゴルカとの混同（原文が誤っていたのか、書写の際に混同されたのかはわからない）だと考えられている。

　『エイボンの書』を除外すると、ゴル＝ゴロスについての文字記録は、11世紀のアイルランド人戦士ターロウ・オブライエンの航海記録に遡り、大西洋上の古王国バル＝サゴスで崇拝された神々の中でも、特に信仰を集めた神とされる。この他にも、名前こそ触れられていないが、世界各地で崇拝されていた巨大な蛙じみた神が、このゴル＝ゴロスだと考えられている。たとえば、ハンガリーのシュトレゴイツァヴァールのあたりの先住民族から崇拝されていて、16世紀にセリム・バハドゥル率いるトルコ軍と戦ったという巨大な蟇蛙のような姿をした神や、ホンジュラスの密林の具中にある"蟇蛙の神殿"において、インディオ以前の先住民族から崇拝されたという、触覚と蹄を備えた怪物的な神がそれである。

カーターの勘違い？

　ゴル＝ゴロスは、REHが創造したものの、明確な登場はなかった謎めいた神性です。

　初出は「夜の末裔」（1931年）。ジョン・キロワン教授がクトゥルー、ヨグ＝ソトース、ツァトーグァと共にゴル＝ゴロスの名前を挙げ、これらの信仰が20世紀まで存続したとは思わないと発言しています。ただし、これらの神々の教団が実際には存続していたことが周知の事実ですので、ゴル＝ゴロスの信仰も継続しているのかも知れません。

　同年発表の「バル＝サゴスの神々」は、ケルトの戦士ターロウ・ダブ・オブライエンの冒険を描く連作のひとつです。アトランティスの残滓であることが示唆される大西洋の島バル＝サゴスでは、闇の神ゴル＝ゴロス、鳥の神グロス＝ゴルカなどの神々が崇拝されます。グロス＝ゴルカはぬらぬらした鱗にまみれた半透明の翼を持つ怪鳥で、ゴル＝ゴロス

ほどの力はなく、作中でターロウに首をはねられます（本当に死んだことにするかどうか
は解釈次第）。ゴル＝ゴロスの巨大な神像も登場しますが、外見描写はありません。

　カーターの死後に発表された「外世界からの漁者 The Fishers from Outside」（未
訳）で、牙を持つ鳥のような姿をした神としてゴル＝ゴロスの言及がありました。"外世
界からの漁者"というのは、HPLのゴーストライティング作「翅のある死」において、
ウガンダの巨石遺構においてツァドグワ、クルルなどの神々と共に崇拝されたという謎め
いた存在で、カーターはこの存在とゴル＝ゴロスを同一視しました。「外世界〜」によれ
ば。ゴル＝ゴロスはムノムクアの兄弟で、クームヤーガを長老とするシャンタク鳥の支配
者です。魔術師ハオン＝ドルの地下の旅を描くカーター「深淵への降下」でも、『エイボ
ンの書』の記述という形で同じ設定が示されます。ただし、カーターの遺著管理者だった
ロバート・M・プライスによれば、これはグロス＝ゴルカとの取り違えだということで、
カーター作品集『ゾス神話大系 The Xothic Legend Cycle』に同作を収録する際、プラ
イスは「外世界からの漁者」のゴル＝ゴロスを全てグロス＝ゴルカに変更しました。

プライスの解釈

　プライスは自身の同人誌『クトゥルーの穴 Crypt of Cthulhu』第3号に「ゴル＝ゴロ
ス、忘れられた古きもの Gol-Goroth, A Forgotten Old One」という記事を寄稿、以
下のREH作品に登場する無名の神々ないしは怪物を、ゴル＝ゴロスだと解釈しました。

- 「黒の碑」：ハンガリーのシュトレゴイツァヴァールのあたりでかつて崇拝されていた、
  巨大な蛙のような怪物。
- 「屋上の怪物」：ホンジュラスの墓蛙の神殿で崇拝された、触覚と蹄を備える怪物。『無
  名祭祀書』に記されている。
- 「バル＝サゴスの神々」：前述。大祭司ゴタンが配下の魔物に殺害された後、ゴル＝ゴロ
  スの神像がゴタンの敵である前女王ブリュンヒルドの上に倒れ、押し潰してしまうシー
  ンがあり、ゴル＝ゴロスの意志あるいは呪いのようなものの存在が暗示されている。

「黒の碑」に登場する怪物はツァトーグァの化身だと解釈されることもありますが、プラ
イスはツァトーグアとゴル＝ゴロスの名前が別個の存在として併記されている「夜の末
裔」の記述を根拠に、これを否定しています。『クトゥルフ神話TRPG』では、プライス
説をベースにしているのか、「黒の碑」に登場する怪物としてゴル＝ゴロスが取り込まれ
ました。ただし、クリーチャーガイド『マレウス・モンストロルム』の解説では、グロス
＝ゴルカはシャンタク鳥とは関係のない邪神とされているようです。

セト
Set

恐るべき蛇神

セトは、エジプトがアッシリア人の支配下に置かれた第26王朝（前664～525年）、第27王朝（前525～404年）の時代において、異民族の神として恐れられた恐るべき蛇神である。

より古い時代にはセトは蛇の神であるどころか、太陽神ラーを狙う大蛇アペプと槍で戦う神だったのだが、実のところ、それより1万年前、この地に魔術王国ネメディアが栄えていた頃、セトといえば毒蛇の神の名前だったので、むしろ古い信仰が復活したのだろう。『妖蛆の秘密』の"サラセン人の儀式"という章には、鰐神セベク、人肉食のブバスティス、大いなるオシリスなどの古代エジプトの神々と共に、大蛇セトの名前が挙がっている。

また、"シモン・マグス"の異名が知られるナザレのイエスと同時代の魔術師、ジッタのシモンにまつわる文書では、セトはアッサトゥル（ハスター）と同一視されている。

セトを崇拝するカルト教団は世界各地に存在するが、彼らが崇拝するセトというのは時にサタンであったり、時にイグであったり、時にナイアルラトホテプであることがある。

蛇と戦う神から魔王(サタン)へ

セトの名前は、ブロック「セベクの秘密」において、他のエジプトの神々と共に『妖蛆の秘密』に名前が挙げられています。セトはエジプト神話の蛇神として様々な作品に言及される神ですが、古い時代においてはそうではなく、むしろ蛇の敵対者でした。ヘリオポリス起源の創世神話によれば、太陽神ラーが単独で大気の神シュウと湿気の神テフヌトを生み、シュウとテフヌトから大地の神ゲブと天空の神ヌトが、ゲブとヌトからオシリスとイシス、セトとネフティスという双子の男女の神々が生まれました。セトの外見は、長く垂れた口吻、長方形の耳、犬に似た胴体、先が二つに分かれた尻尾を有する半人半獣の姿です。おそらくツチブタ、ロバ、レイヨウ、ジャッカル、フェネックの混合物である"セトの動物"の姿か、その頭を持つ人間として描かれました。

エジプト中王国期の『死者の書』によれば、夜間、ラーが太陽の船で冥界を航行中に、襲ってくる大蛇アペプ（アポピス）を船の舳先で迎撃するのが、セトの役割でした。

ただ、その役職故に傲慢なセトと他の神々と不和にまつわる物語も数多く存在します。

ある伝承では、神々の王となった兄オシリスを妬み、彼を自宅に呼び寄せて棺に閉じこめ、ナイルの河口から海へと流された挙げ句、ついにはバラバラにしてしまっています。

セト像が大きく変容したのは、中東起源のセム系民族らしき異民族ヒクソスがエジプトを支配した第二中間期（紀元前1782〜1570年頃）でした。セトと嵐の神バアルを同一視し、シリア・パレスティナの女神であるアナトやアシュタルテをセトの陪神と見なしたのです。

さらに時代が下り、第26・27王朝期にオシリス神話が再編纂される過程で、セトの"異民族の神""王権への挑戦者・簒奪者"の要素が強調されました。この時、セトはアペプと習合し、邪悪な蛇神に変容したのです。ある魔術パピルスでは、セトを"毒蛇、悪しきことなす蛇、その口に含む水は燃えている"と形容しています。また、古代ギリシャ人はオリンポスの神々に反抗する嵐と邪悪の化身、テューポーンとセトを同一視しました。

西アジア、エジプトの蛇神信仰にまつわる考古学的研究が進んだ19世紀、古代の叡智の象徴として蛇を重視した神秘主義者により、蛇神セトには新たな解釈が付加されました。

神智学者ヘレナ・P・ブラヴァツキーは、『ヴェールをとったイシス』において旧約聖書におけるアダムの三番目の息子セツをセトと見なし、智慧の神ヘルメス、トートと結び付けた上で、"サト・アン Sat-an"即ちサタンそのものだと主張します。学術的根拠のない巷説ですが、アレイスター・クロウリー以後の神秘主義者に引き継がれています。

ヒロイック・ファンタジーの大敵

最終的に、蛇神としてのセトはREHの「蛮勇コナン」シリーズでヒロイック・ファンタジーに導入され、後続作品に広まりました。物語の舞台である1万2千年前ハイボリア時代、かつて魔術の神として世界を席巻した恐るべき蛇神セトの信仰は南方のスティギア（後世のエジプト）に残留し、物語に不吉な影を落とすのです。伝説的な魔術師ジッタのシモンを主人公に、1世紀頃のローマが舞台の神話物語を紡いだリチャード・L・ティアニーは「コナン」もののセトを受け継ぎつつ、「星神の種子 The Seed of the Star-God」（未訳）などの作品で、セトをアッサトゥル（ハスター）と同一視しました。ギリシャ神話の研究家としても知られる詩人ロバート・グレイヴスの小説『キング・ジーザス』における、セトがエルサレムで"羊飼いの神"として崇拝されていたという設定から採ったようです。

なお、『クトゥルフ神話TRPG』用のシナリオ集『潜み棲む恐怖 Lurking Fears』（未訳、1990年）に収録される、スコット・デイヴィッド・アニオロフスキー「アメン＝テトの日時計 The Sundial of Amen-Tet」ではナイアルラトホテプと同一とされるなど、作品によってクトゥルー神話の神性とセトの関係性は異なり、イグの異名とされることもあります。

ボクルグ

ムノムクア

第2章　046

ボクルグ、
ムノムクア
Bokrug, Mnomquah

サルナス
幻夢境
サルコマンド
オーン

月と蜥蜴にまつわる神々

　ボクルグは、大きな水蜥蜴の姿をした神性だ。1万年前、ムナールと呼ばれる土地にあった石造都市イブに棲む、両棲類めいた緑色の種族から崇拝されていたが、イブの近くにある人間の都市サルナスの住人が彼らを疎み、ついには滅ぼしてしまう。サルナスはイブを滅ぼしたことを誇り、ボクルグを嘲っていたが、イブ滅亡千年を祝う宴の最中にかつて滅ぼしたはずの種族が溢れ出し、一夜にしてサルナスは滅びてしまう。サルナスがあった場所は一面の湿原となり、災厄は水蜥蜴神の怒りのあらわれと見なされた。そして時が流れ、ボクルグはムナール全土で崇拝されるようになったのである。

　『ネクロノミコン』によれば、ボクルグという名は仮面に過ぎず、その背後には"上古の恐怖"が潜むと記されている。その恐怖が、月に眠る蜥蜴神ムノムクアである。途方もなく巨大で怪獣じみた蜥蜴のような姿をしたムノムクアは、ベテルギウスの向こう側にあるヤーナクで"魂を食らうもの"と呼ばれ恐れられたが、ヴォルヴァドスにより追放された。現在は月の地底深くにあるウボスの黒い湖に住み、月　獣の崇拝を受けている。ムノムクアにはオーンという妻がいて、こちらは幻夢境のサルコマンドにあいた大穴に棲み、伴侶と一緒になる日を夢見ている。

水蜥蜴の神

　ボクルグはHPL「サルナスに至る運命」が初出の神性で、水蜥蜴を象った海緑石の石像がその似姿とされます。この水　蜥　蜴というのは、水棲の蜥蜴くらいの意味でしょう。近い名称の実在種としては、爬虫綱有鱗目トカゲ亜目のアガマ科のウォータードラゴン属、オオトカゲ科オオトカゲ属のウォーターモニター（ミズオオトカゲ）の仲間などが存在しますが、シンプルにイグアナあたりと考えて良いと思われます。

　実のところ、ムナールやサルナスがどこにあるのかは明確ではなく、サルナス近傍の町トラアやイラルネク、カダテロンが「未知なるカダスを夢に求めて」で幻夢境に配置され

ていることから、幻夢境の出来事と考えるのが一般的な解釈ですが、HPL が「狂気の山脈にて」において、ムナールとイブが覚醒の世界に存在したとも取れる記述をしていることを受け、ラムレイ「大いなる帰還」やカーター版『ネクロノミコン』などでは、中東のサウジアラビア付近に存在したと設定されています。

　ボクルグを崇めるイブの両棲類じみた生き物は「サルナス〜」で滅亡しましたが（クライマックスに出てくるのは亡霊じみたもの）、「大いなる帰還」ではイブの姉妹都市ル＝イブがイギリスの地下に現存し、イブの種族の同類が棲んでいます。ただし、同作で描写されたル＝イブの住人は両棲類というよりもむしろ爬虫類じみた描写です。彼らはカーター「月光の中のもの Something in the Moonlight」（未訳）においてスーンハー Thuu'nhaa という名が与えられ、ボクルグはその指導者とされています。

上古の恐怖とその伴侶

　ムノムクアは、前述の「月光の中のもの」が初出です。ムノムクアはスーンハーとボクルグの主人であり、月の中心のナグ＝ヤア Nug-yaa の湾にあるウボス Ubboth の黒い湖に、“旧き神々”によって封じられています。ムノムクアは満月の月光の中から現れて犠牲者に死をもたらしますが、『ネクロノミコン』第七書に記されたゾアンの詠唱 Zoan chant なる儀式を行うことで、その脅威から身を守ることができるようです。

　カーターはまた、ヴォルヴァドスの初出作品であるカットナー「魂を喰らうもの The Eater of Souls」（未訳）を発展させて、『エイボンの書』の一部として執筆した「深淵への降下」において、ベテルギウスの向こう側にある世界ヤーナクにいた“魂を喰らうもの”ムノムクアをヴォルヴァドスが追い払ったと設定しました。また、「外世界の漁者 Fishers from Outside」（未訳）でシャンタク鳥の神ゴル＝ゴロスあるいはグロス＝ゴルカをムノムクアの兄弟としています。カーター版『ネクロノミコン』では無名都市はかつてのムノムクアの前哨地であり、無名都市を築いた爬虫人類もムノムクアの従者だったのではないかとアブドゥル・アルハズレッドが推測しています。

　ラムレイは幻夢境三部作の第3巻『幻夢の狂月 Mad Moon of Dreams』（未訳）に、カーターの許可を得てムノムクアを登場させ、頭部だけで半マイル（約800メートル）もの大きさの巨大な神性として描写しています。夢の世界の月に住む月獣がムノムクアには仕えており、夢の世界の月を徐々に降下させてついには幻夢境の地表に落そうと企みます。『幻夢の狂月』には、ムノムクアの妻である邪神オーンも登場します。軟体動物を思わせる巨体のあちこちに無数のまばたきしない目を持ち、十本の半ば透き通った巨大な触手を生やしたという姿をしているオーンは、幻夢境のサルコマンドの廃墟に開いた大穴に封じられています。オーンにも邪悪な月獣たちからなる教団が仕えていて、配偶者であるムノムクアと一緒になる日を待ち続けているのです。

ニョグタ

Nyogtha

『ネクロノミコン』
“ヴァク＝ヴィラジの呪文”
『無名祭祀書』
タンの洞窟

モンゴル帝国を震撼させた魔物

　“闇に棲みつくもの”ニョグタは、17世紀マサチューセッツ湾植民地のセイラムなどの土地で、魔女たちから崇拝されていた神性のひとつである。『ネクロノミコン』によれば、タタールのタンの洞窟がそのすみかで、地球上の洞窟や亀裂を介することで、どこからでも召喚することが可能である。また、環頭十字架、“ヴァク＝ヴィラジの呪文”、ティクゥオン霊液を使ってニョグタを退散させる方法も、やはり『ネクロノミコン』に書かれている。クトゥルー神話研究家のリン・カーターは当初、この神を地の精に分類し、“闇に棲みつくもの”との異名が共通することから、やはり魔女たちから崇拝されていたナイアルラトホテプの化身ではないかと疑っていた。ただし、『無名祭祀書』によれば、ニョグタはズルチェクォンやアブホース、イグ、アトラック＝ナチャなどと同様、ウボ＝サスラの落とし子の一柱で、アークトゥルスの近傍にある無明の世界に追放されたとされている。また、『エイボンの書』によれば、“食屍鬼たちの父”ナグーブを首魁とする食屍鬼たちが、この神に仕えているとある。

　なお、ニョグタ退散に効果のある“ヴァク＝ヴィラジの呪文”は、他の神々にもある程度の効果があることで知られている。たとえば、ニョグタの兄弟とされるシアエガも、“ヴァク＝ヴィラジの呪文”を苦手としているということだ。

ナイアルラトホテプの化身？

　“闇に棲みつくもの”ニョグタは、ヘンリー・カットナー「セイラムの恐怖」に登場する、虹色の輝きを放つ無定形の黒い塊の姿をした神です。あまり多くのことが知られていないにも関わらず、魔女裁判で処刑されたセイラムのアビゲイル・プリンなど、人間の魔女や魔術師から崇拝されました。同作ではまた『ネクロノミコン』の記述として、韃靼（タタール）のタンの洞窟がそのすみかで、かつてそこから姿を現し、大カーン（モンゴル帝国の皇帝たちの中でも、チンギス・カン直系の皇帝が名乗った称号）の包（バオ）に恐怖と破壊をも

たらしたという話が紹介されています。また、地球上の洞窟や亀裂を介してニョグタを召喚可能であり、さらには環頭十字架、“ヴァク＝ヴィラジの呪文”、ティクゥオン霊液などを用いて退散させる方法が書かれていると設定されています。

　なお、ブライアン・ラムレイは「タイタス・クロウ・サーガ」シリーズの第1巻『地を穿つ魔』において、“ヴァク＝ヴィラジの呪文”が他の神に対してもある程度の効果を発揮し、たとえばクトーニアンからの精神攻撃を退けられるという設定を追加しました。

　リン・カーターの「神神」によれば、ニョグタは地の精に分類される小神で、“闇に棲みつくもの”という異名が共通していることから、ナイアルラトホテプの化身かも知れないと推測されています。ただし、これは彼がアマチュア時代の小論文で、後年、カーターはその設定を破棄したようでした。たとえば、「陳列室の恐怖」では、『無名祭祀書』の記述として、ニョグタをウボ＝サスラの落とし子の一柱に数え、アークトゥルスの近傍にある無明の世界に追放されたとしました。また、プライス＆カーター版『エイボンの書』に含まれている「深淵への降下」では、“食屍鬼たちの父”ナグーブをその首魁とする食屍鬼たちがニョグタに仕えていると説明しています。

　なお、ジョセフ・ペイン・ブレナンの「第七の呪文」では、魔術師セオフィリス・ウェンが著した『真正魔術』の七番目の呪文がニョグタに関係があるとされていますが、詳しい説明は意図的にされておらず、ほのめかしにとどまっています。

　また、エディ・C・バーティンの「暗黒こそ我が名 Darkness, My Name Is」（未訳）に登場するシアエガは、ニョグタの兄弟とされています。

ニョグタにまつわる呪文

　ニョグタは、クトゥルー神話の関連作品に登場する、幾つかの魔法の呪文に関連付けられています。『クトゥルフ神話 TRPG』のキャンペーン・シナリオである『ニャルラトテップの仮面』に登場する“ニョグタのわしづかみ”は特に有名で、ニョグタと聞くと真っ先にこれを思い出すプレイヤーもいるほどです。

出典	名称	概要
『ニャルラトテップの仮面』	“ニョグタのわしづかみ”	心臓を圧迫し、麻痺させる。ナイアルラトホテプを崇拝するアフリカ系教団“血塗られた舌”の呪術師が使用。
「第七の呪文」	“第七の呪文”	悪霊を呼び出して魔力や富、権力を得る呪文。
『うちのメイドは不定形』	“タタールの黒き拳”	召喚したニョグタをそのまま敵にぶつけるという乱暴な呪文。

シアエガ

Cyäegha

フライハウスガルテン
"ヴァク＝ヴィラジの呪文"
クトゥガ
『呪われし者たちより』

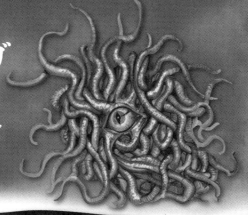

繰り返し封印されるもの

　シアエガは暗闇に潜むもの、洞窟の主といった異名を持つ神性で、ねめつける緑色の巨大な目玉を取り巻くように無数の黒い触手がざわめいている。ただしこれはシアエガの仮の姿であって、姿を絶えず変化させる無定形の黒い塊が本来の姿だ。人類には理解不能なほどの激しい憎しみがシアエガの中に満ち満ちている。

　シアエガは、ドイツ西部にあるフライハウスガルテンという村の外れ、住民たちから"闇の丘"（ドゥンツルビュークル）と呼ばれる場所の地下に封印されている。シアエガの存在は村の住民の精神に影響を及ぼしていて、彼らは17世紀頃から"闇の丘"に集まり、若い娘を生贄に捧げる儀式を行ってきたのだが、不思議なことに儀式を終えるとそのことを綺麗に忘れてしまう。1860年に村にやってきた若い司祭により、儀式は一時期中断するも、しばらくして再開された。なお、この儀式の目的はシアエガ解放だと思われていたが、実のところ、その真の目的はシアエガを眠らせ続けておくことにあった。

　シアエガは長い年月の間に自らの欠片を世界中にばらまき、それを宿した人間を手先とする。ほとんどは自分の正体を知らないまま暮らしているが、中にはシアエガとのつながりを自覚し主を解放するために活動する者もいる。こうした手先がフライハウスガルテンの儀式を邪魔し、シアエガ解放に成功したこともある。復活したシアエガは住民を惨殺し、手先をとりこんで意識を際限なく膨張させていく。だが、自身を敵視するクトゥガの憎悪に触れて恐怖におののいたシアエガは、アザトースの宮廷に移動して諸神に嘆願する。そして、シアエガの嘆願を聞き届けたヨグ＝ソトースやウボ＝サスラらによって、シアエガの復活はなかったことにされるのだった。やがて、"闇の丘"の地下で眠るシアエガを解放するべく、別の手先が行動を開始するのだ。かくて歴史は繰り返され、結果的にシアエガは今なお封印されたままになっている。

ニョグタの兄弟神

シアエガはエディ・C・バーティン「暗黒こそ我が名 Darkness, My Name Is」（未訳）に登場する、ニョグタの兄弟と言われる神性です。シアエガは巨大な緑色の単眼を無数の長く黒い触手が取りまく姿をしていますが、真の姿はニョグタに似た無定形の黒い塊で、その姿を絶えず変化させるといいます。なお、シアエガの目の色が赤とされることがあるのは、これはダニエル・ハームズの『エンサイクロペディア・クトゥルフ』の第一版、第二版（新紀元社刊行の日本語版の底本）の誤りで、第三版では修正されました。

フライハウスガルテンという村の外れ、住民たちが"闇の丘"と呼ぶ丘の地下がシアエガのすみかです。この丘にはヴァイエンと呼ばれる五つの石像が五芒星を描くように設置され、"旧き印（エルダーサイン）"の力でシアエガを封じ込めているのです。村の住民たちは年に一度、若い娘を"生ける祭壇"に用いて生贄を捧げ、シアエガを讃える儀式を行いますが、儀式を終えた住民たちには儀式の記憶が残されていません。この儀式はシアエガを復活させるためのものではなく、封印を維持し眠らせ続けるために行われているものなのです。ニョグタの兄弟と言われること、地下に封じられていることから、四大霊説では地の精に分類されるようです。このせいか、シアエガもニョグタを退散させる"ヴァク＝ヴィラジの呪文"を苦手としています。ただし、この呪文を前後逆に唱えると逆の効果が発揮され、シアエガが解放されてしまいます。シアエガがクトゥガから憎悪されている理由は判然としません。四大霊説における地の精と火の精の対立に即したものかもしれませんし、あるいはかつて何らかの反目があったのかもしれません。

シアエガについて詳しく述べた神話転籍に『呪われし者たちより Of The Damned』と呼ばれる論文があります。これはアメリカに移民した後故郷に戻り、この論文を著したこと以外に何も知られていないカラヤ・ハインツ・フォーゲルという名のドイツ人によるもので、わずかな数しか残っていないといわれています。

シアエガに仕えるもの

シアエガは長い年月の間に自らのわずかな欠片を遺伝子情報の形で世界中にばらまき、それを受け継いだ人間を自らの手先としてフライハウスガルテンへと呼び寄せています。そうした手先は自分がシアエガに仕えているということを自覚していないことも多く、何も知らないままに儀式を邪魔し、シアエガの復活を試みることもありますが、先述のような理由からか完全な復活を果たしたことは今のところないようです。

そうした手先以外にも、シアエガにはナガアエ Nagaäe と呼ばれる従者が付き従っています。ナガアエは皮膚が透き通って内臓が見える、人間を思わせる前肢を四本生やした巨大な蟇蛙（ヒキガエル）のような姿をしています。その前肢には鋭い爪が生えており、主人であるシアエガの憎しみを共有するナガアエは、人間を襲う際にはその爪で無残な傷を残したり、犠牲者をいたぶりながら解体したりと残酷な所業を繰り返します。

バイアティス
Byatis

『妖蛆の秘密』
イグ
セヴァンフォード
『ネクロノミコン』

バークリーの墓蛙 <small>ヒキガエル</small>

　蛇神とその眷属に詳しい『妖蛆の秘密』には、イグの子供とも言われるバイアティス、暗きハンの名前が、イグと共にたびたび現れる。また、『ネクロノミコン』には、"深きものども" が地球にやってきた時、悍ましいものを地球に喚び出すべくバイアティスの偶像を持ち込んだことが書かれている。同書によれば、様々に色を変える単眼と、蛇のように蠢く触手を無数にはやした頭を、墓蛙のような体に乗せたバイアティスは、最初はヴァルーシア人に、その後はムー大陸の住民に崇拝されたということである。

　神秘家たちの間では、これらの大陸や国々が滅びた後、バイアティスはブリテン島南西部のグロスターシャーに潜んでいると囁かれている。同地には、ヘンリー7世（在位1485〜1509年）の御世、バークリー城の井戸から巨大な墓蛙が現れたという民間伝承が伝わっていて、様々な書物に触れられている。そして、この墓蛙と同一のものらしい魔物が、どうやらセヴァンフォード近くの古城に居住する黒魔術師ギルバート・モーリー卿に操られて、18世紀に近隣を騒がせたという記録が、大英博物館に所蔵される当時の牧師（英国国教会における司教以下の聖職者の呼称）の回想録などに触れられており、その外見的特徴がバイアティスと一致しているのである。なお、同地の歴史家ダニエル・ジェナーは、この魔物はローマ人がブリテンに到来する遥か昔に建てられた、起源のわからない建物の石造りの扉の中に潜んでいたもので、ローマ兵によって解き放たれたのだと主張したということである。

"忘却の神" バイアティス

　バイアティスは、蛇神イグやハンと同様、蛇と関わりがある邪神です。初出はブロックの「星から訪れたもの」で、蛇神とその眷属についての記述を数多く含む『妖蛆の秘密』の呪文や祈願文に、その名前が現れると書かれています。

長らく名前のみの存在だったバイアティスですが、ラムジー・キャンベルがこれを題材とする「城の部屋」を著し、この神に実体を与えました。この作品に引用される『妖蛆の秘密』の記述によれば、"忘却の神"バイアティスは邪神たちと共に異星からやってきて、"深きものども"（ディープ・ワンズ）が地球に持参した偶像に祈りを捧げるか、あるいはこの偶像に触れることで召喚されます。バイアティスは様々に色を変える単眼を備え、蛇のように蠢く触手を無数に生やした頭を、蟇のような体に乗せていて、口吻をひっこめると蟇にそっくりだと説明されています。その目を見た者は精神を掌握されて、なすすべもなく喰らわれてしまい、餌食を得たバイアティスは際限なく大きくなるのです。「城の部屋」に登場するバイアティスは、その触髭の１本だけで巨大な怪物と誤認されるほどでした。

　「城の部屋」によれば、大英博物館にあるヒル『セヴァン・ヴァレーの伝説とならわし』、サングスター『モンマスシャー、グロスターシャー、バークレー周辺の魔術（ウィッチクラフト）に関する覚書』などの同地にまつわる歴史書でも、18世紀の事件について触れられているようです。バイアティスはその後、セヴァンフォードの近くに廃墟が現存するモーリー卿の城の近く、見つかりにくい地下施設の中に、1960年代の初頭あたりまでその巨軀を潜ませていました。ただし、同作においてバイアティスが甚大なダメージを受け、いったん肉体を失ったものの、地下施設の外に抜け出したような描写があります。

　なお、バークリーの蟇蛙（ヒキガエル）は、同地（実在の町）に実際に伝わっている民間伝承です。グロスターシャーの地誌などによれば、ヘンリー７世の御世、幅が約40センチメートルほどの大きな蟇蛙がバークリー城の井戸に見つかったという話で、女性二人の頭上に蟇蛙がうずくまっている彫刻がバークリー城に現存しています。また、現地の聖マリア教会にも同様の像があり、口さがない者に対する戒めだと伝わっているということです。

リン・カーターの追加設定

　カーターはバイアティスについて多少の矛盾を含む次の設定を追加しました。

作品名	内容
「陳列室の恐怖」	バイアティス、イグ、ハンはウボ＝サスラの落とし子。
「陳列室の恐怖」	ヴァルーシア人（蛇人間？）、ムー大陸の住人に崇拝された。
「最も忌まわしきもの」	イグ、ハンと共にヒュペルボレイオスの蛇人間から崇拝された。
『ネクロノミコン』	バイアティスはイグの息子にあたる。

「陳列室の恐怖」よりもカーター版『ネクロノミコン』の方が後に書かれたものなので、親子関係については後者の記述を優先するのが良いでしょう。

グラーキ
Glaaki

ブリチェスター
『グラーキの黙示録』
"タグ＝クラトゥアの逆角度"
"緑色崩壊"

湖に潜むもの

　英国南東部のグロスターシャーにあるブリチェスターという都市から、北西に10マイルほど離れたあたりに、何百年も昔に隕石の落下で出来た、地元ではディープフォール・ウォーターと呼ばれる湖がある。この湖にはグラーキ（正しくはグラアキ）という奇怪な神が潜んでいて、18世紀頃に生まれたカルトが地域一帯に勢力を伸ばしていた。

　グラーキについて、『ネクロノミコン』は遠回しな言葉でおぼろげにほのめかすにとどまっているが、カルトの内部文書である『グラーキの黙示録』に詳しく説明されている。

　グラーキは、名前のわからない星から宇宙空間を超えてやってきた。湖の近隣の住民の話では、この地に落下した隕石はもともとは宇宙を放浪する小惑星で、既に滅び去った住民の築いた都市が存在していた。どうやらグラーキは都市に閉じ込められていたのだが、住民が滅びるか滅ぼすかして自由を取り戻した。そしてユゴス、シャッガイ、トンドなどの星々に立ち寄りながら宇宙空間を移動し、最終的に地球に落下したのである。

　グラーキには、人間に夢を送り込んで催眠術のように操る"夢引き"の力がある。引き寄せられた人間を棘で刺し殺した後、棘から注入した液体で意のままに動く死体として蘇らせ、忠実な従者として使役するのだ。

　なお、『グラーキの黙示録』には、隕石落下よりも遠い昔、セベクやカルナックの神官たちが知る"タグ＝クラトゥアの逆角度"を通り抜けて、グラーキは地球にやってきたと主張する者たちについて触れられている。何となれば、古代エジプトの雑多なミイラの中に、グラーキの棘が埋め込まれたものが存在するというのが、その根拠とされる。

グラーキのカルト

　グラーキは、ラムジー・キャンベルの「湖の住人」に登場する神性で、英国グロスターシャーを舞台とするキャンベルの一連の神話作品における、中心的な存在と言えます。

　なお、キャンベル「グラアキ最後の黙示」によれば、正しくはグラアキ Gla'aki で、『グラーキの黙示録』の海賊版により誤って広まった名前とされます。

何故なら、18世紀に組織されたグラーキのカルト、ひいてはその教義書である『グラーキの黙示録』は、この地域に巣食う他の神々についての情報の宝庫でもあるのですから。

　普段は湖の底に棲んでいるグラーキは、ナメクジのような姿をした怪物です。「湖の住人」によれば、その外見的特徴は次のようになります。

・楕円形のずんぐりした胴体は、玉虫色の金属光沢に輝いている。
・胴体の下部には三角錐状の突起がびっしりと生えていて、それを使って移動する。
・全身が無数の尖った棘に覆われている。
・スポンジ状の顔の真ん中には分厚い唇に囲まれた楕円形の口があり、先端に黄色い目のついた3本の茎状の突起物が伸びている。
・「湖の住人」に直接描写はないが、キャンベルが監修した単行本『グラアキ最後の黙示』の表紙絵によれば、楕円形の口に沿って、尖った歯がびっしりと生えている。

　20世紀になると、グラーキのカルトは衰退し、グラーキ本体も昔ほどの力はなくなってしまっているようで、ごく近い場所にいる人間にしか"夢引き"を使えなくなっています。「湖の住人」に描かれる1960年の事件では、湖畔の空き家に引っ越してきた芸術家を餌食にすることはできたものの、結局、その友人を取り逃がしてしまっています。「湖の住人」の後日談であるドナルド・R・バールスンの「幽霊湖 Ghost Lake」（未訳）では、湖の周辺でその後も失踪事件が相次いだため、地元警察によって湖水が汲み上げられました。しかし、干上がった湖底にはグラーキの姿はなく、流星と共に落ちてきたはずの都市も見つかりませんでした。さらに奇妙なことに、湖がなくなったにもかかわらず、周辺地域ではその後も行方不明になる者が絶えなかったということです。

ゾンビ伝説の源泉

「湖の住人」によれば、グラーキの従者となった屍人の弱点は太陽で、日光を浴びると緑色に変色し、崩れ落ちてしまうのです。この現象は作中で、"緑色崩壊（グリーン・ディケイ）"と呼ばれています。また、『グラーキの黙示録』の筆者は、グラーキの毒を受けて動く死体となった人間と、ハイチのゾンビを結びつけています。体が緑色に変じてしまうというこの"緑色崩壊（グリーン・ディケイ）"は、ジョージ・A・ロメロ監督の『ゾンビ』（1978年）に登場する、特殊メイクで緑色に変色したゾンビたちを想起させるのですが、「湖の住人」はそれより遥かに早い1962年に執筆された作品です。1930〜50年代のフランケンシュタイン映画のカラーポスターを見ると、死体を継ぎ合わせて造られた怪物の肌はしばしば緑色に着色されているので、緑色の死体というイメージは案外、古くからあったもののようです。

ダオロス

Daoloth

『グラーキの黙示録』
ユゴス
トンド
アトランティス

"ヴェールを剝ぎ取るもの"

『グラーキの黙示録』によれば、ダオロスは過去や未来、高い次元へと旅立つ方法など、様々な知識を召喚者に授けてくれる異星の神性で、ユゴスやトンドなどの星々の住民では"ヴェールを剝ぎ取るもの"として崇拝された。地球でも、アトランティスの預言者や占星術師がダオロスに拝跪したという。天上から降りそそぐ光の束に包まれ、棒状の物体に取り巻かれたダオロスの本体は、形と色をめまぐるしく変化させる無定形の塊で、無理に目で追うと精神に異常をきたしかねない。崇拝者は、半球体と輝く金属を灰色の棒で幾何学的に連結した、ダオロスの姿をどうにか三次元的に視覚化した神像を礼拝に使用する。

召喚に必要なのは、ダオロスが吸い取る光の源になる 2 本の蠟燭と、2 つの穴を開けてその燭台として使用される人外の生物の頭蓋骨である。何よりも重要なのが、ダオロスを閉じ込め、自らの意思に従わせる結界として機能する五芒星形に組まれた半立体の構造物だ。

これらのものを用意して、次元の亀裂が開く時刻に「うすごす ぷらむふ だおろす あずぐい――来たれ、視覚のヴェールを剝ぎ取り、その先にある現実を示すものよ」と唱えると、カサカサいう音を立てながらダオロスが三次元空間に出現するのである。

ダオロスの関連作品

ダオロスは、キャンベル「城の部屋」が初出で、セヴァンフォード近くに居城を構えた 18 世紀の黒魔術師ギルバート・モーリーが、バイアティスの生命力を利用してクトゥルーやグラーキ、ダオロス、シュブ＝ニグラスの思念と交信したとあります。本格的な登場は「ヴェールを剝ぎ取るもの」で、上記概要はほぼ同作の要約です。また、「コールド・プリント」では『グラーキの黙示録』第 12 巻の記述として、地球が一掃されてクトゥルーが蘇る時、「ダオロスが幻影を引き裂いて背後に隠されている真実を露わにする」という予言的なフレーズが言及されます。ちなみに、キャンベルは 2010 年代に、『ダオロスの三つの誕生 Three Births of Daoloth』と題する三部作の長編シリーズを発表しています。

アイホート

Eihort

結社_{ソサエティ}

『グラーキの黙示録』

マーシー・ヒル

サウロン

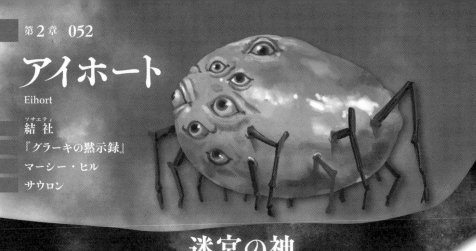

迷宮の神

　英国南東部のグロスターシャーは、古い建物や風習を現在に残す、歴史ある地域だが、米国のアーカムやセイラムがそうであったように、魔女にまつわる暗い伝説が色濃く影を投げかけるオカルティックな土地柄だ。そのグロスターシャーのどこかの町に、数十年前まで魔女が住んでいたと住民の間で囁き交わされる、今では廃屋となっている屋敷がある。その屋敷の地下には、セヴァン渓谷の地下深くに広がる巨大な迷宮に通じる穴があって、結社_{ソサエティ}とのみ呼ばれるカルト教団が時折、そこに犠牲者を送り込む。

　彼らが仕えるアイホートと、契約を結ばせるために。

　アイホートは、広大な地下世界を気ままにうろつきまわる、迷宮の神である。その胴体はぶよぶよと膨れ上がった、漂白されたような色をした楕円形の巨大な肉塊で、肉のない無数の脚に支えられている。そのゼラチン状の胴体に複数の眼が形作られ、犠牲者をじろじろと見つめるのだった。地下迷宮に踏み込んだ人間は、迷宮の構造を知悉しているアイホートによって巧妙に誘導されていく。やがて迷宮の底にある大きな空洞に誘い込まれた犠牲者は、アイホートにテレパシーで呼びかけられて、契約を結ぶか否かを質問される。

　アイホートと契約を結んだ者の体内には、球状の小さな白い蜘蛛を思わせる無数のアイホートの雛を、体内に埋め込まれた状態で解放される。犠牲者は熱病に浮かされたような譫妄状態で地上を彷徨い歩き、やがて十分に成長した雛が宿主の体から生まれ落ちるのだ。

　素早く逃げ去った雛は、アイホートが地上を歩くその日までどこかに隠れ潜むのである。

グロスターシャーの迷宮

　アイホートは、ラムジー・キャンベルの「嵐の前に」が初出の神性です。実のところ、この小説の舞台がどこなのか、作中では明言されていません。魔女の屋敷に通じている通りの名前"サウス・ストリート"が、キャンベルの「ハイ・ストリートの教会」に出てくるので、同作の舞台であるテンプヒルという町なのかもしれませんが、ごくありきたりな

名前の通りなので、これを根拠に町を特定するのは無理がありそうです。ともあれ、「嵐の前に」においてグラーキの湖について触れられていたり、アイホートの名前はキャンベルの他作品でも幾度か言及されていますので、テンプヒルなりキャムサイドなり、グロスターシャーのどこかであろうことは確かだと思われます。

なお、キャンベル「コールド・プリント」によれば、『グラーキの黙示録』第12巻に、地球が一掃されてクトゥルーが蘇る時、「グラーキが水晶の跳ね上げ戸を開けて突き進み、アイホートの雛が陽光の下で生まれ出でる」という予言めいた文章が書かれています。

この第12巻は、『グラーキの黙示録』の他の巻とは異なり、ブリチェスター北部の高台になっている住宅地、マーシー・ヒルの頂のあたりに居住する人物が夢に導かれて書いたものであり、やはりキャンベルの「フランクリンの章句（パラグラフ）」で言及されるマーシー・ヒル在住のとあるカルト教団の中心的人物（故人）が、生前アイホートについてよく口にしており、アイホートの雛らしい存在がその墓に迫っていることが示唆されているので、地下迷宮が存在するのはマーシー・ヒルなのかもしれません。

なお、「フランクリンの章句（パラグラフ）」によれば、件のカルト教団の儀式の際に「アグラク サウロン、ダオロス アスグィ、アイホート ファララアグ」という祈禱文が唱えられるということですが、ここに含まれている「サウロン」は、J・R・R・トールキーンの『指輪物語』に登場する冥王サウロンのことで間違いないようです。どのような意図かはわかりませんが、キャンベルが同作を愛読していたのは事実です。

アイホートの雛

2020年代現在、日本の『クトゥルフ神話TRPG』ファンの間で、出典となる「嵐の前に」が邦訳されたのが2022年であるにもかかわらず、アイホートは人気が高い神性であるように見受けられます。その主な理由は、人間の体に雛を植え付けるという、他の神性にはあまり見られない視覚的なグロテスクさに魅力を感じてのことなのでしょう。「嵐の前に」のクライマックスで描写される該当シーンを、以下に引用します。

「男の顔が裂けていく——こめかみから顎にかけて裂け目が走り、頬がぱっくりと開いて垂れ下がった、あの光景を。何しろ、血は一切流れなかったのだ。太陽の光を浴びたことのないような蒼白のもの——男の体を流れ落ちてきて、風船のように潰れてしまったものだけがあったのである。洪水となったそれが個々の動く物体に分かれ、転がるように階段を降りて、建物の奥深くに入り込んでいく有様（ありさま）を見ている余裕など（略）」

なお、"アイホートの雛"の初出はキャンベルの「コールド・プリント」です。

イゴーロナク

Y'golonac

『グラーキの黙示録』
マーシー・ヒル
クトゥルー
エログロ

性倒錯者を狙う神

　イゴーロナクは、クトゥルー神話の神々の中でもきわめて特異かつ地球人類にとって有害な存在だ。これらの異星からやってきた神々は多くの場合、人間そのものにはさほど興味を抱かず、関わってくるとしても、餌食ないしは奴隷としてのみ扱いがちだ。イゴーロナクは少し違う。最終的に餌食にするのだとしても、堕落した者――それも、性的な倒錯者をこの上なく好み、時に人間に姿をやつして、そうした人間の数を増やすように直接働きかけることすらあるのである。この神は、『グラーキの黙示録』第12巻と深く結びついている。この書物は、英国南西部のグロスターシャーにかつて存在したグラーキのカルトの教義がまとめられたもので、本来は全11巻。"第12巻"というのは、同地域にあるブリチェスターという都市の北側に位置するマーシー・ヒルという高台の住宅地の頂に住んでいたとある男が、夢に導かれて執筆したという、いわば経外典とも言うべき書物なのだ。

　その夢を送り込んだのはグラーキなのかもしれないし、イゴーロナク自身なのかもしれない。『グラーキの黙示録』第12巻には、「……何となれば、クトゥルーの配下ですらイゴーロナクについて敢えて口にしようとはしない。しかし、イゴーロナクが永劫の孤独より飛び出して、再び人の世を歩む時が来るだろう……」というイゴーロナクを称揚するような文面が含まれているということなので、おそらくは後者なのだろう。

コールド・プリント

　イゴーロナクは、ラムジー・キャンベル「コールド・プリント」に登場する神性です。『グラーキの黙示録』第12巻によれば、イゴーロナクは地の底の深淵を越えて伸びている一本道の果てにある、煉瓦造りの壁の向こう側に潜んでいます。その名を誰かが口にしたり人目に触れたとき――たとえば、自身についての記述がある『黙示録』第12巻が読まれると、イゴーロナクは崇拝者と餌を求めて出現するのです。

　そもそも、『グラーキの黙示録』第12巻は、地球上で受肉するために、イゴーロナクが

恣意的に人間の脳に夢を送り込んで、執筆させたものなのかもしれません。そして、卵と鶏のような話ではありますが、この本が書かれたことによってイゴーロナクが現れたかもしれません。何故なら、この神が登場する「コールド・プリント」のタイトルは、英語で「活字で印刷され、変更できない状態の印刷物」を意味する言葉なのです。これは、『グラーキの黙示録』第12巻とイゴーロナクの両方を指すタイトルだと考えて良いでしょう。

　邪悪で有害なイゴーロナクは、エログロ小説やオカルト書など、後ろ暗い知識を扱った本を好む人間を探すというやり方で、自分の手先を探します。そのため、珍奇な本を好む読書家や、古書店の店員が目をつけられやすいようです。最近は廃れ気味ですが、ビデオショップの店員も危ないでしょう。こうした人間を見つけると、イゴーロナクは邪神復活により地球が一掃された後の栄光をちらつかせて、自らの祭司になるよう要求してきます。

　その要求を拒否した者は、『グラーキの黙示録』第12巻の予言に「そうしてイゴーロナクが戻って人の中に混じり歩きながらその時を待つ」と書かれている通り、イゴーロナクに殺害されて、そのまま成り代わられてしまうのです。

　任意の人間に変身できるイゴーロナクですが、本来はぶよぶよとたるみきった脂肪に全身を覆われた、頭部のない裸の男性の姿をしています。その両手の掌には鋭い牙を生やした口がついていて、犠牲者を食い殺すのです。

イゴーロナクの関連作品

　キャンベルの「ユゴスの坑（あな）」には、『ネクロノミコン』からの引用として「かつて二枚貝の形態（すがた）を取りし時のように、アザトースが今まさに君臨せるが如く、彼のものの名はトンドに跳梁する夢魔（インキュビ）からイゴーロナクの従僕（しもべ）どもに至るまで、なべてのものを制圧するなり。アザトースの名の権能に抗し得るものはほとんどおらず、ユゴスの闇夜に跳梁するものどもといえど"N——"、すなわち彼のもののいまひとつの名前の権能に抗（あらが）えるものではない」というフレーズが出てきます。ということは、『ネクロノミコン』のこのフレーズを読んだ場合にも、イゴーロナクがやってくるかもしれません。イゴーロナクについてこのように解説している本書、『クトゥルー神話解体全書』の読者も、決して安全とは言えないでしょう。

　イゴーロナクは独立性の高い神性ですが、人間の昏い欲望や衝動と結びつきやすい設定ですので、モダン・ホラーとは相性の良い神性です。エロ・グロ・ナンセンスの題材が人を選びがちであることを除けば、現代的な恐怖物語に組み込みやすい存在と言えます。

　たとえば『暗黒神話TRPG トレイル・オブ・クトゥルー』のサプリメント『宇宙の彼方より』に収録されているシナリオ「地獄の業火」は、18世紀英国に実在したエログロ＆オカルト趣味の秘密クラブ、"地獄の業火"クラブにイゴーロナクを絡めた異色の作品です。

グロース

Ghroth

小惑星
『グラーキの黙示録』
天球音楽
ネメシス

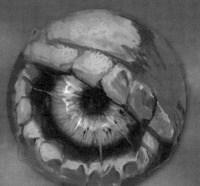

星辰が再び正しくなる時

　1970年代のある年、太陽系外から接近中の小惑星が、地球の近距離を通過するかもしれないというニュースが、新聞を賑わせたことがあった。特に英国ではアマチュア天文家たちを中心にちょっとした騒ぎになり、王室天文官直々に否定の声明を出す有様だった。

　実はこの時、太陽系外から地球に接近していたのは、小惑星級の巨大な体躯を有するグロースだったのである。『グラーキの黙示録』によれば、グロースは地球の真なる主人たちの覚醒めの時が近づいた時、宇宙そのものが送り出す先触れ（ハービンジャー）にして創造り手（メイカー）なる存在である。原因と結果のいずれが先立つのかはわからないが、グロースこそは「恒星と惑星（スターズとワールズ）を正しき在り様へと駆り立てるもの」「自ら墓石を打ち立て、眠れる主人らをその窖（あなぐら）や水没した墓所より起こすもの」なのだ。外見的には、錆びついたような赤い色の小惑星で、丘を思わせる突起がある他はこれといって特徴がないが、その奥底に青白くてらてら輝く眼球を隠しており、時に地表をひび割れさせながら数千マイルにも及ぶまぶたを開いて、それを剥き出しにするのである。

天球の音楽

　グロースは、ラムジー・キャンベル「誘引」に登場する神性です。日本では、東宝の特撮映画『妖星ゴラス』（1962年）が元ネタと考えられがちですが、キャンベルはこの映画を観たことがないそうです。グロース絡みの作品としては、『クトゥルフ神話TRPG』のサプリメント『星辰正しき刻』収録の同名作品のノベライズである、ケヴィン・ロス「天球の音楽 The Music of the Spheres」（未訳）があります。同作によれば、グロースは約2600万年の周期で地球に接近し、恐竜絶滅などを引き起こしてきた未知の伴星ネメシスと同一視されています。14兆マイル離れた牛飼い座の星々の間を移動しているグロースは、地球に向けて電波を発信しています。それは、地球の地底や海底で眠り続ける、何物かに向けられた音楽なのでした。

シャッド＝メル
Shudde-M'ell

ゲイハーニ
クトーニアン
“ヴァク＝ヴィラジの呪文”
“地を穿つもの”

クトーニアンの長

　シャッド＝メルは、俗にクトーニアンと呼称される異形の種族の首魁で、その体長が1マイル（約1.6km）にも及ぶ最古かつ最大の個体である。“深きものども”を支配するダゴンと同じく、同族からは神性と扱われ、崇拝の対象となっている。

　シャッド＝メルの一族は、頭も眼もない巨大な烏賊めいた姿をした卵生の地底種族で、エチオピアの砂漠のどこかに入り口が隠された古代都市ゲイハーニの地下深くをすみかとしている。“地を穿つもの”とも呼ばれる彼らは、高温の溶解液を吐いて強固な岩盤を融解させ、土砂を喰らいながらトンネルを掘り進む性質があり、複数の個体が集まると地上に大地震を引き起こすこともできる。また、非常に高い知性と強力なテレパシー能力を備え、群れ全体が常に精神感応状態にあるだけでなく、専門の訓練を積んでいない人間の精神に侵入して思い通りに操ることすらできる。この力は敵対する人間を葬り去ったり、人間を操って卵を運ばせ、種族の活動範囲を拡大させる上で大いに役立ったようだ。

　20世紀以降、シャッド＝メルの同族がアフリカ大陸だけでなくヨーロッパや米国にも出没するようになったのは、操られた人間が介在していたのである。

　シャッド＝メルは傑出した個体だが、同族の大多数は超能力を備えているものの、ただの大型生物でしかない。高熱に強いが放射線には弱く、水に触れると溶解してしまうという脆弱な面もあるため、彼らの卵は有害な放射線を遮るため厚い殻に包まれている。孵化と成長に時間がかかるのも種族としての弱点で、彼らは子供に対して強い保護本能を持ち、卵や幼生に危険が迫ると興奮状態になって集合する。抗神組織ウィルマース・ファウンデーションはこの本能を逆手に取り、地下核実験に偽装した徹底的な核攻撃をおびきよせた彼らに加え、かなりの数を殲滅した上、シャッド＝メルに深手を負わせるのだった。

地下都市の住人

　シャッド＝メルとその一族はラムレイが創造したクリーチャーで、初出は「セメントに

覆われたもの Cement Surroundings」同作によれば、1934年に発見された『ゲイハーニ断章』の記述を元に、地下都市ゲイハーニを求めて北アフリカに赴いた**エイマリー・ウェンディ＝スミス卿**がこの種族に遭遇し、ただ一人生き残った卿もシャッド＝メルに拉致され、狂乱状態で帰還しています。「セメント〜」は後に「**タイタス・クロウ・サーガ**」シリーズの第1巻『地を穿つ魔』の第3章としてまるごと組み込まれました。シャッド＝メルとその種族に関する情報の殆どが、この長編を情報源としています。なお、地下都市ゲイハーニは元々、"旧き神々"（エルダー・ゴッズ）によってシャッド＝メルが一族もろとも封印されていた場所だったのですが、彼らは地底を掘り進んで封印から逃れ、自由の身となったようです。また、同作によれば、地底に棲む彼らは四大霊説で地の精霊に分類されるようで、ニョグタに有効な"ヴァク＝ヴィラジの呪文"には、彼らを寄せつけない程度の効果が期待できるようです。

クトーニアンの由来

『クトゥルフ神話TRPG』などで、シャッド＝メルの種族は**クトーニアン**と呼ばれています。『地を穿つ魔』で使用されている言葉ですが、ラムレイとしては「クトゥルーの配下」ぐらいの意味合いであったらしく、"Cgfthgnm'o'th" という英語で無理やり表現される発音不明の名前を持つウボ＝サスラの落とし子もまた、作中でクトーニアンと呼ばれました。現在ではクトーニアンがシャッド＝メルの種族名として定着しています。

　なお、古典ギリシャ語の「**クトニオス Chthonios**」は、ハデスやペルセポネといった地下（冥界）の神々の総称で、『ブリタニカ大事典』によれば、クトニオスの神々は蛇とも関連づけられているようです。ただし、ラムレイはクトーニアンは自分の造語であり、ギリシャ語とは無関係と明言していますので、逆にこの言葉が古典ギリシャ語のクトニオスの語源とする解釈が成立するかもしれません。なお、M・W・ウェルマン「謎の羊皮紙」には、クトニオスと「クトゥルー」の類似について触れられています。

"地を穿つもの"余話

"地を穿つもの"という言葉は元々、HPL「闇の跳梁者」において、怪奇作家ロバート・ブレイクの著作として列挙された題名のひとつでした。その魅力的な題名は後続作家を刺激し、同じ題名の作品の執筆へと駆り立てたのです。このタイトルの作品を最初に発表したのはラムレイでしたが、フリッツ・ライバーやリン・カーターも同題の作品を執筆中で、2人は仕方なくタイトルを変更して発表しました。ライバー「深みからの恐怖 Terror from the Depth」（未訳）、カーター「ウィンフィールドの遺産」がそれです。

イブ＝ツトゥル

Yibb-Tstll

幻夢境
大荒涼山脈（グレート・ブリーク・マウンテンズ）
『クタアト・アクアディンゲン』
ナイアルラトホテプ

悪夢に潜む神

　イブ＝ツトゥルは、我々が暮らしている覚醒の世界と、地球上の人間の夢の奥底に存在するという幻夢境の双方で崇拝されている、邪なる神である。ただし、人の目に触れるイブ＝ツトゥルは、実際にはこの神の姿を象った石像を形代とした顕現であることが多く、その本体は全ての時間と空間が重なり合い、イブ＝ツトゥルとヨグ＝ソトースしか知らない場所に置かれているのだということである。かつて、幻夢境の大荒涼山脈（グレート・ブリーク・マウンテンズ）に存在していたイブ＝ツトゥルの神殿には、長身の人間の優に三倍もの高さがある石像があった。そのフォルムには多少人間じみたところがあって、撫で肩に外套（クローク）を羽織った胴体はでっぷりと肥った人間のようで、黒いこぶを思わせる頭部には、緑色に輝くエメラルドのような目と血のように赤い目が均整を欠いた位置に固定されていて、石像にこの神が宿って動き出すと、2つの目もばらばらに動き回るのだ。外套の内部には翼を折りたたんだ夜鬼（ナイトゴーント）が群がっていて、男性神であるにもかかわらず数多くの乳房が存在するイブ＝ツトゥルの裸の胴体に、しっかりとしがみついているのだった。『クタアト・アクアディンゲン』の第6サスラッタには、この神にまつわる呪文がいくつか載っていて、その中には悪夢の中で神に接触する"イブ＝ツトゥルの幻視"という呪文も含まれる。

"魂を喰らうもの"

　イブ＝ツトゥルは、ブライアン・ラムレイが創造した神性です。初出は「セメントに覆われたもの Cement Surroundings」（『地を穿つ魔』第3章と同じ）ですが、この時は名前のみの言及でした。続く登場は「黒の召喚者」です。邪神教団のジェイムズ・D・ゲドニーが、宇宙ならざる宇宙から召喚し、敵の体に雪のように降らせて窒息死させる"黒きもの"について、『ネクロノミコン』の記述としてイブ＝ツトゥルの血液だと説明されるのです。本格的な登場は、ラムレイ「オークディーンの恐怖 Horror at Oakdeene」（未訳）で、『クタアト・アクアディンゲン』に記された"イブ＝ツトゥルの幻視"を実行すると、

奇怪な密林の中にある広々とした空き地の真ん中で、緑色の外套で全身を覆う、人間の背丈の3倍はあろうという巨大なイブ＝ツトゥルが、ゆっくりと回転しているところに出くわすのです。この密林は、『クトゥルフ神話TRPG』のキャンペーンシナリオ『アザトースの落とし子 Spawn of Azathoth』（未訳）では、幻夢境のクレドの密林（これ自体は HPL「未知なるカダスを夢に求めて」で言及される、オウクラノス川沿いの森です）に存在する聖なる泉の宮殿（象牙の宮殿）から辿り着ける、混沌の領域とされています。

　ラムレイの長編シリーズのひとつである幻夢境三部作の第1作、『幻夢の英雄』では、幻夢境の大荒涼山脈（グレート・ブリーク・マウンテンズ）にイブ＝ツトゥルの神殿が存在し、時に化身として動き出す神像もそこにあって、魔導を心得た神官であるスィニスター・ウッドが仕えています。人を使って冒険者を神殿に導いては、イブ＝ツトゥルに生贄として捧げているのですが、2人組の夢見人（ドリーマー）のせいで命を落とし、神像も破壊されたようです。また、恐竜出現以前の地球のティームドラ大陸が舞台のラムレイ「シャドの妖術 Sorcery in Shad」（未訳）では、イブ＝ツトゥルの本体は外宇宙の混沌に封印されていますが、神像がその顕現として、魔術師ヨッパロスを下僕に活動しています。"魂を喰らうもの"イブ＝ツトゥルに貪り喰らわれた魂は、永遠の責め苦を受けるといいます。

　なお、リン・カーター「深淵への降下」によれば、イブ＝ツトゥルはナイアルラトホテプの息子で、父神共々、夜鬼を従えています。夜鬼をナイアルラトホテプの奉仕種族とするのは、「ウィンフィールドの遺産」などに見られるカーター作品特有の設定ですが、ラムレイとカーターの間で設定のやり取りがあったかどうかはわかりません。

イブ＝ツトゥルにまつわる魔術

「オークディーンの恐怖」によれば、『クタアト・アクアディンゲン』にはイブ＝ツトゥルと関係のある3種類の魔術が掲載されています。

- ・"黒き血の召喚"：イブ＝ツトゥルの黒い血液を送り込んで敵を窒息（ちっそく）させ、神の元に犠牲者の魂を送る。「黒の召喚者」によれば流水で防ぎ、術者に送り返すことが可能。先史時代の亜人類プテトライト族の考案で、『ネクロノミコン』にも記述がある。
- ・"イブ＝ツトゥルの幻視"：第6サスラッタを唱えると、夢で神に会える。
- ・"イブ＝ツトゥルの召喚"：1月1日の真夜中に、13人が第6サスラッタを詠唱する。"ナーク＝ティスの防壁"で魂を守らねば、恐るべき逆転と罰が術者に降りかかる。

　なお、「オークディーンの恐怖」では、"イブ＝ツトゥルの召喚"が実行された際に、儀式に参加していた精神病院の入院患者5人が、"逆転"によって全快しています。

バグ＝シャシュ

Bugg-Shash

『エイボンの書』
『狂えるバークリーの書』
『クタアト・アクアディンゲン』
イブ＝ツトゥル

"宇宙を満たすもの"

"夜の怪物(ナイト・シング)" "黒きもの(ブラック・ワン)" "宇宙を満たすもの" などの異名で知られるバグ＝シャシュは、『エイボンの書』によれば、最遠の星系の最黒の坑(あな)から這い出した恐るべき神性だ。その姿は不定形で、無数の口と眼から粘液をしたたらせ、カタツムリのような粘つく痕跡を移動経路に残す。光を極度に嫌い、暗くなってから活動する。そして、ぬるついた唇に接吻された死者は、たとえ虫に喰われたボロボロの状態であったとしても、彼の命令に応じて起き上がり、意のままに操られるのである。英国の魔術師バークリーによる『狂えるバークリーの書』に召喚呪文が載っているのだが、あらかじめ用意した力の五芒星の中に召喚しないと抑え込むことができず、召喚者にどこまでもつきまとってくる。『ネクロノミコン』『クタアト・アクアディンゲン』には、バグ＝シャシュの退去呪文が載っているのだが、これを逆さに読むと召喚呪文になるので要注意だ。なお、『クタアト・アクアディンゲン』にはイブ＝ツトゥルの従兄弟だと書かれているのだが、具体的にどのような関係性を示しているのかはわからない。ともあれ、両者は共にヨグ＝ソトースに仕えていて、"旧き神々(エルダー・ゴッズ)" と雌雄を決する決戦にも参加したということである。

"デモニアカル"

　バグ＝シャシュという語の初出は、ラムレイ「盗まれた目」です。ただし、この時はうわ言に出てくる謎めいた名前でしかなく、ロックグループ "フライド・スパイダーズ" の "デモニアカル" という歌に『狂えるバークリーの書』の魔神召喚呪文が部分的に引用されていたという、デイヴィッド・サットン「デモニアカル Daemoniacal」が実質的な初出作品です。ラムレイはサットンの許可を得て続編「バグ＝シャシュの接吻 The Kiss of Bugg-Shash」を執筆、無名の魔神にバグ＝シャシュの名前を与え、クトゥルー神話に取り込みました。また、「タイタス・クロウ・サーガ」シリーズの最終巻『旧神郷エリシア』において、イブ＝ツトゥルとバグ＝シャシュをヨグ＝ソトースに仕えさせました。

ウッブ
Ubb

イソグサ
ゾス＝オムモグ
ユッグ
『無名祭祀書』

"妖蛆の父"

『無名祭祀書』によれば、ウッブとはクトゥルーの御子であるイソグサとゾス＝オムモグの両者に仕える"小さき古きもの"である。このものの外見については、『ザントゥー石板』に詳しい描写がある。イソグサの大神官ザントゥーは、イェーの扉を開いてイソグサを解き放つのに先立ち、その配下たる"妖蛆の父"、不朽かつ腐朽なるウッブを召喚している。ウッブの姿は腐敗し白みがかったゼリーの巨大でぬめ光る塊のようで、ぶるぶると震えるずんぐりした胴体は支えを持たず、膨れ上がった丸い頭部には、ピンク色に縁取られた堅固な牙が三重の列をなして並ぶ、胸のむかつくような孔が開いているということである。ウッブは自身の眷属であり、似たような姿のユッグという種族を従えていて、海の底に封印されているイソグサとゾス＝オムモグの足元で、気の遠くなるような年月をかけて、彼らを拘束する縛鎖を絶え間なく蝕み続けている。ウッブと対面したザントゥーは、この小神の放つ不浄なる卑しさと悪臭について「アブホースさながら」と喩えている。

巨大な蛆（ワーム）

　ウッブはカーターが創造したイソグサ、ゾス＝オムモグの従神で、自身の眷属であるユッグの長でもあります。初出は「陳列室の恐怖」で、『無名祭祀書』の記述を根拠に、この神とその眷属であるウッブが双子神に仕えているという設定が示されます。カーターの諸作品では、イソグサとガタノソアは、その崇拝者も含めて互いに敵意を向け合っているということですが、同じ小神が仕えているところを見ると、イソグサとゾス＝オムモグの関係は比較的良好なのかもしれません。

　なお、『ザントゥー石板』の一部として執筆された「奈落の底のもの」では、イソグサの大神官であるザントゥーが、ウッブを召喚してこれと対面した時の様子が描かれていて、ウッブの外見やその悪臭、彼とその眷属がイソグサ、ゾス＝オムモグの縛鎖を蝕み続けていることなどについて言及されています。

イィドーラ

Yidhra

『太古の恐怖』
フォン・ケンネンベルク伯爵
イィー＝トー＝ラー
ムランドス神話群

原初よりの生命

　イィドーラは地球上に生命が誕生した頃に出現した原形質状の神性で、フォン・ケンネンベルク伯爵が 19 世紀に著した『太古の恐怖』などに言及がある。生存を最優先とする性質があり、地球上のあらゆる生命を同化してその特質を吸収、いくつもの分体を形成して各地に散らばった。しかし、その精神は単一で、全ての分体で共有されている。分体の姿は各々異なり、牙の生えた禿鷹の如きイハス、目と四肢が退化し地を掘り進むゾスラ、そしてヨランダと名乗る若く美しい女性の姿が主に知られる。イィドーラは他の生命を美醜関係なく取り込んでいるので、真に美しい姿を取ることができないのだ。

　イィドーラ崇拝は、古代シュメール、チャド、テキサスやメキシコなど行われ、北米先住民からは"イィー＝トー＝ラー Yee-Tho-Rha"などの名で呼ばれている。

　崇拝者は豊穣と長命を約束される一方、崇める分体に似た肉体的特質を発現するようになるため、イィドーラ崇拝はあまり拡大しない。時にイィドーラは崇拝者以外の余所者を生け贄として欲する。生け贄はイィドーラと交わることで新たな遺伝特性の提供元となるが、その過程で同化され、肉体的変異と同時に正気も失われ、異形の姿のままイィドーラの従者として仕えることになる。

ムランドス神話

　イィドーラはウォルター・C・デビル Jr. が創造した神性で、ゾスラ Xothra、イハス Yhath などの分体共々、初出は「捕食者 Predator」（未訳）ですが、上記に解説した詳細は「イィドーラの歩むところ Where Yidhra Walks」（未訳）に基づきます。

　イィドーラはデビル Jr. の創作したムランドス神話群 Mlandoth Cycle と呼ばれる神話体系に属しています。この名はあらゆる神話伝説の原型としてフォン・ケンネンベルク伯爵が著書『太古の恐怖』で想定したムランドスに由来しますが、それが存在なのか、場所なのか、それ以外の何なのかは一切明かされていません。

第3章
異形の種族

食屍鬼
グール

Ghoul

ピックマン
幻夢境
夜鬼
ガグ

屍肉を喰らう魔物

　グールというのは、『千夜一夜物語』などアラビア半島の民間伝承に語られる魔物で、砂漠や荒野に潜み、様々な姿に変化して旅人を惑わす人食いの悪霊である。だが、欧米の都市部を中心にその存在が囁かれる食屍鬼というのは、果たして伝承の魔物と同じものなのだろうか――目撃者によれば、食屍鬼は先端がとがった耳、血走った目を備え、涎を垂らしながら前屈みの姿勢で移動する姿は、飢えた野犬を彷彿とさせる。全身を覆う固い皮膚にはゴムのような弾力があり、指先は鉤爪のようで、脚の先端が蹄状になっている。彼らは雑食性で、腐ったものであっても気にせず平らげる。好物は動物の死骸だが、墓地に埋められてほどよく腐敗した人間の肉が一番のご馳走なので、彼らは都市部の墓地や地下に潜み、コミュニティを形成するようだ。大きな葬儀が行われた後などは、夜の墓地において彼らが饗宴を開く姿が目撃されることがある。

　なお、彼らは必ずしも独自の生物種というわけではなく、魔術的な力によってそのような姿に変身した人間である場合もあるようで、彼らと親しく交流していた人間が、やがて食屍鬼に成り果てるといった事例が報告されている。ただし、彼らの体に食屍鬼の血が流れていたからこそ、互いに惹かれ合ったという可能性もあるのだが。

アラビアン・ナイト

　本来はアラビア半島の民間伝承に登場する魔物で、砂漠や荒野に棲み、様々な姿に変化して旅人を惑わす悪霊。幼少期の HPL も愛読した説話集『千夜一夜物語』にも登場します。アラビア語で「摑む」「攫う」を意味するガーラや、メソポタミア南部のシュメール人、アッカド人の神話で人間を冥府に連れ去る死神ガルーが由来とされます。

　17 世紀末にアントワーヌ・ガランが『千夜一夜物語』をフランス語に翻訳した際、墓地に棲む人喰いの魔物とされ、HPL が愛読したトーマス・ベックフォードの『ヴァテック』でもこちらのイメージでした。欧州では"墓荒らし"を意味する言葉になっています。

HPL の初期作品では伝承上のグールを想定したようですが、「ピックマンのモデル」で独自色の強いクリーチャーとなりました。同作の食屍鬼は主に人間の死体を喰らう怪物で、体つきは人間に似るものの、前屈みの姿勢や顔つきはどこか犬めいています。肌は荒れたゴム状で、脚先には蹄とも鉤爪ともつかぬものが具わっています。糧を得るため人間の生活圏の近くに潜みますが、「未知なるカダスを夢に求めて」によれば、彼らは地球の幻夢境と行き来できる接点となる場所を心得ています。幻夢境の彼らは内部世界のナスの谷の上にある岩山にコミュニティを形成、夜鬼と同盟関係にあり、ガグを襲って喰らいます。

　なお、CAS の「名もなき末裔」において、人間と交わった墓地の怪物はおそらく食屍鬼で、この作品について触れた HPL の CAS 宛 1931 年 2 月 8 日付書簡によれば、「ランドルフ・カーターの供述」のクライマックスにおいて、墓地の地下納骨所に侵入したハーリー・ウォーランの命を奪った怪異について、HPL は食屍鬼だと書いています。

　また、HPL は 1934 年に「ピックマンのモデル」と題するスケッチを数枚描いています。

　HPL がアブドゥル・アルハズレッドと『ネクロノミコン』を結びつけた「猟犬」はアジアの屍食宗派に言及していて、「『ネクロノミコン』の歴史」ではアルハズレッドが砂漠で過ごしたとされることから、『ネクロノミコン アルハザードの放浪』のドナルド・タイスンなどの後続作家は、アルハズレッドの情報源のひとつが食屍鬼だと解釈しました。

　ロバート・B・ジョンソン「遥かな地底で」では、第二次世界大戦が迫る頃、ニューヨークの地下鉄に巣食う食屍鬼たちが、事故現場から死体を持ち去るだけでは飽き足らず、線路に細工して大事故を引き起こすような過激な行動に出たため、ニューヨーク市警に特別班と呼ばれる対策セクションが設置されていたことが描かれます。また、ブライアン・マクノートン「食屍鬼メリフィリア」は、食屍鬼にしては若干恐ろしさに欠ける外見のメリフィリアと人間との恋模様を描く異色作です。

　また、幾つかのクトゥルー神話作品では、独自に食屍鬼の指導者、神を設定します。

・モルディギアン、ナイアルラトホテプ：TRPG『デルタ・グリーン Delta Green』（未訳）において、両者が食屍鬼の神とされた。
・ニョグタ：カーター「深淵への降下」、スミス＆カーター「窖に通じる階段」によれば、全ての食屍鬼はナグ（ナーグーブ）を父祖に持ち、ニョグタを崇拝している。
・ニトクリス：古代エジプト第 6 王朝の伝説上の女王。HPL「ファラオと共に幽閉されて」に"食屍鬼の女王"と書かれたことで、後続作品で関連付けられた。

"先住者"、"極地のもの"、"始原のもの"

『ネクロノミコン』
"極地のもの"
"始原のもの"

Elder Thing, Polar One, Primal One

ショゴス

最古の"地球人"

　神と呼ばれる存在を除くと、最初に星々から到来して地球に居住した知的種族は、樽型の胴体に海棲生物めいた器官を生やした、動物と植物の要素を併せ持つ異星人だった。

　『ネクロノミコン』ではこの存在を"先住者"と呼んでいるが、ヒュペルボレイオス大陸で書かれた『エイボンの書』では"極地のもの"、古代ムー大陸にまつわる『無名祭祀書』では"始原のもの"と呼ばれている。彼らこそは最初の"地球人"であり、最盛期には現在のような寒冷地ではなかった南極を中心地として、この惑星上の大部分の陸地に都市を広げた。彼らの出身星はわからないが、その母星には今でも同族が生き残っていて、ナイアルラトホテプと契約を結んだ魔女と交流があるようだ。

　彼らは自身の生活を支えるべく、自在に体を変化させ、テレパシーで意のままに操れる不定形生物ショゴスを生み出した。『エイボンの書』によれば、彼らはウボ＝サスラの細胞を加工して、最初のショゴスである粘体生物クトゥッグオルを製造した。繁栄を恋にした"先住者"だが、やがてクトゥルーとその眷属が飛来すると、彼らはこの強力な"神"を相手に地球の覇権を賭けて果敢に戦った。疲弊した両者はゆるやかな妥協に達し、地球はクトゥルーと"先住者"とに分割された。後の天変地異（宇宙から別の侵略者が到来したとも）によって、クトゥルーとその眷属の大半が地球上の様々な場所で眠りにつくと、"先住者"は再び地球の支配者の地位に復活する。『ネクロノミコン』によれば、クトゥルーが眠るルルイェの要塞の入り口に封印を施したのは彼らだとも伝えられているようだ。

　その後さらに、イィスの"大いなる種族"や"外側のもの"といった新来者と領土を争いながら、"先住者"はその命脈を保った。最終的に彼らの衰亡を決定づけたのは、手に負えない怪物へと進化したショゴスの反乱である。ショゴスが反旗を翻した1億5千万年前は、ジュラ紀にユゴスから襲来した"外側のもの"と争っていた時期と重なっている。

　辛くも反乱を鎮めたものの、植民地の大半は失われ、彼らは南極の古代都市で何とか命脈を保つことになる。その後到来した氷河期によって"先住者"はいよいよ追い込まれ、わずかな生き残りが南極の遺跡で眠りについたのを除き、ついには滅亡を迎えたのだった。

南極の樽型宇宙人

　この樽型異星人は、HPL「狂気の山脈にて」が初出で、"先住者"（エルダー・シング）というのは『ネクロノミコン』における呼称として同作で挙げられたものです。外見的特徴は以下の通りで、HPLは執筆に先立って作成した覚書においてこの生物をスケッチし、色指定も行っていました。掲載誌である〈アスタウンディング・ストーリーズ〉1936年2〜4月号には、このデザインにかなり忠実なイラストが掲載され、以後もその姿が定着しています。

・背丈は8フィート。黒っぽい灰色をした樽型の胴体は6フィート（約1.8メートル）で、中央の直径は3.5フィート（約1メートル）。

・繊毛の生えた海星型の頭部があり、ガラス質の赤い虹彩のある目、白く鋭い歯に似た突起物の並ぶ鈴の形をした口がある。

・胴体の隆起した部分から、5本の触腕が生えている。触腕は最長3フィート（約0.9メートル）まで伸ばすことができ、海百合のように見える。

・胴体の底部には角が五つある海星状の器官が備わり、2フィート（約0.6メートル）ほどの管を伸ばせるようになっている。

・扇のように折り畳める膜状の翼は、広げると7フィート（約2.1メートル）になる。

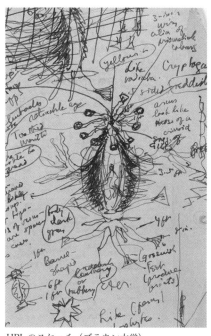

HPLのスケッチ（ブラウン大学）

　このような、現世地球人からすれば異形の外見ですが、HPLの他の作品に登場する異形の神々や種族に比して、彼らは人間的なメンタリティを備えた生物として描かれています。

　邪悪な者もいれば善良な者もいて、仲間が死ぬとその遺体を墓に埋めて弔うような感情もありました。社会主義的な都市国家群を形成し、五芒星型の貨幣を流通させて、経済活動を行っていました。彼らはショゴスをはじめ、様々な生物を創造し、催眠術のような方法で道具や食料として使役しました。地球上の生物の多様化と進化にかかわっていたことは間違いありません。数億年単位の繁栄を経て、彼らはゆっくりと生物的に衰えていき、かつては宇宙空間を力強く飛行した翼もすっかり退化してしまました。

「狂気の山脈にて」「暗闇に囁くもの」に語られる歴史は、以下の年表の通りです。

10数億年前 ——————“先住者（エルダー・シング）”が南極大陸に飛来し、ショゴスなどを創造した。

3億5千万年前 ——————南太平洋の大陸が隆起し、宇宙から到来したクトゥルーとその眷属の間で戦争が勃発。和解後、新大陸をクトゥルーに譲る。

3億年前 ——————太平洋の大陸が水没し、クトゥルーが眠りについたので、再び“先住者（エルダー・シング）”が地球を支配した。

2億1千万年 ——————“外側のもの（アウトサイド・シング）”が外宇宙より飛来（ジュラ紀）。戦争の末、“先住者（エルダー・シング）”は地
〜1億4千万年前　　　球の北半球から撤退。この時期（1億5千万年前）にショゴスの反乱もあり、種としての衰退が始まる。

1930年 ——————ミスカトニック大学探検隊が、化石と休眠中の個体を発見する。

　HPL「時間の彼方の影」によれば、6億年前から1億5千万年前の間に移住してきた“大いなる種族（グレート・レース）”との間で散発的な戦争がありました。また、これに先立ち地球を侵略してきたポリプ状生物とも戦ったと思われます。その後、徐々に衰退した“先住者（エルダー・シング）”は、南極の都市に眠るわずかな生き残りを除き、姿を消したのです。ただし、HPL「魔女の家の夢」では、ナイアルラトホテプと契約しアザトースを崇拝するアーカムの魔女宗が宇宙の各所を訪れた際、その中に彼らの母星らしい場所が含まれていました。同作の語り手が、1920年代にそこから“先住者（エルダー・シング）”そっくりな彫像を持ち帰っていて、ミスカトニック大学の博物館で公開展示されたということです。彼らは今なお、地球と縁があるのかもしれません。

　なお、HPL「闇の跳梁者」には、“先住者（エルダー・シング）”の別の呼称である“古きもの”が、地球に持参した輝く偏方二十四面体を隠匿していたとあります。ただし、“古きもの（オールド・ワン）”というのは“外側のもの（アウトサイド・シング）”の呼称でもあり、さらにこのアーティファクトはユゴスで作られたものだということですので、どちらかといえば“外側のもの（アウトサイド・シング）”を指していると思われます。

他の作家たちの作品における“先住者（エルダー・シング）”

この種族にまつわる重要な設定が示される作品を、幾つか紹介します。

・ブライアン・ラムレイ「狂気の地底回廊」：『エルトダウン・シャーズ』は、彼らの地球上の前哨地の位置を示した記録だった。彼らはそうした拠点に仕掛けを施していて、必要な時に別の時空に丸ごと転移させることが可能である。

・カーター「陳列室の恐怖」：『無名祭祀書』の記述として、太古の地球の支配者である“始原のもの（プライマル・ワン）”についての記述がある。彼らは“大いなる古きものども（グレート・オールド・ワンズ）”の一部と対立し、とりわけクトゥルーとゾス星系生まれの子供たち（ガタノソア、イソグサ、ゾス＝オムオグ）と戦争状態にあったという。

・カーター「奈落の底のもの」:『ザントゥー石板』からの抜粋。イソグサが封印されているイェーの扉は、"始原のもの（プライマル・ワン）"の霊力の鎖で封印されていた。

・カーター「深淵への降下」「暗黒の知識のパピルス」など:『エイボンの書』の一部。"極地のもの（ポーラー・ワン）"は、ウボ＝サスラから生まれた細胞を用いてショゴスを創造した。

・カーター版『ネクロノミコン』:イィスの種族（"大いなる種族（グレート・レース）"）と極地の種族（"先住者（エルダー・シング）"）はいずれも"旧き神々（エルダー・ゴッズ）"の子に似ているが、互いを毛嫌いしあっていて、"旧き神々（エルダー・ゴッズ）"とも反りが合わないと書かれている。

"先住者（エルダー・シング）"の呼称について

"古きもの Elder Things"という日本で定着している呼称は、米ケイオシアム社の『クトゥルフ神話 TRPG』(の原本)で使われているものです。

初出作品である「狂気の山脈にて」での呼称を集計すると、以下のようになります。

・Old Ones 62

・Great Old Ones 2

・Elder Things 2

・Elder Ones 1

・elder race 1

使用回数で言えば "Old Ones" が圧倒的多数であり、1980 年代に刊行された TRPG『アドバンスト・ダンジョンズ＆ドラゴンズ』の関連製品や、『クトゥルフ神話 TRPG』に先立つケイオシアム社の TRPG『ルーンクエスト』のサプリメント『ゲートウェイ・ベスティアリー The Gateway Bestiary』でも、こちらの呼称が採用されていました。

これが変更されたのは、『クトゥルフ神話 TRPG』において邪神の総称として採用された"グレート・オールド・ワンズ"(初期の訳は旧支配者)との混同を避けるためでしょう。

リン・カーターが"始原のもの（プライマル・ワン）"などの呼称を拵えたのも、同じ理由と思われます。

本書では今回、「狂気の〜」で『ネクロノミコン』での呼称とされる "Elder Thing" を採用した上で、"先住者（エルダー・シング）"の訳語をあてました。"Elder Thing" と "Old One" では語感が全く違っていますので、"古きもの"とは全く似ていない言葉にしたかったというのがひとつ。また、HPL が "elder thing" の "elder" に込めた意味は、彼らをホモ・サピエンスに先立つ先住地球人としてあくまでも描写していることから判断するに、「老いた」や「古い」よりも「古参」のニュアンスが大きいと考えたのが、もうひとつの理由です。

ショゴス

Shoggoth

"先住者"

ウボ＝サスラ

『エイボンの書』

クトゥグオル

不定形の万能生物

　虹色の輝きを放ち、黒々とした可塑性のある原形質の塊であるショゴスは、今日知られるスライムやアメーバを思わせる巨大な不定形生物である。かつて地球を支配した"先住者"が、ウボ＝サスラに由来する細胞より造り上げた生命体で、様々な用途に応じて、自由自在に目や耳、手足などの器官や部位を発生させることができた。古生代カンブリア紀における爆発的な生物種の増大は、ショゴスの細胞が影響したのかもしれない。

　"先住者"にとって、ショゴスは大都市を建造する土木作業機械であり、日常の家事を任せる召使いであり、彼らに代わって異種族と戦う兵器であり、同時にまた食料ですらもあった。クトゥルーとその眷属が地球に侵攻してきた際は、ショゴスは尖兵となってクトゥルーと戦った。しかし、歳月を経て大きく進化し、1億5千万年ほど前に、ついには脳を発生させて自由意思を獲得したショゴスは、主人に反旗を翻す。反乱は敗北に終わり、大半は南極の地下に封印されたようだが、これを逃れた者たちが地球各地に散らばった。

　ある者たちは他の神に仕え、ある者たちは他の種族と同盟を結び、またある者たちは人間の姿に擬態した高位のショゴスを中心にコミュニティを作った。

　『エイボンの書』によれば、"大いなるショゴス"とも呼ばれる最古のショゴス、クゥッグオルが、反乱の後、ウボ＝サスラに仕えている。なお、『ネクロノミコン』を著したアブドゥル・アルハズレッドは、何故かショゴスを空想上の存在と切り捨てている。

主人への反逆

　ショゴスは、連作詩篇「ユゴスよりの真菌」の第20詩「夜鬼」が初出の不定形生物で、幻夢境のトォク山脈の地下湖に棲んでいます。幻夢境のナスの谷で産卵期を迎えるという小ネタが書かれた書簡もありますので、HPLの考えでは卵生なのでしょう。

　小説初出は「狂気の山脈にて」で、黒々とした巨大な不定形生物とされますが、掲載誌である〈アスタウンディング・ストーリーズ〉1936年2月号の表紙を飾ったイラストで

は無数の赤い眼がある蛍光グリーンに輝くアメーバ状の姿で描かれ、こちらのイメージも根付いています。なお、初期の神話作品であるブロックの「無人の家で発見された手記」では、太いロープ状の触手が寄り集まった樹木のような姿と描写されました。これはラムジー・キャンベルの少年時代作品「森の窪地 The Hollow in the Woods」などに影響を与え、後に『クトゥルフ神話TRPG』の"黒き仔山羊"の原型となったようです。

「狂気の〜」によれば、ショゴスは"先住者（エルダー・シング）"が造った生命体で、用途に応じて目や耳、手足などの器官や部位を発生させました。彼らは都市を建造する土木作業機械であり、家事を担う召使いであり、敵対種族と戦う兵器であり、さらには食料でもありました。なお、アブドゥル・アルハズレッドが、ショゴスの実在を認めなかったという話もあります。

作中でショゴスがあげる「テケリ＝リ！」という鳴き声は、エドガー・アラン・ポオ「ナンタケット島出身のアーサー・ゴードン・ピムの物語」において、南極のツァラル島の原住民や海鳥があげる声が元ネタで、"先住者（エルダー・シング）"や"旧き神々（エルダー・ゴッズ）"の言語でもあります。"先住者（エルダー・シング）"は催眠術のような手段でショゴスを使役しました。しかし、おそらく1億5千万年ほど前に脳を発生させ、自由意思を獲得したショゴスは、"先住者（エルダー・シング）"に反旗を翻します。反乱は鎮圧され、一部は南極の地下に封印されましたが、残りは逃亡します。

HPLはその後、以下の作品でショゴスと"深きもの（ディープ・ワン）"の結託を匂わせました。

・「インスマスを覆う影」：インスマスの"深きもの（ディープ・ワン）"が、ショゴスと同盟している。
・「戸口に現れたもの」：インスマスの名家ウェイト家の魔術師親娘が、メイン州の地下にある神殿で何かしらの儀式を行った時、そこにショゴスの姿も見られた。

ブライアン・ラムレイ『地を穿つ魔』で、海棲（かいせい）のシー・ショゴスが、英国の海底都市グル＝ホーに巣食うのは、これを意識しているのでしょう。カーターも、『エイボンの書』の一部という体裁の作品で、ショゴスに触れました。"先住者（エルダー・シング）"はウボ＝サスラが生んだ細胞を元にショゴスを創造しましたが、培養槽から漏れ出た細胞が原初の海で進化し、地球上の生物となりました（「暗黒の知識のパピルス」）。また、最初のショゴスであるクトゥッグオルはウボ＝サスラを主と仰ぎ、巣穴で奉仕しています（「深淵への降下」）。

マイクル・シェイ「ファットフェイス Fat Face」（未訳）に登場するショゴス・ロードは、皮膚の色をも変化させる変身能力と、人間を擬態する高い知能を備えた、ショゴスの上位種です。また、エリザベス・ベア「ショゴス開花」によれば、米国の東部海岸では宝石のように美しいコモン・サーフ・ショゴス（学名：Oracupoda horibilis）が時折見られ、更に大型の古代種（学名：Oracupoda antediluvius）も存在したということです。

また、TRPG『トンネルズ＆トロールズ』のアドベンチャーブック『カザンの闘技場』には、ピッコロの音を聴くと踊り出してしまうショゴスが登場します。

"深きもの"
Deep One

ダゴン
クトゥルー
ショゴス
インスマス

半人半魚の古代種族

　"深きもの"は、半人半魚あるいは半人半蛙の両棲種族で、父なるダゴン、母なるヒュドラを祖と仰ぎ、大いなるクトゥルーを崇拝している。外的要因で死なない限り生き続ける不死の種族で、人間との間に生まれた混血児も同様である。『ネクロノミコン』などの神話典籍によれば、彼らはゾス星系からクトゥルーが連れてきた種族なのだが、彼らこそが地球上の人類の先祖だの説もある。"深きもの"は、世界各地の海沿いに存在する辺鄙な村を乗っ取ってカルト教団を組織し、混交を進めて地上侵略の橋頭保としている。時にショゴスを味方につけているのだが、これはショゴスの不倶戴天の仇敵である"先住者"と、クトゥルーの眷属がかつて敵対関係にあったことと関係があるのかもしれない。

　よく知られている"深きもの"の拠点に、米国マサチューセッツ州のインスマスという漁村がある。19世紀の中頃、この村出身の商船長オーベッド・マーシュが、南太平洋のとある島のカナカ族系の部族から、生贄と引き換えに豊漁をもたらす神としてこの種族のことを聞き知ったのだ。件の部族が1838年までに忽然と姿を消した後、オーベッドはインスマス沖の悪魔の暗礁で、近くに入り口があるという海底都市イハ＝ンスレイの"深きもの"に接触し、フリーメーソン会館を本部とするダゴン秘儀教団を設立した。以後、インスマスは"深きもの"がもたらした黄金を精錬して大いに栄えたのだが、1920年代にはすっかり衰退し、近隣で評判が悪く、地図にも載らない村に成り果てていた。

　最終的に、ここを偶然訪れた青年が何とか逃げ延びて実情を政府に報告し、1927年末から翌年頭にかけて大々的な手入れが行われた。逃げ遅れた"深きもの"は収容され、悪魔の暗礁も魚雷で破壊された。しかし、インスマスのような村は世界各地に存在する。大いなるクトゥルーが復活する日を夢見ながら、彼らは密かに侵略を進めているのである。

インスマス面

　"深きもの"は、HPL「インスマスを覆う影」が初出の半人半魚あるいは半人半蛙の両棲

種族です。彼らの血を引く人間の容貌は、成長と共に変異し、最終的に"深きもの"となって深海の仲間に加わります。彼らの血筋は、インスマス面と呼ばれる以下の外見的特徴に表れます。まず、眼が魚のように膨らんでいて、まばたきをしません。頭は妙に狭くて鼻が平べったく、頸の両側は皺だらけでくびれています。皮膚は鮫肌で噴き出物だらけで、男性は若い内から禿げあがっています。

　完全に変異した個体のざらざらした皮膚には鱗があって、首の左右に皺のような鰓が、手足には水かきがあります。白い腹を除き、全身が灰色がかった緑色です。水中では高速に泳げますが、地上では跳ねるように移動し、人間の耳では正確な発音を聞き取れないくぐもった吼え声で会話します。「インスマス～」によれば、彼らはショゴスと結託して何かを企んでいました。「戸口に現れたもの」でも、インスマスの名家ウェイト家の者たちがメイン州の奥地にある地下神殿で、ショゴスと共に何かしらの儀式を行っています。

　"深きもの"の外見設定は、1917年執筆の「ダゴン」という作品に登場した巨大な怪物のミニサイズ版なのですが、直接的な元ネタはHPLが高く評価していたアーヴィン・S・コッブ「魚頭」、ロバート・W・チェンバーズ『未知なるものの探求 In Search of the Unknown』（未訳）に登場する半人半魚の怪物であるようです。

深く静かに蠢動する者たち

　AWDの連作「永劫の探求」によれば、彼らは海から離れるのを嫌い、炎や"旧き印"が弱点です。マルケサス諸島のお守りであるティキの偶像や、ニュージーランドのマオリ族が用いる彫刻入りの天井石は、"深きもの"の姿を象ったものです。なお、「戸口の彼方」「ファルコン岬の漁師」などのAWD作品では、血縁だと明示されていない人間が"深きもの"に変異するように読み取れます。ラムレイ「盗まれた眼」『地を穿つ魔』では、アイスランドの南にあるスルツェイ島（実在）近くの海底にはグル＝ホー、英国のコーンウォール半島の沖にはアフ＝ヨーラという、"深きもの"の海底都市が存在します。キャンベル「城の部屋」では、バイアティスを地球に召喚した偶像をもたらしたのは、"深きもの"とされています。カーターは「陳列室の恐怖」などの作品で、彼らをクトゥルーがゾス星系から伴ってきた奉仕種族としました。これは、"深きもの"を人類の祖先にあたる異星人とする、「インスマス～」執筆のための覚書が根拠なのでしょう。

　"深きもの"が題材のユニークな作品として、ロマンス小説として発表されたシーナ・クレイトン（ブライアン・マクノートンの変名）『謎に包まれた孤島の愛』があります。同作は「インスマスを覆う影」の後日談で、かつてオーベッド・マーシュの弟ケイレブが設立したダゴン改革派教会 Reformed Order of Dagon church を中心とする"深きもの"のコロニーが存在する、メイン州のスクアンポティス島 Squanpottis island が舞台です。

　映画『ダゴン』の舞台であるスペインのインボッカもそうですが、神話作品中の"深きもの"のコロニーは大抵、インスマスのパロディです。

"大いなる種族"
Great Race

『エルトダウン・シャーズ』
ナコトゥス
『ナコト写本』
ナコト同胞団

永劫の時を生きる種族

　『エルトダウン・シャーズ』によれば、イィスという銀河の彼方にある世界（惑星とも）には、肉体を持たぬ精神生命体が存在し、暮らしやすい環境と強靭な肉体を持つ生物を探し出しては、時間を越えて精神を交換、種族全体の集団移住を繰り返してきた。時間の秘密を突き止めた唯一の生物であることから、彼らは"大いなる種族"と呼ばれている。

　この種族が、両生類状の生物の肉体を捨てて地球に到来し、現在のオーストラリアに相当する土地に棲息する強靭な円錐状生物の肉体に移住したのは、4億8000万年前のことである。"大いなる種族"は、現在はグレートサンデー砂漠の地底に沈んでいる機械化都市ナコトゥスを建設し、社会主義的な国家を築いた。時に彼らに先立って地球に植民した南極の"先住者"と争い、時に外宇宙からの侵略者たちと戦いながら、次なる移住先を求めて様々な場所や時代に斥候を送り込み、曲線文字の記録を蓄積していった。そうした記録の一端が、『ナコト写本』や『ナコト断章』などの神話典籍なのである。

　ナコトゥスは数億年にわたり繁栄したが、彼らは最終的に人類滅亡から2万年後の地球の支配種族である甲虫類の肉体に移住した。理由については、かつて地下に封印した半ポリプ状の先住種族が解放されるのを予期したとも、彼らとは別種の精神交換タイプの侵略者を警戒したとも言われている。そして、いつか地球が滅びる時には、彼らは水星の球根状生物と入れ替わる。こうして彼らは、時間が存在する限り生き延びていくのである。

オーストラリアの円錐状生物

　"大いなる種族"は、HPL「時間の彼方の影」が初出の精神生命体です。時間の秘密を突き止めた唯一の存在であることから"大いなる種族"と呼ばれているのですが、ひょっとすると自称なのかも知れません。彼らが地球で移住した円錐状生物は、10億年前から地球上に棲息し、4〜5千年の肉体寿命を持つという、強靭な生命体です。レイニーの「小辞典」で地球到来時期が10億年前となっているのは、このあたりの記述との混同から生

じた誤りでしょう。この生物は、次のような外見特徴を備えています。執筆に先立ち HPL が作成した覚書には、色指定と共にこの生物の細かいデザインがスケッチされています。

HPL のスケッチ（ブラウン大学）

・円錐状の胴体は、10 フィート（3 メートル）ほどの高さ。
・先端に 3 つの目を備えた黄色い球形の感覚器官を備えた 1 本、会話にも利用される鋏状の腕を備えた 2 本、喇叭型の赤い付属器官がついた 1 本と、合計 4 本の触手が生えている。
・胴体の底部にある粘着層を伸縮させて移動する。

　円錐状生物の肉体を奪った時期についての情報はまちまちです。「時間の〜」からは、半ポリプ状種族が太陽系に侵入した 6 億年前から、1 億 5 千万年前までのどこかと読み取れます。カーター「陳列室の恐怖」では、『ナコト写本』の記述を根拠に哺乳類の誕生（2 億 2500 万年前の三畳紀後期）よりも前とします。同作ではオーストラリアの都市の名前が「記録庫の都市」を意味するナコトゥスとされました。「時間の〜」ではまた、『ネクロノミコン』に基づき彼らを支援する地球人の組織が示唆されました。カーターは『エイボンの書』の一部として執筆した「炎の侍祭」で、これをナコト同胞団と名付けています。

諸説ある逃亡理由

　「時間の〜」では、彼らは今から 5000 万年前に、円錐状生物の肉体を捨てて、2 万年後の地球の支配種族である甲虫類の肉体へと移住しました。半ポリプ状種族の再襲来を予期したことがその理由だと言われています。ただし、同作とほぼ同時期に執筆されたリレー小説「彼方よりの挑戦」において、HPL は自分が担当したパートで、"大いなる種族"が 1 億 5 千年前、自分たちと似たような方法で地球侵略を目論んだ芋虫状の宇宙生物イェクーブを阻止したものの、今後の侵略を警戒して移住を決めたという経緯が、『エルトダウン・シャーズ』の記録として示されます。レイニーの「小辞典」では別の理由を掲げています。クトゥルーたち邪神群と"旧き神々"との戦いにおいて、"大いなる種族"もまたその戦列に加わり、敗北によって未来へと逃亡したというのです。この設定に準拠した作品に、AWD の「異次元の影」があります。"旧き神々"に敗れた"大いなる種族"は、円錐状生物の肉体に入ったまま、木星経由でハスターの追放地であるおうし座の暗黒星に逃れ、そこで次の精神移住先を探しているというのです。

半ポリプ状の
先住種族
elder race of half-polypous

『ナコト写本』
『エルトダウン・シャーズ』
“大いなる種族”
『サセックス稿本』

外宇宙からの侵略者

　この種族には、定まった呼称が長らく存在しなかった。1980年代に、英語圏では“空飛ぶポリプ flying polyp”、“盲目のもの Blind Beings”と呼ばれるようになったが、少なくとも『ナコト写本』『エルトダウン・シャーズ』などの神話典籍に基づくものではない。この種族は遥か遠い宇宙からやってきて、6億年ほど前に太陽系に侵入し、地球を含む4つの惑星に蔓延した。半ばポリプ状の肉体を備えているが、部分的にしか物質ではなく、意識や知覚（たとえば視覚がない）があまりに異質なため、精神交換能力を有する生物でも、この種族と入れ替わることはできない。肉体の物質的な部分には、5つの丸い指のある手が存在し、口笛のような奇妙な音を立てることで、その存在を把握することができた。また、一時的に姿を消すことができ、風を操る能力を備えることが知られている。

　彼らは地球上に窓のない塔が林立する玄武岩の大都市を築き、原住生物を手当たり次第に捕食した。現在のオーストラリア大陸に棲息する円錐状生物も絶滅の危機に瀕していたが、彼らの肉体に移住してきた“大いなる種族”は、自分たちが開発した道具でやすやすとこの種族を制圧し、彼らのすみかである地中深くの洞窟に追い込むと、入り口を厳重に封印した。しかし、1億5千万年ほど前、この種族が封印を突破したことが確認されたことで、“大いなる種族”は未来の別種族の肉体へと移住することにしたのである。

気体の精ロイガーノス

　HPL「時間の彼方の影」に登場する種族で、同作によれば現在も生き延びていて、西オーストラリア州の砂漠に埋もれる“大いなる種族”の都市に潜んでいます。“空飛ぶポリプ”の呼称は『クトゥルフ神話TRPG』の独自設定で、86年発売の旧日本版語で用いられた“盲目のもの”は、フリッツ・ライバーの評論「ブラウン・ジェンキンとともに時空を巡る―思弁小説におけるラヴクラフトの功績」で使用されたものです。

　ラテン語版『ネクロノミコン』の翻訳という体裁のフレッド・L・ペルトゥン「サセックス稿本」の、ロイガーとツァールに仕える気体の精ロイガーノスがこの種族のようです。

イェクーブ

Yekub

水晶の立方体
"大いなる種族"
『エルトダウン・シャーズ』
"先住者"

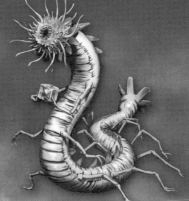

侵略者同士の戦い

　イェクーブは別の銀河の住人である、芋虫めいた外見の知的種族だ。早い段階で恒星間の旅を可能とする技術を発展させ、自分たちの銀河の居住可能な惑星を全て侵略し、先住種族を滅ぼした。生身で別の銀河に旅することはできなかったが、その代わり、奇妙な青白い円盤が中に埋め込まれている、4インチ（約10.2センチメートル）ほどの丸みがかった水晶の立方体を他の銀河に送り込み、これを介して原住生物と精神を交換する技術を開発した。彼らはこうして調査を行い、時には丸ごと入れ替わって侵略を実行したのである。

　生物の棲む世界に届いた立方体は3つで、その3番目が1億5千万年前の地球に到達したのだが、その立方体を発見したのは奇しくも、似たような手段で地球に植民した"大いなる種族"だった。

　彼らは、事態を把握するや送り込まれた斥候を殺害、立方体を特別な祠堂に移して調査と実験を繰り返し、極地の大都市に保管した。だが、おそらく"先住者"との戦争の最中に立方体が行方不明となり、将来的な侵略を危惧した"大いなる種族"は、未来の種族の肉体に移住したのだった。以上は、『エルトダウン・シャーズ』に記録されている。

芋虫のようなエイリアン

　この生物はリレー小説「彼方よりの挑戦」の、HPLが担当した第3章に登場する。イェクーブという名が示されたのはREHの担当章だが、HPLの覚書に名前(イェキューブ Y"cube)とスケッチが書かれているので、おそらく彼の考案だろう。

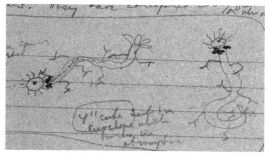

HPL のスケッチ（ブラウン大学）

"外側のもの"
アウトサイド・シング

Outside Thing, Outsider, Outside Beings

ユゴス
『ネクロノミコン』
"旧きもの"
ミ＝ゴ

ユゴスよりの鉱山採掘者

　バーモント州を南北に貫くグリーン山脈や、世界の屋根とも呼ばれるアジアのヒマラヤ山脈、英国グロスターシャーの郊外など、世界各地の人里離れた山岳地に拠点を築いている、ユゴスと呼ばれる太陽系外縁の暗黒星から地球へと飛来したエイリアン。到来時期はジュラ紀に遡り、当時の地球を支配していた、『ネクロノミコン』で"先住者"と呼ばれる樽型の異星人との戦争に勝利し、北半球を勢力下に収めた。本来はユゴスの生物ではなく、彼らと接触したミスカトニック大学のアルバート・N・ウィルマース教授の言によれば、"アインシュタインの言う時空連続体や既知の最大の宇宙からですらも遥かにかけ離れた場所"の出身で、ユゴスは太陽系に進出する前哨基地に過ぎないようだ。地球上では少なくとも３種類のタイプが目撃され、呼称についてもまちまちで、"古きもの"と呼ばれたり、身体組織が菌類に近いことから"ユゴスよりの真菌"と呼ばれたもする。

　地球上でしか採掘できない鉱物が目的だということだが、詳しいことはわからない。数多くの人間を手先にしていて、敵対的な人間の監視や妨害も含む様々な仕事に従事させている。高度の科学技術、とりわけ外科医療的な技術を有し、日常的に身体改造を行っていて、人体から取り出した脳組織を機械装置の中で生かすことも可能である。

様々なタイプに分かれる種族

　"外側のもの"は、HPL「暗闇で囁くもの」に登場するエイリアンで、"古きもの"とも呼ばれています。"ミ＝ゴ"という呼称が知られていますが、これはもともとヒマラヤの雪男の現地呼称（ブータンではミゲーで、ミ＝ゴという呼称も英語圏の新聞に紹介されました）で、HPLはバーモント州におけるこの種族の伝承に似た例として挙げただけでした。読者や後続作家がHPLの造語と勘違いしたことで、ミ＝ゴの呼称が定着してはおりますが、本書では初出作で繰り返されている"外側"の語を重視します。

　同作ではまた、おおくま座から飛来した生物が地球に存在しない鉱物を採掘していると

いう、先住民族ペナクック族の伝説が紹介されますが、これは HPL の創作のようです。

体組織が植物や菌類に近く、電子の振動率が異なるので写真に写りません。また、数多くの種類に分かれ、エーテルをはじいて宇宙空間を飛行する翼を持つのは数種類のみ。他は運ばれたり機械を用いて地球に来ます。地球上では、次の３種類が確認されています。

- バーモント＝ヒマラヤ種：バーモント州やヒマラヤ山脈で目撃される、希少な有翼種。巨大な甲殻類（蟹）じみた胴体に一対の膜状の翼と、多関節の肢を複数備え、短い触角に覆われた楕円体状の頭部がある。頭部の色彩変化で意思疎通するが、何らかの手段で人間の言葉を発することも可能。（「暗闇で囁くもの」、カーター「墳墓に棲みつくもの」）
- 甲殻蜥蜴：『ネクロノミコン』に記載があるタイプ。蜥蜴に似ていなくもない胴体と、ロブスターを思わせる頭部を備える。翼はないため、石造りの塔に設置した転移装置を用いてユゴスと往復しているらしい。地球上では、英国グロスターシャーの“悪魔の階（きざはし）”と呼ばれる山で目撃されている。（ラムジー・キャンベル「ユゴスの坑（あな）」）
- 雪男（ミ＝ゴ）：ヒマラヤ山脈の大型類人猿じみた生物。欧米では“忌まわしき雪男”の異名が有名だが、これは 1921 年の英国エベレスト偵察隊の「半人半熊の雪男 metoh kangmi」に関する電報が「metch kangmi」と誤って書き起こされ、それをコルカタ駐在のジャーナリストが独断的に英訳したものである。（「墳墓に棲みつくもの」初期版）

彼らはユゴス（冥王星）の都市から飛来しましたが、そこは前哨地に過ぎず、実際には宇宙の外側の種族です。テリトリーへの侵入者や邪魔者に害を及ぼすことはありますが、基本的には人間に無関心です。ただし、利害の一致した人間と同盟し、高度な科学・医療技術を供与してくれる場合があります。また、「暗闇で〜」ではアザトースやツァトーグァ、クトゥルー、シュブ＝ニグラス、ナイアルラトホテプを崇拝し、HPL「銀の鍵の門を抜けて」ではヨグ＝ソトースを“彼方のもの”の名で崇拝するとされます。カーターは「神神」ではこれに準拠したものの、「陳列室の恐怖」やカーター版『ネクロノミコン』ではンガ＝クトゥン（「暗闇で〜」で言及）を首領と仰ぐハスターの奉仕種族にしました。

HPL「狂気の山脈にて」によれば、到来時期はジュラ紀（約２億 130 万年前〜１億 4550 万年前）で、当時の地球を支配した“先住者（エルダー・シング）”との戦いに勝利し、北半球を領有しました。

また、HPL「闇の跳梁者」には、ユゴスで造られた輝く“輝く偏方二十四面体（シャイニング・トラペゾヘドロン）”を“古きもの（オールド・ワン）”が地球にもたらしたとありますが、これは南極の樽型異星人ではなく、“外側のもの（アウトサイド・シング）”のことでしょう。少なくとも、カーター版『ネクロノミコン』にはそう書かれています。

なお、HPL が代作した「永劫より出でて」では、太古の地球を支配したユゴス星人がムー大陸のヤディス＝ゴー山の要塞でガタノソアを崇拝したとあり、「神神」ではこのユゴス星人を“外側のもの（アウトサイド・シング）”と同一視しますが、実のところは不明です。

グヤア＝ヨスン、グヤア＝フア

Gyaa-Yothn, Gyaa-Hua

クナ＝ヤン
ヨス
蛇人間
ズィンの洞窟

地底世界の奴隷獣

　グヤア＝ヨスンは、北米の広範囲（少なくとも南西部のオクラホマ州から北東部のバーモント州に至る地域）の地底に広がっている地下世界クナ＝ヤンの、上層に存在する青く輝く世界に、レムリア大陸やアトランティス大陸の人間が植民都市を始めた時点で、下層の赤く輝く無人の世界、ヨスに存在していた巨石遺構において、野生化した状態で棲息しているのが発見されたという、類人猿とも獣ともつかぬ巨大な生物である。クナ＝ヤンに入り込んだという16世紀のスペイン人冒険家の報告によれば、グヤア＝ヨスンは白い皮膚に覆われていて、背中には黒い柔毛が生え、額の中心には短い角が生えていて、鼻が平たく唇が膨れ上がった顔立ちからは、人間ないしは類人猿との類縁関係がはっきり窺えるという。ツァスでは、奴隷階級の人肉を与えられて畜獣として飼育され、主に荷役用の労働力として使役されていたようだが、食用でもあったらしい。

　『ザントゥー石板』などの、古代ムー大陸（おそらくレムリア大陸と同じ太平洋の大陸で、より新しい時代の呼称がムー大陸だったのだと思われる）にまつわる記録には、よく似た名前・外見のグヤア＝フア（グヤア＝ハウと書かれることも）という、やはり労働階級として人間に使役されていた種族が言及される。グヤア＝フアは大型類人猿のような筋力と持久力を備えていたため、たとえばガレー船のオール奴隷として重宝されたが、時には徒党を組んで反乱を起こすこともあったようだ。

　"ヨスン"というのは「ヨスの」を意味する言葉で、おそらく地上で運用されているグヤア＝フアと区別するためにつけられた呼称なのだろう。クナ＝ヤンの調査が進んでいないため、この地で発見されたグヤア＝ヨスンが地上に持ち込まれてグヤア＝フアとなったのか、それともクナ＝ヤンへの植民が始まる前にグヤア＝フアが持ち込まれて野生化したのがグヤア＝ヨスンなのか、詳しいことはわかっていない。ただし、この生物が最初に発見されたヨスの都市にあるズィンの洞窟からは、おそらく蛇人間であるらしいこの世界の先住民が、人間ないしは類人猿を含む複数の生物種を混ぜ合わせて合成生物を造り上げたという記録が見つかっている。

爬虫類と哺乳類の合成生物

　グヤア＝ヨスンは、HPLがズィーリア・ビショップのためにゴーストライティングした「墳丘」に登場するクリーチャーで、北米の地底世界クナ＝ヤンにある、青い輝きに照らされた世界のツァスという都市に居住している、地上の人間とよく似た人型の種族"古ぶるしきもの"によって飼育され、使役されている奴隷種族です。四肢を不格好に動かしてよろめくように歩くと描写されますが、人間を乗せる騎獣でもあったようです。

　もともとは、クナ＝ヤン下層の赤く輝く世界ヨスの廃墟で見つかった生物で、ヨス最大の都市の地下にあるズィンの洞窟から発見された文書や彫刻によれば、生命を合成する技術を有するヨスの先住種族が造り上げた合成生物の一種で、ツァスで哺乳類の奴隷階級と交配される以前は、どちらかといえば爬虫類に近い生物だったということです。

　同作によれば、ヨスの先住種族は四足歩行する爬虫類だったということで、リン・カーターはこの記述を根拠に、「イグの復讐 The Vengeance of Yig」（未訳）でこの種族を、ヒュペルボレイオス大陸にやってくる以前の蛇人間としました。時系列に整理すると、遥かな太古に地底世界ヨスの蛇人間が爬虫類をベースに造り上げた合成生物がいて、それがクナ＝ヤンに植民してきた"古ぶるしきもの"たちに見いだされ、さらに哺乳類の奴隷生物との交配で品種改良されたのが、グヤア＝ヨスンということになります。

　なお、ズィンの洞窟というのは、HPL「未知なるカダスを夢に求めて」において、地球の幻夢境の内部世界に存在するガーストの巣窟と同じ名前であり、このことから『クトゥルフ神話TRPG』の関連製品では、ガーストとグヤア＝フアが類縁種と見なされています。

ムー大陸のグヤア＝フア

　HPLがプロット面で協力したヘンリー・S・ホワイトヘッドの「挫傷（ボソン）」という作品は、とある現代米国人が頭に挫傷を負ったことにより、アトランティスの軍人だった前世ないし先祖の記憶を蘇らせるという作品です。その記憶の中に、ガレー船の漕ぎ手や工場奴隷として使役されていて、ついには反乱を起こすに到るグヤア＝フアという亜人間の種族が登場しています。同作の古代大陸にまつわるプロットの部分はHPLの手になるものらしく、「墳丘」の執筆と同時期ですので、おそらくこちらもHPLが拵えた設定なのでしょう。

　カーターは、『ザントゥー石板』の抜粋という体裁の「赤の供物」において、イソグサ教団の大祭司ザントゥーが、当時のムー人が奴隷や従者として使役した獣じみた亜人間、グヤア＝フアを登場させました。これらの作品でのグヤア＝フアの描写には、グヤア＝ヨスンの特徴である角についての言及がありませんが、それ以外は似通っています。

ミリ・ニグリ、チョー＝チョー

Miri Nigri, Tcho-Tcho

"大無名者"
チャウグナー・フォーン
ロイガーとツァール
『エイボンの書』

チョー＝チョー

異形の矮人たち

　ミリ・ニグリとチョー＝チョーは、いずれもアジアの奥地に存在する知られざる高原、ツァン高原とスン高原において、異形の神々を崇拝する矮人部族である。

　ミリ・ニグリは、紀元前１世紀の共和制ローマ末期の頃には、イベリア半島のピレネー山脈のあたりで、ローマの属領ヒスパニア・キテリオルの住民たちから"大無名者"（マグヌム・インノミナンドゥム）と呼ばれていた、チャウグナー・フォーンとその兄弟たちを崇拝していた矮人部族だ。バスク族にも理解できない奇妙な言語を用いる、黄色い肌と藪睨みの目が特徴なのだが、ミリ・ニグリ自身は、チャウグナー・フォーンが原初の両棲類から造り出した人ならぬ種族だと言い伝えている。毎年、現在で言うハロウィーンの夜とベルテインの夜になると、太鼓の音を山嶺に響かせ、近隣の住民を連れ去って生贄としたのだった。ローマ駐留軍に睨まれると、ミリ・ニグリはチャウグナー・フォーンを奉じて遠いアジアのツァン高原に移住し、この地で同じことを繰り返した。なお、チャウグナー・フォーンは、20世紀の前期に北米に移されているのだが、その後、ミリ・ニグリがどうなったかは判然としない。

　チョー＝チョーは、ビルマのシャン＝シ地方の奥地にあるスン高原に存在する、かつては"旧き神々"の都であった石造都市アラオザルに棲み、この地に封印された双子神ロイガーとツァールを崇拝する矮人部族である。長身の者でも４フィート（1.2メートル）を超えず、頭髪がなく、落ち窪んだ目は異様に小さい。実のところ彼らは人間ではなく、邪なる神々が"旧き神々"（エルダー・ゴッズ）との戦いに敗北して各地に封印された時、遠い未来に自分たちを解放するだろう眷属の種から生まれた奉仕種族なのだった。彼らの長老であるエ＝ポオは、7000歳を超える長躯のチョー＝チョー人だ。他の者よりもわずかに背が高く、背中にはある大きな瘤が彼の体を歪めている。エ＝ポオは強靭な精神力の持ち主で、テレパシーのような能力でロイガーと会話するのである。ミリ・ニグリと人間の混血がチョー＝チョーだという説を唱える者もいるが、『エイボンの書』によれば、人類誕生以前から生きている謎めいた魔術師ハオン・ドルが、名前のわからないミリ・ニグリの首領とエ＝ポオの両方に遭遇していながら、両者の関係には触れられていない。

夢の記録から小説へ

　ミリ・ニグリは、小説としてはFBL「恐怖の山」が初出です。しかし、同作の原型となったHPLの「往古の民」が設定としては先行します。「往古の民」はHPLがドナルド・ウォンドレイ宛ての手紙に書いた、1927年10月31日の深夜から翌朝にかけて見た夢の内容が、SFファンジン〈サイエント＝スナップ〉第3号（1940年）に未発表小説として掲載されたものです。共和制ローマ末期の時代、ローマ属領だったイベリア半島のピレネーの山脈において、ミリ・ニグリと呼ばれる往古の民が、"大無名者"を召喚するべく忌まわしい儀式を行います。「恐怖の山」は、HPLからこの題材を譲り受けたFBLが改めて執筆した小説で、浅黒い肌をしたミリ・ニグリは、チャウグナー・フォーンが原初の両棲類から造り出した、人ならぬ奉仕種族とされました。2000年前、この神はローマ軍との衝突を避けるべく、ミリ・ニグリに命じて自らを中央アジアのツァン高原へと運ばせたということです。

邪神の落とし種

　同じく邪神に造りだされた人間型の種族に、AWD「星の忌み子の棲まうところ」（邦題「潜伏するもの」）に登場するチョー＝チョーがいます。"旧き神々"との戦いに敗北した邪神たちは、封印される前に、ビルマ（現ミャンマー）のシャン＝シ地方の奥地、"旧き神々"の都アラオザルが存在するスン高原の"恐怖の湖"に、いつか自分たちを解放させるべく眷属の種を残しました。この種から生まれたのが、現地人からチョー＝チョーと呼ばれる不気味な矮人部族なのです。チョー＝チョーの背丈は、長身の者でも4フィート（1.2メートル）を超えません。頭髪はなく、落ち窪んだ目は異様に小さいサイズです。

　彼らの長老であるエ＝ポオは、7000歳を超える長齢のチョー＝チョー人です。他の者よりもわずかに背が高く、背中にはある大きな瘤が彼の体を歪めています。エ＝ポオは強靭な精神力の持ち主で、テレパシーのような能力でロイガーと会話するのです。

　『クトゥルフ神話TRPG』では、ミリ・ニグリと人間の混血がチョー＝チョーとされていて、シナリオ「チャウグナー・フォーンの呪い The Curse of Chaugnar Faugn」が初出です。

　しかし、ミリ・ニグリがツァン高原に移動したのが2000年前とされるのに対し、チョー＝チョーの長老エ＝ポオは7000歳とされているので、この設定には多少無理があります。

　人類誕生以前から生きている魔術師ハオン・ドルの旅を描くカーター「深淵への降下」（『エイボンの書』の一部という体裁）で、ハオン＝ドルはヒュペルボレイオス大陸の地下で、名前のわからないミリ・ニグリの首領と、チョー＝チョーの長であるエ＝ポオの両方に遭遇しました。少なくともカーターの設定では、両者は別物だったようです。

ノフ＝ケー、ヴーアミ

Gnoph-Keh, Voormi

ロマール大陸
ラーン＝テゴス
ヒュペルボレイオス大陸
ツァトーグァ

ノフ＝ケー

北方の獣人種族

　ノフ＝ケーは、2万6千年前の地球の北極圏に存在したロマール大陸の都市であるオラトエをたびたび襲撃した、腕の長い毛むくじゃらの食人種族だ。かつて、禁断の歴史に通暁している英国人蠟人形師が、鋭い角を頭部に生やし、合計6本の手足を備えた毛むくじゃらの姿をした怪物として、真に迫るノフ＝ケーの蠟人形を拵えた。同じく北方で崇拝されたというラーン＝テゴスとノフ＝ケーの関係性がしばしば取り沙汰されるのだが、これは件の蠟人形師がラーン＝テゴスの崇拝者であったことと関係があるのかもしれない。

　なお、大氷期が訪れる以前、ロマール大陸はヒュペルボレイオス大陸と呼ばれていて、最大の都であったコモリオムは、オラトエ付近の氷河に埋まっている。そのコモリオムから1日ほどの距離に聳えるエイグロフ山脈には、ヴーアミという種族が棲んでいる。この山脈の最高峰であるヴーアミタドレス山は、そこに巣食う種族によって、その名前で呼ばれるのだ。彼らの肌の色は暗褐色で、濃い体毛に覆われている。人語を解するが、非常に不潔で、ツァトーグァを崇拝するなどの原始的かつ恐ろしい儀式や慣習により、ヒュペルボレイオス人からは獣同然に見られている。荒々しい犬のような吠え声で会話し、カトブレパスや剣歯虎などの獣を狩るのだが、人間にとっては彼ら自身が狩りの対象だ。ただし、彼らにも同胞愛めいたものがあり、女子供を守る時のヴーアミ族は獰猛かつ危険になる。

　『エイボンの書』によれば、ヴーアミ族の太祖ヴーアムは、ツァトーグァを父に、シャタクなる下級神を母に生まれたという。ツァトーグァ神殿に保管されている、ノフ＝ケーの大祈禱師モーロックの巻物によれば、ヒュペルボレイオス大陸のムー・トゥーラン半島はかつて、宇宙の猥褻神ラーン＝テゴスの化身であるモーロックを崇拝する食人種族ノフ＝ケーの支配地だった。ツァトーグァは大気の精霊とラーン＝テゴスを激しく敵視しており、その下僕であるヴーアミ族は、ノフ＝ケーと戦って極地の巣穴に追放し、この地に棲むようになったということだ。その後、人間によって地下に追い込まれたヴーアミ族の歴史は、『ヴーアミ碑石板』に詳しく記録されている。『エイボンの書』によれば、アフーム＝ザー襲来に関数する『ナコト写本』前半部の記述の出典が、この石版だということだ。

ラーン＝テゴスの化身？

　ノフ＝ケーは、HPL「北極星」に最初に登場した時点では、ハイフン抜きのノフケーでした。彼らは、北極星が現在と同じだった２万６千年前に、極北のロマール大陸にあるオラトエという都市をしばしば襲撃した、腕の長い毛むくじゃらの食人種族です。「未知なるカダスを夢に求めて」によれば、ロマールはその後、ノフケーの襲来によって滅ぼされました。ノフ＝ケー表記に変わったのはHPLの代作「蝋人形館の恐怖」で、ロンドンの蝋人形館の一角にノフ＝ケーの蝋人形があって、頭部に鋭い角が生え、合計６本の手足を備えていて、時に２本足、４本足、６本足で歩行すると説明されました。なお、同作は地球の北方で崇拝されたという邪神ラーン＝テゴスの初出作品なのですが、このあたりの記述を誤読したか、レイニーは「小辞典」でノフ＝ケーをラーン＝テゴスの化身とし、AWDも「門口に潜むもの」（邦題は「暗黒の儀式」）において、同様のことを書いています。

ツァトーグァの眷属

　ヴーアミ族は、CASのヒュペルボレイオスものに登場する種族で、エイグロフ山脈のあたりで盗賊団を率いて暴れまわったクニュガティン・ザウムが、幾度死罪になっても、より凶悪になって蘇るという物語「アタマウスの遺言」が初出です。この男は無毛かつ黒と黄色の斑紋で覆われたヴーアミ族としても異形の存在で、ツァトーグァないしはこの神が宇宙から連れてきた不定形の黒い怪物が母方の先祖と噂されました。「七つの呪い」では、エイグロフ山脈の最高峰であるヴーアミタドレス山の洞窟がヴーアミ族のすみかで、地名の由来とされました。彼らの生活様式については、同作に描かれます。HPLは1929年12月3日付CAS宛書簡において、ヒュペルボレイオス大陸の首都コモリオムは、ロマールのオラトエ付近の氷河に埋没していると書きました。２つの大陸は、実は重なっていたのです。

　カーターは、『エイボンの書』の一部として執筆した一連の作品で、両種族を掘り下げました。「モーロックの巻物」によれば、太祖ヴーアムはツァトーグァと下級神シャタクの子です。ツァトーグァ神殿に保管されているノフ＝ケーの大祈祷師モーロックの巻物によれば、この大陸のムー・トゥーラン半島はかつて、猥褻神ラーン＝テゴスの化身であるモーロックを崇拝するノフ＝ケーの支配地で、彼らを敵視するツァトーグァの意向により、ヴーアミ族が極地の巣穴に追いやったのでした。「深淵への降下」には、ヴーアミ族が"外世界の漁師"と呼ぶシャンタク鳥についての記述があります。また、「炎の侍祭」によれば、人間に地下に追い込まれる前のヴーアミ族の記録である『ヴーアミ碑石板』が、アフーム＝ザー到来に関する『ナコト写本』前半部の記述の出典とされています。

第3章　071

蛇人間

Serpent People

『エイボンの書』
イグ
ヨス
ススハー

人類以前の霊長類

　蛇人間とはその名の通り、人間のような四肢を持ち、直立歩行する蛇に似た姿の爬虫人類のことだ。『エイボンの書』によれば、その起源は恐竜よりもはるかに古く、地球上にひとつの大陸しか存在しなかったペルム紀に遡る。彼らの誕生については諸説あり、蛇神イグが創り出したとも、金星から到来したとも言われているが、真実は定かではない。

　確かなのは、人類誕生以前に高度な科学文明を築き上げ、その後没落したことのみだ。蛇人間の衰退は、アフーム・ザーの到来で地球に氷期が訪れたことが引き金となったと言われている。生き残った蛇人間たちは、不死の指導者にしてイグの大神官でもあるススハーの導きで、現在の北米大陸の地底深くに存在する、赤く輝くヨスの世界に逃れて文明を再興したのだが、やがて多くの者が父なるイグへの信仰を捨ててツァトーグァを崇拝するようになったため、イグの怒りを買って知性を持たぬただの蛇に退行してしまった。ススハーに導かれたわずかなイグの崇拝者たちがヨスを逃れ、ヒュペルボレイオス大陸のヴーアミタドレス山の地下に移住する。彼らはそこから再び地上に進出して王国を築いたのだが、今度はツァトーグァに滅ぼされてしまう。ヒュペルボレイオス大陸に氷期が訪れると、蛇人間たちは温暖なレムリア大陸へ移住し、この地を支配しようと蠢動したも、人類との競争に敗れ去った。これが教訓となり、彼らは後に、人間のヴァルーシア王国を影から支配するのだが、アトランティス出身のカル王によってからくりを暴かれ、以後は衰退の一途を辿ることになる。

　現在では蛇人間たちはごくわずかな数しか生き残っておらず、先祖返りの個体が時折生まれはするものの、身体能力も知識も、全盛期とは比べるべくもない。しかし、その冷たい野心は健在で、人類社会に潜伏して密かに活動を続けているのだという。

初期の蛇人間たち

　蛇人間は HPL や REH、CAS がそれぞれ独自に著作に登場させた爬虫人類が、クトゥ

ルー神話の体系化に伴い緩やかに統合され、成立した種族です。複数の影響源が存在していて、まずは19世紀後期に神智学運動を主導した神秘主義者エレナ・ブラヴァツキーの著書『シークレット・ドクトリン』における、金星から到来して太古のインド洋と太平洋にまたがって存在したレムリア大陸に君臨したという竜人族。続いて、エドガー・ライス・バローズの『地底世界ペルシダー』シリーズに登場する、翼竜ランフォリンクスから進化した地底世界ペルシダーの支配種族マハール族があります。なお、HPLたちの先輩作家であるエイブラハム・メリットの『黄金郷の蛇母神』（1930年）にも、南米の奥地に存在する、名前からしてアトランティスの子孫であるらしいユ・アトランチ王国の住民である蜥蜴人間（リザード＝マン）が登場していますが、この作品よりも、クトゥルー神話的な蛇人間の核となったREH「影の王国」（1929年）が先立っています。

「影の王国」の蛇人間は、アトランティス大陸が水没する以前のヴァルーシア王国を、要人にすり替わって影から支配しました。発声器官の違いにより、蛇人間は「カー ナアマ カア ア ラジャラマ」という言葉を口にできないため、人間の新王であるカルはこれを利用して彼らの正体を暴き、王国を蛇人間の支配から解放したのでした。

REHはまた、3世紀のスコットランドを舞台とする、ピクト人の王ブラン・マク・モーンのシリーズに属する「大地の妖蛆」に、ブリテン島に住んだ最初の種族でありながら、追いやられて弱体化した爬虫人類である大地の妖蛆を登場させました。作中にはダゴンやルルイェ（さらに初期版のみクトゥルー）への言及もあります。

この種族は、「闇の種族」にも登場しています。

CASがヒュペルボレイオスものの小説を書き始めた背景には当初、「影の王国」への不満があったようです。ヒュペルボレイオス大陸のヴーアミタドレス山の地下に巣食う様々な異形の種族にまつわる、「七つの呪い」に登場する蛇人間は、冷徹なまでの論理的思考の持ち主で、科学を追求する集団でした。科学的に合成された食物を食べ、呪いを催眠術と称するその姿は、確かにREHの蛇人間とは一線を画しています。

HPLは「闇の跳梁者」で輝く偏方十四面体（シャイニング＝トラペゾヘドロン）の過去の所有者としてヴァルーシアの蛇人間に言及し、「時間の彼方の影」でもその存在に言及しましたが、その詳細については触れませんでした。なお、「時間の彼方の影」でHPLは紀元前1万5000年のキンメリアの族長クロム＝ヤの名を挙げていますが、この人物はREHの「蛮勇コナン」シリーズの世界で知られるクロム神を想定したようです。

リン・カーターによる整理

リン・カーターは幾つかの作品を通して、蛇人間の設定を以下のように整理しました。『エイボンの書』によれば、蛇人間はイグ、ハン、バイアティスなどの蛇にかかわりのある神々を崇拝し（「陳列室の恐怖」「最も忌まわしきもの」）、不死の指導者でありイグの大

祭司でもあるススハー Sss'haa のもと、アフーム＝ザーが到来するまで原初の大陸から世界を支配しました。なお、この原初の大陸というのは古生代のペルム紀の終わり頃（2億5千万年前）に存在した超大陸パンゲアのことを指すと考えられていて、蛇人間が出現したのもペルム紀とされています。（「深淵への降下」）。

その後、中生代三畳紀頃（2億年前）にパンゲアが分裂を始めると、蛇人間は HPL のゴーストライティング作品「墳丘」に言及される、地底の赤く輝くヨスに逃れ、そこで科学文明を再興しました。しかし、蛇人間たちは暗黒のンカイで見出したツァトーグァの力と知恵に衝撃を受け、父祖であるイグへの信仰を捨て、ツァトーグァ崇拝に夢中になってしまいます。この背信に対するイグの怒りはすさまじく、徐々に知的能力や四肢が退化していく呪いが蛇人間に降りかかりました。この呪いを逃れたのはススハーに導かれた一部の忠実な者たちだけで、大部分は文明も知能も失い、巨大な蛇へと退行してしまうのです。ススハーに率いられた蛇人間の生き残りたちは北極に近いヒュペルボレイオス大陸のヴーアミタドレス山地下に移住します（「イグの復讐 Vengeance of Yig」（未訳））。

彼らは再び地上に進出して王国を築き、沼沢地にスリシック・ハイという首都を築きました。しかし、ツァトーグァが首都を滅ぼしたため、この大陸を支配するという蛇人間の目論見は失敗に終わります（ジョン・R・フルツ「スリシック・ハイの災難」）。

ヒュペルボレイオス大陸に氷期が訪れると、蛇人間たちは温暖なレムリア大陸に移住しました。蛇人間たちは人間との抗争を繰り返しましたが、ソンガー（邦訳ではゾンガー）という名の英雄に竜王スススアーア Sssaaa が討たれ、レムリア大陸での勢力も衰えました（『ゾンガーと魔道士の王』）。ダニエル・ハームズの『エンサイクロペディア・クトゥルフ』では、スススアーアとススハーを同一としています。

「影の王国」の出来事は、この時代よりも後のこととされます。カーターはまた、ライアン・スプレイグ・ディ・キャンプと共作した REH の「蛮勇コナン」シリーズの長編『コナンと毒蛇の王冠』にヴァルーシア時代の遺跡と、強力な呪いで蛇人間の支配を助けたアーティファクト、毒蛇（コブラ）の王冠を登場させました。なお、この王冠を守護していた蟇蛙（ヒキガエル）めいた神像は、コミカライズの際にツァトーグァの像とされました。

蛇人間以外の爬虫人類

クトゥルー神話の世界には、蛇人間以外にも爬虫人類が存在します。

HPL は「無名都市」で、ルブアルハリ砂漠に埋もれる無名都市を築いたのが匍匐移動する爬虫人類であるとしました。この種族は明らかに蛇人間とは異なる種族で、その悪霊のような姿を今も無名都市とその周辺に現わします。AWD の『永劫の探求』では完全に死に絶えたわけではなく、地下深くの水のある部分に生きのびているものがいて、自然法則を超越して幽霊のような姿になっているとされています。

ブライアン・ラムレイの「大いなる帰還」には、HPL「サルナスに到る運命」に登場する蜥蜴神ボクルグを崇める爬虫人類が登場します。HPL設定では、幻夢境のムナール地方に位置するサルナスやイブですが、彼は同時に同じ名前の土地が覚醒の世界に存在するようなことも示唆していました。ラムレイはそうした記述に基づいてこれらの土地を中東に、イブの姉妹都市ル＝イブを英国の地下に配置しています。

　ボクルグを崇拝する爬虫人類は、「サルナス〜」に登場するイブの先住種族と同一で、成長の過程でまだ人間と見分けがつかない子供を地上に送り出します。人間として養育された子どもたちが、やがて成年に達すると水かきや鱗状の皮膚、尻尾を発現させ、人間とは似ても似つかぬ姿に変貌します。そのため、かなりの数の故郷に戻れない者がいて、自ら命を絶つ者や世捨て人になる者、正気を失って病院に収容される者から、果ては"深きもの"に混じってクトゥルーに仕える道を歩む者もいます。しかし、わずかながら故郷であるル＝イブへと戻り、同族に合流して暮らすことができる者もいるのです。

　このボクラグを崇拝する爬虫人類は後に、カーター「月光の中のもの Something in the Moonlight」（未訳）でスーンハー Thuu'nha と名付けられました。

人類史の影で

　創作上の存在であった蛇人間は、思わぬ副産物を生みだしました。レプティリアン、あるいはレプティリアン・ヒューマノイドと呼ばれる宇宙からやってきた人型爬虫類が人類社会に潜伏しているという陰謀論が 1980 年代頃から世界中に拡散したのです。

　米国最初の SF 専門雑誌である〈アメージング・ストーリーズ〉において、1940 年代に連載された地底人種族デロを巡る陰謀論"シェイヴァー・ミステリー"の延長上にあるものですが、直接のきっかけは 1983 年から 84 年にかけてアメリカで放送された TV ドラマ『Ｖ（ビジター）』のヒットのようです。同作は地球上の豊富な水資源と食料用途での人類捕獲を目的とした人型爬虫類の地球侵略と、それに対抗する人々の抵抗を描き、日本でも放送され人気を博しました。レプティリアン陰謀論者の代表格であるデヴィッド・アイク（元 BBC スポーツキャスター）は、英国の王室や少なからぬアメリカ大統領たちの正体が、りゅう座にあるアルファ星系からやってきたレプティリアンで、各国の紛争やテロは彼らが引き起こしているのだと主張しています。こうした陰謀論者たちは、伝説上の半人半蛇の存在は太古の地球をレプティリアンが訪れていた証拠だと解釈し、陰謀結社の代名詞であるイルミナティもまたレプティリアンの組織だと考えています。ちなみにアイクの主張によれば、レプティリアンの隠蔽工作の一環で制作されたのが『Ｖ』だということになっています。『クトゥルフ神話 TRPG』では、現代の蛇人間は幻術で人間の中に紛れ込み、蛇人間による地球支配を企み人類を追い落とす陰謀をめぐらせていると設定されることがありますが、これは前述の陰謀論の影響もありそうです。

ティンダロス の猟犬

『ネクロノミコン』

Hounds of Tindalos

ノス＝イディク

クトゥン

アザトース

角度を通って現れるもの

　多くの神話生物と同じく、ティンダロスの猟犬にも本質的に人間の理解を拒む部分がある。辛うじて理解できるのは、人間とその既知世界が時間の清浄な曲面に沿って生きているのに対し、ティンダロスの猟犬は時間の不浄な角度に沿って生きているという理屈だけだ。人間の目に映る猟犬の姿は、悪臭を放つ青い膿汁を絶えずしたたらせた、長い舌を持つ四足獣だ。体毛のない大きなグレイハウンドに似ていなくもないが、その肉体は通常の生命活動に必要な酵素を全く欠いていて、地球上の生物とは根本的に異なっている。

　この怪物の本拠地については、想像も及ばないほどの過去の時間の角、外宇宙の彼方、時間を漂う都市の螺旋の塔といったものから、全ての空間に同時に存在するなど様々に言われている。『ネクロノミコン』によれば、ティンダロスの猟犬はノス＝イディクとクトゥンという存在から生まれ、ムイスラという王を戴くというが、異説も多々存在する。

　人間が不遜にも自分の属する時間の流れを超えようとするとき、猟犬の鋭い嗅覚は闖入者の匂いをただちに捉え、時空の角度を伝ってどこまでも追跡してくる。『エイボンの書』の記述を信じるならば、猟犬の追跡は夢の中にまで及ぶことがあるという。

人狼のしもべ

　ティンダロスの猟犬は、FBLが生み出したクリーチャーで、3つの作品に登場します。

　初出は「ティンダロスの猟犬」（1929年）で、時間が生まれる以前に行なわれたある行為によって、清浄と不浄のうち不浄を体現する存在になった生物です。人間とその世界は清浄を起源とし、湾曲を通って顕現しますが、ティンダロスの猟犬は不浄を起源としているため、角度を通じて顕現します。故に、ティンダロスの猟犬がこの世界に顕現するときには角を起点にするという性質があります。外見については、痩せて飢えきった体と表現され、目撃者によれば舌があるようです。遼薬という薬物を服用するなどして、時間を遡ろうとするとする人間は、あらゆる角度を通り抜ける猟犬に、どこまでも追いかけ

られる恐れがあります。丸みのある空間に閉じこもってやり過ごせるかも知れませんが、永続的な対策にはならないでしょう。猟犬には**シュブ＝ニグラス**の眷属である森の魔物サテュロスや、ドールと呼ばれる存在が力を貸すと言われます。なお、犠牲者の遺体に付着していた青みがかった物質は、生命活動に必要な酵素を全く欠いているということです。

　HPL は「暗闇で囁くもの」でティンダロスの猟犬に言及し、「蠟人形館の恐怖」において「**ノス＝イディクの落とし子、クトゥンの瘴気！　アザトースの大渦巻**の中で遠吠えする犬の子め！」という具合に、アザトースとの関係を示唆しました。

　ロングはその後、2 つの作品に猟犬を登場させました。REH「妖蛆の谷」に登場するジェイムズ・アリスンの転生体の 1 人、ハイボリア時代におけるヴァナヘイム（北欧）出身のゴールにまつわる未完成小説を、1970 年代に 17 人の作家が書き足して完成させた『血族殺しのゴール Ghor, Kin Slayer』において、彼が担当した第 12 章「人狼化の賜物 The Gift of Lycanthropy」（未訳）では、人狼化した人間が猟犬を使役できるとされます。また、1984 年の「永遠への戸口 Gateway to Forever」（未訳）では、「おぼろげながら狼めいており、牙を鳴らす顎と燃え上がる眼を備えていたが、彼らが前進してくるにつれて姿が変化した」と描写され、猟犬というのがただの比喩でないと示されました。

後続作家たちによる設定

　ユニークなティンダロスの猟犬は後続の作家達を魅了し、新たな設定が付加されました。

- ・ブライアン・ラムレイ『タイタス・クロウの帰還』：ティンダロスの猟犬が、翼をはためかせる蝙蝠のような外見で描かれる。また、黒い螺旋塔のそびえる宮殿、ティンダロスの邑が時間界を遊弋している。
- ・カーター版『ネクロノミコン』：HPL の記述を踏まえてティンダロスの猟犬たちが魔王アザトースの配下・従者としたほか、ノス＝イディクとクトゥンを父母と設定した。
- ・ローレンス・J・コーンフォード「万能溶解液」：『エイボンの書』の一部。ヒュペルボレイオスの魔術師 "黒の" ヴェルハディスが、金属の球体を用いてティンダロスの猟犬ルルハリルをジレルスの石の中に封じ、使い魔のように使役した。
- ・E・P・バーグルンド「夜の翼 Wings in the Night」：マイノグーラとシュブ＝ニグラスが交わって産み落とされた。

　この他、エリザベス・ベア『非弾性衝突』には人間社会で暮らす猟犬姉妹が登場します。

バイアキー

Byakhee

- ハスター
- 黄金の蜂蜜酒
- ケレーノ
- 無名都市

蝙蝠の如き従者

　ハスターに従う奉仕種族として知られるバイアキーは、蝙蝠のような翼を生やし、蜂と蜥蜴を混ぜたような姿をした、星間宇宙に棲まうクリーチャーだ。神秘学と宗教学の泰斗、ラバン・シュリュズベリイ博士が著した『ケレーノ断章』によれば、地平線上におうし座のアルデバランがのぼっている時、特殊な石笛を吹いた後、ハスターを讃える呪文を高らかに唱えることで、バイアキーを召喚できる。クトゥルーの半兄弟でありながら、根強い対立関係にあるハスターは、クトゥルーに逆らう者に限った話なのだろうが、人間に助力の手を差し伸べることがある。そのため、バイアキーはクトゥルーの眷属ないしはその崇拝者たちに追い詰められた際の緊急避難のために召喚されることが多い。ただし、力強い手足で召喚者を抱えあげたバイアキーは、脆弱な人間の肉体について一切考慮することなく、一気に空高く飛んでいってしまうので、魔術的な力で人間の精神と肉体をあらゆる衝撃から物理的に保護する、"黄金の蜂蜜酒"を事前に飲んでおく必要がある。

　召喚者が望むなら、バイアキーはその者の精神を肉体から離脱させて、ハスターの勢力圏にあるとある惑星へと連れて行ってくれる。そこは、おうし座の散開星団プレアデスの恒星のひとつケレーノ近傍の惑星で、邪神たちが"旧き神々"から盗み出した知識が収められた、巨大な石造りの図書館がある。人間がこの星を訪れている間、地球に残された肉体はアラビアの砂漠にある無名都市と呼ばれる地下遺構の奥深くに保存されているのだ。

　なお、マサチューセッツ州の港町キングスポートにおいて、冬至の日に開催される秘密の儀式では、バイアキーによく似た生物が目撃されることがある。

星間宇宙を飛行する生物

　バイアキーは、AWDの連作「永劫の探求」に登場する飛行生物です。星間宇宙を棲息圏とするバイアキーは、風の神ハスターの下僕です。ほうほうと音を出す奇妙な形の石笛を吹き、しかる後にハスターを讃える呪文を高らかに詠唱します。

「いあ いあ はすたあ！　はすたあ くふあやく ぶるぐとむ
　ぶぐとらぐるん ぶるぐとむ！！！！ あい あい はすたあ！」

　すると、風を切る音と共にバイアキーが飛来し、召喚者の望む場所へ連れて行ってくれるのです。ハスターもバイアキーも時間や空間を超越しているので、召喚者がどんな場所にいようと、召喚の呪文は瞬く間に彼らの耳に届くということです。同作にはまた、召喚の前に"旧き神々"の黄金の蜂蜜酒を飲むシーンが繰り返し出てきますが、これは必須ではないようです。黄金の蜂蜜酒は、金をそのまま溶かし込んだような、舌を刺激する液体です。ラバン・シュリュズベリイ博士によれば、人間が作ったものではなく、邪神が潜む禁断の星で造られたものです。これを飲むと「時空の束縛から解き放たれ、精神を体外から離脱させる」「感覚を鋭敏にし、覚醒と夢の境にとどまらせる」の効果が得られます。

　蜂蜜酒が必要なのは宇宙空間や時空の彼方の旅に出る場合なのでしょう。召喚者がそうした旅を望んだ場合、バイアキーは現在、ハスターの領土となっているルブアルハリ砂漠の無名都市に騎乗者を運び、肉体をそこに安置してから、精神のみを運んでいくのです。

バイアキーの外見

「永劫の探求」の作中では、バイアキーの外見描写が断片的に散らばっています。

・人間2人を同時に乗せて高速飛行できるほどに大きい。
・半人半獣のフォルムで、肌の手触りは人間のような感触。
・蝙蝠に似た膜状の翼には、柔らかい毛が生えている。

　なお、AWD「闇に棲みつくもの」では、名称は言及されていませんが、ハスターの従者が「蝙蝠に似ている」と書かれます。これはバイアキーのことでしょう。

　一般に知られる、蜂と蝙蝠の混ざったような姿は『クトゥルフ神話TRPG』で定着したものです。また、『クトゥルフ神話TRPG』のルールブック上のバイアキーの解説は、ラヴクラフトの「祝祭」で言及される、冬至の儀式の参加者を運んでくれる従順な飛行生物の描写を取り込んでいます。カラス、モグラ、ノスリ、アリ、吸血蝙蝠、そして腐乱した人間のいずれにも似ていない生物で、膜状の翼と水かきのある足を持っています。

　なお、『クトゥルフ神話TRPG』のゲームデザイナーであるサンディ・ピーターセンは、ガイドブック『クトゥルフ・モンスター・ガイド──ウォッチングのための超自然生物ハンドブック』において、バイアキーは羽ばたきだけでなく、蜂の腹部を思わせる形状の下半身の先端にあるフーンという器官を用いることで、真空中であれば星と星の間を光の400倍という殆ど瞬間移動に近い速度で移動することができると設定しました。

"見えざる使い魔"、
"星の送りし従者"

ルートヴィヒ・プリン
『妖蛆の秘密』
"星の精"
吸血鬼

invisible companions,
star-sent servants

老錬金術師の召使い

　16世紀の前半、当時はスペイン領ネーデルラントの都市であったブリュッセルの近く、埋葬所の廃墟に隠遁していた老錬金術師ルートヴィヒ・プリンは、人間の目には見えない謎めいた従者たちを常に控えさせていたという。その秘密が解き明かされたのは、異端審問所に引き出されたプリンが獄中で書き上げた神話典籍、『妖蛆の秘密』が刊行された1542年——プリンの処刑から1年後のことだった。この書物には、"見えざる使い魔" "星の送りし従者"とプリンが呼んだ魔物を召喚し、使役する手立てがつぶさに書かれていたのである。呼称の示す通り、この魔物は星間宇宙に棲む地球外生物だ。肉体は無色透明で、ひっきりなしにあげる気味の悪いクスクス笑いや、強狂的でヒステリックな笑いからその位置や様子を窺い知ることしかできない。だが、この魔物を召喚した人間は、否応なくその真の姿を知ることになる。なぜなら、"見えざる使い魔"の好物は動物の生き血で、吸血を始めるとやがて血液がその透明の体にいきわたり、深紅の巨大なゼリーが滲み出でるように、姿がはっきり見えるようになるからだ。魔物の体は成人男性より一回り大きく、胴体からは先端に鋭い歯のついた触手状の口や消化器官が無数に露出していて、鉤爪でがっちりと犠牲者を捕らえ、全身を密着させて血液を残らず吸い取るのだ。

　正しい準備と儀式手順を踏めば、この魔物を便利な使い魔、あるいは護衛として使役することが可能である。だが、リスクに見合うだけの利益が得られるかはわからない。

"星の精"
スター・ヴァンパイア

　この魔物は、ブロック「星から訪れたもの」に登場します。マイナーなクリーチャーですが、『クトゥルフ神話TRPG』に "星の精" として採用されたことで、広く知られるようになりました。通常時は透明で、クスクス笑いを周囲に響かせるのみですが、血液を吸うと赤く染まって見えるようになります。その姿は、吸盤のある無数の触手を巨大な胴体から生やした、脈打つゼリー状の塊で、鋭い鉤爪つきの手を備えています。

シャッガイの昆虫族

ゴーツウッド
シャッガイ
アザトース
ルログ

The Insects from Shaggai

宇宙の涯より来たる妖虫

　この昆虫もどきの種族は、宇宙の外縁部にある二重太陽の周囲を巡る惑星シャッガイの出身だ。頭部からは節のある巻きひげ状の器官が伸びていて、宇宙的な曲率で渦を巻いている。10本ある肢は黒光りする触毛に覆われて、青白い下半身に折り畳まれている。翅は半円形で、三角形の鱗に覆われており、表面が波立っている。なお、前翅は鞘翅（さやばね）となっている。これは甲虫などが有する硬化した翅で、後翅を覆うよう鞘状に形成されている。"昆虫"というのは喩えに過ぎず、物質的な存在ではないので、人間の体内に潜伏することができる。また、光合成で生きていて、食事は必要としない。

　シャッガイには他の種族も棲息していたが、昆虫族は古（いにしえ）の種族が遺した武器を用いて支配的な立場を確立した。彼らはアザトースを崇拝し、ピラミッド状の神殿を数多く建立した。その支配は母星のみにとどまらず、ザイクロトルなどの惑星に植民地を築いた。性質はサディスティックで、隷属させた他星の種族を使役するのみならず、苦痛を与えて楽しんだ。しかしある時、シャッガイに怪天体が飛来し、強固に防護された神殿にいた一部の者を除き、都市も住民も蒸発してしまった。その後、植民惑星などに点在していた生き残りはひとつの集団に合流し、ザイクロトルやサゴンなどの星々を経由して、太陽系の天王星にたどりついた。数年後、ルログという神を崇拝する現地種族と諍いが起きると、彼らは地球に向かい、英国グロスターシャーのゴーツウッドの森に、神殿でもある宇宙船を埋めた。そこで彼らは同地の魔女宗と接触し、地球侵略の橋頭堡を築いたのである。

シャッガイの昆虫族の関連作品

　昆虫族は、キャンベル「昆虫族、シャッガイより来たる」に登場します。彼らの宇宙船は円錐塔に見える先端を残し地中に埋まっていて、キャンベル「ムーン＝レンズ」によれば、離れた場所からも森の中に見えるようです。なお、シャッガイを滅ぼした怪天体は、「筈（あなぐら）よりの狂気」に言及される惑星トンドの"ハックスーの球神"かもしれません。

　なお、シャンという呼称が知られますが、これは『クトゥルフ神話TRPG』の設定です。

スグルーオ人
the denizens of S'glhuo

セヴァンフォード
ブリチェスター
『ネクロノミコン』
『グラーキの黙示録』

スグルーオの淵の異次元人

『ネクロノミコン』によれば、ヨグ＝ソトースの護る門の向こう側にある他の宇宙に、スグルーオの淵と呼ばれる異次元の領域がある。そこでは三次元での音が物質に、三次元での物質が臭気に相当し、人ならぬ住民が暮らしている。ところどころで三次元世界と重なっていて、そうした場所のひとつがセヴァンフォードとブリチェスターの間の田園地帯に存在している。彼らの世界は音なので、三次元世界では原因不明の音として認識される。

彼らは精神を介して意思疎通ができる。相手が三次元世界の者であっても、夢を通じてメッセージや映像を伝えることができるが、それには"マオの儀式"を使用しなければならない。ただ、この儀式を頻繁に行うのは危険らしく、三次元世界と通信する際は、ある種の変換装置を使ったほうが安全なようだ。変換装置に映される彼らの姿は、ほっそりして背が高く、皮膚は波紋のような小さな青い鱗で覆われ、骨のない指はぐにゃぐにゃで、真っ白な両眼の巨大な瞳には瞳孔がない。彼らの都市は凍てついた山々の上に築かれていて、斜めに傾いた道路や、ねじれた柱に支えられた円錐形の建物が確認されている。

スグルーオ人は『ネクロノミコン』や『グラーキの黙示録』についても知悉している。真の目的は不明だが、三次元世界の人間を手にかけることもあり、犠牲者は緑色に輝くガラスの粉のように成り果ててしまう。だが、対抗手段がないわけではない。三次元の音が彼らの世界では物質になるので、音で攻撃できるのだ。事実、十数本の弦を張った共鳴板と、演奏用の爪で覆われたシリンダーを備える装置で、彼らを撃退した事例がある。

スグルーオ人の関連作品

スグルーオ人は、主な作品としてはキャンベル「奏音領域」に登場する異次元人です。作中には"マオの儀式"という謎めいた単語が出てきますが、これは英国の怪奇幻想作家アーサー・マッケン「白魔」に言及される"マオ遊び"から借用したもので、キャンベルがマッケン作品からも影響を受けていたことが窺えます。

"原初のもの"

First Ones

ティームドラ大陸
城塞
"旧き神々"
クラレク＝ヤム

最初の知的種族？

　"原初のもの"は、非常に古い時代から存続し、時間や空間を超えて移動する術を含む、きわめて高度な科学と魔術（地球上の魔術とは異なるもの）を発達させた、優れた知的種族である。ある時期において、彼らは自分たちこそ最初の知的種族だと考えて、"原初のもの"を自称した。その後、自分たちよりもさらに古い知的種族を見出した後も、彼らはその呼称を保持した。既にその名前で広く知られていたし、多少の虚栄心もあったようだ。

　彼らは様々な場所、様々な時代の知的生命を研究し続け、地球には現生人類が出現しつつある時期に到達して、ティームドラ大陸の"大円環山脈"に最初の城塞を築いた。彼らは地球上にいくつかの城塞を築いたのみならず、幻夢境にも"大荒涼山脈"を含む3箇所に城塞を築いた。やがて、"原初のもの"はより古い時代のこの星に巨大な都市をいくつも建設したクトゥルー神話の神々の存在を知り、さらにはその研究を通して自分たちを遥かに凌ぐ"旧き神々"の存在と、彼らによって自分たちが特定の場所や時間、平行世界への接触を制限されていることを知るに到る。

　神園エリュシアに到達できぬことを悟った彼らは、太古に囚われた魔神どもと"旧き神々"の探求をやめ、次なる研究目的を求めて別世界に立ち去ることにした。しかし、評議会の決定を無視して太古の神話大系の研究を続けていたクラレク＝ヤムという"原初のもの"が、ついには狂い果ててクトゥルーの手先になり、"大荒涼山脈"の城塞から3本の杖の形をした重要な装置を盗み出したため、少なくとも覚醒の世界における1979年までの間、この要塞のみが移動できず、幻夢境にとどまっていたのである。

発狂した"原初のもの"

　"原初のもの"は、ブライアン・ラムレイの幻夢境三部作の第1巻『幻夢の英雄』に登場する、高度な知的種族です。基本的には温和かつ理性的で、"旧き神々"に及ぶほどではないとはいえ、時間と空間を操る術を心得ていて、地球上のものとは異なる科学と魔術

を発達させました。素の外見は、皮膚を波打たせ、腕代わりの触手を備えた、灰色の直立した蛞蝓の姿をしていますが、衣服をまとって人間の姿を装ったり、おそらくは精神体である、輝く光の粒子で織り上げられた緑色の光だけを体外に送り出すことができます。

　地球上の知的生命を調査していた"原初のもの"の大半は、既にこの星から立ち去っていて、幻夢境の"大荒涼山脈"に築かれた立方体の城塞に属する10人のみが残留していました。9人はこの城塞の奥で機械装置による眠りについていましたが、1人はティーリスという都市の魔法使いに代々、囚われの身になっていました。この個体はクラレク＝ヤムという名前で、クトゥルー神話の神々の研究にのめりこむあまり、発狂してクトゥルーの手先に成り果ててしまったのです。彼は、幻夢境最初の魔法使いの7番目の息子のさらに7番目の息子（7番目の息子の7番目の息子が魔術師や吸血鬼などになるという、ヨーロッパの民間伝承が存在します）であることから"七中の七"の異名で呼ばれた優秀な魔法使いスーマスに助力を求めに行きましたが、逆に捕らえられて遠見の石と呼ばれるガラスの球体の中に投獄されました。その後、クラレク＝ヤムはスーマスの子孫に監視されながら長きにわたり封印され続け、最終的に覚醒の世界の1979年に命を落としています。

　クラレク＝ヤムのような邪な者もいましたが、"原初のもの"は基本的には善良で理知的な存在であり、人間の目から見ると悍ましい姿に見えるかもしれませんが、霊妙でありながらも凛とした、甘く優しい声で話します。人間に頼み事をした場合、報酬としてその科学と魔術で実現可能な望みを叶えてくれることがあります。その報酬には、概念的なものも含まれるようで、クラレク＝ヤムから3本の杖を取り戻した覚醒の世界からの夢見人である青年は、かねて望んでいた夢の名前を授かっています。

"原初のもの"の城塞

　"原初のもの"の城塞は石造の巨大な立方体で、遠目には途方もなく大きい、のっぺりした巨大な一枚岩と見えます。幻夢境の"大荒涼山脈"に存在していた城塞の場合、正式な入り口かどうかはわかりませんが、岩肌の中途に深い亀裂が入っていて、そこから中に入ることができます。城塞の中は迷宮のような構造になっていて、縦横に伸びる通路の真ん中に急に穴が空いていたり、ロープを渡して超えることはもちろん、這って移動することすら困難な重力場が働いている孔があったりします。この城塞は"原初のもの"の宇宙船そのものであり、

　中心部には、"原初のもの"の異様な文字が刻みつけられている巨大な金属の扉があり、中にいる"原初のもの"ないしは各城塞に存在する"管理者"が開いてくれない限りは、銀色の金属で出来ている壁に囲まれた、未来的な中枢部には辿り着けません。なお、この城塞は彼らの時空船そのものでもあります。

ナラトース

Narrathoth

『ネクロノミコン』
ヨグ＝ソトース
アーカム
ミスカトニック大学

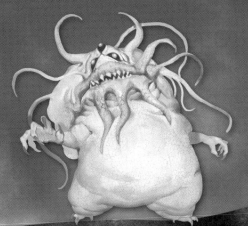

"旧支配者の下僕"

　ナラトースはヨグ＝ソトースに仕えている神性である。その肉体は真っ白で、全身がざらざらした鱗に覆われ、膨れ上がった頭部では3つに割れた単眼が憎しみに燃え盛っているという。『ネクロノミコン』によれば、ナラトースは他の神々よりも浅い眠りについているので、未熟な魔術師であっても容易に夢から呼び醒ますことができると記されていて、638ページ（版は不明だがおそらくラテン語版）に召喚方法が記載されている。その手順は、まずはチョークで円を描き、牡猫の血と女性ものの肌着を用意して「ふんぐるい むぐるうなふ くとぅるう るるいぇ うがふなぐる ふたぐん。いあ、しゅぶ＝にぐらす。ならとーす、ならとーす、ならとーす」という呪文を読み上げるというものだ。儀式が成功すると、ナラトースが円の内に召喚され、その後のナラトースの質問に適切に答える事で、召喚者はナラトースから望んだ品や娯楽や旧支配者に関する知識を得られるのだという。ただし、しかしナラトースの忠誠心は、召喚者ではなく上位の神々、とりわけヨグ＝ソトースに向けられているので、言葉巧みに召喚者を説き伏せて、ヨグ＝ソトースの召喚を行わせようと仕掛けてくるのである。

その本性を隠して

　ナラトースは、ロバート・シルヴァーバーグの短編「クトゥルーの眷属」が初出です。ミスカトニック大学にて図書館のアルバイトをしていた主人公のマーティはある人物の依頼で『ネクロノミコン』を盗み出し、この本から召喚方法を知りました。目先の欲望に目が眩んだマーティはナラトースを召喚し、この神の力と知識に魅了されてしまいますが、送り返す際に間違った呪文を唱えた結果、破滅するという最期を遂げました。ナラトースは株式会社クラウドゲートによる『海底カーニバル』の「事件2　沈黙の海より」にも登場しますが、ここでは同情を誘う態度を見せつつも、ヨグ＝ソトースの召喚文を周囲の者に読ませようと目論むなど、初登場作とはまた違ったやり方で人間を騙そうとします。

“精神を砕くもの”
マインド・フレイヤー

Mind Flayer

脳髄を喰らう種族

　“精神を砕くもの”は、主にゲーム媒体の作品に登場するモンスターです。日本でよく知られているのは『ファイナルファンタジー』（以後、FF）シリーズに1作目から登場する派生モンスターのマインドフレアでしょう。イカを思わせる形状の頭部から触手を何本もたらし、首から下は人型で魔法使いのローブを纏うデーモンです。『FF11』ではソウルフレアの名前で登場、モンスターを喰らい続けた結果、ついに自らモンスターとなった青魔道士のなれの果てとされました。『FF12』からはマインドフレアに戻り、同じく1作目から登場していたピスコディーモン（マインドフレアの上位種族とされることも）と共に今なお健在です。マインドフレア、ソウルフレアは実のところ『FF』オリジナルのモンスターではありません。1974年にTSRから発売された元祖ファンタジーRPG『ダンジョンズ＆ドラゴンズ』（以下『D&D』）に登場する“精神を砕くもの”がその原型です。

　初出はTSR公式ニューズレター〈ストラテジック・レビュー〉#1（1975年春）で、タコを思わせる頭部に備わった4本の触手で攻撃し、犠牲者の頭蓋に穴をあけて脳を引きだして喰らう恐ろしい怪物です。“精神を砕くもの”は肉体的にも頑健であるばかりか人間以上の知性と精神を備え、強力な精神波で離れた敵の精神にダメージを与えます。強力な超能力（『D&D』ではサイオニックと呼ばれ、従来の魔法とは別の体系とされる）の使い手でもあり、テレパシーによる精神支配などで相手を苦しめる難敵です。『地球深部への降下 Descent into the Depths of the Earth』（未訳、1978年）というサプリメントでイリシッドという種族名が設定され、〈ドラゴン DRAGON〉#78（1983年10月号）において、ロジャー・E・ムーアの「マインドフレイヤーの生態 The Ecology of the Mind Flayer」という記事が掲載されて、その生態や行動原理などが詳しく解説されています。その後、『D&D』の拡張版である『アドバンスト・ダンジョンズ＆ドラゴンズ』（以下『AD&D』）の第2版用のシナリオ『火あらし峰の門 The Gates of Firestorm Peak』（1996年）に、宇宙の外側にある狂気と恐怖に満ちた謎の世界“彼方の領域 Far Realm”が導入されたのですが、以降はこの設定を考案したブルース・コーデルを中心

に、クトゥルー神話的な設定が拡張されていきます。『D&D』の本線でも、第3版（2000年）向けの『次元界の書 Manual Of the Planes』に“彼方の領域”が導入され、“精神を砕くもの”との関わりも含めてクトゥルー神話的なクリーチャーが関連付けられました。また、地下世界アンダーダークにも、神話的な雰囲気が付与されます。以後、様々なサプリメントを通して“精神を砕くもの”の設定は拡張され続けているのです。

禁止されたモンスター？

　タコのような頭部から、クトゥルー神話の邪神、クトゥルーを連想する人もいることでしょう。実際、“精神を砕くもの”はクトゥルー神話の影響下に生まれたモンスターです。『D&D』のゲームデザイナーであるゲイリー・ガイギャックスによれば、1974年に発売されたブライアン・ラムレイの「タイタス・クロウ・サーガ」シリーズ第1巻、『地を穿つ魔』の DAW 社ペーパーバックのカバーイラストがマインド・フレイヤーのモチーフになったそうです。そのイラストは地面から飛び出している数本の触手を描いたもので、この作品には地底を掘り進み、強力なテレパシーで人類を操るクトーニアンが登場します。クトーニアンは長老ともいうべきシャッド＝メルに率いられ、クトゥルー復活のために暗躍しています。イラストに描かれた触手の要素以外にも、地底に住み、テレパシーを使うというあたりが、“精神を砕くもの”の発想源になったようです。

　『FF11』において一時的にソウルフレアに改名されたように、マインド・フレイヤーは扱いの難しい怪物です。『D&D』の版元はオリジナルモンスターの扱いに厳しく、第3版発売時に基本的なルールとデータが無償開放された際にも、マインド・フレイヤーを含むモンスターの一部は解放されず、版元以外での使用を禁じられていました。コミック『BASTARD!!－暗黒の破壊神－』に登場したものの、単行本版で「鈴木土下座ヱ門」に変更されたビホルダーもそうです。しかし、『D&D』以外での利用を禁じられているにも関わらず、人間の脳（あるいは精神と魂）を喰らうマインド・フレイヤーは非常に魅力的なクリーチャーなので、名前や姿を変えつつ様々なゲームに登場しています。

　グループ SNE の TRPG『ガープス妖魔夜行』に登場する、人間の競争意識から生まれた妖怪“脳みそ喰らい”は、パルプ SF の侵略宇宙人をモチーフとしつつ、マインド・フレイヤーの設定を盛り込んだクリーチャーです。冒険企画局『迷宮キングダム』に登場する“脳漿喰らい”の名前には“Mind Flayer”と添えられます。他にも『異界戦記カオスフレア』にはタコのような触手を備えた黄泉還りの怪物“脳喰らい”が、『ビーストバインド・トリニティ』には情報を求めて人の脳髄を啜る“脳漿喰らい”が登場するなど、日本国内では事実上、定番モンスター扱いと言って良いでしょう。

猫
Cat

"上の猫"

上古の記憶を伝える種族

　猫というのは、この地球上で最も謎めいた生き物であり、人の目には見えぬ奇異なるものどもに近しい存在だ。彼らがいつ頃地球上に出現したかについては、古生物学におけるもっともらしい話とは別に、ムー大陸やヒュペルボレイオス大陸が海から隆起したばかりの頃、宇宙の暗黒の深淵から飛び出してきた生物ではないかと囁かれている。

　猫たちは外宇宙の気配に敏感であり、邪なる神々の影響力が強い土地を避け、そのような存在が自身のテリトリーに侵入すると、激しく反発する。ただし、彼らには彼らなりの基準があるようで、古代ガリアのアヴェロワーニュでは、不死と噂され、新月の晩に決まって行方を晦ます猫たちが、同地ではサドクアと呼ばれるツァトーグァの神殿を守護し、ナイアルラトホテプなどに仕える妖術師や魔女が、しばしば猫を使い魔として従えている。

　なお、地球の幻夢境では、覚醒の世界に比べて猫はのびやかに暮らしており、ズーグや月獣といった怪物的な種族と敵対し、時に戦争に到ることもある。ウルタールには過去の凄惨な出来事から猫の殺害を禁じる法律がある。また、セレファイスには灰色の美しい毛並みと威厳に包まれた、"上の猫"とも呼ばれる長老猫が棲んでいて、覚醒の世界からやってきた夢見人に助言をもたらしてくれるのである。

スフィンクスよりも年経りた生き物

　HPLは猫を貴族、冷静さ、矜持の象徴と見なし、1926年には猫があらゆる面で犬より優れていると主張するエッセイ「猫と犬」を著しました。彼は子供の頃にニッグ（ニガーマン）という黒い子猫を飼っていましたが、8歳の頃に行方不明になってしまい、以来、自分で猫を飼うのはやめてしまいました。代わりに、街中の猫を可愛がり、餌やおもちゃで歓待しました。いくつかの書簡によれば、HPLはプロヴィデンスの猫がある種の組織を構成していると想像し、「CAT」のギリシャ語読みで、「毛並みの良い猫の一団」を意味するギリシャ語の頭文字でもある、世界カッパ・アルファ・タウ協会プロヴィデンス支部と

いう組織をこしらえました。「ウルタールの猫」によれば、猫はスフィンクスの縁戚で、猫はスフィンクスの言葉を解するが、スフィンクスよりも齢を重ね、彼女が忘れたことを覚えている不思議な生き物とされています。また、地球最初の猫は、宇宙の暗黒の深淵から飛び出してきた生物だとも書簡に書いています。猫にまつわる HPL 作品は、以下の通り。

- 「ウルタールの猫」：幻夢境のウルタールを訪れた、南の土地からの隊商の少年が可愛がっていた黒い子猫を殺害した老夫婦が、少年の呪いによって残酷な最後を迎える。この事件を受け、ウルタールでは猫の殺害を禁ずる法律が制定されることになる。
- 「未知なるカダスを夢に求めて」：ウルタールには猫の神殿が建ち、人語を解する猫たちが棲んでいて、猫の友である人間を脅かすズーグや月獣と勇敢に戦った。外宇宙の気配に敏感で、インガノクには一匹も棲んでおらず、月獣と結託する土星の異形の猫たちを嫌っている。なお、セレファイスの長老猫は、ロジャー・ゼラズニイ『虚ろなる十月の夜で』にも "上の猫" として登場し、重要な役割を果たしている。
- 「壁のなかの鼠」：かつて邪神崇拝が行われたウェールズのエクサム修道院跡の地下室で、ニガーマンという飼い猫が壁の中の何かの気配を警戒して暴れる描写がある。
- 「チャールズ・デクスター・ウォード事件」：ウォード家の老猫ニッグは、登場人物が奇妙な儀式を行うたびに毛を逆立て、ついには命を落としてしまう。
- 1934 年 2 月 11 日付 CAS 宛書簡：サドクア（ツァトーグァ）の神殿を守護するアヴェロワーニュの不死の猫たちへの言及。

人喰いの神ブバスティス

　ブバスティスあるいはバーストは、エジプトの猫頭の女神です。本来、ブバスティスはバーストが崇拝された都市の名で、古代ギリシャの歴史家ヘロドトスが『歴史』で女神の名前としたことから、こちらの名前が広まりました。HPL は、猫の叡智を讃える文脈でブバスティスの名前を挙げましたが、ブロックは自作で血生臭い人喰いの邪神としました。『妖蛆の秘密』によれば、生贄の儀式の廉で弾圧されたブバスティスの神官が、フェニキア製のガレー船で英国のコーンウォール地方に逃亡しました（「ブバスティスの子ら」）。エジプト史から抹殺されたネフレン＝カの時代には、ナイアルラトホテプや鰐神セベクと共にブバスティスが崇拝されました（「暗黒のファラオの神殿」）。ブロック作品でナイアルラトホテプが猫科の野獣を従えるのも示唆的です（「尖塔の影」）。

　欧米の伝統では、黒猫は悪魔と見なされがちで、怪奇小説でも魔女の使い魔として登場します。AWD「ピーバディ家の遺産」では、マサチューセッツ州のウィルブラハムに居住する魔術師の一族に、バロールという黒猫が代々仕えています。また、前述の『虚ろなる〜』に登場する魔女の使い魔グレイモークが登場しますが、こちらはヒロイン格です。

神々の系図（H・P・ラヴクラフト作成）

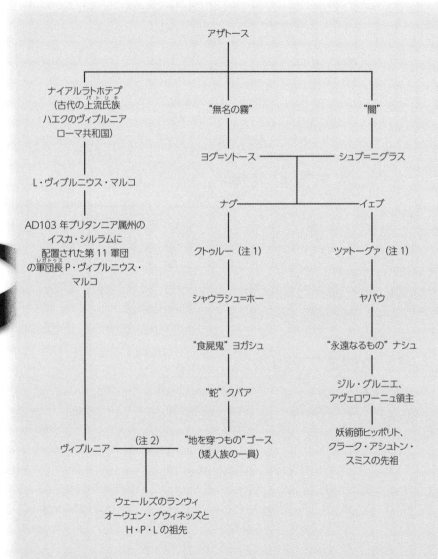

アザトース

ナイアルラトホテプ
（古代の上流氏族
ハエクのヴィブルニア
ローマ共和国）

"無名の霧"

"闇"

ヨグ＝ソトース ━━━ シュブ＝ニグラス

L・ヴィブルニウス・マルコ

ナグ

イェブ

AD103 年ブリタンニア属州の
イスカ・シルラムに
配置された第 11 軍団
の軍団長 P・ヴィブルニウス・
マルコ

クトゥルー（注 1）

ツァトーグァ（注 1）

シャウラシュ＝ホー

ヤバウ

"食屍鬼" ヨガシュ

"永遠なるもの" ナシュ

"蛇" クバア

ジル・グルニエ、
アヴェロワーニュ領主

妖術師ヒッポリト、
クラーク・アシュトン・
スミスの先祖

ヴィブルニア ━━━（注 2）━━━ "地を穿つもの"ゴース
（矮人族の一員）

ウェールズのランウィ
オーウェン・グウィネッズと
H・P・L の祖先

注 1：直系の家系の最初の者がこの惑星に棲みつく。
注 2：この縁組は地獄めいた名付けられざる悲劇だった。
（1933 年 4 月 27 日付ジェイムズ・F・モートン宛書簡より）

第4章
幻夢境の生物

夜鬼
Night Gaunt

ノーデンス

ナイアルラトホテプ

イェグ＝ハ

イブ＝ツトゥル

悪夢の空に群れるもの

　　夜　鬼は、地球の幻夢境の内部世界や、外部世界の山岳地帯に数多存在する洞窟に棲息している、飛行性のクリーチャーである。一説によれば、もともとは覚醒の世界の古代大陸ティームドラの生物だったのだが、夢を介して幻夢境に出現したということだ。

　　蝙蝠の如き翼を生やした夜鬼の姿は、ゴムじみた漆黒の肌といい、角のある頭部といい、先の尖った尻尾といい、伝説の悪魔そのものだ。近づくことができたなら、さらに不気味なものを目にするだろう。彼らの顔は目も鼻も口もない、のっぺらぼうなのである。だが、外見の印象に反し、夜鬼はナイアルラトホテプと敵対する〝大いなる深淵の君主〟ノーデンスの配下だ。そのため、ナイアルラトホテプ配下のシャンタク鳥から恐れられている。

　　彼らは聖地であるングラネク山に人間を近づけないという命令をノーデンスから受けているらしく、不用意にもこの山に近づいた人間は、夜鬼の群れにさらわれてしまう。彼らは人間を抱えたまま空高く飛び上がり、両手両足と自由自在に動く尻尾で犠牲者の体をくすぐってくる。笑いを我慢しながら大人しくしていればやがて解放されるが、ここで抵抗してしまうとボールという恐ろしい怪物が住むナスの谷に捨てられてしまう。なお、幻夢境の食屍鬼は夜鬼と同盟を結んでいて、遠距離を移動する際には彼らに運んでもらうようだ。そのため、食屍鬼を仲介役にすることで、夜鬼の協力を仰げる場合がある。

　　なお、ナイアルラトホテプ陣営の夜鬼も存在するらしく、『ネクロノミコン』によれば、イェグ＝ハという名の無貌の従神がそうした夜鬼を統括している。また、ナイアルラトホテプの息子とされるイブ＝ツトゥルも、数多くの夜鬼を従えているということである。

ノーデンスの従者

　　地球の幻夢境の辺境に住む夜鬼は、HPL「未知なるカダスを夢に求めて」と、連作詩篇「ユゴスの真菌」の第20詩「夜鬼」に登場する、飛行性のクリーチャーです。

　　悪魔じみた姿の夜鬼ですが、外見の印象に反して邪神の手先ではなく、むしろ彼らと敵

対関係にあるノーデンスに仕えているのです。

夜鬼の姿は、一見して伝統的な悪魔のような外見的特徴を備えています。

- **顔**：眼も鼻も口もない、のっぺらぼう。
- **頭部**：角が生えている。
- **皮膚**：真っ黒で、ゴムのような感触がある。
- **蝙蝠**：こうもりのような翼を背中に生やしている。
- **先端に棘**：とげのついた尻尾がある。

1916 年 11 月 16 日付ラインハート・クライナー宛書簡によれば、1896 年 1 月、祖母が亡くなったことで屋敷が悲しみに包まれる中、当時 5 歳の HPL は悪夢に悩まされるようになりました。その悪夢に登場したのが、HPL が夜鬼と名付けた生物です。HPL を運びながら凄まじい速度で虚空を飛ぶ夜鬼は、抵抗出来ない彼を三叉槍で散々にいたぶるのでした。夜鬼の姿について、HPL 自身は当時フィリップス家の屋敷内で見かけられた黒い喪服姿の大人たちと、その頃に読んだジョン・ミルトンの叙事詩『失楽園』の、19 世紀フランスの版画家ギュスターヴ・ドレによる悪魔を描いた挿絵の影響なのだろうと、HPL は書簡に書いています。

ナイアルラトホテプに仕える夜鬼<ruby>ナイト＝ゴーント</ruby>

ブライアン・ラムレイ「魔物の証明」には、ローマ軍の一隊に殺害されてハドリアヌス城塞の近くに埋められたという、**イェグ＝ハ**という魔物が言及されます。ロリウス・ウルビクスの『国境の要塞』によれば、イェグ＝ハはずんぐりした体に翼を生やした無貌の怪物で、身長 10 フィート（3 メートル）の御影石造りの巨大な彫像が大英博物館に収蔵されています。カーターは「ウィンフィールドの遺産」に引用した『ネクロノミコン』の中で、夜鬼をこのイェグ＝ハの指揮下にあるナイアルラトホテプの従者としました。

ラムレイ「オークディーンの恐怖 Horror at Oakdeene」（未訳）と、同じく幻夢境三部作の 1 作目『幻夢の英雄』に登場するイブ＝ツトゥルも夜鬼を従えますが、カーターは『エイボンの書』の一部として執筆した「深淵への降下」で、この神をナイアルラトホテプの息子としました。おそらくカーターは、夜鬼、イェグ＝ハ、ナイアルラトホテプの共通要素"無貌"に着目し、これらを主従関係で結ぶことにしたのでしょう。ただし、夜鬼は知能が低く、邪神や高位の魔術師が好きに使役できるというのがラムレイ解釈なので、統率者の存在とは矛盾するかも知れません。なお、ラムレイ「一筆啓上 Cryptically Yours...」（未訳）によれば、夜鬼は太古のティームドラ大陸の生物でした。『幻夢の英雄』では、この大陸の住民の夢見によって幻夢境に持ち込まれたとされています。

ノーリ

Gnorri

イレク＝ヴァド
迷宮
ツヴェルク
ノーム

迷宮を愛する種族

　ノーリは、小塔の立ち並ぶ伝説的な幻夢境の都市、イレク＝ヴァドの位置するガラス製の中空の崖から見下ろすことのできる"黄昏の海"の海底に、迷宮の如き巨大な海中都市を築き上げている、幻夢境の半人半魚の亜水棲種族である。全体的なフォルムは人間に似ているが、魚のような尾や鰭を備え、見事な顎髭を生やしている。体型については、でっぷり太った者もいれば、痩身の者もいるが、女性についてはわからない。

　彼らは総じて温和な種族で、海中に自ら作り上げた迷宮の中を泳ぎ回ることに、種族をあげて熱中していること以外のことについては、あまり多くのことが知られていない。

雑誌イラストに描かれたノーリ

　ノーリは、HPL「銀の鍵」「銀の鍵の門を抜けて」において、失踪したランドルフ・カーターがその王座に就いていると噂された都市、イレク＝ヴァドにまつわる描写の中で、わずかに言及される幻夢境の亜水棲種族です。上記概要以外の情報は殆どないにもかかわらず、「銀の鍵」が〈ウィアード・テイルズ〉1934 年 7 月号に掲載された際、ヒュー・ランキンによるイラストにその姿が描かれました。イラストのノーリは、もじゃもじゃの顎髭を生やした、でっぷり太った男性の人形種族で、大きな魚のような尾を備えていました。

　このデザインについて、HPL の指示があったかどうかは不明です。ちなみに、グリム童話の「白雪姫」などに登場する小人ツヴェルク（＝ドワーフ）は「ノーム Gnome」と英訳されました。あるいはヒュー・ランキンは、「ノーリ Gnorri」という名称を「ノーム」をもじったネーミングなのだと解釈したのかもしれません。

　ブライアン・ラムレイの幻夢境三部作の第 1 巻『幻夢の英雄』にも、この種族がちらりと言及されますが、直接関わったり、詳しく描写されたりすることはありませんでした。

　『クトゥルフ神話 TRPG』では、ノーリはノール Gnor とされ、足はなく手の数が 2 ～ 4 本と不定の人魚じみた種族として描かれます。これは、見方によっては体の左側に 2 本の手が生えているようにも見える、ランキンのイラストからの拡大解釈かもしれません。

ズーグ

Zoog

“深き眠りの門”
魔法の森
評議会
月樹

“魔法の森”の住人

　　ズーグというのは、幻夢境の“深き眠りの門”の近くにある、巨大なオークが密生する“魔法の森”の住民だ。こそこそした小動物で、震えるような声で会話をし、年経りた賢人たちの評議会を中心とする社会を作り上げている。好奇心旺盛で噂話の蒐集を好み、幻夢境各地をうろつき回っているのみならず、覚醒世界にも足を伸ばすことがある。彼らの言語が話せるなら情報を引き出すことも可能だが、菌類が主食とはいえ肉食も好むので、時に夢見人（ドリーマー）が餌食とされることもある。彼らはまた、月から落ちてきた種から生えてきた、化け物じみた月樹の樹液を発酵させた酒を客人に振る舞うこともあるのだが、この樹はナイアルラトホテプがもたらしたものかもしれない。そんな彼らだが、猫にとっては格好の餌食で、不注意に人間の都市をうろつくズーグの個体が、猫の餌になることがあるようだ。

口元に触手を生やした小動物

　　ズーグは、HPL「未知なるカダスを夢に求めて」に登場する、幻夢境の“魔法の森”に棲む小動物めいた外見の種族です。多くの者は巣穴に住んでいますが、大木の幹に住み着く者もいるということです。ズーグの言葉を心得る夢見人ランドルフ・カーターは彼らの饗応と情報提供を受けましたが、好奇心から彼についてきた若いズーグがウルタールの猫たちの餌食となり、その復讐のためズーグが猫の襲撃を目論んでいることを知ると、猫好きの彼は猫たちにその旨を通報しました。ズーグの外見については、人間の体によじのぼれる程度の大きさだとわかっていますが、細かい説明はありませんでした。ただし、バランタインブックス社から単行本『未知なるカダスを夢に求めて』（1974年）が刊行された際、ヘルバシオ・ガジャルドの手になるカバーイラストに、口元に数本の触手を生やしている齧歯類じみたズーグの姿が描きこまれていて、以後はこれが定着しています。

　　なお、カーター「赤の供物」には、古代ムー大陸のヌーグという生物がちらりと言及されています。これは、ズーグと関係があるかもしれません。

レン人

Men from Leng

月

レン高原

サルコマンド

月　獣 （ムーン=ビースト）

ガレー船団の男たち

　地球の幻夢境の港町では、月からやってくる黒いガレー船団がしばしば見かけられ、ずんぐりした体躯で頭にターバンを巻いた、浅黒い肌の商人たちが取引する光景が見かけられる。彼らの正体は、実は北方の不毛の荒野、レン高原出身の人ならぬ種族なのである。

　彼らのターバンを盛り上げる瘤と見えていた頭部の突起は、実は2つの角であり、尻には尻尾が生えていて、足の先は蹄状という、覚醒の世界における悪魔めいた姿をしている。レン人はかつて、北方の厳寒の地にある、今は廃墟となっているサルコマンドに石造りの都市を築いた者たちの子孫で、近くの谷間に棲む肥大化した紫色の大蜘蛛と戦争するなどしていたのだが、月　獣（ムーン=ビースト）に征服されて彼らを神と崇めるようになり、太った者は食料として、肉づきの悪いものは奴隷として使役されている。彼らは、紅玉（ルビー）や香り立つシャンタク鳥の卵を中心的な商材として扱う商人を装って幻夢境各地に姿を見せ、月　獣（ムーン=ビースト）とその背後にいるナイアルラトホテプの代理人として、暗躍しているのである。

暗躍する商人たち

　レン人は、HPL「未知なるカダスを夢に求めて」に登場する、幻夢境のレン高原出身の種族です。この高原は様々な作品で、中央アジア、南極など複数の場所に存在するとされる謎めいた地域で、カーター版『ネクロノミコン』には「暗い厳寒の土地で多くの世界が集う」と書かれます。ブライアン・ラムレイ『幻夢の時計』では"角あるもの（ホーンド・ワン）"と呼ばれ、ナイアルラトホテプの配下として幻夢境征服のために働いています。彼らはユゴスに隣接する暗黒次元における夢の国に属する存在なので、食屍鬼（グール）とは異なり覚醒の世界には現れないのだと説明されていますが、これはあくまでもラムレイ設定です。スティーヴン・キング『ニードフル・シングス』に登場する、メイン州のキャッスルロックという町に、皆が心の底から欲しいと望む品物を揃えた店を開いた人物の真の姿がレン人にそっくりで、彼の扱うコカインはレン高原産のものとされるので、おそらくレン人だと思われます。

ムーン＝ビースト
月獣
Moonbeast

月の裏側
レン人
ナイアルラトホテプ
ルビー
紅玉

月に巣食う怪物

　　地球の幻夢境にかかる月の裏側には、窓が存在しない灰色の巨塔が林立する、厭わしい都市が存在する。この都市の住民は、ナイアルラトホテプに仕える 月 獣 どもである。大きくなったり小さくなったりと自在に体格を変化させる灰白色のゼリー状の無定形の怪物で、主にとっている形状は、体表がつるっとした目のない蟇蛙じみた姿だ。その太くて短い鼻らしきものの先端にピンクの短い触手を多数生やし、怪しく蠕動させている。彼らはかつて、レン高原の近くにあるサルコマンドという都市を征服して、そこの住民である悪魔じみた外見の種族を隷属させ、月から送り出すガレー船に乗り組む商人として幻夢境各地に送り込んでいる張本人だ。また、同じくナイアルラトホテプの支配下にあるシャンタク鳥とも気脈を通じているようなのだが、外宇宙の気配を嫌う幻夢境の猫や、ノーデンスに仕える 夜 鬼 、さらには独立心の強い 食屍鬼 とは折り合いが悪いようだ。

サディスティックな主人

　　月 獣 はHPL「未知なるカダスを夢に求めて」に登場する、月の裏側に巣食う怪物的な種族で、並大抵の悪臭を気にしないい食屍鬼ですら吐き気を催すほどの悪臭を放っています。

　　幻夢境の月の裏側には油の海と菌類のはびこる原野が広がっていて、 月 獣 はそこに都市を築き、奴隷たちを働かせるだけでなく、時に拷問を加えて楽しみます。彼らは月で紅玉を採掘し、これを黒いガレー船に満載して諸都市に持ち込み、黄金や奴隷と交換します。

　　自分たちが忌避される姿をしていることを理解しているので、交易についてはレン人に行わせ、彼ら自身は黒いガレー船から一歩も外に出ることはなくオールの漕ぎ手として働きますが、その漕ぎ様は力強くも正確で、一種異様な光景として目に映ります。

　　月 獣 はナイアルラトホテプを崇拝し、その手先として働きます。ブライアン・ラムレイの幻夢境三部作の第3巻『幻夢の狂月 Mad Moon of Dreams』（未訳）では、月に幽閉されている邪神ムノムクアやその伴侶オーンの教団の主導的な立場に立っています。

ガースト
Ghost

幻夢境
ガグ
食屍鬼
グヤア＝ヨスン

幻夢境の穴居種族

　ガーストは、地球の幻夢境の地下に広がっている内部世界（インナー・ワールド）に棲息する、二足歩行をする人型の種族だ。"魔法の森"の地下に位置するガグの石造都市にほど近い、暗闇に鎖されたズィンの筥（あなぐら）が、ガーストの巣窟となっている。

　ガーストの大きさは小型の馬ほどで、蹄の生えた長い後ろ足でカンガルーのように飛び跳ねて移動する。ざらざらした不健康そうな肌で、鼻と額を欠いたのっぺりした顔面なのだが、何とも悍ましいことにどこかしら人間を思わせる顔立ちをしている。黄色がかった赤い目は暗闇の中を見通し、乾いた笑いのようにも聞こえる、咳きこむような喉にかかった声で意思疎通を行なうのだが、知能はそれほど高くない。

　彼らは日光に弱く、地上部分である外部世界に出てくることはまずないようだが、内部世界を照らす薄暗い明かりの中であれば、何時間は耐えられる。

　その性根は凶暴で、動くものと見ればガグでも食屍鬼（グール）でもためらいなく襲いかかる。実のところ、彼の低い知能と弱い視力では、ガグや食屍鬼（グール）の見分けがつかないという話もある。のみならず、しばしば共食いすら行なうということである。ズィンの筥の入り口は、ガーストを狩りたてて、その肉を主食とするガグの歩哨に常に見張られているのだが、その歩哨を闇の中に誘い込んで逆に殺害してしまったり、ガグが眠っているところを見計らって、群れをなして洞窟から出てきて食糧を狩ることもある。

　ガーストに近い生物が覚醒の世界にも棲息し、遠い昔、レムリアやムー、アトランティスなどにおいて畜獣として使役されていたとも言われているが、真相は定かではない。

ガーストリィ・ビースト

　ガーストは、HPL「未知なるカダスを夢に求めて」が初出のクリーチャーです。英語の形容詞に "ghastly（身の毛もよだつほど恐ろしい、ほどの意）" という言葉があり、その名詞形である "ghast" も古くから存在する言葉ではありましたが、ともあれ HPL はこの

語を怪物の種族名として使用しました。

「未知なる〜」によれば、ガーストは小さな馬ほどの大きさの人型をしたクリーチャーで、ひづめの生えた長い後ろ足でカンガルーのように跳びはねます。鼻や額がないながらも人間を思わせるような顔立ちで、咳きこむような喉にかかった声で仲間同士会話します。光の中では生きていけず、地上に出てくることはまずありませんが、幻夢境の地下の内部世界（インナー・ワールド）を照らす薄暗い明かりの中では何時間かは耐えられます。

　その性質は凶暴で、ガグでも食屍鬼（グール）でもためらいなく襲いかかるだけでなく、しばしば共食いすら行なうほどです。しかし、住処であるズィンの窖の外で狩りをするときは群れで行動します。ガーストの群れはガグを倒してしまう事もあります。

　なお、『クトゥルフ神話TRPG』のゲームデザイナーであるサンディ・ピーターセンは、ゲーム中に登場する神々やクリーチャーのガイドブック『クトゥルフモンスターガイド──ウォッチングのための超自然生物ハンドブック』の、幻夢境編である第2巻（ここでは新版の『クトゥルフ神話TRPG クトゥルフ神話怪物図鑑』ではなく、ホビージャパンから日本語版が刊行された旧版の話です）において、HPLのゴーストライティング作品である「墳丘」に登場する、北米の地底世界クナ＝ヤンの奴隷種族であるグヤア＝ヨスンを、ガーストの類縁種と設定しました。グヤア＝ヨスンは頭に角が生えた馬ほどの大きさの人型のクリーチャーで、クナ＝ヤンの都市、ツァスの住人によって、食用や荷役用の畜獣として飼育されています。同作によれば、クナ＝ヤンの下層に広がるヨスにもズィンという名の洞窟が存在し、そこからおそらく蛇人間である先住民族がグヤア＝ヨスンを作り出したという文書が発見されていて、これが根拠となったのでしょう。

定番のアンデッド・モンスターとして

　TRPG『アドヴァンスト・ダンジョンズ＆ドラゴンズ』第1版(1977年)のサプリメントである『アドヴァンスト・ダンジョンズ＆ドラゴンズ・モンスター・マニュアル』(1979年)には、食屍鬼（グール）の上位モンスターとしてガーストが取り上げられています。こちらのガーストは、食屍鬼（グール）やゾンビなどと同様、アンデッドモンスターの一種で、食屍鬼（グール）にも備わっている麻痺攻撃に加えて、胸の悪くなるような悪臭で相手の行動を阻害するという能力を備えています。『ダンジョンズ＆ドラゴンズ』シリーズには、他にもクトゥルー神話を元にした要素がいくつか存在しています。洞窟や地下空洞が繋がって、複数の知的種族が暮らしている地下世界"アンダーダーク"が、ガグやガースト、食屍鬼（グール）たちが闊歩する幻夢境の地下世界が発想元のひとつではないかとの話もあります。主にゲーム・ジャンルが中心ではありますが、ガーストは今日、ヒロイック・ファンタジーの定番モンスターとして、様々な作品に登場しています。

ガグ

Gug

- ズーグ
- ガースト
- 食屍鬼
- コスの印

異形の巨人族

　ガグは、地球の幻夢境の地下に広がる内部世界に棲み着いている、毛むくじゃらの巨人族だ。身長は20フィート（約6メートル）ほど。恐ろしげな鉤爪が生え、黒い毛皮に覆われた前腕だけでおよそ2フィート半（約0.8メートル）に及ぼうかという巨体で、その前腕は短めの上腕部から2本に分かれて伸びている。頭部は樽ほどに大きく、ピンク色の両眼が左右に2インチ（5センチメートル）ほど飛び出して、のしかかるような骨の隆起（類人猿で言う前頭骨の眼窩上隆起）が影を落としている。口も相応に大きいが、恐ろしいことに水平ではなく垂直に開き、頭の上から下まで黄色い牙が連なっている。かつて、地上の外部世界に棲んでいたガグは、現在はズーグのすみかとなっている"魔法の森"に巣食っていて、ナイアルラトホテプや"蕃神"に生贄を捧げていた。しかし、忌まわしい儀式を嫌った地球の神々——"大いなるもの"たちに地下へと追放されたのである。

　強い日差しに弱いガグは、灰色の薄明かりと闇に覆われた"魔法の森"の地下に王国を築いている。ガグの街に聳えるコスの塔の最上階には、地上へ通じる道がある。この道は鉄の環がついた巨大な岩の揚げ戸で堅く閉じられているのみならず、地球の神々の呪いがかかっているので、ガグ自身はそれを持ち上げることができない。また、街には人間の目には巨大な円塔としか見えない墓石が立ち並ぶ墓地があり、ときおり食屍鬼がガグの死体を掘り出しにやってくる。その巨体にもかかわらずガグは食屍鬼が苦手なようで、自分たちの墓地で食屍鬼が饗宴を催しているのを見ても、どうすることもできないのだ。

　ガグの主食は、ズィンの窖に巣食うガーストなのだが、地下に追いやられる以前は眠りの壁を超えて幻夢境に到達した"夢見人"と呼ばれる人間の肉を好んでいたという。

ガーストを狩る者

　ガグは、HPL「未知なるカダスを夢に求めて」に登場する、異様な姿をした毛むくじゃらの巨人族です。身長は20フィート（約6メートル）に届くほどで、その腕は肘で二つ

に分かれていて、4つの前腕の先には恐ろしい鉤爪を備えた手がついています。さらに異様なのは頭で、ぎょろりと飛び出した赤く光る目が頭の両脇にあり、鋭く尖った黄色い牙の並ぶ口が垂直に走っていて、左右にぱっくりと開くというものなのです。

ガグは元々、幻夢境の地上部分にあたる外部世界の生物でした。"魔法の森"にある、幅3フィート（約0.9メートル）の鉄製の環がついた巨大な平石がその名残で、実はガグが現在巣食っている地下への入り口を塞ぐ封印でもあります。遠い昔、ナイアルラトホテプや"蕃神"に対する胸の悪くなるような崇拝が、地球の神々である"大いなるもの"たちの怒りを買い、彼らは幻夢境の地底に広がる内部世界へと追放されてしまいました。

現在のガグは、上層の"魔法の森"へと続く大階段が内部にある、中央塔を取り巻くように巨大な石造都市を築き、そこで暮らしています。この塔には"コスの印"が描かれている、あるいは刻まれているようです。"コス"というワードは、HPLやREHの作品で時折言及される謎めいたワードで、後続作家もこれに倣ってしばしば使用されるのですが、どのような意味なのかはよくわかっていません。この塔の大階段を上り詰めた先が"魔法の森"の平石なのですが、"大いなるもの"の呪いにより、ガグは触ることができません。

都市を築いていることからわかるように、ガグは獰猛な怪物ではありますが、社会性を備えた種族です。彼らは群れで暮らしていて、何かしらの役割を割り振って生活をしています。地下に追いやられた後のガグが主食としているのは、都市の近くに入り口のある、ズィンの窖と呼ばれる洞窟の中に棲んでいる、ガーストという人型の生物です。ガグは新鮮なガーストの肉を得るべく、窖の前に歩哨を立てて獲物が出てくるのに備え、ひとたび現れると縦に裂けた口をガチガチと鳴らして仲間たちを呼び集め、狩りをするのです。

なお、地上に棲んでいた頃、ガグの好物は"魔法の森"に入り込んだ、幻夢境にやってきたばかりの覚醒の世界の人間——"夢見人"の肉でした。地下に追いやられてから長いとはいえ、彼らは人間の肉の味をすっかり忘れ去ってしまったわけではありません。

ガグは食屍鬼を恐れています。おそらく、彼らの石造都市の外縁部にある墓地に時折、食屍鬼たちが侵入しては、新鮮なガグの死体を頂戴していくことがその理由でしょう。ガグ一体の死体で、やはり幻夢境の内部世界に群れで暮らしている食屍鬼の社会を、ほぼ1年は養えるのです。逆に、彼らは生きているガグには特に興味を示さないので、ガグの歩哨たちも食屍鬼には手を出さないようです。

覚醒の世界のガグ

キジ・ジョンスン『猫の街から世界を夢見る』では、ウルタール大学女子カレッジの教授がガグの1匹と友誼を結び、食屍鬼だけが知る秘密の階段で、覚醒の世界の墓地に渡る展開があります。この際、ガグは1971年製のビュイック・リヴィエラに変化するのです。

シャンタク鳥
shantak-bird

レン人
ナイアルラトホテプ
クームヤーガ
グロス＝ゴルカ

幻夢境の巨鳥

　シャンタク鳥とは、幻夢境北方の荒涼たるレン高原にほど近い山岳地帯に棲息する、巨大な鳥だ。象よりも大きいその巨体は羽毛ではなく鱗で覆われていて、頭部は馬に似ている。鳴き声は、曇りガラスをひっかいたような不快な音声である。シャンタク鳥は、幻夢境各地で交易を行っているレンの商人たちとの関わりが強い。彼らは悍ましい響きの言葉でシャンタク鳥に命令し、騎獣として使役するのみならず、この鳥の香りたつ大きな卵を交易品として扱っていた。だからといって、シャンタク鳥は心を許して良い生き物では決して無い。なぜなら、この商人たちとシャンタク鳥は、共にナイアルラトホテプに仕えているからだ。ナイアルラトホテプの命令で、人間を乗せたまま宇宙空間に飛び出し、そのままアザトースの混沌の玉座に飛んでいくこともあるのである。
　シャンタク鳥の天敵は、幻夢境の夜　鬼（ナイト＝ゴーント）である。彼らはこの黒い肌の悪夢めいた怪物たちをひどく恐れていて、夜鬼が棲み着いているングラネク山には決して近づかない。
　シャンタク鳥の謎に興味があるなら、セレネル海北岸の縞瑪瑙の都市インガノクを目指すとよい。インガノクの周辺の忘れられた採石場にはシャンタク鳥の巣があり、宮殿の庭園の中央にある大門蓋の中に、すべてのシャンタク鳥の始祖が飼われているという。なお、ヒュペルボレイオスのヴーアミ族の伝承によれば、シャンタク鳥の長老は代々“クームヤーガ”と呼ばれ、“黒い鳥”グロス＝ゴルカに仕えきたということである。

ナイアルラトホテプの配下

　シャンタク鳥は地球の幻夢境に棲息するクリーチャーで、HPL「未知なるカダスを夢に求めて」に登場します。象よりも大きいその巨体は羽毛ではなく鱗で覆われていて、馬のような頭を持っています。また、鳴き声は曇りガラスをひっかいた音に似ているということです。ナイアルラトホテプの影響下にあり、その手先であるレン人の商人たちと結託していますが、乗騎としてのシャンタク鳥は、さほど快適ではありません。シャンタク鳥に

乗ったことのある人間によれば、鱗に覆われた体はとても滑りやすく、必死にしがみつかなければ振り落とされるので、乗り心地はかなり悪いということです。ただし、シャンタク鳥の強靭な翼は幻夢境の空のみならず、宇宙空間を飛行することも可能です。

　シャンタク鳥の天敵は、ノーデンスに仕えている幻夢境の夜鬼です。シャンタク鳥は、この悪夢めいた黒い姿のクリーチャーをひどく恐れていて、夜鬼の生息するングラネク山には決して近づかないようにしています。この２種族の間にどのような因縁があるのかはわかりませんが、主人であるノーデンスとナイアルラトホテプの対立関係が、そのまま持ち込まれているのかも知れません。ブライアン・ラムレイ作品を中心に、夜鬼の中にはナイアルラトホテプの勢力に属するものたちも存在しますが、彼らのことをシャンタク鳥が恐れているかどうかはわかりません。

シャンタク鳥の始祖

「未知なるカダス〜」によれば、レン人商人たちの母港である幻夢境北方の都市、インガノクの宮殿の中央に位置する大円蓋の中には、全てのシャンタク鳥の始祖が棲んでいて、そこを凝視する好奇心旺盛な者たちの心に奇怪な夢を送り込むということです。

　HPL がゴーストライティングした「翅のある死」では、ウガンダに存在するとある巨石遺構をツァドグワ（ツァトゥーグァ）、クルル（クトゥルー）と共に利用していた、“外世界からの漁者”と呼ばれる謎めいた存在が言及されます。カーターは、『エイボンの書』の一部として執筆した「深淵の降下」において、“外世界からの漁者”を別個の存在ではなく、ヒュペルボレイオス大陸のヴーアミ族におけるシャンタク鳥の呼称としました。

　同作によれば、ヴーアミ族はまたシャンタク鳥の中でも最古、最大の個体をクームヤーガと呼んでいます。クームヤーガは一本足で、緑色の一つ目を持っています。さらには、ゴル＝ゴロスという神に仕えていて、レンを守る近寄りがたい峰々に棲んでいるということです。おそらくこのクームヤーガは、「未知なる〜」で言及されたシャンタク鳥の始祖なのでしょう。ただし、「深淵〜」に登場するクームヤーガは幻夢境ではなく、ヒュペルボレイオス大陸の地底に棲んでいました。なお、カーターはクームヤーガを、ダゴンなどと同じ“小さき古きもの”カテゴリの小神に分類しています。

　これと同様の記述が、カーター「外世界からの漁者 The Fishers from Outside」（未訳）にもありますが、カーターの死後、彼の遺著管理者であるロバート・M・プライスは、シャンタク鳥の神がゴル＝ゴロスとされているのは、“黒い鳥”グロス＝ゴルカの間違いだとして修正しました。ゴル＝ゴロスとグロス＝ゴルカは、REH「バル＝サゴスの神々」に登場し、後者はぬらぬらした鱗にまみれた半透明の翼を持つ鳥の神です。ゴル＝ゴロスの項目（P.102）も参照のこと。

ボール
Bhole

- トォク山脈
- ナスの谷間
- ヤディス
- 『夜の書』

暗闇を這い回るクリーチャー

　ボールは、地球の幻夢境の地底に広がる内部世界に、灰色の尖峰を連ねるトォク山脈にあるナスの谷間に棲息している、おそらくは芋虫じみた巨大な長躯をのたくらせながら這い回る肉食の怪物である。彼らの棲まう谷間は暗闇に鎖されているため、その姿を目にした者はいないが、通り過ぎていく体に触れてしまった者によれば、その肉体は少なくとも直径15～20フィート（約4.6～6.1メートル）に及び、体表はぬるぬるしていて、膨らんだりへっこんだりしている部分が交互に続いているということである。

　地球から遠く離れた惑星ヤディスの洞窟にも、同じ名前で呼ばれる白化してねばついた長虫が、この星を蜂の巣状に穿つ巣穴の中に潜んでいて、昆虫のような姿をした原住種族の魔法使いが、この怪物を巣穴に閉じ込めておく呪文を詠唱し続けていた。しかしある時、魔法使いのズカウバがこの任務を怠ったことによりボールが解放され、ヤディスは勝ち誇るボールに支配される死の世界と化したということである。なお、『エイボンの書』によれば、ズカウバがボールから『夜の書』なる年代記を盗み出したと説明されている。この『夜の書』とは即ち、『ゴール・ニグラル』のことである。

惑星に滅びをもたらす大長虫

　ボール、あるいはボール族は、HPL「未知なるカダスを夢に求めて」が初出の、巨大な体躯の芋虫じみたクリーチャーです。雑誌掲載時や初期の単行本では「ドール dhole」と書かれていましたが、ラヴクラフト研究者のS・T・ヨシが草稿を確認し、正しくは「ボール bhole」なのだと修正しました。ボールは幻夢境の内部世界に棲息する生物なのですが、HPL「銀の鍵の門を抜けて」によれば、惑星ヤディスにも同じ名前の生物がいて、描写からして恐らく同一のものと思われます。また、カーター「陳列室の恐怖」では、『ゴール・ニグラル』あるいは『夜の書』について、ヤディスの魔法使いズカウバがボール（同作ではまだ"ドール"表記）から盗み出したものだと説明されています。

狗蜘蛛（イヌグモ）

spider-hounds

幻夢境
甲殻
ゴキブリ
複眼

幻夢境のフィールド・モンスター

　狗蜘蛛は、地球の幻夢境の北方に棲息する生物である。岩がちな荒野を高速で走る姿とそのフォルムは、どこか猟犬を連想させるが、胴体は硬い甲殻で覆われていて、頭部にはゴキブリ（英国種）じみた長い触手と複眼を備え、口元からは酸性の液体を垂らしている。

　３つ以上の関節がある６本の長い肢があり、４本の後肢で体を支える姿は蜘蛛を思わせる。２本の前肢を人間の腕のように器用に操るのみならず、全ての肢先に数本の指を備え、それぞれ道具を握ることができる。通常、数匹の群れで活動し、獲物を見つけると巧みなチームプレイで狩りをする。攻撃手段は６本の肢による組み付きや、酸性の液体がしたたる口の噛みつき、さらには尾部に備わった毒針である。

　幻夢境の生物の多くは、覚醒の世界の人間が夢に見たもので、少なからず現実に存在する生物が含まれているので、あるいはこの狗蜘蛛も、遠い過去の生物なのかもしれない。

危険な野生動物

　このクリーチャーは、ブライアン・ラムレイの幻夢境三部作の第１巻、『幻夢の英雄』に登場する、野生の肉食動物です。口元からしゅうしゅうと蛇の呼気のような音を立て、猟犬じみた素早さで荒野を走り回り、時折、不気味な鳴き声で意思疎通を行いながら、狙った獲物をどこまでも追いかけていくのです。なお、２本の前肢も４本も後肢も、末端は数本の指を備えた掌のようになっていて、人間の獲物が取り落した剣を拾い上げて、ぎこちなくではありますが武器として使用することがあります。

　胴体や頭部は甲殻に覆われていますが、節の部分はやわらかいので、頭部や肢関節を刃物で切断することができます。また、体内には色の薄い灰色の体液が流れています。

　それほど強力な生物というわけではありませんが、厭わしいしゅうしゅう声をひっきりなしにあげて脅したり、飛びついたり噛み付いたりして獲物を弱らせていき、最終的に尾部の毒針を打ち込み、麻痺した獲物を何日もかけて生きたまま食べてしまいます。

白蟻人

Ter-man

黄土色の人間もどき

　　白蟻人は、幻夢境のタラリオンという都市の住人である。人間そっくりの姿で、性別は男女に分かれており、いずれも薄い紙でこしらえたような腰布のみを身に纏っている。性別は男女に分かれている。人間の基準で言う美男美女揃いで、男は皆背が高く、くすんだ黄金のような薄い黄色味を帯びた黄土色の肌をしている。女はやや浅黒い黄色い肌をしていて、大きな目は褐色である。男女共に性器が備わっておらず、女性には形の整った大きな乳房があるものの、乳首が存在しない。

　　ならば、どのように生殖するのかというと、彼らは女王蟻とも言うべきラティを女王に仰ぐ種族なのだ。そしてラティは人間とまぐわって、白蟻人の子を産むのである。

　　彼らは植物繊維を主食とするが、人間のような排泄器官が存在しない。代わりに、肥大化した指の先からペースト状の分泌物を排出する。この速乾性の分泌物を用いて、彼らは紙で作られたような巨大な白い都市を築いているのである。

悍ましき女王蟻

　　白蟻人は、ブライアン・ラムレイの幻夢境三部作の第1巻『幻夢の英雄』に登場する、タラリオンに棲息する群体じみた生物です。"ターマン"という呼称は、英語で白蟻を意味する"ターマイト termite"をもじったもので、複数形は"ターメン Tar-men"です。人間のような姿をしていますが、個性が薄いようで、白蟻と同様、役割に応じて様々な体格の者が存在しているようです。女王蟻たるラティは逆に、人間に近いメンタリティを有しているようなのですが、玉座を覆っているかのような、たっぷりした薄葉紙製のスカートの中に隠れていて外からは見えない下半身は、長さ10フィート（約3メートル）ほどにも及ぶ、表面が古い革のように光っている巨大な円筒形の物体なのです。

　　タラリオンとラティというのは、元をたどると HPL「白い船」においてちらりと言及された名前です。ラムレイは HPL のわずかな言及を膨らませて、自作で活用したのです。

大樹
ザ・ツリー
The Tree

"旧き神々"
エルダー・ゴッズ

神園エリュシア

幻夢境

ティーリス

幾星霜を記憶する種族

　大樹は、この宇宙に少なくとも3本が存在している、植物生命体である。十分に成長すると1/3マイル（約536.5メートル）もの高さに成長する巨樹で、きわめてゆっくりとではあるが、環境の変化に合わせて快適な場所を選べるように、根を足のように使って移動することができ、移動した後には長い畝のような地形が残される。枝や蔓を触手のように使用し、他の生命体とは精神感応で会話をする。種ではなく、数千年に1度、特別な樹液で育てた、生命の葉と呼ばれる大きな絨毯ほどの大きさのハート型の葉を飛ばすことで殖えることができる。この生命の葉には自身と種族の記憶が全て封じ込められているというので、子供を作るというよりはもう分身を作るのに近いかもしれない。

　もともとは、時間と空間を超えた、遥か遠方の星に棲息していた種族で、星全体が冷え込んで滅びつつあった時、偶然立ち寄った宇宙船に乗っていた、"旧き神々"に仕える"選ばれしものたち"の1人、白の魔術師アルダタ・エルに、彼らは3枚の生命の葉を託した。

　1枚は"旧き神々"の神園エリュシアの山間にあるニマラの園に、もう1枚は何処とも知れない未知の場所に、そして最後の1枚は数千年前、地球の幻夢境に植えられたが、その生命力に溢れた葉に味を占めた、近くにあるタラリオンという都市に巣食う白蟻人たちに長く悩まされていた。この大樹が放った生命の葉は、幻夢境のティーリスという都市のはずれにある魔法使いナイラスの城の庭園に根を張って、ゆっくり育ち始めている。

生命の葉の行方
ライフ＝リーヴズ

　ブライアン・ラムレイの幻夢境三部作の第1巻『幻夢の英雄』と「タイタス・クロウ・シリーズ」の最終巻『旧神郷エリシア』に登場する、巨大な植物生命体です。好々爺然としていて、自身に害を与えない相手には友好的な態度で接しますが、その気になると伸ばした枝や蔓で都市を破壊する力を発揮します。遠い昔、母星から3枚の生命の葉が持ち出され、2本は神園エリュシアと幻夢境で巨樹に育っていて、残り1本の所在は不明です。

神々の系図（C・A・スミス作成）

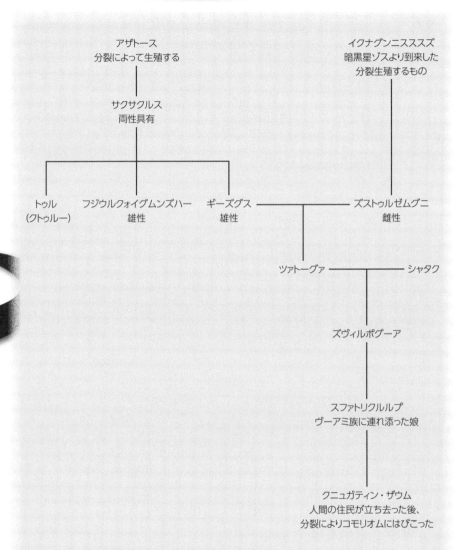

アザトース
分裂によって生殖する

サクサクルス
両性具有

イクナグンニスススズ
暗黒星ゾスより到来した
分裂生殖するもの

トゥル
（クトゥルー）

フジウルクォイグムンズハー
雄性

ギーズグス
雄性

ズストゥルゼムグニ
雌性

ツァトーグァ

シャタク

ズヴィルポグーア

スファトリクルルプ
ヴーアミ族に連れ添った娘

クニュガティン・ザウム
人間の住民が立ち去った後、
分裂によりコモリオムにはびこった

(1934年6月16日付ロバート・H・バーロウ宛書簡より)

第5章

"旧き神々"
エルダー・ゴッズ

"旧き神々"エルダー・ゴッズ
星の戦士

グリュ＝ヴォ
オリオン座
エリュシア
スンガク

Elder Gods, Star Worriors

星の戦士

グリュ＝ヴォに君臨する超越神

　アザトースとウボ＝サスラの双子神とその眷属たち、さらにはそれ以外の邪なる神々を宇宙各地に幽閉したとされる"旧き神々エルダー・ゴッズ"は、古い文献ではグリュ＝ヴォと呼ばれることのあるオリオン座のα星ベテルギウス、あるいはその近傍に入り口があるという神園エリュシアを拠点とする、宇宙的な存在である。

　遥かな太古、地球上に居住していたこともあり、ビルマ奥地のスン高原に存在する石造都市アラオザルは、彼らの都市の名残りとされる。地球上に出現する際には紫と白の強い光を放つ巨大な光柱の姿をとり、中国人学者フォ・ランの話では、本来は彼らの下僕だったクトゥルーやハスターなどの神々が叛逆したので、彼らを宇宙の各所に封印した後、故郷に帰還したということである。『ネクロノミコン』の写本によっては、地球の幻夢境の深層に存在する"大いなる深淵"を統べるノーデンスや、クトゥルーの双子の兄弟であるクタニドが彼らの盟主として名前が挙がることがある。

　封印されている反乱者たちが蘇ろうとしていることを感知すると、彼らはグリュ＝ヴォから容赦なく"星の光条"を浴びせたり、配下である星の戦士を派遣する。星の戦士は、人間に多少似ていなくもない姿の炎に包まれた存在で、両脇から腕のように機能する3対の付属器官を生やし、死の光線を放つ筒状の兵器を携えている。彼らは手足を持たない筒のような姿をした乗騎にまたがり、宇宙空間を瞬く間に翔け抜けて、地球へと飛来する。

賛否両論のある設定

　邪神を宇宙各地に幽閉した存在とされる"旧き神々エルダー・ゴッズ"とその配下たる星の戦士は、AWD「星の忌み仔の棲まうところ」（1931 年、邦題は「潜伏するもの」など）が初出です。

　AWD はまた「ハスターの帰還」（1939 年）で、ベテルギウスの方角から伸ばされた"旧き神々エルダー・ゴッズ"の稲妻の光のような腕が、復活したクトゥルーとハスターを摑み、幽閉地である太平洋と宇宙に放り込むというダイナミックな描写を盛り込みました。この作品のプ

ロットを書簡で説明された HPL は、ベテルギウスにグリュ＝ヴォという古名を与えていますが、AWD 自身はこれを使用せず、カーターなどの後続作家が採用しています。

「星の忌み仔〜」の作中では "古きものども"、"大いなる古きものども" などと表記され、邪神を指す "邪悪なるもの" と区別されていました。実のところ AWD としては当初、次に挙げる HPL 設定を踏襲し、たとえば「狂気の山脈にて」の "先住者" を "旧き神々" と呼んだだけだったのかも知れません。

・「クトゥルーの呼び声」：クトゥルーは "大いなる古きものども" の大祭司である。
・「墳丘」：ズィーリア・ビショップのためのゴーストライティング作。宇宙の魔物が洪水で大陸を沈め、クトゥルーを海底に幽閉したと示唆されている。
・「狂気の山脈にて」：クトゥルー以前に地球に棲みつき、クトゥルーと戦った "先住者"（"古きものども" "大いなる古きものども" とも呼ばれる）が登場する。

何故なら「ハスターの帰還」で描写される "旧き神々" の声と思しき「テケリ＝リ」は、「狂気の山脈にて」における "先住者" とショゴスの声でもあるのです。

HPL のコンセプトに反すると批判されがちな設定ではありますが、HPL 自身は同作を高く評価していて、これを読んだ直後に執筆した「インスマスを覆う影」などの作品に異形の存在を退ける "古きものども" のサインを登場させるなど、部分的に採用していました。

なお、「墳丘」では、宇宙からの侵略者が太古の地球で崇拝されていたクトゥルーやイグ、シュブ＝ニグラスなどの神々を脅かし、彼らを眠りにつかせたことが書かれており、考えようによってはこの存在こそが "旧き神々" なのかもしれません。

ちなみに、「星の忌み仔の棲まうところ」に先行する FBL「喰らうものども」（1927年）では、十字の印が太古に宇宙から到来した魔物を追い払っています。善悪の対立という概念をクトゥルー神話に最初に持ち込んだのは、AWD ではないかもしれません。

なお、AWD 作品中の "旧き神々" 関連の設定は大抵、登場人物のセリフのような主観情報として示されますが、没後合作の「門口に潜むもの」のように『ネクロノミコン』の引用文に含まれることもあります。なお、HPL「未知なるカダスを夢に求めて」でニアルラトホテプと敵対し、「霧の高みの奇妙な家」でも "旧きもの" と関連づけられるノーデンスは、「小辞典」で "旧き神々" に数えられました。AWD は「破風の窓」（1957年）で、"旧き神々" 中で唯一名前がわかっているのがノーデンスだとしています。

初期の『クトゥルフ神話 TRPG』では "旧き神々" 設定そのものがオミットされ、ノーデンスも "外なる神" に分類されていました。が、後の版で "旧き神々" カテゴリが改めて設けられ、ノーデンスやヴォルヴァドスがこちらに分類されました。

菫色の気体

　HPLの「セレファイス」「未知なるカダスを夢に求めて」の2作品で言及される**スンガ**
クという存在が、"旧き神々"のモチーフとなったとの説があります。スンガクは、"無限
と呼ばれているものの外側"(「セレファイス」)に存在する、遥か遠い宇宙の領域におい
て、存在の秘密を研究しているという、菫色の気体生物です。「セレファイス」では特に
名前がついていませんでしたが、「未知なる〜」でスンガクという名前がつけられました。
後者では、夢見人のランドルフ・カーターに蕃神やナイアルラトホテプ、アザトースにつ
いて警告したほか、クライマックスでもノーデンスと共に彼を支援し、進むべき先を指南
しました。「星の忌み仔〜」の"旧き神々"が「紫と白の強い光を放つ巨大な光柱」と描
写されていることから、モチーフではないかと考えられることがあるのですが、同作の執
筆時点でAWDは「カダス〜」を読んでいなかったので、この類似は偶然でしょう。

"旧き神々"にまつわる設定

　後続作家による、"旧き神々"設定を幾つか紹介します。

・ゲイリー・メイヤーズ：幻夢境の"大いなるもの"と"旧き神々"は同一存在。

・ブライアン・ラムレイ：「タイタス・クロウ・サーガ」シリーズによれば、クトゥルー
　眷属邪神群(CCD)は堕落した"旧き神々"であり、元々は同一種族だった。第2巻
　『タイタス・クロウの帰還』によれば、ベテルギウスの彼方に存在する神園エリュシア
　が"旧き神々"の都で、クトゥルーの"兄弟"であるクタニドが治めている。

・リン・カーター：アザトースとウボ＝サスラはもともと"旧き神々"の下僕として創造
　された生物で、クトゥルー神話の邪神たちはその殆どが両者の眷属である。詳しい話は、
　両者の項目を参照。「奈落の底のもの」によれば、イソグサが復活しようとした際、
　"旧き神々"はムー大陸に"星の光条"を浴びせてこの大陸を滅ぼした。なお、カータ
　ー版『ネクロノミコン』では、クタニドとノーデンスが"旧き神々"の盟主とされる。

・リチャード・L・ティアニー："旧き神々"は大宇宙の支配者であり、宇宙が苦しみに満
　ちている原因。ヨグ＝ソトースなどの神々は、"旧き神々"の圧政に対する叛逆者。

・風見潤：「クトゥルー・オペラ」シリーズ。：ヨグ＝ソートとの戦いの果てに五次元
　へ飛ばされた双子の超能力者たちが"旧神"となった。

・鋼屋ジン：『斬魔大聖デモンベイン』など。大十字九郎とアル・アジフ(『ネクロノミコ
　ン』の精霊)が、無限の戦いの果てに"旧神"となった。

ノーデンス

Nodens

<ruby>グレート・アビス</ruby>
"大いなる深淵"

<ruby>ナイト＝ゴーント</ruby>
夜鬼

<ruby>エルダー・ゴッズ</ruby>
"旧き神々"

ヌァザ

<ruby>ロード・オブ・ザ・グレート・アビス</ruby>"大いなる深淵の君主"

　幻夢境の地底に広がる内部世界(インナー・ワールド)と、覚醒の世界の狭間にある空虚な場所——"大いなる深淵(グレート・アビス)"に君臨するノーデンスは、時にナイアルラトホテプの魔手から人間を救い出すことがあるため、"大いなる古きものども(グレート・オールド・ワンズ)"を敵視する"旧き神々(エルダー・ゴッズ)"の一員か、さもなくばその盟主ではないかと考えられている神性だ。マサチューセッツ州のキングスポートという街には、"大いなる深淵(グレート・アビス)"と接する奇妙な館がある。ここで"大いなる深淵の君主(ロード・オブ・ザ・グレート・アビス)"の姿を垣間見た人間によれば、彼の姿は海豚(いるか)に引かせた巨大な貝殻の戦車に乗り、三叉鉾をもつネプトゥーヌス、法螺貝(ほらがい)を奏でるトリトーン、気まぐれなネーレイスなどの海の神々か精霊たちを従えた、白髪の威厳ある老人である。幻夢境の夜鬼(ナイト＝ゴーント)たちの支配者でもあり、"大いなるもの(グレート・ワンズ)"の秘密を探る人間を警戒させているほか、異形の神々とその手下どもの陰謀を妨害させている。

　ノーデンスは本来、古代のブリテン人から崇拝された治癒の神だ。英国南西部グロスターシャーのリドニーには、ノーデンスを祀るローマ属領時代の神殿があり、この地域はグラーキやアイホートといった神々のテリトリーがあるため、あるいはノーデンスは彼らに睨みを利かせるべく、この地に神殿を構えたとも考えられる。

　ノーデンスは、アイルランドではダーナ神族の王、ヌァザとして知られた。ヌァザはフォモールという魔神たちと敵対していたが、彼らの中には魚めいた姿の怪物もいたというから、フォモールは"大いなる古きものども(グレート・オールド・ワンズ)"と関わりがあるのかもしれない。

夜鬼(ナイト＝ゴーント)の支配者

　"大いなる深淵の君主(ロード・オブ・ザ・グレート・アビス)"ノーデンスは、HPL「霧の高みの奇妙な家」が初出の神性です。

　マサチューセッツ州の港町キングスポートを見下ろすように屹立する、"ファーザー・ネプチューン"と呼ばれる切り立った崖の上に建つ謎めいた屋敷には不思議な人物が住んでいて、"大いなる深淵(グレート・アビス)"と呼ばれる領域と接触を持っています。ノーデンスは、白髪の

威厳ある老人の姿で館に現れ、三叉鉾を持つネプトゥーヌス、法螺貝を奏でるトーリトーン、気まぐれなネーレイスといった古代ギリシャやローマで知られた海にまつわる神々を従え、海豚の引く巨大な貝殻の戦車に乗って天空へと繰り出します。

　この作品において、ノーデンスは"旧きもの"と呼ばれる存在と関係があることが示唆されています。同じくHPLの「未知なるカダスを夢に求めて」では、"大いなる深淵"は地球の幻夢境の地底に広がる内部世界の深層に広がる広漠たる空洞世界であり、やはりノーデンスが君臨しています。

　ノーデンスは幻夢境の夜鬼たちの支配者で、"大いなるものども"とも呼ばれる地球の神々の秘密を探ってングラネク山にやってくる人間を警戒させています。また、「未知なる〜」では菫色の気体知性であるスンガク（P.192）と連携し、ナイアルラトホテプとその手下を妨害するなど、人間に友好的な存在として描かれます。ちなみに、HPLの初期作品である「無名都市」では、物語のクライマックスで異形の都市から辛くも脱出した語り手が、深淵の主の導きを受けたと思えるフレーズがありました。この時は修辞上の表現でしかなかったように思われますが、「未知なる〜」のラストでノーデンスが凱歌をあげるシーンと期せずして重なっているようです。

　レイニーの「小辞典」では、唯一名前がわかっている存在として"旧き神々"に数えられていて、AWDも「破風の窓」でその設定を追認しました。同時期に『サセックス稿本』などを執筆したフレッド・L・ペルトゥンもまたノーデンスを"旧き神々"としています。

　ブライアン・ラムレイの「タイタス・クロウ・サーガ」シリーズでは、ノーデンスではなくクタニドという神性を"旧き神々"の王としていますが、後続作家の間ではノーデンスを採用する人間が多いようです。なお、カーターは当初、ノーデンスを"旧き神々"とするのに否定的で、「神神」では地球本来の神に分類しましたが、カーター版『ネクロノミコン』ではノーデンスとクタニドを"旧き神々"の指導者と併記しています。

　また、ゲイリー・メイヤーズの『妖蛆の館 The House of the Worm』（一部除き未訳）では、幻夢境に棲む神々の一柱で、邪神たちを眠らせる封印の監視者になっています。

　なお、"旧き神々"設定をオミットした初期『クトゥルフ神話TRPG』では"外なる神"とされていて、後から拡張された"旧き神々"カテゴリに移動しました。

ノーデンスの出自

　ノーデンスという神は、HPLの創造物ではありません。元々は、ローマ帝国の属州ブリタンニアであった時代の英国で、ローマ化した市民から崇拝された癒しの神で、南西部グロスターシャーのリドニーに神殿がありました。アイルランドではヌアザ、ウェールズではシーズ・サウエレイントと呼ばれた神でもあります。

現地では"小人の教会"と呼ばれているノーデンス神殿の発掘は、1805年に始まりました。英国国教会の聖職者であるウィリアム・ハイリー・バサーストが著した『グロスターシャー、リドニー・パークの古代ローマ遺物 Roman antiquities at Lydney park, Gloucestershire』(1879年)によれば、有翼の小神たちや、蹄のある前脚と魚の尾を備えたトリトーンたちを従え、海馬に牽かせた戦車に乗った"ノーデンス神 Deus Nodens"の青銅板が発見されています。同書にはまた、"Deus Nodens"は正しくは"Deus Noddyns"と綴り、"深淵の神"あるいは"守護神"を意味するとも書かれています。「霧の高みの奇妙な家」の描写からして、HPLがこの事実を知っていたことは間違いないでしょう。

　ちなみに、HPL「ダンウィッチの怪異」などに強い影響を与えた先行作家、アーサー・マッケンの「パンの大神」は、ギリシャ神話の牧羊神パンの名で呼ばれる異質な精神的存在と人間のおぞましい交感実験、その結果として生まれる異形の子供を描く小説ですが、作品中で"パンの大神"はノーデンスとも呼ばれているのです。

　ところで、キングスポートのモチーフであるマーブルヘッドのワシントン・ストリート161番地には、ジェレマイア・リー・マンションという、かつての有力者の自宅を保存したハウスミュージアムがあるのですが、階段をあがった先の正面に見える二階の壁に、何と三叉の鉾を持ったネプチューンの絵が描かれています。

　ここがハウスミュージアムとして公開されたのは、HPLがマーブルヘッドを含むニューイングランド各地を頻繁に旅行した時期の少し前なので、彼がこの絵を目にした可能性は高いと考えられます。ノーデンス、ひいては"ファーザー・ネプチューン"のイメージの源泉は、この絵だったのではないでしょうか。

　なお、グロスターシャーはラムジー・キャンベルが好んで自作品の舞台としてきた地域なのですが、キャンベルはノーデンス神殿の存在を知らなかったということです。

夢の神、ノーデンス

　ところで、どうしてノーデンスが夢の世界の君主とされるのでしょうか。これについて、興味深い話があります。1928年からリドニーのノーデンス神殿発掘に取り組んでいた英国の考古学者モーティマー・ウィーラーが、1932年発表の報告書『グロスターシャー、リドニー公園における先史時代、ローマ時代、ローマ時代後の遺跡発掘の調査報告書 Report on the Excavation of the Prehistoric, Roman, and Post-Roman Site in Lydney Park, Gloucestershire』(この報告書には、ノーデンスがアイルランド神話のヌァザと同一の神であることについての、J・R・R・トールキーンの論文も掲載されています)において、ノーデンスが眠りの神だったことが示唆されていて、オカルティズム関

連の文献などで、この神が"ノドの地 Land of Nod"、即ち夢の世界の神とされる典拠となっているのです。

　ノドの地というのは、旧約聖書「創世記」において弟殺しのカインが追放されたエデンの東にある土地ですが、「頷く／うたた寝する nod」からの駄洒落で、英語圏では夢の世界を意味するスラングとして古くから知られていて、英国の作家ロバート・L・スティーヴンスンが一八八五年に発表した子供向けの詩集『子供の詩の園 A Child's Garden of Verses』にも「ノドの地」という詩（童謡）が収録されています。偶然の一致と考えるよりは、HPLが密かにウィーラーと同じ発想を抱いたと考える方が、文字通りの意味でロマンチックではないでしょか。

　なお、『ホビットの冒険』『指輪物語』の著者として知られる文献学者トールキーンがノーデンスとヌァザを同一視していたという話は、TRPG『コール オブ クトゥルフ d20』に掲載され、クトゥルー神話文脈にも取り込まれています。

ジェレマイア・リー・マンション2Fにあるネプトゥーヌスの絵画をあしらったボストン土産の絵皿。（撮影・森瀬 繚）

資料・プレートXⅢ
「ノーデンス神 DEUS NODENS」（青銅板の写し）
（ウィリアム・ハイリー・バサースト『グロスターシャー、リドニー・パークの古代ローマ遺物
Roman antiquities at Lydney park,
Gloucestershire』Longmans, Green & Co
（1879年）より）

"大いなるもの"、"旧きもの"、地球の神々

グレート・ワンズ

エルダー・ワンズ

幻夢境
ハテグ＝クラ
ングラネク
インガノク

Great Ones, Elder Ones,
earth's gods

"大いなる古きものども"の保護下にある神

グレート・オールド・ワンズ

　地球の幻夢境には、"大いなるもの"とも呼ばれる地球本来の神々が住んでいる。彼らはかつて、幻夢境の霊峰ハテグ＝クラに住んでいたようだが、今では人間を避けて幻夢境の北方に屹立する巨大な霊峰カダスの城に住んでいる。月が青白い靄に包まれている晩になると、彼らはハテグ＝クラの頂上を訪れて、栄華に満ちたかつての日々を懐かしみながら踊り明かすという。"大いなるもの"の神々の姿かたちは一見、人間と変わらないが、切れ長の目や長い耳たぶ、薄い鼻と尖りぎみの顎という、特徴的な容貌をしている。

　幻夢境のングラネク山の南側の山腹には、彼らが自らの顔を刻んだ巨大な像があるのだが、ノーデンス配下の夜鬼たちが好奇心に満ちた人間の接近を阻んでいる。カダスに隠棲する地球の神々は、時に人里に降りてきて、人間の女性と交わることがある。神の血を引く子孫は幻夢境北方のインガノクに住んでいて、地球の神々の美しい容貌を備えている。

　地球本来の神々とはいうが、いつ、どこで、どのように生まれたのか、何人ぐらいが存在するのか——そうしたことは殆どわからない。幻夢境では、眩い光を放つ真実を体現するアリエル、炎に包まれた姿で表される炎の神カラカル、誕生と死を司るゾ＝カラル、瞳のない銀の眼を持ち常にライオンを連れているナス＝ホルタース、幻術の達人で魔術師に崇拝されるタマシュ、槍を象徴とするが戦いを好まぬ神ロボン、六つの眼を持つ爬虫類のような姿で顕現するアーガルグ・リーオニオスなどが知られている。また、古代ヒュペルボレイオス大陸では、猫の女神イクセエラ、魚のような神クァルク、羊飼いの神シムバなどの神々が信仰されたが、彼らもまた"大いなるもの"なのかもしれない。

グレート・ワンズ

　カダスに住まう神々は、かつて異形の"蕃神"に生贄を捧げていたガグを地底の内部世界に追放するなど、神らしい権能を示したことがある一方で、不可解なことにナイアルラトホテプの後見を受けている。このことについて、幻夢境が"大いなる古きものども"の侵略を受けていて、ナイアルラトホテプはいわばその名代としてカダスに君臨しているという見方がされることがある。実際、クトゥルーとその眷属のように、夢を介して人間に働きかけ、支配するという神々が存在するのだから。

アザー・ゴッズ

既知の神話・伝説の神々

　クトゥルー神話の作品世界には邪神のみならず、ギリシャ神話をはじめ既知の神話・伝説の神々や、幻夢境に棲む"大いなるもの"あるいは"旧きもの"、大地（地球）の神々などと呼ばれる神々が共存しています。"旧き神々"の指導者とされるノーデンスは、ローマ属領時代に英グロスターシャーのリドニーで崇拝された治癒の神であり、ネプトゥーヌス、トリトーン、ネーレイスなどのギリシャ神話の海神たちを従えています（HPL「霧の高みの奇妙な家」）。シモン版『ネクロノミコン』では、バビロニア神話のマルドゥクを旧神、ティアマトが"古きもの"に数えられています。レイニー「小辞典」では、これらの神々の総称として"旧き神々"とは別の"大地の神々"が用いられました。これを受け、カーター「神神」では幻夢境の神々を含む邪神以外の神がこのカテゴリに入れられました。

　幻夢境の"大いなるもの"はHPL「未知なるカダスを夢に求めて」に登場し、セレファイスで崇拝されるナス＝ホルタースも同作と「セレファイス」で言及されます。また、「サルナスに到る運命」では、ムナールで崇拝された神々（後述）の名前が挙がります。

　"大いなるもの"がナイアルラトホテプの庇護下にあることについて、ブライアン・ラムレイは自身の作品で、幻夢境が邪神の侵略を受けているという解釈を示しました。

　なお、ゲイリー・メイヤーズの『妖蛆の館 The House of the Worm』では、地球外から到来して邪神たちが眠りこんでいるのを見つけ、封印と魔法で邪神たちが眠り続けるよう仕向けた上で幻夢境に住む脆弱な神々で、"旧き神々"と同一視されます。

"大いなるもの"の銘々録

　しばしば"大いなるもの"に分類される、クトゥルー神話作品の神々を紹介します。

・バースト（ブバスティス）：エジプトの猫の女神で、HPLやブロックの作品に言及される。『クトゥルフ神話TRPG』では"旧き神々"。（猫の項目を参照）
・ゾ＝カラール、タマシュ、ロボン：HPL「サルナスに到る運命」において、サルナスを含むムナール地方で崇拝される神々。邪神ボクルグの呪いの前には無力だった。
・コス：REH「墓はいらない」で死の町として言及。「神神」にて、「未知なる〜」で幻夢境の各所に見られるコスの印と結びつけられ、幻夢境の神とされた。
・ユーピテル：ギリシャ神話の主神ゼウスのローマ名。D・R・スミス「アルハザードの発狂」において、"大いなる彼のもの"の呼集に応じて現れたクトゥルーやハスターなどの邪神群を、雷光を鞭のように繰り出して撃退した。

ナス＝ホルタース

Nath-Horthath

幻夢境
セレファイス
"天のライオン"
ヒュペルボレイオス

悪夢を退ける守護神

ナス＝ホルタースは、地球の幻夢境にあるセレファイスという都市で崇拝される神性である。外見は金髪で肌が黒い人間の姿で、銀色の眼には瞳がなく、一頭のライオンを常に連れていることから、"天のライオン"の異名で呼ばれる。かつては覚醒の世界のヒュペルボレイオス大陸でも崇拝を集め、月の隠れ家から人々の夢を見守っていて、時に悪夢を退けるべく黒い影のようなライオンを下界に送り込むということである。

"天のライオン"

ナス＝ホルタースは、HPL「セレファイス」「未知なるカダスを夢に求めて」に言及される、セレファイスという都市で崇拝される神です。サンディ・ピーターセンは、『クトゥルフモンスターガイド——ウォッチングのための超自然生物ハンドブック』の第2巻で、この神の外見を金髪で肌が黒い人間に設定しました。彼の銀色の眼には瞳がなく、一頭のライオンを常に連れています。ジョン・R・フルツとジョナサン・バーンズの小説「ヒュペルボレイオスの魔術師たち Wizards of Hyperborea」（未訳）は、これを受けて"天のライオン"という異名を与え、古代ヒュペルボレイオス大陸で崇拝されたことにしました。

ゲイリー・メイヤーズの「大地の神々 The Gods of Earth」（未訳）にも、ナス＝ホルタースが登場します。蕃神たちの目覚めが近付く中、"旧き神々"はランドルフ・カーターの夢見た都市に続く新たな避難所を求めていました。ある時、ハテグ＝クラ山の峰に集まった彼らのもとに、キングスポートの酒場でラム酒に酔い潰れたピーバディなる男の夢が漂ってきました。カマン＝ターがその夢を捕まえ、ナシュトが息を吹きかけて霜を取り除くと緑の野に囲まれた美しい都市が見え、ナス＝ホルタースがマアナ＝ユウド＝スウシャイ（ロード・ダンセイニのペガーナ神話の神）の印を辿っていくとヤン川が見えました。この世界に惚れ込んだナス＝ホルタース、ナシュト、カマン＝ターの三神は覚醒の世界へとやってきてピーバディと取引し、新たな避難所を手にするのですが——。

ヒュプノス

Hypnos

■■ ギリシャ神話
■■ かんむり座
■■ 幻夢境
ドリーム・クリスタライザー
夢の結晶器

眠りを支配するもの

ヒュプノスは、ギリシャ神話に登場する眠りの神で、大抵は顎髭を備え、波打つ巻き毛にヒナゲシの冠を戴く美しい男性の姿をしているとされる。夢の分野を探求する者はヒュプノスに細心の注意を払わねばならない。彼の領域を犯した者は、かんむり座より放たれた光線を浴びて、ヒュプノスの名が刻まれた彫像に変えられてしまうかもしれないのだ。

カテゴリのさだまらぬ神

ヒュプノスは、元々はギリシャ神話に登場する眠りの神でした。ヘーシオドースの『神統記』によると、彼は夜（ニュクス）の子で、兄弟には死の神タナトス、夢の神オネイロスがいます。HPL の「ヒュプノス」（1922 年）は、耽美主義者の 2 人組の片方が薬物を服用し続けた結果、ヒュプノスの怒りを買って、彫像にされてしまうという物語です。作中、語り手が相方と共に体験した出来事全体が、まるで夢であったかのような内容となっていますが、これはヒュプノスが夢と現実を入れ替えたためとも解釈が可能です。なお、この時に相方が変貌させられた彫像としての姿がヒュプノスの姿と解釈される事もありますが、上記の推測も合わせると、実際の姿は別に存在していると考えて良いでしょう。

ヒュプノスは現在、クトゥルー神話の神々に数えられていますが、その区分については、カーター「神神」では地球本来の神々、AWD のいわゆる没後合作の「アルハズレッドのランプ」では邪神、『クトゥルフ神話 TRPG』では“旧き神々”という具合に解釈が割れています。なお、TRPG ではヒュプノスと幻夢境が関連付けられています。初出作品で光線が発せられた場所ということで、すみかについてはかんむり座とされていますが、覚醒の世界と幻夢境の狭間の領域を支配する神だと設定されています。また、副読本『クトゥルフ神話 TRPG キーパーコンパニオン』ではキャンベル作品に登場した夢の結晶器の真の所有者がヒュプノスだとされています。

イホウンデー

Yhoundeh,Houndeh

ヒュペルボレイオス大陸
ナイアルラトホテプ
『プノムの羊皮紙文書』
『エイボンの書』

ヘラジカの女神

　イホウンデーはホウンデーともいい、ヒュペルボレイオス大陸で崇拝されたヘラジカの女神である。彼女の親は原存在（アルケタイプ）の一体で、殆んど不明瞭であるが、回転楕円体のヘラジカのようなものと描写される両性具有の存在ズィヒュメとされる。

　『プノムの羊皮紙文書』によれば、イホウンデーはナイアルラトホテプを婚姻の相手もしくは後見人としたという。イホウンデー教団は大神官モルギが失踪するまで、ヒュペルボレイオス大陸で権勢を誇り、政治的にも大きな発言権を持っていた。

エイボンとの因縁

　イホウンデーもしくはホウンデーは、CAS「土星への扉」（邦題は「魔道士エイボン」）が初出です。作中ではヘラジカの女神と記される程度で、上記の出自の多くはスミスの1934年9月10日付のロバート・H・バーロウ宛書簡に由来します。カーターの「神神」では“地球本来の神々”の項目に分類されていますが、神話作品では、イホウンデー教団に重点が置かれる傾向にあります。カーターが『エイボンの書』の一部として執筆した「ヴァラードのサイロンによるエイボンの生涯」では、エイボンの父ミラーブがイホウンデー教団の迫害を受けて文書館員の職を失い、家族ともども荒野に追放された次第が語られています。エイボンの生涯を通じてイホウンデーの教団は拡大する一方であり、時にはロバート・M・プライスの「エイボンは語る　もしくは、エイボンの箴言」で描かれたように、信憑性については疑問の余地があるものの、エイボンとモルギが対峙した事もあったと言い伝えられています。「土星への扉」において、教団の魔の手はエイボンにも及びますが、彼は土星への扉を使い土星へと逃亡し、彼を追うモルギもまた扉の向こうへと消えました。この後2人は戻って来る事は無く、当時の人々の間でエイボンが大神官を道連れにして魔術による逃亡に成功したという考えが広まるようになり、イホウンデー崇拝の衰退と、ムー・トゥーラン半島でのツァトーグア崇拝の隆盛に繋がりました。

ヌトセ＝カアンブル

N'tse-Kaambl

幻夢境
ユス
"旧き印"
"世界を打ち砕くもの"

幻夢境の女神

　　ヌトセ＝カアンブルは、幻夢境の女神の一柱である。「己の華麗なる輝きにより世界を打ち砕いた」と形容される彼女は、現在は封印され、眠り続けている蕃神たちの敵対者で、その神殿は幻夢境のどこかにある**ユス**という土地に存在する。邪なる神々の影響を退ける力を宿す、人間から"旧き印"と呼ばれる五芒星形の護符は、彼女への崇敬でもって聖別されているのである。"世界を打ち砕くもの"ヌトセ＝カアンブルは、幻夢境の人間たちの間では古代ギリシャ風の内衣（キトン）をまとい、大きな槍と盾、兜を装備した、戦いの女神**アテーナー**のような女戦士の姿でイメージされている。そして、彼女が携えた大きな楯には、"旧き印"が刻まれているのだ。

"旧き印"を聖別する存在

　　ヌトセ＝カアンブルは、アーカムハウスから刊行されたゲイリー・メイヤーズの連作集『妖蛆の館 The House of the Worm』（1975年、未訳）においてわずかに言及される幻夢境の女神で、"旧き印"と呼ばれる五芒星形の護符に力を与える存在とされています。幻夢境のユスという土地にいる彼女の神官たちは、この護符を身につけて、邪神に属する不浄のものどもから身を守っているといいますが、メイヤーズの作品中にはこの女神についてそれ以上の記述はありません。

　　外見も含め、ヌトセ＝カアンブルについてのそれ以外の情報は、『クトゥルフ神話TRPG』のサプリメント『HPLの幻夢境』に基づいています。同作の設定では、彼女の主な関心事は邪神群の打倒のみで、人間の守護といったことにはあまり関心がありません。ただし、邪神がはっきりと姿を現した場合に限り、これらの存在と戦う人間を支援することもあるようです。また、大きな脅威が差し迫っている場合、他の"旧き神々（エルダー・ゴッズ）"を呼び寄せることができるともされています。

メイヤーズの独自設定

　ゲイリー・メイヤーズは、地球の幻夢境と"旧き神々"を主題とする独自の世界観に基づくクトゥルー神話小説を執筆し、AWD に注目された作家です。

　国書刊行会の『真ク・リトル・リトル神話大系』に日本語訳が収録されているメイヤーズの短編「妖蛆の館」は、アーカムハウスから刊行されていた雑誌〈アーカム・コレクター〉1970 年夏号に掲載された初期版の翻訳です。

　しかしながら AWD の死後、連作集『妖蛆の館』の刊行にあたり、メイヤーズは表題作「妖蛆の館」を大幅に書き改めました。変更点を次にまとめます。

雑誌掲載版：
・"ヌセクンブル Nsekmbl"という名前になっていた。
・邪神たちとその眷属はベテルギウスに棲む"旧き神々"との戦いに敗れ、外なる闇へと追放されて、"旧き神々"の封印にしっかりと抑え込まれている。
・"旧き神々"とノーデンスは、幻夢境の"妖蛆の館"に棲む"封印守護者"と呼ばれる老人に、邪神の封印の監視を任せている。
・"旧き神々"たちが眠って警戒が緩んだ時、封印が破られて邪神が復活するだろう。

連作集版：
・"旧き神々"たちは地球の幻夢境に棲む脆弱な神々である。
・地球にやって来た"旧き神々"たちは、邪神たちが眠りこんでいるのを見つけ、封印と魔法で邪神たちが眠り続けるように仕向けている。
・"旧き神々"たちは、ノーデンスに邪神の封印の監視を任せている。
・ノーデンスが眠って警戒が緩んだ時、封印が破られて邪神が復活するだろう。

　メイヤーズは当初、AWD の"旧き神々"設定を受け入れていましたが、その後、HPL 作品を正典として重要視する方針に転じました。彼は HPL の「霧の高みの奇妙な家」「未知なるカダスを夢に求めて」などの"旧きもの"にまつわる記述を検証し、ナイアルラトホテプに保護されている脆弱な地球の神々"大いなるもの"と同一の存在だと考えました。この考えに基づき、彼は自作中の"旧き神々"の設定を下方修正したのです。

ウルターラトホテプ

Ultharathotep

- 『サセックス稿本』
- 『ネクロノミコン』
- ヨグ＝ソトース
- 『クトゥルー教団の手引書』

ナイアルラトホテプの対偶者

　ウルターラトホテプは、ラテン語版『ネクロノミコン』の部分的翻訳とされる文書『サセックス稿本』で言及される、"旧き神々"の一柱だ。ウルターラトホテプあるいはウルタールは、いかなる種類の実体も備えていない、純粋な思念や知性といった存在である。

　最高神にして世界の王アザトースの配下であるソトースの息子ウルターラトホテプは、"ソトースの寵を受けしもの"ヨグ＝ソトースとも呼ばれる。この神は神殿都市ンガ＝クトゥンで千年に一度大神官たちを集めて行なわれる大儀式において、彼らの魔力と生命力を注ぎ込まれた化身として召喚され、聖なる神秘の周期を繰り返していたという。しかし、邪悪な四大霊たちが結託してウルターラトホテプへと注がれるはずの魔力を横領し始めた。

　彼らはその魔力を用いて王であるナイアルラトホテプの顕現たるクトゥルーを代わりに召喚し、"旧き神々"を打倒していっときは世界を支配したのである。とはいえ、"旧き神々"に忠実な者たちがウルターラトホテプへの信仰を絶やさなかったため、ウルターラトホテプの力はついに復活し、父であるソトースや他の"旧き神々"たちを地球へと呼び寄せた。かくて、"旧き神々"は邪悪な四大霊たちの力を抑えこみ、反乱の先頭に立ったクトゥルーをルルイェに封じ込めたということである。

刊行されなかった『サセックス稿本』

　ウルターラトホテプは、フレッド・L・ペルトゥンが執筆した『サセックス稿本』で言及される、"旧き神々"の一柱です。アザトースの配下であるソトースの息子であり、ヨグ＝ソトースの別名とされ、さらにはナイアルラトホテプの対偶者とされています。

　ペルトゥンは、ネブラスカ州リンカーン在住の熱狂的な HPL 愛好家です。『サセックス稿本』は、ラテン語版『ネクロノミコン』の部分的翻訳という体裁の文書です。ペルトゥンはこの原稿を彩色写本風に製本し、商業刊行を期待してアーカムハウスに送りました。その熱意に驚いた AWD は刊行を前向きに検討したらしく、「永劫の探求」などの自作品

で『サセックス稿本』について言及しています。

　しかし、最終的に共同経営者であるドナルド・ウォンドレイの意見を容れ、出版は見送られました。その理由として、ペルトゥンがクトゥルー神話を全面的に再構成し、それまでの作品とは全く異なる解釈を試みていたことが挙げられます。とはいえ、刊行こそされなかったものの、ペルトゥンの設定は、AWD を介する形で第二世代作家たちの作品に何かしらの影響を与えている可能性があります。

　その後、『サセックス稿本』の現物は行方不明となり、文字通りの意味で幻の書となりました。しかし、クトゥルー神話研究家 E・P・バーグルンドが、ペルトゥンの遺族が保管していた原稿を発見し、1980 年代半ばに改めて刊行されました。

　ペルトゥンには『サセックス稿本』の他にも『クトゥルー教団の手引書 A Guide to the Cthulhu Cult』（未訳）という著作があり、こちらの内容も他の作家たちと異なる、非常に独特な世界観になっています。

　ペルトゥンの独自設定から、特に目を引くものを幾つか紹介します。

・アザトースと“旧き神々（エルダー・ゴッズ）”は宇宙の創生以前から存在し、アザトースにはソトースとノーデンスが仕えている。

・ソトース、ウボ＝サスラ、アブホースという三つの創造の力が、それぞれ世界、生命、邪悪を創造した。

・太陽系の生命と邪神たちはユゴス（冥王星）で誕生した。

・旧き神への反乱を企てた邪悪な四大霊の指導者として、ロイガー、イタカ、シュブ＝ニグラス、クトゥグァの名を挙げた。

・ラヴクラフトが「時間の彼方の影」に登場させた半ポリプ状先住種族にロイガーノスという名前を与え、ロイガーとツァールに仕える空の存在とした。

・水の王として大いなるイタカの名があげられ、その配下として海の生物であるぬらぬらしたイタクァールがいる。

・地の精の筆頭にシュブ＝ニグラスを置き、その子であるじっとりとした無色の妖蛆シュボラスが傅（かしず）いている。

・イリスラという女性をクトゥルーとナイアルラトホテプが創造し、人間の間に邪神崇拝を広めさせた。このイリスラはヘブライ神話に取り入れられリリスとなった。

『クトゥルフ神話 TRPG』では、他の作家たちの神話作品とあまりに異なる『サセックス稿本』の内容について、ラテン語版『ネクロノミコン』を誤訳したものと解釈しています。

クタニド、ヤド＝サダーグ
Kthanid,Yad-Thaddag

エリュシア
“旧き神々”《エルダー・ゴッズ》
クトゥルー
ヨグ＝ソトース

神園エリュシアの王

クタニドは、神園エリュシアの“水晶と真珠の宮殿”に君臨する、“旧き神々”《エルダー・ゴッズ》の中でも並ぶものなき、何者も逆らえない存在と呼ばれる、神々の王である。堕落した神々の指導者的な存在であるクトゥルーの近縁者で、時に“兄弟”と呼ばれることもあり、外見もよく似ているが、黄金色の双眼は慈愛と憐れみに満ち、見る者にむしろ安らぎを与える。

宮殿の玉座に座すクタニドは、水晶球を通して全宇宙の未来を眺望しながら、エリュシアのみならず宇宙全体の平穏を保つべく“大いなる思念”を巡らしているのである。

なお、神園エリュシアに棲まう“旧き神々”の中には、クトゥルーの対偶者であるクタニドと同様、ヨグ＝ソトースと対になっている神も存在する。ヤド＝サダーグという名の神がそれだ。この神もやはり、ヨグ＝ソトースと部分的によく似た、穏やかに流動する黄金色の球体の集積物の姿をとっている。悍ましくもどぎつい虹色の球体を纏わりつかせたヨグ＝ソトースとは全く異なる、この上なき善に満ちた神とされている。

クトゥルーの“兄弟”

クタニドは、ブライアン・ラムレイの「タイタス・クロウ・サーガ」シリーズにおいて、霊能力者タイタス・クロウとその友人アンリ＝ローラン・ド・マリニーの導き手として登場する、“旧き神々”《エルダー・ゴッズ》の一柱です。日本語の本では“サニド”表記にされることがありますが、ラムレイに直接確認したところ、クトゥルーと対の存在として設定されているので、“クタニド”が正しいということです。彼はまた、クトゥルーとクタニドが同一の存在の別側面なのではないかとのロバート・M・プライスの説も否定しています。

ラムレイの作品世界では、“旧き神々”《エルダー・ゴッズ》の指導者はノーデンスではなくクタニドです。35億年前にクトゥルーら邪神群を幽閉したのも彼なのですが、「サーガ」の最終巻『旧神郷エリシア』によれば、その方法を忘却してしまっています。

彼は“旧き神々”の都である神園エリュシアの氷河のただ中にある“水晶と真珠の宮

殿"に住んでいます。彼の姿は、「サーガ」の第2巻『タイタス・クロウの帰還』に描かれました。主人公タイタス・クロウの前に姿を現したクタニドは、巨大な翼を備え、顔から数多の触手を生やした——クトゥルーと瓜二つの姿でした。両者は近い血縁関係にあり、"兄弟"とも呼ばれます。ただし、クタニドの黄金色の眼（クトゥルーのような6つ目ではなく、左右2つのようです）は慈愛と憐れみに満ち、クトゥルーとは異なり直視しても発狂することはありません。彼の精神の声は荘厳で、理性的です。

なお、『タイタス・クロウの帰還』において、エリュシアに導かれたクロウの伴侶となる"神々に選ばれし者"ティアニアは、母方でクタニドの血をひいています。旧世界（エルド）の"大いなる存在"の血筋と呼ばれるその一族には、時々、クタニドの遺伝子の特徴が発現する者が生まれます。ティアニアはそうした子孫の一人なのです。

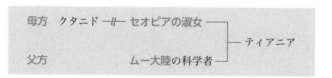

母方　クタニド ─┼─ セオピアの淑女 ─┐
　　　　　　　　　　　　　　　　　　　├─ ティアニア
父方　　　　　　ムー大陸の科学者 ─┘

ヨグ＝ソトースの対偶者

ラムレイの『旧神郷エリシア』には、クタニド以外にもう一柱、興味深い"旧き神"（エルダー・ゴッド）が登場します。それが、ヤド＝サダーグです。

物語の冒頭、クタニドの宮殿において旧き神々が一堂に会するシーンに登場するヤド＝サダーグは、ヨグ＝ソトースの従兄弟と説明されていて、その姿は穏やかに流動する黄金色の球体の集積物として描かれます。

ヨグ＝ソトース同様、ヤド＝サダーグの本体は輝く球体の方ではなく、その背後で蠢いている悪夢めいた姿の方なのですが、腐り果てた暗黒の邪神であるヨグ＝ソトースとは異なる、この上なき善の神とはっきり書かれています。クタニドが「きれいなクトゥルー」であるように、ヤド＝サダーグもまた「きれいなヨグ＝ソトース」とでも呼ばれるべき、対の存在なのかも知れません。

ヤド＝サダーグの性質について、ラムレイはそれ以上の情報を与えません。ただし、玉虫色に淀むヨグ＝ソトースが宇宙の因果律の権化なのだとすれば、黄金色に光り輝くヤド＝サダーグは宇宙の黄金律の化身なのだと解釈することができそうです。

神々の系図（リン・カーターの諸作品による）

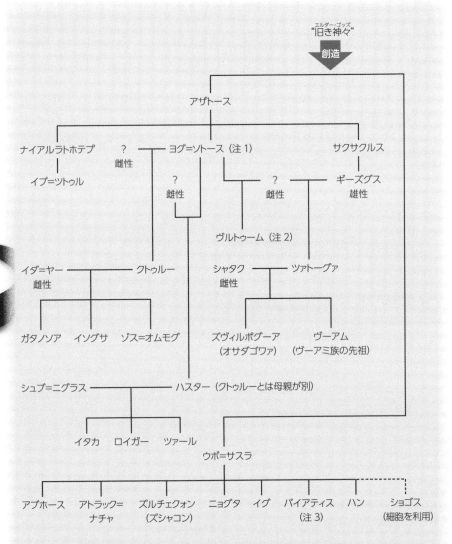

注1：カーター版『ネクロノミコン』に、ヨグ＝ソトースを生みだした“無名の霧”という記述あり。
注2：「陳列室の恐怖」にはクトゥルー以下の三兄弟の末弟とあるが、この作品とカーター版『ネクロノミコン』にはツァトーグァの兄弟とも書かれている。ヴルトゥームとツァトーグァは、同腹の兄弟と解釈できる。
注3：カーター版『ネクロノミコン』では、イグの息子。

第6章

神話典籍とアーティファクト

神話典籍
Mythological Books

- 『ネクロノミコン』
- 魔術書
- 魔道書
- リン・カーター

神話関連書の総称

　クトゥルー神話を題材とする物語において、『ネクロノミコン』に代表される禁断の書物は、地球の真実の歴史を記した書物であると同時に、神々への祈禱や呪文、儀式手順を解説した典礼書でもあります。その内容は、人間社会の倫理や良識といったものから大きくはずれていて、人によっては読むだけでも狂気に誘われてしまいます。そのため、文明世界——とりわけ西洋のキリスト教社会では、これらの書物は古くから禁忌視され、ローマ・カトリック教会から繰り返し禁書指定を受けたのみならず、時には焚書に付されることもあったと設定されています。

　ところで、クトゥルー神話に深く関係のある書物を"魔術書／魔道書（マジック・ブック、グリモワール）"と総称するのは、実のところ日本独特の伝統で、本国たる英語圏では大抵、「書物 BOOK」もしくは「大冊 TOME」としか呼ばれません。

　事の発端を辿っていくと、クトゥルー神話の体系化に取り組んだ作家・編集者のリン・カーターが、アマチュア時代にファンジン〈インサイド・アンド・サイエンス・フィクション・アドヴァタイザー〉1956 年 3 月号で発表した小論 "H. P. Lovecraft: The Book" が、青心社の『クトゥルー』シリーズに「資料編 魔道書目録」「クトゥルー神話の魔道書」（順にハードカバー版と文庫版）のタイトルで収録されたことが原因のようです。

　どうやらこの文章の影響で、TRPG『クトゥルフの呼び声』（現・『クトゥルフ神話TRPG』）の日本版がホビージャパンから刊行された際に、'The Books of the Cthulhu Mythos' のパートが「クトゥルフ神話体系の魔道書」として翻訳されました。かくして、初期の重要な参考資料であったこれらの文章に倣う形で、本邦ではクトゥルー神話にまつわる知識や情報にまつわる書物を"魔術書／魔道書"と総称するようになっています。

　とはいうものの、読む者の精神に与える超自然的な悪影響の有無はさておき、『黄衣の王』のような戯曲や『アザトースその他』のような詩集まで、十把一絡げに魔術書扱いするのは流石に強引ですし、実在する魔術書との乖離も甚だしいところがあります。

　そこで、本書ではこうした書物を " 神話典籍 " と総称します。

『ネクロノミコン』

Necronomicon

『アル・アジフ』
アブドゥル・アルハズレッド
アルキンディー
ミスカトニック大学

『クトゥルー神話』の正典

　太古の地球を支配した異形の神々にまつわる真実の歴史書にして、彼らと接触、祈願する術が記された魔術書でもある『ネクロノミコン』は、"狂える詩人"アブドゥル・アルハズレッド（アブド・アル＝アズラット）が、西暦730年頃に著した書物だ。原題は『アル・アジフ』。"アジフ"はアラビア人が魔物の声と恐れた夜の虫の声を意味している。

　現在のイエメンのサナア出身のアルハズレッドは、ルブアルハリ砂漠をさまよう内に石柱都市イレムや無名都市を訪れ、その地で人類以前の古い種族にまつわる秘密を発見したと主張し、イスラームの神を捨ててヨグ＝ソトース、クトゥルーといった太古の神を崇拝するようになった。その彼が、狂気に侵されつつもその信仰を文字にしたのが『アル・アジフ』なのだが、真の目的は人類への警告にあったと考える者もいる。のみならず、9世紀アラブの哲学者アルキンディーの『キターブ・マアニ・アル＝ナフス（魂の本質）』こそが『アル・アジフ』の正体だとする説など、異説が入り乱れている。アルキンディー説によれば、カリオストロ伯爵の創始したエジプト派フリーメイソンリーがこれを所蔵し、その流れを汲む結社の一員だったウィンフィールド・ラヴクラフトを介して、その息子ハワード・フィリップス・ラヴクラフトが『アル・アジフ』のことを知ったとされる。彼はまた、『ネクロノミコン』の現物を読んだことがあると常より主張していた。

　『アル・アジフ』の原書はイスラーム圏で徹底的に抹殺され、現存しないものと考えられている。サンフランシスコの魔術師ジョン・カーンビイや、英国の魔術師ジュリアン・カーステアズや所有していたとか、キングスポートの古い一族が密かに所蔵しているなどの噂がしばしば流れはするが、はっきりと現物を確認した者はいないようだ。

　なお、H・P・ラヴクラフトの研究家でもあるアメリカのSF作家ライアン・スプレイグ・ディ＝キャンプは、イラクでドゥリア語訳の『アル・アジフ』と称する古文書を入手し、1973年にアウルスウィック・プレスから刊行した。他にも、これぞ『ネクロノミコン』と称する書物が何冊も刊行されているが、大英博物館図書館やミスカトニック大学付属図書館などの閉架書庫に確実に所蔵されている原本と比較検証を行った者はいない。

夜の魔物の声

　HPL が創造した『ネクロノミコン』——正確に言えばそのアラビア語原書である『アル・アジフ』は、"狂える詩人"アブドゥル・アルハズレッドが、西暦 730 年頃に現在のシリアの首都ダマスカスで著した、クトゥルー神話の核とも言うべき重要な典籍です。

　数多くの神話作品に挿入される引用文によれば、この書物には太古の地球を支配した邪神や異形の種族、その崇拝者たちについて記録された歴史書の側面と、神々の召喚法や恐ろしい呪文が記録された魔術書という二つの側面があります。ギリシャ語版の刊行以来、この本により邪神崇拝に走った者がしばしば恐ろしい事件を起こしたため、ローマ・カトリック教会の厳しい取り締まり対象となっています。『アル・アジフ』は、アラビア語では "العزيف" と表記します。"アル"は、アラビア語の定冠詞。"アジフ"は、HPL が愛読したウィリアム・ベックフォード『ヴァテック』の、サミュエル・ヘンリーによる英訳版の注釈にあった、アラビア人が魔物の声だと信じたという夜の虫の声を意味する言葉を拝借したものです。ただし、クトゥルー神話研究家のダン・クロアによれば、"アジフ"という語は実のところ、アラビア語の語彙に存在しない言葉なのだそうです。『ネクロノミコン』というのは、『アル・アジフ』がギリシャ語に翻訳された際につけられたタイトルです。1937 年 2 月下旬のハリー・O・フィッシャー宛書簡などに見られる HPL 自身の説明によれば、彼が夢の中で思いついた言葉で、「NEKROS（死体）、NOMOS（法典）、EIKON（表象）——したがって死者の律法の表象あるいは画像」を意味します。書物としての『ネクロノミコン』に先立って、まずはアブドゥル・アルハズレッドの名前が、「永久に横たわるものは死せずして、奇異なる永劫のもとには死すら死滅せん」という二行連句の作者として、HPL「無名都市」（1922 年）に言及されました。"アブドゥル・アルハズレッド"というのは、『千夜一夜物語』に夢中だった当時 5 歳の HPL のために、家族もしくは弁護士のアルバート・A・ベイカーがこしらえてくれた名前らしく、彼はこの名前を署名に用いたり、書簡中で自分の遠い先祖にあたることを示唆しています。

　この人物と『ネクロノミコン』が結び付けられたのは、「無名都市」の翌年に執筆された「猟犬」（1922 年）という作品です。この作品では、アルハズレッドの禁断の『ネクロノミコン』は中央アジアのレンにおける屍食宗派にまつわる、死者を悩ませ貪り食う霊魂や魔よけなどについて書かれている書物となっています。

　その後、冬至の日の儀式についての記述がある、オラウス・ウォルスミスが翻訳したラテン語版の存在が「祝祭」（1923 年）で示されるなど、『ネクロノミコン』は HPL 作品に頻繁に登場するようになります。のみならず、1927 年には FBL が、「喰らうものども」の冒頭に 16 世紀英国の実在の占星術師・魔術師であったジョン・ディー翻訳の英語版

『ネクロノミコン』からの引用を掲げ、続いて CAS が「妖術師の帰還」で『ネクロノミコン』のアラビア語版を登場させるなど、HPL の友人たちの作品にも登場するようになりました。HPL はここに至って、こうした設定に整合性をつけるべく、アルハズレッドの生涯と『ネクロノミコン』の書誌をまとめた「『ネクロノミコン』の歴史」を 1927 年秋頃に執筆し、これが基本的な設定となりました。『アル・アジフ』という原題が確定したのも、この時のことです。

アブドゥル・アルハズレッド（アラビア語表記：عبد الله الحظر）は、紀元700年頃にイエメンのサナアに住んでいた人物で、バビロンの廃墟やメンフィスの地下洞窟を訪れた後、ルブアルハリ砂漠で10年過ごしました。彼は石柱都市イレムや無名都市を訪れ、その地で人類以前の古い種族にまつわる秘密を発見したと主張し、イスラム教の神を捨ててヨグ＝ソトース、クトゥルーといった太古の神を崇拝するようになったということです。

彼は晩年を過ごしたダマスカスで、730 年頃に『アル・アジフ』を執筆した後、738 年に死亡、あるいは失踪しました。12 世紀——というのは HPL の勘違いで、13 世紀の実在の伝記作家イブン・ハッリカーンによれば、彼は白昼の通りで眼に見えない怪物に捕まり、貪り喰らわれたということです。なお、彼の末路については別の話もあります。AWD「永劫の探求」では、アルハズレッドが衆目の中で貪り喰われたのは集団幻覚のようなもので、実際には邪神の秘密を著書に記したために無名都市に連れ去られて、凄惨な拷問の末に虐殺されたことになっているのです。なお、「アブドゥル」という名前は「下僕（Abd）＋定冠詞（Al）」という組み合わせで、たとえば「アブドゥル＝マジード」のように連結する語が欠けた状態では文法的に意味をなさないため、アブドゥッラー（アラーの下僕）の短縮形ではないかと言われています。また、HPL 研究家の S・T・ヨシは、アブド・エル＝ハズレッド（ハズラッドの下僕）が文法的に正しいのではないかと提唱しています。

『ネクロノミコン』の装丁

『ネクロノミコン』の外見について、一般的に広まっているイメージは、あたかも人間の顔面をそのまま貼り付けたかのような人皮装丁の本というものです。これは、サム・ライミ監督の出世作であるホラー映画『死霊のはらわた』シリーズに登場する『ネクロノミコン・エクス＝モルテス』（このタイトルになったのは 2 作目で、当初は『死者の書』あるいは『ナトゥローム・デモント Naturom Demont』）に由来するものですが、この書物自体は映画では古代シュメール人の死者の葬送などにまつわる書物で、3000 年以上前に海を赤く染めた血で書かれたとも言われる、クトゥルー神話の『ネクロノミコン』とは本来、全く別の書物です。ただし、コミックやゲームをはじめ、同シリーズの商業スピンオフ作品では、神話典籍としての『ネクロノミコン』と同一視されることが少なくありません。

HPL自身は、『ネクロノミコン』の装丁について言及しませんでした。より詳しい描写は、カーター「陳列室の恐怖」に「ひび割れた古い黒革で装丁され、錆の浮いた留め金で綴じられた四折判の大冊」（ただしどの版かは不明）とあるくらいのものです。なお、〈ウィアード・テイルズ〉1925年1月号掲載の、アンドリュー・ブロスナッチによる「祝祭」の挿絵に大冊を抱えた男が描かれていて、これが『ネクロノミコン』だと思われます。

　HPL自身は『ネクロノミコン』がページ数の多い、分厚い本だと考えていました。

　たとえば、ブロックが「ルシアン・グレイの狂気 The Madness of Lucian Grey」（未発表）という小説で、登場人物の1人が1日がかりで『ネクロノミコン』を読破したと描写されているのを読んだHPLは、1933年6月下旬の書簡で、この本は1日やそこらで読み切れるような分量の本ではないと苦言を呈しました。また、アマチュア時代のジェイムズ・ブリッシュとやり取りした1936年の書簡では、「ダンウィッチの怪異」での『ネクロノミコン』の引用箇所が、751ページからのものだと書いています。つまり、同作に登場するラテン語版『ネクロノミコン』は、少なくともそれ以上のページ数があるということです。

　ちなみに、エドガー・ホフマン・プライスは、「銀の鍵」の続編として執筆した「幻影の君主」において、ランドルフ・カーターの読んだ『ネクロノミコン』の文章が、『クルアーン』に用いられたアラビア文字の書体であるクーファ体で書かれていたと描写しましたが、HPLは同作を「銀の鍵の門を抜けて」に改稿する際、この記述を削除しています。

諸本の歴史とありか

　HPL自身が設定した『ネクロノミコン』の歴史を、以下の年表にまとめます。

・950年　コンスタンディヌーポリ（コンスタンティノープル）のテオドラス・フィレタスが『ネクロノミコン』の表題で秘密裏にギリシャ語訳。
・1050年頃　正教会の総主教ミハイル一世キルラリオスが出版を禁止、焚書する。
・1228年　オラウス・ウォルミウスがラテン語に翻訳。（「祝祭」が初出だが、この人物は16世紀のデンマーク人医師・古物商で、参考文献を誤読したHPLの勘違い）
・1232年　教皇グレゴリウス9世によってギリシャ語版、ラテン語版が禁書となる。
・15世紀　ひげ文字体（ブラックレター）のラテン語版がおそらくドイツで印刷される。
・16世紀　ギリシャ語版がイタリアで印刷され、1冊がアメリカのピックマン家に所蔵されるも、セイラムの魔女裁判（1692年）の折か、リチャード・アプトン・ピックマンの失踪時（「ピックマンのモデル」）に喪われる。また、エリザベス朝大英帝国の魔術師ジョン・ディーが英訳するも印刷はされず、断片的な写本のみが存在する（「ダンウィッチの怪異」のウェイトリイ家が所蔵）。

・17世紀　ラテン語版がおそらくスペインで印刷される。

　彼の考えでは、ラテン語版『ネクロノミコン』は15世紀版が大英博物館とアメリカの大富豪蔵書、17世紀版がパリの国立図書館とハーヴァード大学のワイドナー図書館、ミスカトニック大学付属図書館、ブエノス・アイレス大学図書館に所蔵されています。神話作品中では大抵、特別書庫に厳重に保管され、閲覧には許可が必要です。ただし、この他にも秘密裏に存在することが示唆されているので、後続作家は気軽に『ネクロノミコン』を自作に登場させました。例えば、「破風の窓」「暗黒の儀式」などのAWD作品では、事件後に個人蔵書がミスカトニック大学に回収されることが多く、同大の図書館には『ネクロノミコン』が何冊も所蔵されているようです。

　ちなみに、HPL「チャールズ・デクスター・ウォード事件」に登場するセイラム出身の妖術師ジョゼフ・カーウェンの蔵書には、『イスラームの琴 Qanoon-e-Islam』という偽りのタイトルがつけられた『ネクロノミコン』が含まれます。このタイトルなのですが、HPLはひょっとすると、「Qanoon（琴）」と「Qānūn（正典・原則）」を勘違いした可能性があります。ちなみに "Qanoon-e-Islam" 自体は、19世紀の実在の本のタイトルです。

　原書である『アル・アジフ』は、ウォルミウスの時代に喪われたとされますが、CAS「妖術師の帰還」やラムレイ「妖蛆の王」など、神話作品中に時折登場しています。

　他の神話作品に登場する『ネクロノミコン』のユニークな異本をいくつか紹介します。

・『ヴォイニッチ手稿』：コリン・ウィルソン『ロイガーの復活』と『魔道書ネクロノミコン』では、古書商ウィルフリッド・ヴォイニッチが1912年にローマのモンドラゴーネ寺院で発見して以来、1世紀に渡って研究者を悩ませてきた『ヴォイニッチ手稿』（実在）の正体が『ネクロノミコン』だという、ユニークな設定が示される。

・『注釈ネクロノミコン』：1901年発行のジョアキム・フィーリーによる注釈付英語訳。「名数秘法」をはじめ、ブライアン・ラムレイの作品にしばしば登場する。

・『黒の断章』：アボガドパワーズのAVG『黒の断章』に登場。『第十四の書』あるいは『黒の断章』と呼ばれる、ラテン語版からの欠落した断章で、メイン州のリヴァーバンクスという町のどこかに存在すると噂されている。

・『妙法蟲聲經』：殊能将之『黒い仏』に登場。福岡県糸島郡二丈町阿久浜にある安蘭寺に、秘宝として収められている経典で、地獄に住む悪虫「朱誅朱誅」について記されている。838年に遣唐僧として唐に渡った天台宗の僧・円載が黒智爾観世音菩薩像と共に持ち帰ったが、暴風雨で船が沈み、木箱のみが流れ着いた。

・『暗黒祭祀書』：栗本薫『魔界水滸伝』に言及される、日本国内で知られる異名。

実在する『ネクロノミコン』

『ネクロノミコン』を真に受ける読者はHPLの生前から存在しました。1934年には〈ブランフォード・レビュー〉紙にウォルハイムなる人物の書評が掲載され、ニューヨークの書籍商フィリップ・C・ダシュネスのカタログにラテン語版『ネクロノミコン』が掲載されるなど、好事家の悪戯がそうした疑惑を助長しました。HPL自身が「祝祭」「ダンウィッチの怪異」「銀の鍵の門を抜けて」の3作品で『ネクロノミコン』の本文をまことしやかに引用してみせ、他の作家たちがそれに倣ったことも、この傾向を助長しました。

そしてついには、『ネクロノミコン』そのものを出版してしまう人間も現れたのです。

・『アル・アジフ Al Azif』（未訳）：SF作家ライアン・スプレイグ・ディ＝キャンプが、イラクでドゥリア語訳の『アル・アジフ』と称する古文書を入手した──という設定で、1973年にアウルスウィック・プレスから刊行された。

・『魔道書ネクロノミコン』：コリン・ウィルスン、ジョージ・ヘイ、ロバート・ターナーらによる『ネクロノミコン』再現の試み。ジョン・ディー訳の『ネクロノミコン断章』が掲載されるほか、『キタブ・アル・アジフ』（同書が初出の独自タイトル）の正体を9世紀アラブの哲学者アルキンディーの『キタービ・マアニ・アル＝ナフス』とし、カリオストロ伯爵が創始したエジプト派フリーメイソンリーがこれを所蔵、その系列結社の一員だった父ウィンフィールドを経てHPLが『アル・アジフ』を知ったという記事もある。ターナーは後に「未公開分」の断章を『ルルイェ異本』として発表した。

・シモン版『ネクロノミコン』：修道士シモンを名乗る編者がギリシャ語版『ネクロノミコン』を翻訳したと称するもので、1977年にスクランクラフト社から刊行。旧き神（エルダー・ゴッド）としてマルドゥークが、邪神中にティアマトがという具合にバビロニア神話を取りこんでいる。『ユダヤの禁書 ネクロノミコン秘呪法』（二見書房）の種本。

・カーター版『ネクロノミコン』：ジョン・ディーによる英語訳という体裁で、カーターが同人誌〈クトゥルーの穴〉などに発表し続けた『ネクロノミコン』の断片をまとめたもの。8つの物語からなる歴史パートと、「準備の書」と題する魔術パートで構成される。カーターが体系化したクトゥルー神話設定の集大成とも言える。

・フレッド・L・ペルトン『サセックス稿本』：ラテン語版『ネクロノミコン』の部分的翻訳という体裁の本。（詳しい内容はウルターラトホテプの項目を参照）

・ドナルド・タイスン『ネクロノミコン アルハズレッドの放浪』：神話作品中の『ネクロノミコン』の引用文を補完し、『ネクロノミコン』を再現した小説。グレート・オールド・ワンの七人の帝など、ユニークな独自設定も数多く含まれる。

・D・R・スミス「アルハズレッドの発狂」：『ネクロノミコン』最終章という体裁の小説。ローマの英雄マルクス・アントニウスがアルプス山中で邪神に遭遇し──。

『ナコト写本』

Pnacotic Manuscripts

ロマール大陸
"大いなる種族"^{グレート・レース}
"ナコト五芒星形"
『ナコト断章』

人類以前の記録

　『ナコト写本』は、一部の大胆な神秘主義者が、更新世以前に遡る記録だと示唆している、人類よりも古い種族の手になる上古の記録である。現在のオーストラリア大陸西部の砂漠にかつて存在した、"大いなる種族"の機械化都市であるナコトゥスから取られた書名であり、この種族と彼らが様々な時代、場所から集めた知識を含んでいるので、おそらく彼らの手になるものなのだろう。『エイボンの書』には、"大いなる種族"が地球を去った後、彼らの支援組織であるナコト同胞団が記録をまとめたという記述がある。

　完全な状態の『ナコト写本』は、2万6千年前に極北に存在していたロマール大陸のオラトエという都市に伝わっていて、ここで研究されていた。しかし、獣人種族ノフ＝ケーの襲撃を受けてこの都市が滅びた際、幻夢境に持ち込まれて、ウルタールの神殿に保管された。これは最後に残った1冊だということなので、現在、覚醒の世界に存在している『ナコト写本』は、幻夢境に残存するものを書き写したか、さもなくばナコト同胞団が密かに伝えたのだろう。『ネクロノミコン』には、『ナコト写本』の解読不能箇所の文字が無名都市の文字と似ているという記述があり、アブドゥル・アルハズレッドはどうやらこの書物を読んでいたようだ。なお、この書物に載っている、時間遡行の際に用いる防護の印形^{サイン}"ナコト五芒星形"は、『妖蛆の秘密』にも掲載されている。

　同書には『ナコト断章』と呼ばれる異本が存在し、こちらの第8断片にはロマール勃興の300万年前に外宇宙からアラスカに飛来し、イヌイットから崇拝されたラーン＝テゴスに関する記述があるようなのだが、これが他の写本にも存在する記述なのかはわからない。『ナコト写本』にはまた、ラーン＝テゴスと同じく北方で崇拝されたでイタカの神話に触れられているので、このあたりの文章はロマールで追記された部分とも考えられる。

ラヴクラフト最初の書物

　『ナコト写本』はHPLの初期作品「北極星」が初出の、『ネクロノミコン』に先立って

HPL が創造した神話典籍です。ノフ＝ケーや、イヌイット（エスキモー）の先祖と思しいイヌートと敵対するオラトエという都市にまつわる物語で、『ナコト写本』を研究しているという語り手の発言があります。HPL 作品中の断片的な記述を総合すると、完全な『ナコト写本』は幻夢境に一冊あるきりで、覚醒の世界には断片のみ残っているようです。

　HPL 自身の設定を以下にまとめます。

・「蕃神」：ウルタールの賢人バルザイが所有。神々のすみかだったハテグ＝クラ山、かつてこの山に登ったサンスという人物のことや、この山でバルザイが失踪した後、山頂の石に刻まれていた 50 キュビト（23 メートル）ほどの印についての記述がある。
・「未知なるカダスを夢に求めて」：地球の神々についての記述がある。ロマールがノフケーに滅ぼされた時、最後の 1 冊が幻夢境に持ちこまれた。バルザイの弟子だった大神官アタルを経て、現在はウルタールの神殿にある。
・「狂気の山脈にて」：覚醒の世界にも断片的に伝わっていて、その起源は更新世（約 258 万年前〜約 1 万年前）よりも前にまで遡る。
・「時間の彼方の影」："大いなる種族"（グレート・レース）についての記述がある。
・「闇の跳梁者」：プロヴィデンスの"星の智慧派"（ちえ）本部跡に所蔵される。
・1936 年 2 月 13 日付のリチャード・フランクリン・シーライト宛書簡：『エルトダウン・シャーズ』と『ナコト写本』の内容は酷似している。

　どういうわけか、HPL はヘイゼル・ヒールドのための代作である「蠟人形館の恐怖」「永劫より出でて」とエドガー・ホフマン・プライスとの合作「銀の鍵の門を抜けて」のみ、『ナコト断章　Pnakotic Fragments』というタイトルを使っています。「蠟人形〜」では、第八断片にラーン＝テゴス絡みの記述があると設定され、「銀の鍵〜」では時間と空間を超える転移現象についての記述があると書かれています。

　幻夢境に伝わっているのが『ナコト写本』で、覚醒の世界に伝わっているのが『ナコト断章』なのかというとそういうわけでもなく、「狂気の山脈にて」以後の作品で言及される、明らかに覚醒の世界の人間が読んでいるものが『ナコト写本』のタイトルになっています。深い考えはないのかもしれませんが、『無名祭祀書』のドイツ語タイトルをわざわざ拵えたり、『エイボンの書』の諸版について細かくタイトルを使い分けていた HPL のことなので、何かしら考えがあったのではないかと思われます。

"大いなる種族"（グレート・レース）の記録

　HPL 以外の第一世代作家たちもまた、『ナコト写本』を使っています。

・AWD「戸口の彼方へ」：イタカの神話について記されている。

・AWD「生きながらえるもの」：プロヴィデンスのシャリエール館に所蔵される。

・カットナー「侵入者」：『妖蛆の秘密』に、時間遡行薬で過去を遡る際に必要な"ナコト五芒星形 the Pnakotic pentagon"についての記述がある。この印は、「カバラ的な防護の印形だと説明されている。

　カーターは、アマチュア時代に執筆した「クトゥルー神話の魔道書」において、『妖蛆の秘密』に載っているという"ナコト五芒星形"を『ナコト写本』由来としたのを手始めに、自らの作品中で様々な設定を付け加えました。

・「陳列室の恐怖」：『無名祭祀書』中に、以下の記述がある。
　①『ナコト写本』の著者は"大いなる種族"で、その書名は彼らの都市ナコトゥス（「記録の都市」という意味）に由来する。
　②"大いなる種族"の終着点が人類滅亡後の甲虫種族なのだと記述されている。
　③ナイアルラトホテプが鎖に繋がれている"七つの太陽持つ世界"は、『ナコト写本』がほのめかす"影付きまとうアビス"のこと。

・「深淵への降下」：ヒュペルボレイオス大陸に伝わる『ナコト写本』の断片に、"先住者"滅亡の原因がショゴスだと書かれている。

・「炎の侍祭」："大いなる種族"が未来に旅立った後、ナコト同胞団がその記録を保持し、『ナコト写本』として編纂した。イィス、シャッガイ、ドールのヤディス、ユゴス（冥王星）の年代記、アフーム・ザー到来の記録と、蛇人間、クナ＝ヤンの民、人類誕生以前の毛深い住人たちの歴史が含まれている。

・『ネクロノミコン』：解読不能箇所の文字が、無名都市の文字と似ている。

　明らかに"大いなる種族"が過去の地球から去った後の情報も含まれていますが、彼らが未来からも情報を集めていたことを考慮すると、特に矛盾はないようです。

　「陳列室の恐怖」にはまた、この書物は印刷されたことがなく、写本として秘密教派の信徒の間で回覧されているだけだと書かれます。前述の「闇の跳梁者」「生きながらえるもの」や、ブライアン・ラムレイ「妖蛆の王」などの作品に登場する『ナコト写本』は、製本されてはいるものの、中身は書写本なのかも知れません。

　なお、栗本薫『魔界水滸伝』に登場する稀覯書『イロン写本 Book of Illon』は、『ナコト写本』を原本としていることが示唆されています。「グイン・サーガ」シリーズにも魔術書『暗黒の書』の写本である『イロン写本』が登場しますが、関係は不明です。

『フサン謎の七書』
The Seven Cryptical Books of Hsan

- 大フサン
- 『冱山七密経典』
- ミスカトニック大学
- ウルタール

謎に包まれた書物

『フサン謎の七書』は、複数の相矛盾する伝説に彩られた、古代中国に由来する7巻組みの書物、あるいは巻物である。ある説によれば、2世紀頃に「フサン・ザ・グレーター（大フサン）」という人物が書いたもので、古い神や秘技伝承など、各巻毎に異なるテーマを扱っていたとされている。この本が書かれた時、中国ではまだ紙が普及していなかった。原本はおそらく、「竹簡」という細長く切った竹を紐で繋いだ巻物だったのだろう。

但し、原本はおそらく現存せず、後世に作られた写本のみが残存していると考えられる。

一方で、『冱山七密経典』が原題であるという、別の説も知られている。「冱山」というのは、神話典籍においてレン高原と呼ばれる、冷たき荒野を指すもののようだ。こちらの説によれば、この書物は黄帝の時代にまで遡り、始皇帝が焚書を行った紀元前213年に破棄されてしまったものの、その内容を記憶していた学者が後に復元したとされたとか。

他にも『大地の謎の七書 The Seven Cryptical Books of Earth』という英語タイトルが知られているが、これは「Hsan」の文字を書き写す際の誤りと思われる。

こうした情報の錯綜は、この書物がまず英語圏において "The Seven Cryptical Books of Hsan" のタイトルが知られるようになって、後から中国語圏での同定が始まったことに起因するのだろう。ミスカトニック大学の蔵書に含まれているにもかかわらず、同定に至っていないということは、断片にとどまっているか、抄訳だからなのかもしれない。

これぞ原典と呼ぶことのできる『フサン謎の七書』は、地球の幻夢境に存在するウルタールの、"古きものたち"の神殿に保管されている。この神殿には、北方のロマール大陸で戦乱の最中に失われた『ナコト写本』が持ち込まれ、保管されているので、この書物も同様の過程を経たのかもしれない。ともあれ、『ネクロノミコン』に書名が挙がっているようなので、覚醒の世界でも古くからその存在が知られていた書物と考えて良いだろう。

なお、ミスカトニック大学のキャンパスがあるアーカムには、かつてウルタールでこの書物の内容を大神官アタルから詳しく聞いたという怪奇作家ランドルフ・カーターが住んでいた。彼が記憶を頼りに複製し、寄贈したものという可能性も考えられないだろうか。

ウルタールの神殿にて

　HPL「蕃神」が初出で、幻夢境のウルタールという町の賢人バルザイが所有する書物です。「未知なるカダスを夢に求めて」では、同じ本がかつてバルザイの弟子であった大神官アタルの手に渡り、ウルタールの"古きものたち"の神殿に保管されています。この神殿を訪れた覚醒の世界からの"夢見人"が、酒に酔ったアタルから詳しくその内容を聞き出したことがあるので、そこまで禁忌視されているわけではないようです。

　『フサン謎の七書』が登場する作品は非常に少なく、その内容について具体的に触れた作品となると殆ど見当たりません。第一世代作家では、AWD が HPL の断章を膨らませた「門口に潜むもの」（邦題「暗黒の儀式」）において、ミスカトニック大学付属図書館に所蔵されていると書きました。クトゥルー神話の設定を整理・拡張したカーターも、ウボ＝サスラがケレーノの"旧き神々"の図書館から盗み出した"フナーの印"が、ウボ＝サスラないしはその落とし子の神官によって『フサン謎の七書』に記録されたとカーター版『ネクロノミコン』に書かれる程度です。ブライアン・ラムレイは「妖蛆の王」で、英国サリー州に住む魔術師ジュリアン・カーステアズの蔵書に『フサン謎の七書』を含めましたが、内容については触れませんでした。

　自作品に登場させる場合はフレーバー程度に使うのが良いかもしれませんが、設定がないということは逆に考えると、好きに決められるということでもあるでしょう。

『クトゥルフ神話 TRPG』の設定

　この書物について知られている設定の大部分は、『クトゥルフ神話 TRPG』の関連製品に由来しています。キャンペーン・シナリオ『ニャルラトテップの仮面』で、7 冊からなる古代中国語の書物とされた後、2 世紀頃にサン・ザ・グレーターなる人物が執筆したという設定が、ルールブックに記載されました。なお、この書物は「蕃神」の雑誌掲載時、『大地の謎の七書 The Seven Cryptical Books of Earth』と誤植されました。これは、翻訳書のタイトルとして『クトゥルフ神話 TRPG』に取り込まれています。

　日本では、『クトゥルフの呼び声』の製品名でホビージャパンが日本展開をしていた頃のサポート誌である『TACTICS』1989 年 9 月号に掲載された読者投稿記事で、『冱山七密経典』という中国語表記がつけられました。冱山とは「凍るように冷たい山」という意味で、レン高原を指すものです。また、同誌の別冊として刊行された『クトゥルフ・ワールド・ツアー』に掲載されているリプレイ「師資捜奇伝」では、『惨之七秘聖典』と題された中国語版が鎌倉時代に日本に伝来したとされます。

『エルトダウン・シャーズ』

Eltdown Shards

“大いなる種族"
イェクーブ
“知識を守るもの"
『サセックス稿本』

人類誕生以前の粘土板

『エルトダウン・シャーズ』は、英国南部のエルトダウン近くの砂利採取場にある、三畳紀初期の地層から 1882 年に発見された、23 枚の粘土板である。長い歳月を経た粘土板は割れたり欠けたりしていたが、象形文字を思わせる記号がはっきり読み取れた。『シャーズ』の研究に最初に取り組んだドールタン教授とウッドフォード博士は、粘土板の翻訳は不可能だと断言したのだが、1912 年にはサセックスの牧師アーサー・ブルック・ウィンターズ＝ホール師がある程度の翻訳に成功したと称し、パンフレットを刊行している。その翻訳文には、1 億 5 千万年前に地球を支配していたという“大いなる種族"が、宇宙の彼方に水晶の立方体のような形をした装置を送り込み、原住生物と精神を交換して調査と侵略を繰り返す芋虫めいたイェクーブの地球侵攻を食い止めた経緯などが記されていたという。ウィンターズ＝ホール師は、『シャーズ』に描かれた紋様と、オカルティストたちの間で知られる人類誕生以前の象形文字の類似性を手がかりに解読したが、彼の「翻訳」は明らかに 23 枚の粘土板に含まれる情報量を超えるものだとして、正確性を疑問視する向きもある。その後、1920 年代に『シャーズ』の言語学的な解読が実現した。飽くなき知識欲から神秘学に傾倒するベロイン大学の化学者ゴードン・ウィットニィ教授が『シャーズ』の第 19 粘土板のほぼ完全な翻訳に成功した。教授は、『シャーズ』の言語をアムハラ語とアラビア語の原型と推測し、その語源を辿ることで解読を進め、第 19 粘土板に書かれているのが、『シャーズ』の筆者が“知識を守るもの"と呼ぶ万有知識の守護者あるいは管理者を呼び出す呪文だと突き止めたのである。

知識を求めた化学者

『エルトダウン・シャーズ』は、リチャード・フランクリン・シーライトが創造した書物です。〈ウィアード・テイルズ〉1935 年 3 月号に掲載された「封函」という作品の冒頭に、太古の魔道師オム・オリスと悪魔アヴァロスの戦いについての『エルトダウン・シャー

ズ』からの引用が、エピグラフとして掲げられたのが初出となります。当時、シーライトの創作活動にアドバイスを行っていた HPL は、このエピグラフの一語だけを変更しました。

このエピグラフは雑誌掲載時には編集部の意向で省略されてしまいましたが、HPL が 1935 年 6 月に CAS に送った書簡に全文が引用されていたことでその内容を知ることができ、現在は本来の形で作品集などに収録されています。

シーライトは次いで「知識を守るもの」を著し、『エルトダウン・シャーズ』の背景設定を行いました。同作によれば、『シャーズ』は英国南部のエルトダウンの近くの砂利採取場にある三畳紀初期の地層から、1882 年に発見された 23 枚の粘土板です。粘土板はそれぞれ幅 1 インチ（2.5 センチメートル）ほどの縁に囲まれていて、左右対称の文字がびっしりと刻まれていました。当時、研究に取り組んだドールタン教授とウッドフォード博士は、粘土板の翻訳は不可能と断言しました。しかし、1920 年代にベロイン大学の化学講師であるゴードン・ウィットニィ教授が、『シャーズ』の第 19 粘土板のほぼ完全な翻訳に成功します。教授は記述言語がアムハラ語とアラビア語の原型だと推測し、その語源を辿って解読を進めたのです。この第 19 粘土板に書かれていたのは、『シャーズ』の著者が"知識を守るもの"と呼ぶ、万有知識の守護者あるいは管理者を呼び出す呪文でした。

HPL 版『エルトダウン・シャーズ』

「知識を守るもの」の原稿は、残念ながら〈ウィアード・テイルズ〉編集部から掲載を拒否されました。その後、デル・レイ社の『神話の物語 Tales of the Lovecraft Mythos』（未訳、2002 年）に掲載されるまで、実に 70 年近くにわたり日の目を見ませんでした。

HPL は、「知識を守るもの」の原稿を読んでいました。自分がアドバイスを行った作品でもあるので、愛着があったのかも知れません。そこで彼はファンジン〈ファンタジー・マガジン〉におけるリレー小説「彼方よりの挑戦」の自分の担当回に、同時期に執筆した「時間の彼方の影」と絡めて、『エルトダウン・シャーズ』を織り込んだのです。彼は"大いなる種族"の出身地である銀河の彼方の世界イィスについての記述は、『エルトダウン・シャーズ』という設定を、「時間の〜」で言及しています。その後、1936 年 2 月 13 日付シーライト宛書簡でも、『エルトダウン・シャーズ』と『ナコト写本』の内容が奇妙なまでに類似していると書いており、ウィリアム・ラムレイの初稿を改作した「アロンゾ・タイパーの日記」でも『エルトダウン・シャーズ』の名前を出しました。

「彼方よりの挑戦」における『シャーズ』の描写は、「知識を守るもの」と必ずしも整合性が取れておらず、大多数の読者は「知識を守るもの」における記述をもって『エルトダウン・シャーズ』の設定を認知しているようです。なお、カーターは「陳列室の恐怖」で、ウィンターズ＝ホール師のパンフレットを『サセックス稿本』と呼んでいます。

『黄衣の王』

The King in Yellow

カルコサ
ハスター
“黄の印”
『ネクロノミコン』

狂気をもたらす戯曲

　『黄衣の王』は、19世紀後期（おそらく1895年よりも以前）に、アメリカで刊行された戯曲である。毒々しい斑模様の入った装丁で、“黄の印”（イエロー・サイン）と呼ばれる奇妙な紋様が表紙に描かれている。匿名で刊行されたわけではないようだが、作者名については何故かいかなる記録にも触れられておらず、まるで時と共に忘れ去られてしまったかのようだ。なお、刊行後に作者が自殺したという風聞も流れたが、これを否定する声もある。

　戯曲は二幕構成で、カシルダやカミラといった登場人物の口から、暗黒星が空にかかるカルコサという都市や、二つの太陽が沈むハリ湖、あられもない色彩の襤褸をまとった黄衣の王が支配するハスターやアルデバラン、ヒュアデスといった土地や、蒼白の仮面について意味ありげに語られる。様々な言語に翻訳され、様々な国で刊行されたが、世界そのものを呪っているような恐ろしく不道徳なその内容は、キリスト教会はもちろん各国のマスコミや文芸評論家の攻撃に晒された。しかし、パリに到着したばかりのフランス語版を政府が押収したことで、かえって注目を集めることになったという。

　この戯曲が各国で発禁となり、舞台上演が禁止された理由のひとつは、その戦慄に満ちた内容以上に、それを読んだ少なからぬ人間が精神の平衡を失い、狂気に走ったという具体的な被害に基づくもので、19世紀末期に起きた数多くの凄惨な事件において、この戯曲や“黄の印”との関わりが取り沙汰されたものだった。

　なお、『黄衣の王』におけるハスターは、アルデバランやヒュアデスなどと関連する土地の名前のように書かれているのだが、『ネクロノミコン』などの神話典籍によれば、ハスターとはおうし座のアルデバランやヒュアデスを領する古い神々の一柱なのである。

『ネクロノミコン』の元ネタ？

　『黄衣の王』（こうい）は、ロバート・W・チェンバーズの作品集『黄衣の王』に収められたいくつかの短編作品に登場する、架空の戯曲です。戯曲としての『黄衣の王』の初出は、チェン

バーズ「評判修理者」です。19世紀後期（この作品集は1895年刊行なので、それ以前のことなのでしょう）に米国で刊行された戯曲で、匿名で刊行されたわけではないようですが、著者の名前と素性については何故か触れられません。第一幕と第二幕から成ることや、様々な国の言葉に翻訳され、刊行されたこの書物が各国で非難を浴びて発禁になった経緯についても、この作品で触れられます。また、同じ作品集に収録されている「黄の印」によれば、蛇を連想させられる毒々しい斑模様入りの装丁です。「評判修理者」は、発行時期からは近未来にあたる1920年の米国が舞台ですが、サモア諸島占領に端を発する対独戦争が起きているなど、現代の視点から見るとありえざるifの歴史が描かれます。これを、『黄衣の王』に引き起こされた"ハスター化"の影響とするシナリオが、『暗黒神話TRPGトレイル・オブ・クトゥルー』のサプリメント『宇宙の彼方より』に収録されています。

　読む者に狂気をもたらし、存在するだけで世界に恐怖と災厄をもたらす『黄衣の王』は、『ネクロノミコン』を筆頭に、クトゥルー神話作品に登場する禁断の書物のイメージソースのひとつになりました。のみならず、HPLは「『ネクロノミコン』の歴史」で、チェンバーズが『ネクロノミコン』を読んで『黄衣の王』の着想を得たことを示唆しています。

ハスターの化身

　チェンバーズは、以下のワードをアンブローズ・ビアースの作品から借用しました。

・「羊飼いハイタ」：ハスター
・「カルコサの住民」：アルデバラン、ヒヤデス、カルコサ、ハリ（人名）

　HPLはこれに倣い、「暗闇で囁くもの」におけるクトゥルーなどの神話用語を列挙するくだりにハスター、ハリ湖、"黄の印"（イエロー・サイン）を挿入し、"黄の印"をシンボルとするカルト教団が"外側のもの"（アウトサイド・シング）と対立しているとほのめかしました。同作を読んだAWDは、これらのワードをさらに風の神ハスターにまつわる神話として再構成しています。

　チェンバーズの作品中で、"黄衣の王"は帆立貝の貝殻のように波打つ襞（ひだ）のある黄色い襤褸（ぼろ）を纏った人物として描かれています。

　晩年のHPLと交流のあったジェイムズ・ブリッシュは、「もっと光を More Light」（未訳）において戯曲『黄衣の王』ほぼ丸ごと引用（＝創作）しました。カーターはこの作品で言及されるイーティルを、「ウィンフィールドの遺産」においてハスターと関係の深い"時知らぬもの"イーティルとして、"黄衣の王"の別名としました。ただし、『クトゥルフ神話TRPG』のシナリオ集『グレート・オールド・ワンズ The Great Old Ones』（未訳）が初出の、"黄衣の王"をハスターの化身とする設定の方が現在では一般的でしょう。

『エイボンの書』

Book of Eibon

ヒュペルボレイオス大陸
ゾタクア
ルリム・シャイコース
『象牙の書』

クトゥルー神話第2の書物

　『エイボンの書』は、更新世において大氷期が始まる数世紀前とも、あるいは中新世の大氷期の最中とも言われる遥かな太古、極北のグリーンランドのあたりに存在したヒュペルボレイオス大陸において、公然と同地で忌み嫌われたゾタクア（ツァトーグァ）を崇拝した魔法使い、エイボンの禁断の知識をまとめた書物だ。彼が女神イホウンデーの神官モルギと共に地球上から姿を消した後、その草稿などを高弟サイロンが編纂したものらしく、当時はヴーアミタドレス山の地下に潜んだ邪神ツァトーグァとその眷属や敵対者、巨大な氷山に乗って襲来した白蝠の神ルリム・シャイコース、そして魔術師ゾン・メザマレックが追い求めた"頭手足なき塊"ウボ＝サスラなど、ヒュペルボレイオス大陸と関係の深い記述に多くのページが割かれている。原本はヒュペルボレイオスで用いられたツァス＝ヨ語で記述され、ヨーロッパに渡った後、ギリシャ語やラテン語、フランス語など様々な言語に翻訳された。なお、『象牙の書』というラテン語題が知られ、おそらく偽装なのだろう。『ネクロノミコン』の記述を裏付けるのみならず、欠けた部分を補う情報を数多く含むが、『ネクロノミコン』以上の稀覯本なので、探し出すことは困難だ。確実に読みたければ、ミスカトニック大学に断片が所蔵されている。

魔法使いの禁断の知識

　『エイボンの書』はCASが創造した神話典籍です。初出は「アゼダラクの聖性」で、ヒュペルボレイオス大陸の魔法使いにしてツァトーグァの大神官であるエイボンが、この大陸の言語で著したとされています。なお、CASのヒュペルボレイオスものが地質年代的にいつ頃なのかは判然とせず、エイボンが失踪した顛末を描く「土星への扉」（邦題「魔道士エイボン」）では大氷期が始まる数世紀前で、剣歯虎やマンモスの存在から更新世のようですが、「ウボ＝サスラ」では中新世とされるなど、作品によってぶれがあります。
　『エイボンの書』は、中世フランスのアヴェロワーニュ地方が舞台の作品にも登場します。

「聖人アゼダラク」では、ヒュペルボレイオス語版がアヴェロワーニュにあり、ヨグ＝ソトース、ソダグイ（ツァトーグァのフランス語形）について書かれています。元は猿の皮の装丁でしたが、悪魔に仕える聖職者がキリスト教の典礼書に使われる羊の皮に取り替えました。ところで、CAS「白蛆の襲来」は、『エイボンの書』第9章という体裁です。CASは同作について、1933年9月16日付のHPL宛の書簡で「ガスパール・デュ・ノールによるフランス語の手稿から訳し終えました」と、自身の「イルーニュの巨人」の主人公がこの書物をフランス語訳したという設定を披露しました。HPLはこれを受け、同年12月13日付CAS宛書簡において、ラテン語題『象牙の書 Liber Ivonis』ないしはフランス語題『リーヴル・ディボン Livre d'Eibon』で知られる写本を、海に沈んだ西方の土地よりアヴェロン人がヨーロッパに持ち込み、1240年にデュ・ノールが中世フランス語訳したという設定を提示します。彼はまた、1937年1月25日付のフリッツ・ライバー宛書簡に、この『象牙の書』の記述言語がラテン語かヒュペルボレイオスの言語かは不明だと書きました。

　HPLはこの書物を気に入ったようで、様々な作品で言及しました。以下はその一例です。

・1932年1月28日付CAS宛書簡：ピリップス・ファベル訳の中世ラテン語版が、ミスカトニック大学付属図書館に所蔵されている。
・「石像の恐怖」：ヘイゼル・ヒールドのためのゴーストライティング。679ページが参照され、子供の血が必要なヨトの発現、"緑の腐敗"について記されている。
・「時間の彼方の影」：残存断片がミスカトニック大学付属図書館に所蔵されている。
・「アロンゾ・タイパーの日記」：HPLがウィリアム・ラムレイの初稿を改作したもの。「最も黒い章」を含むフランス語版がニューヨーク州アッティカの家で発見される。

　また、ブロック「無貌の神」では、ナイアルラトホテプの曖昧な記述があるとされます。

実際に読める『エイボンの書』

　クトゥルー神話を体系化したカーターは、ラヴクラフトの「『ネクロノミコン』の歴史」に倣い、『エイボンの書』の翻訳、出版の歴史を「『エイボンの書』の歴史と年表について」という文章にまとめました。ただし、カーターはこの文章で、フランス語版の底本をギリシャ語版としています。彼はまた、『エイボンの書』にまつわる数多くの小説を執筆しましたが、中にはCASの散文などをベースにした関係で、CASとの共作という形で発表した「極地からの光」「孔に通じる階段」「最も忌まわしきもの」などの作品も含まれます。カーターの遺著管理人であるロバート・M・プライスは、カーターや自分、他の作家の著した作品を集め、『エイボンの書』を再現しました。邦訳は新紀元社です。

『カルナマゴスの誓約』
Testament of Carnamagos

キンメリア
クァチル・ウタウス
ヤミル・ザクラ
ゾティーク

時を超えた予言書

『カルナマゴスの誓約』は、現在のアフガニスタン北部に位置する、ヒンドゥークシュ山脈とアム川に挟まれた地域に存在したグレコ＝バクトリア王国の墓所から発見された、キンメリアの予言者カルナマゴスの手になるものとされる、過去と未来にまつわる冒瀆的な記録である。ここで言うキンメリアは、『無名祭祀書』でハイボリア時代と命名された、1万2千年前のヨーロッパ亜大陸西部に存在した古代の国家ではなく、南ウクライナのあたりを指している。たとえばクァチル・ウタウスの召喚方法など、他には見られない呪文が載っているのだが、悍ましい効果や代償を伴うものばかりだ。この記録にはまた、地球からはかすかな輝きとしか見えないが、ヒュペルボレイオス人が全ての悪の根源だと認識していたヤミル・ザクラという星から太古の地球にもたらされた、全部で5つの黒いお護りについての記述がある。これは見慣れぬ鉱物で造られていて、未知の生物の頭部が封印のように刻まれている。カルナマゴスによれば、これまでに3人の地球人がこの護符と共にヤミル・ザクラに転送されていて、4人目は現在の宇宙的な周期の最中に転送され、5人目は地球の最後の大陸であるゾティークが隆起した後に起きるということである。

キンメリアとキンメリア

『カルナマゴスの誓約』はCASの「塵埃を踏み歩くもの」に登場し、同作の冒頭で文面が引用されてもいます。"塵埃を踏み歩くもの"クァチル・ウタウスについての記述がある唯一の文書とされますが、この作品自体にはクトゥルー神話的なワードが含まれておらず、独立した作品に見えました。ただし、未完成の小説「地獄の星 The Infernal Star」ではCASの別シリーズである未来大陸ゾティークと、『ネクロノミコン』や『ハリ記』といった珍しい書物と共に『カルナマゴスの誓約』が言及されていて、クトゥルー神話と接続されています。「地獄の星」によればカルナマゴスは古代ギリシャ人に知られていたキンメリアの出身なのですが、これは位置的にREHのキンメリアとは異なる国と思われます。

『無名祭祀書』
Unaussprechlichen Kulten

フォン・ユンツト
“蟇蛙の神殿”
ムー大陸
『無名の教派』

ムー大陸にまつわる最初の書物

『無名祭祀書』は、1839年にドイツのデュッセルドルフで小部数が刊行された神話典籍で、鉄板を用いて補強された、あるいは鉄の錠前つきの黒革装丁の書物とされる。著者はドイツ人神秘学者フリードリヒ＝ヴィルヘルム・フォン・ユンツトで、彼の友人ゴットフリート・ムルダーが序文を寄せている。世界中の厭わしい場所や知られざる遺跡を巡り、数多の秘教結社や教団で秘儀伝承の数々を学び取った彼の生涯を凝縮したとも言える研究書で、その暗澹たる内容と装丁の与える印象から、『黒の書』という異名で呼ばれている。フォン・ユンツトは同書の中で、太古の暗澹たる教派が19世紀に生き残っていると主張したのみならず、有史以前の時代に起きた様々な出来事について、具体的な年次を割り出してすらいる。彼の典拠にはギリシャ語版『ネクロノミコン』が含まれ、同書からの引用が数多く含まれる。支離滅裂な箇所が多く、概ね疑問視されている本ではあるが、ホンジュラスの“蟇蛙の神殿”のように、同書に記述された未発見の遺跡が確認された例もある。

　また、刊本としては1926年刊行のジェームズ・チャーチワード『失われたムー大陸』にほぼ1世紀先駆けて、太平洋に沈んだムー大陸の名前に言及していたことも、神秘主義者や研究者から同書が重要視される大きな要因となっている。チャーチワードはインドの寺院で目にした粘土板や、メキシコで発見された石板に刻まれていたナアカル語の記録を典拠としていたが、『無名祭祀書』にはチャーチワードの掲げたものと非常に似通った図が幾つも掲載されており、剽窃を疑う向きもある。

　刊行の翌年に著者が密室で謎めいた死を遂げた上、未収録の草稿を読んだ友人アレクシス・ラドーがそれを焼却後、喉を剃刀でかき切って自殺したという異様な事件の影響で、初版本とそれに続いて刊行された1845年のブライドウェル版（英語訳）は発禁処分を受け、購入者の殆どが恐怖と忌避感から本を処分したので、この2つの版は極めて珍しい稀覯本となっている。その後、ロンドンで無許諾の劣悪な英語版が刊行され、1909年にはニューヨークのゴールデン・ゴブリン・プレスが原典の1/4を削除した豪華本を刊行した。

　なお、英題は『無名の教派 Nameless Cults』である。

"iron bounded" の意味するもの

『無名祭祀書』は、REH が創造した神話典籍です。初出は「夜の末裔<ruby>末裔<rt>まつえい</rt></ruby>」で、同作には著者であるフォン・ユンツトがギリシャ語版『ネクロノミコン』を読んでいたという記述がありました。その後、ハワードは様々な作品の中で、この書物の内容と背景について肉付けしていきます。上記の概要に出てくる書誌的な情報の大部分は、モンゴルから帰ってきたばかりのフォン・ユンツトが室内で異様な死を遂げたことも含めて「黒の碑」「屋根の上に」で示されたものです。このあたり、『ゴール・ニグラル』とも関わってきますので、そちらの項目も参照してください。

表紙は黒革ですが、同時に「鉄で装丁された iron bounded」と説明されていました。

この言葉には解釈の余地があり、後続作品において鉄製の錠前が取り付けられていると描写されることもありますが、REH 自身が小説中で「iron bounded」という言葉を使った例として、鉄板で補強された宝箱的な木箱をそう表現した文面が見つかります。よって、同書は黒革装丁の本を、鉄の金具ないしは鉄板が補強しているのだと思われます。

REH 自身の作品中で、『無名祭祀書』に含まれる情報は次のとおりです。

- ホンジュラスのジャングルに太古の神殿があり、蟇蛙<ruby>蟇蛙<rt>ひきがえる</rt></ruby>の形に彫刻された赤い宝玉がある。（「屋根の上に」）
- 古代ピクトの戦闘王ブラン・マク・モーン崇拝について。（「夜の末裔」）
- ハンガリーのシュトレゴイツァヴァール村のはずれにある八角形のモノリス、"黒の碑<ruby>碑<rt>いしぶみ</rt></ruby>" について。（「黒の碑<ruby>碑<rt>いしぶみ</rt></ruby>」）
- 「蛮勇コナン」シリーズのハイボリア時代という時代区分は、フォン・ユンツトが同書で考案したもの。（無題の未完成小説）

HPL の貢献

同書は、ドイツ人がドイツ語で書いた書物であるにもかかわらず、当初は "Nameless Cults" という英題がつけられていました。これを不満に思った HPL は、まずは "Ungenennte Heidenthume" というドイツ語タイトルをひねり出しましたが、自身のドイツ語に自信がなかったため、ドイツ系移民の出身である AWD にドイツ語原題をつけてくれるよう頼みました（1932 年 1 月 28 日付書簡）。現在知られている "Unaussprechlichen Kulten" のタイトルは、このようにして決まったのです。このドイツ語タイトルも、厳密に言えば "Nameless Cults" の正確なドイツ語訳ではないようなのですが、HPL は語感を優先してこれを採用しました。ただし、文法的には "Unaussprechliche Kulte" が正し

いようで、ドイツで刊行されているクトゥルー神話関連書では修正されているようです。本書では、ドイツ語タイトル『無名祭祀書』（ウナウスプラヒリェン・クルテン）と英語タイトル『無名の教派』（ネームレス・カルツ）を使い分けています。

　REH はまた、著者の名前についてファミリーネームしかつけませんでしたので、HPL は 1933 年 6 月以前に「フリードリヒ＝ヴィルヘルム」というファーストネーム（二重名になっています）を進呈しました。

　後にカーターが「陳列室の恐怖」などの作品でフルネームを出した際、おそらく不注意で本来二重名だった「フリードリヒ＝ヴィルヘルム」を「フリードリヒ・ヴィルヘルム」と分割してしまい、現在はこちらの表記が広まっています。ただし、HPL としてはあくまでもフリードリヒ＝ヴィルヘルム・フォン・ユンットが公式設定だと考えていたようで、ブロックが「ルシアン・グレイの狂気 The Madness of Lucian Grey」（未発表）という作品でコンラート・フォン・ユンットという名前にした際には、苦言を呈しています。

　また、HPL が自作品中で追加した設定によって、太平洋の失われた大陸の伝説を広めたジェイムズ・チャーチワードの『失われたムー大陸』（1926 年）よりも『無名祭祀書』の方がほぼ 1 世紀早く、ムー大陸について言及したことになりました。

　HPL はじめ、様々な作家たちが同書を自作品に登場させましたが、以下、重要な設定が付け加えられた作品をピックアップします。

・「永劫より出でて」：ヘイゼル・ヒールドのためのゴーストライティング作。1839 年の初版に続き、1845 年に翻訳されたブライドウェル版が刊行されたが、いずれも発禁となった。フォン・ユンットはガタノソアの教団と接触し、ムー大陸とそのクナア王国、ユゴス星人、ガタノソアについて『無名祭祀書』の中で記述している。
・「時間の彼方の影」：ミスカトニック大学付属図書館に所蔵。ナサニエル・ウィンゲイト・ピースリー教授と入れ替わった“大いなる種族”（グレート・レース）が曲線文字で書き込みをしている。
・カーター「陳列室の恐怖」：サンボーン太平洋考古遺物研究所には、故ハロルド・ハドリー・コープランド教授がプラハの書籍商から購入したという『無名祭祀書』の初版本からの複製本が所蔵されている。
・カーター「奈落の底のもの」：フォン・ユンットはムー大陸が滅亡した年を、紀元前 17 万 3148 年と割り出している。また、クトゥルーとその眷属がやってきたゾスについて、ザオースやアビス、イマールと同じ星系内に存在すると述べている。
・カーター「墳墓に住みつくもの」：ムー大陸にまつわる『ポナペ教典』と『無名祭祀書』の記述は完全に合致している。

『屍食教典儀』

Les Cultes Des Goules

ダレット伯爵
食屍鬼
ミスカトニック大学
四大精霊

禁断の果実を味わう者たち

『屍食教典儀』は、そのタイトルが示す通り、人肉嗜食を伴うカルトや食屍鬼にまつわる書物で、著者は"奇人"と称されたフランス貴族、ポール・アンリ・ダレット伯爵。ミスカトニック大学付属図書館に1部が所蔵されている。なお、ダレット伯爵というのは、18世紀パリの食人教団の一員で、1703年に姿を隠し、1724年にアルデンヌで亡くなったフランソワ＝オノール・バルフォアだとする説もあるが、真相は不明である。

ダーレス一族の先祖

『屍食教典儀』はブロックが創造した書物で、"屍食教"の"典儀"です。初出はブロック「自滅の魔術」で、著者名と書名のみの言及でした。「ダレット D'Erlette」の家名はダーレスのフランス語読みで、HPLがブロックに宛てた書簡によれば、事実フランスの伯爵家だったダーレス家の先祖の家名です。革命後にドイツのバイエルンに逃れ、姓を改めた後にアメリカに渡り、1919年に亡くなったミヒャエル（AWDの祖父）の代まで爵位を保持したそうです（代々バイエルンの錠前屋だったとの説もあり）。

ブロック「哄笑する食屍鬼」では、墓地の地下納骨所で饗宴を開く食屍鬼の調査目的でこの本が読まれます。続いてHPLが「時間の彼方の影」に、ミスカトニック大学付属図書館に所蔵されていると書きました。AWDが『屍食教典儀』を使ったのは大分後で、「永劫の探求」に「フランスの奇人ダレット伯爵の『屍食教典儀』」と書いています。ダレット伯爵の本名については、ポール・アンリ・ダレット（AWDによるホームズ物語の贋作、名探偵ソーラー・ポンズものの「6匹の銀の蜘蛛の冒険 The Adventure of the Six Silver Spiders」）と、フランソワ＝オノール・バルフォア（エディ・C・バーティン「暗黒こそ我が名 Darkness, My Name Is」（未訳））という、2つの設定が存在します。なお、カーター「陳列室の恐怖」によれば、クトゥルー神話の邪神群を四大霊として分類したのは、ダレット伯爵だということになっています。

『妖蛆の秘密』

De Vermiis Mysteries

ルートヴィヒ・プリン
"サラセン人の儀式"
ネフレン＝カ
チャールズ・レゲット

異端の錬金術師の書

　『妖蛆の秘密』は、1542年にスイスのケルンで刊行されたラテン語の書物だ。鉄の表装が施された黒皮装丁の大判本で、"妖蛆"というタイトルはエジプトの蛇神セトや、蛇を髭の如く生やすバイアティスなど、蛇と関係のある神々にまつわる記述を数多く含むことに由来するようだ。著者のルートヴィヒ・プリンは、16世紀の半ば頃に、当時はスペイン領ネーデルラントの都市であったブリュッセル（現在のベルギー首都）近くの埋葬所廃墟に、人間の目には見えない精霊ないしは悪魔を従僕として仕えさせながら隠遁生活を送っていた人物で、錬金術師、死霊術師、魔術師などと呼ばれていた。出自や真の年齢は不明で、彼自身は途方も無い高齢だと嘯き、「不運なる第9回十字軍の唯一の生き残り」を自称した。プリンは1541年にブリュッセルの異端審問所に逮捕され、苛烈な拷問を受けた末に処刑された。この時、獄中のプリンにより執筆されたのが『妖蛆の秘密』のラテン語原本なのである。

　『妖蛆の秘密』に含まれる内容の多くは、著者が中東やアフリカの各地で学んだ秘儀伝承の数々。とりわけ"サラセン人の儀式"と題された章は、エジプト最古の神とされるナイアルラトホテプや、『無名祭祀書』を現したフリードリヒ＝ヴィルヘルム・フォン・ユンツトが"ハイボリア時代"と名付けた1万2千年前──スティギアと呼ばれていた頃からエジプトで崇拝されていた大蛇セト、肉食の猫女神ブバスティス、大いなるオシリスなどの暗黒の神々を崇拝してエジプトに惨苦をもたらした、"闇黒の神王"ネフレン＝カの暗黒時代にまつわる、貴重な情報源として知られている。また、プリンが"星の送りし従者"と呼んだ、人間の肉眼では見えない宇宙生物の召喚呪文や、時間遡行薬の用法、"魂を狩りたてるもの"などの異名で知られるイオドに関する記述も存在する。

　同書はプリンの死の翌年の1542年に刊行されたものの、当然といえば当然だが教会によって直ちに発禁とされた。その後、長きに渡って検閲済みの削除版以外を入手することは困難だったが（初版本はミスカトニック大学附属図書館に所蔵）、チャールズ・レゲットが初版本から直接翻訳した英語版が1820年に刊行されている。

ルートヴィヒ・プリンの素性

『妖蛆の秘密』は、ブロック「星から訪れたもの」が初出の書物で、外見については「鉄表装（表紙部が鉄板ないしは薄い鉄のカバーがかかっている）の巨大な黒い書物 a great black volume with iron facings」と描写されています。"Worm" は蛆虫などの体の長い虫を意味する英語ですが、蛇や竜などの爬虫類を指す言葉でもあり、この書物には父なるイグ、暗きハン、バイアティスなどの蛇神についての記述が含まれます。

また、同作によれば、プリンが"見えざる使い魔"ないしは"星の送りし従者"などと呼んでいた宇宙の吸血生物の性質や召喚方法について書かれているということです。

著者のルートヴィヒ・プリンは、自身を途方もない高齢者で、「第9回十字軍の唯一の生き残り」を自称し、捕虜として滞在していたシリアの妖術師や魔術師から秘儀を学んだと主張しました。リビアのダルヴィーシュ教団には、プリンがエジプトに在住していた頃の行状が伝わるということです。歴史的には、正式に認められている十字軍は8回までですが、1271年か72年にかけて、イングランド王太子エドワード（後のエドワード1世）とアンジュー伯シャルルが敢行したアッコ遠征を第9回に数えることがあります。彼が1541年に亡くなったことを考えると、300年近く生きていたことになります。「星から〜」にはまた、「古い年代記に、モンセラートの家臣にルートヴィヒ・プリンなる人物が」いて、世間の人間は彼をその直系の子孫ないしは偽物だと見なしたと書かれています。「モンセラート Montserrat」という地名にはいくつか候補があって、イベリア半島のカタルーニャにある山か、現在のイタリア共和国のサルデーニャ自治州の州都の名前が挙げられますが、ここでブロックが指していたのがどこなのかはよくわかりません。

あるいは、第3回、第4回十字軍に主導的に関わっていたイタリアのモンフェッラート侯爵家（Marchesi del Monferrato）の誤字かもしれません。彼の名前がドイツ系の「ルートヴィヒ Ludwig」であることを考慮しますと、イベリア半島よりはイタリアの侯国の家臣として十字軍に参加したと考えるのが、立地的には妥当と思われます。

ちなみに、「妖蛆」を"ようしゅ"と読ませるのは、青心社『クトゥルーⅢ』（1982年）収録の AWD「ビリントンの森」に翻訳者の大瀧啓裕がつけたルビが最初です。国書刊行会の『ク・リトル・リトル神話集』に収録されている「白蛆の襲来」に倣ったものと思われますが、「白蛆」と書いて「びゃくしゅ」と読む雅語的な表現は存在するものの、実際には「蛆」という字に「しゅ」という読みは存在しません。とはいえ、既に40年以上用いられている読み方ですので、新語として定着したものと考えて良いでしょう。

"サラセン人の儀式"

『妖蛆の秘密』に含まれる記述の中でも、鰐神セベク、大蛇セト、人肉食のブバスティス、大いなるオシリスなど、古代エジプトの伝説にまつわる"サラセン人の儀式"の章は特に重要です（「セベクの秘密」）。これらの神々と共にナイアルラトホテプを崇拝し、エジプトに暗黒時代をもたらしたネフレン＝カ王についての記録や（「暗黒のファラオの神殿」）、アヌビス像の奥に隠された冥界の入り口（「冥府の守護神」）、英国へと逃れたブバスティスの神官たち（「ブバスティスの子ら」）など、この章の内容は複数のブロック作品中で示されています。また、ブロック「無貌の神」では、ナイアルラトホテプについての記述が本書に含まれるということです。

『妖蛆の秘密』はまた、他の作家の作品中でも使用されています。

・HPL「時間の彼方の影」：ミスカトニック大学付属図書館に所蔵されている。
・HPL「闇の跳梁者」：〈星の智慧派〉の本部跡に所蔵されている。
・カットナー「侵入者」：時間遡行薬の製法と、使用時に身を護るために必要な"ナコト五芒星"についての記述がある。
・カットナー「狩りたてるもの」：イオドについての記述がある。
・ラムジー・キャンベル「城の部屋」：バイアティスについての詳しい記述がある。この神はもともと同書の初出作品であるブロック「星から訪れたもの」で名前だけ言及されていた神を、キャンベルが膨らませたものである。
・ブライアン・ラムレイ「妖蛆の王」：チャールズ・レゲットが初版本から翻訳した英語版が1820年に刊行されている。
・スティーヴン・キング「呪われた村〈ジェルサレムズ・ロット〉」：ドルイド時代（訳注：キリスト教布教以前という意味）ないしは前ケルト時代のものに見える、判読し難いルーン文字の両方で記述された『妖蛆の秘密』が、現在のメイン州に存在するジェルサレムズ・ロットという廃村の教会にあった。

なお、アマチュア時代の作品である「呪われた村」で言及したのがその理由かもしれませんが、スティーヴン・キングの作品世界において、『妖蛆の秘密』はそれこそ『ネクロノミコン』以上に重要な存在となっています。2014年発表の長編『心霊電流』によれば、『妖蛆の秘密』は実在の書物であり、HPLはこれを参考にして架空の書物である『ネクロノミコン』を創造したことになっているのです。

『狂える修道士
クリタヌスの告白録』

星型の石

ヒッポのアウグスティヌス

教会
"旧き印"

Confessions of
the Mad Monk Clithanus

知られざる聖戦

　クリタヌスというのは、3〜4世紀頃にブリタンニアのハイドストール修道院に奉職した修道士で、この地の地下で星型の石を取り去り、"古のもの"と彼が呼ぶ何物かを目覚めさせてしまった人物だ。監督官であるヒッポの司教アウグスティヌス（後の聖アウレリウス・アウグスティヌス）は、彼が発狂したと判断してローマに返した後、教皇宛ての手紙に「彼方から来たりしものが海岸に現れ、自分が処理した」という謎めいた報告を送っている。ローマに帰ったクリタヌスは、各地に災厄を撒き散らす"古のもの"を、教会の聖職者たちが湖底や海底に封じたという話を告白録にしたためた。この告白録の刊本が『狂える修道士クリタヌスの告白録』で、稀覯書として好事家から知られている。なお、同書には神に助力を求めるラテン語の式文として、「ネゴティウム・ペラムブランス・イン・テネブリス（暗闇の中を歩む疾病）」という旧約聖書「詩篇」91章6節の引用が掲げられている。また、海から呼び出した怪物を敵に送り込む方法も記されている。

キリスト教父 VS 邪神の眷属

　『告白録』は、AWD作品に登場する修道士クリタヌスが著した書物です。かつて崇拝者により復活した邪神の眷属が各地で災厄を撒き散らした時、教会の聖職者たちが"旧き印"で湖底や海底に封じ込めたという驚くべき話や、"旧き神々"を召喚するラテン語の式文が載っています（「湖底の恐怖」）。クリタヌスはブリテン島のハイドストール修道院の修道士でした。彼の監督役であるアウグスティヌスは、クリタヌスが発狂したと判断してローマに追放しますが、教皇宛ての手紙に謎めいた報告を送ります（「彼方からあらわれたもの」）。『告白録』は『狂える修道士クリタヌスの告白録』の題で刊行されたこともあり、好事家の間では稀覯書として知られました。同書には、海から呼び出した怪物を敵に送り込む方法も記されているということです（「エリック・ホウムの死」）。HPLはクリタヌスを自作で使いたいと書簡でAWDに伝えましたが、ついに実現しませんでした。

『ルルイェ異本』

R'lyeh Text

中国
コープランド
シュルーズベリイ
プレラッティ

中国の冊子本

『ルルイェ異本』は中国に由来する書物だが、記述言語はルルイェ語である。主にクトゥルーと三柱の息子たちを含む眷属たちが地球に到来した経緯や、その教団の世界各地における動向や拠点がつぶさに記述された、人皮で装丁された冊子本だ。著者や成立年代は定かではないが、中国では長らく巻子本（巻物）が用いられ、冊子本が作られたのは8世紀頃のことなので、この写本が作られたのもそれ以降だろう。現代中国では『拉莱耶文本』と表記されるので、ミスカトニック大学所蔵の冊子本のタイトルも同じかもしれない。

　おそらく、20世紀初頭に環太平洋地域の考古学の権威として知られたハロルド・ハドリー・コープランド教授の研究（「ムー文明：『ルルイェ異本』と『ポナペ教典』の概要比較と近年の発見に照らされた再構成」などの論文が知られる）を通してその存在が知られるようになり、好事家や研究者、そしてカルト教団が様々な手を尽くして探し求めた。

　アーカム在住の好事家であるエイモス・タトルは、この書物をチベットの奥地からやってきたという中国人から10万ドルで購入したということである。なお、タトルの死後、この本はミスカトニック大学に遺贈された。ミスカトニック大学の哲学講師であるラバン・シュルーズベリイ博士は、この寄贈本を読んだらしく、「『ルルイェ異本』を基にした後期原始人の神話の型の研究」と題する論文を1936年に執筆し、世界の8箇所に存在するクトゥルー教団の拠点を割り出している。なお、カリフォルニア州のサンボーン太平洋海域考古遺物研究所に遺贈されたコープランド教授の文書群には、『ルルイェ異本』からの広範に渡る写しが含まれていたが、現物は存在しなかったようである。

　ある風聞によれば、『ルルイェ異本』は紀元前2000年頃の中国で栄えた、半ば神話的な夏王朝の時代に執筆されたという。また、ジャンヌ・ダルクと共に英国軍と戦った救国の英雄でありながら、その後、黒魔術に耽溺して幼い少年たちを虐殺したジル・ド・レェ元帥の共犯者、フィレンツェ出身の錬金術師フランチェスコ・プレラッティには、『ルルイェ異本』をイタリア語に翻訳したという怪しげな噂がある。やはり人皮で装丁されていたというイタリア語版は、巡り巡ってナポレオン・ボナパルトの手に渡ったということだ。

『文書』？『異本』？

　原題を忠実に翻訳すると『ルルイェ文書』となります。通常、「異本」という言葉は正本あるいは定本に対する別本、別版、派生版などを指す言葉ですが、「世間にほとんど流布していない珍しい本。珍本」（『大辞泉』）という意味合いもあるようですので、本書では伝統的な日本語表記の『ルルイェ異本』を採用しました。ただし、各国語のタイトルには忠実な訳が多いようなので、『文書』に切り替える頃合いなのかもしれません。

　さて、『ルルイェ異本』はAWD「ハスターの帰還」が初出の書物です。アーカム在住の好事家エイモス・タトルの蔵書にあったもので、人間の皮で装丁されていました。エイモスは、この書物をチベットの奥地からやってきたという中国人から10万ドルで入手しました。このため、作中で明示されてはいませんが、『クトゥルフ神話TRPG』など数多くの後続作品において、中国語で書かれた本と解釈されています。

「ハスター〜」では「ふんぐるい むぐるうなふ るるいえ うがふなぐる ふたぐん（ルルイェの館にて死せるクトゥルー夢見るままに待ちいたり）」という祈禱文が載っているという以上の情報はなく、内容については後続作品を待つ必要がありました。

　AWDの連作「永劫の探求」によれば、ミスカトニック大学で哲学の教鞭をとっていたラバン・シュルーズベリイ博士の論文『ルルイェ異本』を基にした後期原始人の神話の型の研究」が、1936年に刊行されました。シュルーズベリイ博士は『異本』をソースに、次の8箇所をクトゥルー教団の活動拠点としています。

—南太平洋上カロリン諸島内のポナペを中心とする海域。
—マサチューセッツ州インスマスの沖合いを中心とする海域。
—インカのマチュ・ピチュの古代要塞を中心とするペルーの地底の湖。
—エル・ニグロのオアシス近辺を中心とする北アフリカおよび地中海一帯。
—メディシン・ハットを中心とするカナダ北部およびアラスカ。
—大西洋上アゾレス諸島を中心とする海域。
—メキシコ湾内の某所を中心とするアメリカ南部一帯。
—アジア南西部、埋もれた古代都市（イレム？）に近いというクウェートの砂漠地帯。

　この記述により、『ルルイェ異本』が表題にある海底都市ルルイェで眠り続けているクトゥルーと、その教団にまつわる書物であることが明かされました。なお、「ハスターの帰還」に登場した『ルルイェ異本』はミスカトニック大学附属図書館に寄贈されましたが、作中事件が起きた時期はHPL「インスマスを覆う影」の直後とされます。シュルーズベリイ博士が論文執筆の参考にした『ルルイェ異本』は、この本なのでしょう。

なお、カーター「仮面の下に Behind The Mask」（未訳）では、博士が同書を寄贈した時期を1928年6月とし、さらには記述言語をルルイェ語としています。同作によれば翌年3月、この書物の解読に没頭した司書が一人、狂死を遂げています。

　また、太平洋海域考古学会の創始者の一人であるハロルド・ハドリー・コープランド教授もまた『ルルイェ異本』を読んでいて、「ムー文明：『ルルイェ異本』と『ポナペ教典』の概要比較と近年の発見に照らされた再構成」『『ルルイェ異本』その他の書物を参考にしたゾス神話群への注釈」などの論文中で、『ルルイェ異本』がクトゥルーの出身地であるゾス星系や、その三柱の息子たちについての情報を含んでいることを明かしています（カーター「時代より」「ウィンフィールドの遺産」など）。

　他にも、ヨグ＝ソトースの召喚方法（ダーレス「丘の夜鷹」）、『ナコト写本』についての記述（ダーレス「戸口の彼方へ」）などが記載されているようです。

『クトゥルフ神話 TRPG』由来の設定

　『クトゥルフ神話 TRPG』（当時は『クトゥルフの呼び声』）の副読本として刊行された山本弘『クトゥルフ・ハンドブック』は、『ルルイェ異本』の歴史に、フィレンツェ出身の錬金術師フランチェスコ・プレラッティ（本文ではフランソワ・プレラーティ）が翻訳した、人皮装丁のイタリア語版を追加しました。プレラッティは、〈オルレアンの処女〉ジャンヌ・ダルクと共にイギリス軍と戦ったジル・ド・レェ元帥の、黒魔術の相棒として知られる実在人物です。『ハンドブック』には、このイタリア語版が巡り巡ってナポレオン・ボナパルトの手に渡ったという後日談も書かれています。

　また、アナログゲーム雑誌『TACTICS』の第68号に掲載された読者寄稿記事において、以後、日本で定着することになる次の設定がお目見えしました。

・『ルルイェ異本』は夏王朝の時代に、原本から中国語に翻訳された。
・中国語での題名は、『螺湮城本伝』である。

　虚淵玄『Fate/Zero』には、これらの設定を元にアレンジを加えたものと思しい『螺湮城教本』が登場します。イラストに描かれた『螺湮城教本』は、四隅を鉤爪のような金具で固定している、しっかりした装丁本で、目を布で覆われ、叫びをあげているような人間の顔が封じ込められているかのような、異様な表紙が目をひきます。

　ただし、これらの設定は特定製品における固有名詞ですので、自作品で用いる場合は、現代中国で定訳となっている『拉莱耶文本』のタイトルを使用するのが良さそうです。

『ケレーノ断章』

The Celaeno Fragments

ラバン・シュルーズベリイ
ミスカトニック大学
"旧き印"
黄金の蜂蜜酒

星の智慧

『ケレーノ断章』は、1930年代から40年代にかけて、選りすぐった数人のグループで世界各地のクトゥルー教団の拠点を破壊して回ったというアーカムのラバン・シュルーズベリイ博士が執筆した、二つ折判の冊子につけられたタイトルだ。その内容は、彼が訪れたプレアデス星団の恒星ケレーノ、あるいはケレーノを巡る惑星の大図書館に所蔵されている、それまで生きた人間の目に触れたことのない、壊れかけの巨大な石板に刻まれた神々の秘密の知識を書き写したものである。クトゥルーやハスター、ナイアルラトホテプといった神々についての情報の他、邪神とその眷属を退ける力を持つ"旧き印"、飲む者の肉体を時空の束縛から解き放つ黄金の蜂蜜酒の製法などが記載されているようだ。冊子としての『ケレーノ断章』は、シュルーズベリイ博士の自筆本1冊のみが確認されている。本来はシュルーズベリイ博士の個人的な覚書のようなものだったが、1915年の彼の失踪直前にミスカトニック大学附属図書館に預けられ、この機会に他人の目に触れて、その存在が知られるようになった。1935年にいったん帰還した折、博士はこの冊子を図書館から取り戻し、無関係な者の目にその内容が知られぬよう、厳重に鍵をかけられる仕掛けを施した。

邪なる神々と戦う知識

『ケレーノ断章』は、AWDの連作「永劫の探求」に登場する書物です。従来は『セラエノ断章』と英語読みされていましたが、本書では天文学分野の一般表記に合わせます。

　この書物は、アーカムのミスカトニック大学で哲学の教鞭をとっていたラバン・シュルーズベリイ博士が、おうし座のプレアデス星団の七つ星のひとつである恒星ケレーノ、あるいはその近傍の星にある大図書館で見つけた石板の内容を、地球に帰還した後に英訳した、二つ折判の肉筆冊子です。ケレーノというのはおうし座のプレアデス星団の七つ星のひとつです。そして、大図書館に所蔵されていた、それまで一度も生き身の人間の目に触

れたことのない壊れかけた巨大な石板には、神々の秘密について記されていたのです。

『ケレーノ断章』の冊子は、博士が最初の失踪を遂げる直前の1915年に、ミスカトニック大学附属図書館に預けられました。この時期には比較的楽に閲覧することができたようで、ボストンの核物理学者アサフ・ギルマン教授、リマ大学のヴィヴァロ・アンドロス教授、そして在野の研究家であるウィルバー・エイクリイ（AWD「破風の窓」）といった第三者が『ケレーノ断章』を閲覧し、要約を作成しています。博士は、1935年に突然アーカムに帰還し、図書館から『ケレーノ断章』を回収しました。「永劫の探求」では、その後も博士は幾度か姿を消し、その度にこの冊子をミスカトニック大学に預けたようです。ただし、鍵がかかる仕掛けが施され、自由に閲覧することはできなくなっています。

『ケレーノ断章』の冊子には、以下の知識について記載されているようです。

・クトゥルーやハスター、ナイアルラトホテプなどの邪神たちについての知識。
・邪神とその眷属の緒力を退ける"旧き印"について。
・飲む者を時空の束縛から解き放ち、あらゆる時間や空間の旅を可能とするだけでなく、鋭敏な感覚を与えて夢と覚醒の狭間にとどまらせる黄金の蜂蜜酒の製法。
・ハスターに仕える有翼の魔物バイアキーの召喚方法。

　これらの知識は、1930年代から40年代にかけて、シュルーズベリイ博士とその同志たちがクトゥルー崇拝者と戦った際に、大いに役立つことになりました。

ケレーノの大図書館

「永劫の探求」では、ケレーノの大図書館は"旧き神々"から盗み出された知識が収められている、巨石造りの建造物とされていました。ハスターの下僕であるバイアキーが自由に出入りできるのに、クトゥルー崇拝者の手は及ばないらしいことから、クトゥルーと対立関係にあるハスターの支配地なのだと考えられます。

　クトゥルー神話の体系化を進めたカーターは、この設定を大きく改変しました。

　ウボ＝サスラが守っている神々の知識が記された石板は、"旧き神々"の管理する書庫"旧き記録"から盗み出したものでした（「陳列室の恐怖」）。この"旧き記録"こそが、ケレーノの大図書館です。ウボ＝サスラの行いは"旧き神々"を激怒させ、邪神との戦いの引き金となりました（カーター版『ネクロノミコン』）。なお、ダーレスは大図書館のありかを恒星であるケレーノにしましたが、これはまずい設定だと考えたのでしょう――カーターは、大図書館の立地をケレーノに近い無明の星へと変更しました。

　なお、『クトゥルフ神話TRPG』のサプリメント『ヨグ＝ソトースの影』では、大図書館の位置はケレーノの恒星系にある第4惑星とされました。

『イオドの書』
The Book of Iod

人類誕生以前の書物

　『イオドの書』は、人類誕生以前の古代語で記されたという書物で、著者も成立年代もわからないが、『エイボンの書』の中で『イオドの書』の記述について触れられているので、古代ヒュペルボレイオス大陸において既にその存在が知られていたようだ。

　中心的に扱われているのはウボ＝サスラの子供たちの一柱であるという、地底に棲まう"暗き沈黙のもの"ズシャコンだ。『無名祭祀書』ではズルチェクオンと呼ばれ、ムツネ族がズ・チェ・クォンと呼んだ存在である。『イオドの書』には、ズシャコンの召喚に用いる呪文をはじめ、古代の秘教にまつわる呪文がいくつか掲載されている。原本は1部のみが現存する他、ジョウハン・ニーガスが英訳した削除版が存在し、ロサンゼルスのハンティントン図書館に所蔵されている。ニーガスの英語版の削除箇所には、ズシャコンの親がウボ＝サスラであるという記述が含まれるが、これは『無名祭祀書』に引用されている。

ウボ＝サスラの子

　カットナー「恐怖の鐘」が初出の書物です。上記概要のウボ＝サスラや『エイボンの書』、『無名祭祀書』との関係性を除いた部分が、同作に基づいています。

　カーター「陳列室の恐怖」では『無名祭祀書』の記述として、ズルチェクオン（ズシャコンの別名）がウボ＝サスラの子供に数えられます。また、ズシャコンの関連作品であるカーター「夜に死す Dead of Night」によれば、ウボ＝サスラの子であるという記述は本来、『イオドの書』にも含まれるのですが、ニーガスの英訳本からは省かれているということです。また、この削除箇所が『無名祭祀書』に引用されているとも書かれています。

　また、『エイボンの書』の一部という体裁のローレンス・J・コーンフォード「ウスノールの亡霊」では、『イオドの書』の最も古い部分に、アザトースが吐き出した混沌の種子が彗星となって地球に飛来したという記述があったとされています。

　なお、カットナーが創造した神性であるイオドとの関連性は、実のところわかりません。

『グラーキの黙示録』

Revelations of Glaaki

グラーキ
ブリチェスター大学
イゴーロナク
『人はみな視界から消える』

グラアキ教団の聖典

『グラーキの黙示録』は、1790年頃に設立されたグラアキ教団の教義や慣習、さらには彼らが信仰を通して知るに至った禁断の知識の数々がまとめられた、内部文書的な書物だ。

1865年に、パーシー・スモールビーム（おそらく偽名）なる人物の編集でマッターホルン・プレスから9巻本が刊行されたが、欠落の多い海賊版で、"Gla'aki"が"Glaaki"と誤表記されていた。このため、教団の脱退者から原本の写しが流出したと考えられているが、意図的なリークとの説もある。噂を裏付けるように、この海賊版は当の教団員が買い漁り、世間にはほとんど流通しなかった。完全版は全11冊で、かなり厚みのある巻もあり、9巻は少なくとも2000ページ以上あった。教団の中心人物だったトーマス・リーの手になる精緻なカラー彩画が掲載されていて、グラーキ（グラアキ）以外にも蜥蜴の頭部を備えた"外側のもの"や、ムナガラー、ルルイエなどが描かれていた。また、火山の噴火を誘発させる手段や、物質の原子構造にまつわる技術など、高度に科学的な知識も含まれていた。たとえば9巻には、重なり合って存在しながら位相の異なる別世界に棲むスグルーオ人と接触する機械装置の設計図が掲載されている。教団メンバー以外にも、ブリチェスター大学で活動していた魔術結社の人間や、1930年に失踪した元教授アーノルド・ハードなどが完全版を所有していた。教授の蔵書は同大学に回収されたが、一部のページが欠落している。また、この本は1960年代にムスリムの学生に焼かれてしまったという。なお、この書物の12巻と称する、イゴーロナクと関係のある内容の書物が存在するらしい。風聞によれば、ブリチェスターのマーシー・ヒル在住のある男が夢に導かれて執筆し、ブリチェスターのとある古書店の主人が所有していたということだが、詳細は不明である。

グロスターシャーの昏（くら）い知識

『グラーキの黙示録』は、ほぼ同時期に執筆されたラムジー・キャンベルの「ヴェールを剥ぎ取るもの」「湖の住人」が初出の書物です。印刷された刊本ではなく、ルーズリーフ

形式でファイリングされた手書きの書物です。その後に書かれたキャンベルの神話作品の大部分に登場し、ダオロスやイゴーロナク、グロースなどの独自神性のみならず、"外側のもの^{アウトサイド・シング}"の英国種や（「ユゴスの坑^{あな}」）、ヴルトゥーム（「湖の住人」）、DC コミックス社の邪神ムナガラー（「誘引」）、さらにはユゴスやトンドなどの天体についての記述が含まれます。「奏音領域」では、9 巻（2000 ページ超の大冊）にスグルーオ人と接触する装置の設計図が掲載されていて、ブリチェスター大学のアーノルド・ハード元教授がそれを制作しました。彼の蔵書は後に同大学に回収されましたが、重要なページが破り取られています。この本はロバート・M・プライスの「見よ、我は戸外に立ちノックする Behold, I Stand at the Door and Knock」（1994 年）で大学から盗み出されましたが、後に発表されたキャンベルの「森のいちばん暗い所 The Darkest Part of the Woods」（2002 年）では、1960 年代にムスリムの学生が焼いてしまったことになっています。

『黙示録』の 9 巻本について、『クトゥルフ神話 TRPG キーパーコンパニオン』には独自設定が書かれていますが、キャンベルは 2013 年発表の『グラアキ最後の黙示』でその内容を RPG ゲーマーのこしらえた設定と否定。パーシー・スモールビームなる人物の編集で 1865 年にマッターホルン・プレスから刊行された際、本来の"グラアキ Gla'aki"という表記が"グラーキ Glaaki"に誤って変更されたという設定と共に、9 巻本の各巻タイトルと内容を提示しました。また、同作によれば英国の神秘主義者^{オカルティスト}アレイスター・クロウリーが『黙示録』を所有し、霊感の源としていたとされます。

Ⅰ　「呪^{まじな}いについて On Conjuration」
Ⅱ　「夜の目的について On the Purposes of Night」
Ⅲ　「巣穴としての世界について Of the World as Lair」
Ⅳ　「星界の秘密について Of the Secrets Behind the Stars」
Ⅴ　「蛹^{さなぎ}としての人類について Of Humanity as a Chrysalis」
Ⅵ　「月に閲^{けみ}されたものについて Of Things Seen by the Moon」
Ⅶ　「宇宙が示す象徴^{シンボル}について Of the Symbols the Universe Shows」
Ⅷ　「創造の夢見について Of the Dreaming of Creation」
Ⅸ　「死者の活用法について Of the Uses of the Dead」

「コールド・プリント」には、11 巻本には含まれない、イゴーロナクにまつわる内容が書かれた第 12 巻が登場し、マーシー・ヒル在住の男が夢に導かれて執筆したとされています。マーシー・ヒルというのはブリチェスター北部の高台の町で、キャンベル「フランクリンの章句^{パラグラフ}」で言及されオカルティスト、ローランド・フランクリンを想起させる設定です。あるいは、『黙示録』12 巻の著者は彼なのかもしれません。

『クタアト・アクアディンゲン』

Cthaat Aquadingen

“旧き印”（エルダー・サイン）

イブ＝ツトゥル

第6サスラッタ

大英博物館

人皮装丁の魔術書

　『クタアト・アクアディンゲン』は、11〜12世紀頃にラテン語で執筆された書物である。

　興味本位でオカルトをかじった人間からは、サド公爵の著作のような好色かつ残虐な内容を含むことから稀購書扱いされているのだと誤解されることもあるようだが、実のところ『クタアト・アクアディンゲン』は極めて実用的な魔術書だ。

　具体例を挙げると、“ナイハーゴの葬送歌”、“旧き印”（エルダー・サイン）の創り方、“黒き血の召喚”、“イブ＝ツトゥルの幻視”、“イブ＝ツトゥルの招喚”の儀式に使用する第6サスラッタの呪文など、実効性のある危険な術式ばかりが掲載されているのだ。

　また、“水神”（アクアディンゲン）のタイトルから想起させられる通り、クトゥルーや“深きものども”（ディープ・ワンズ）を含む水棲の精霊や魔物にまつわる召喚呪文や祈禱についての情報を豊富に扱う書物である。そのため、ドイツのガルベルク伯爵が著した『深海祭祀書』、ガストン・ル・フェの『深海の住人たち』、ガントレイの『水棲動物』などの類書と共に、奇妙な魚や貝に執着するアクアリストの書棚に並んでいる場合もあるようだ。

　ラテン語版を所有している英国の神秘主義者、怪奇作家のタイタス・クロウによれば、1970年代の時点で少なくとも他に2冊のラテン語版が現存するということだ。そのうち1冊は大英博物館にあって、同館にはまた、14世紀頃に刊行された英語版も所蔵されているようだ。ただし、『ネクロノミコン』などの書物と同様、外部の人間への閲覧と貸し出しは原則的に認められていない。なお、クロウの手元の1冊は装丁に人間の皮膚を用いていて、降雨が近づいて温度や湿度が変化すると、表面にうっすらと汗をかくということである。

水棲の精霊にまつわる書物

　『クタアト・アクアディンゲン』の初出はラムレイ「深海の罠」で、ガストン・ル・フェの『深海の住人たち』、ガントレイの『水棲動物』、そしてドイツのガルベルク伯爵が著し

た『深海祭祀書』などの、海棲生物にまつわる珍奇な本の数々と共に、名前を挙げられている書物です。ラムレイ「妖蛆の王」によれば、これらは皆、海洋の神秘と怪異がテーマの書物です。ちなみに、『深海祭祀書』はカール・ジャコビの「水槽」という怪奇小説に登場するもので、ラムレイはこの作品に感銘を受けて「深海の罠」を執筆しました。

　筆者が行ったインタビューによれば、『クタアト・アクアディンゲン』は、水の深みからある種の生物を召喚して目覚めさせる、あるいは励起させ、物質化させ、出現させる呪文を記した本です。ラムレイ「縛り首の木」でも、水棲の精霊を召喚する呪文や祈禱の集成だと書かれています。また、研究誌〈クトゥルーの坑 Crypt of Cthulhu〉第51号に掲載された、カール・T・フォードの小論によれば、"クタアト"というのはおそらく前ネカアル・カタン人（現生人類以前の半人類の種族）の言語か宗教に関連がある言葉で、書物そのものは「湖、川、海に関する超自然の存在にまつわる神話と伝説を収集したものと解説しました。ラムレイによれば、これはかなり正確だということです。

『クタアト・アクアディンゲン』のラテン語版は人間の皮膚で装丁されていて、雨が近づいて温度や湿度が変化すると、表面にうっすらと汗をかきました。なお、こうした人皮装丁本はホラー・フィクションの産物というわけではなく、17世紀頃から時折作られ、解剖死体や処刑された罪人の皮が、医学書や法学書の装丁に使われたということです。そして、ミスカトニック大学や、そのモデルとなったプロヴィデンスのブラウン大学が含まれるアイビー・リーグの大学は大抵、付属図書館に何冊かこうした本を所蔵しるそうです。

　人皮装丁の『クタアト・アクアディンゲン』は、1970年代の時点でおそらく3冊が存在し、内1冊は大英博物館に所蔵されています。ただし、閲覧を申し込んでも大抵の場合は拒否されてしまうようです。また、ラムレイ「盗まれた眼」によれば『クタアト・アクアディンゲン』の著者は不明で、海底に封印されているクトゥルー配下のオトゥームという存在についての記述があります。また、ロバート・M・プライス「悪魔と結びし者の魂」によれば、ポナペ諸島についての記述が含まれます。

『クタアト・アクアディンゲン』は実用的な魔術書でもあり、以下の内容を含みます。

・"ナイハーゴの葬送歌"。
・"旧き印"の創り方。
・サスラッタ秘術の解説。
・ツァトーグァの儀式にまつわる詳しい解説。

"葬送歌"については、『クトゥルー神話TRPG キーパーコンパニオン』において、ゾンビなどの実体を有する不死者を滅ぼす呪文と設定されました。また、3番目のサスラッタ秘術とは、イブ＝ツトゥルの項目で解説されている"黒き血の召喚""イブ＝ツトゥルの幻視""イブ＝ツトゥルの召喚"です。ちなみに、「サスラッタ」はラムレイの造語です。

『ゲイハーニ断章』
G'harne Fragments

粘土板
ゲイハーニ
『ナコト写本』
"先住者"

"先住者"の地理書

『ゲイハーニ断章』は、探検家ウィンドロップ（ファーストネームは何故かあまり知られておらず、エドワード説とハワード説がある）が、1934年に北アフリカのとある部族から手に入れたという粘土板である。マヤ文明の文字を思わせる、点の集合からなる奇妙な象形文字が刻まれていて、人類誕生以前の地球に存在した都市の位置のみならず、かつて太陽のすぐ外側を回っていたという惑星サイオフやユゴスなど、天体についても記録された、宇宙的規模の地理書とも言うべき文献だ。最初に解読された部分に、現在はエチオピアの地下に存在するゲイハーニについての記述があるため、『ゲイハーニ断章』と呼ばれるようになった。なお、この文書に載っているものと似通った象形文字が『ナコト写本』中に見られるため、その起源は三畳紀にまで遡るものと目されている。ウィンドロップの研究成果は1934年に発表されたものの、学会やマスコミからは冷笑的に迎えられ、彼は失意の内に亡くなった。しかし、エイマリー・ウェンディ＝スミス卿が改めて粘土板の翻訳に取り組み、その研究成果を1919年に16折判の冊子『ゲイハーニ断章』にまとめて1000部を自費出版したことで、改めて注目を集めた。彼はその後、ゲイハーニを探し出そうと自ら北アフリカ探検に赴くのだが、探検隊は全滅。唯一生き残った彼もすっかり狂い果てていた。

その後、英ウォービィ博物館のゴードン・ウォームズリー館長らが、『断章』の記述と200万年前の地図を照らし合わせ、エチオピアのゲイハーニや、ヨークシャー州の荒野のどこかにある古代都市ル＝イブ、レンやルルイェ、カラ＝シェヒルなどの位置を特定した。

そして、博物館からそう遠くない、『断章』には"前哨地"とだけ記された場所に赴き、そこが太古の地球の大部分を支配した"先住者"の前線基地であることを突き止めた。『ゲイハーニ断章』を著したのは、"先住者"だったのである。

錯綜する設定

『ゲイハーニ断章』は、ラムレイの「セメントに覆われたもの Cement Surroundings」

が初出の書物です。この短編は後に「タイタス・クロウ・サーガ」シリーズの第1巻である長編『地を穿つ魔』の第3章に取り込まれました。ただし、時系列的にはラムレイ「狂気の地底回廊」の方が先行するので、原典にあたる場合はこちらから順番に読んだ方が混乱がないかもしれません。何しろ、「セメント〜」の方には、探検家ウィンドロップについて全く言及されないのです。なお、旧来は "G'harne" の都市名について、日本語表記が「ガールン」「グ＝ハーン」などで揺れていました。これをそろそろ確定させようと、作者にインタビューする機会にどのように発音するか聞いてみたところ、「私自身は、ゲイ＝ハー＝ニー Gay-har-nee という具合に発音している」との回答が得られました。本書ではこれを踏まえて、『ゲイハーニ断章』としておきます。

　以下、ラムレイ作品における記述を、作中の時系列で並べます。

・「狂気の地底回廊」：1934年、英国の探検家ウィンドロップが、北アフリカのとある部族から、奇妙な象形文字（『ナコト写本』に似たような象形文字がある）が刻まれた粘土板を手に入れた。古代の地底都市ゲイハーニについての記述が含まれたことから、ウィンドロップはこの粘土板を『ゲイハーニ断章』と名付け、解読を試みた。その研究成果は1934年（複数作品で年代が混乱）に発表されたが、世間から顧みられることはなく、彼は失意の内に亡くなってしまう。
・「セメント〜」：エイマリー・ウェンディ＝スミス卿が改めて粘土板の翻訳を進め、1919年にその成果をまとめた16折判の冊子『ゲイハーニ断章』を1000部のみ自費出版した。この翻訳をエビデンスに、探検隊を組織して地下都市ゲイハーニを目指したが、探検隊は全滅。卿自身も狂乱状態で帰還する。

　前者では、英ウォービィ博物館のゴードン・ウォームズリー館長らが、『断章』と200万年前の地図を照らし合わせて、ゲイハーニや、ヨークシャー州の荒野にある古代都市ル＝イブ、レンやルルイェ、カラ＝シェヒルなどの位置を確定させた上で、『断章』に“前哨地”と記された場所に実際に赴きます。そこが“先住者”の前線基地だったことから、『ゲイハーニ断章』はどうやら彼らの遺した記録だと考えられるようになりました。

　なお、ラムレイ作品では「探検家ウィンドロップ」とあるのみで、彼のファーストネームは書かれていません。ジョン・スタンリイの『エクス・リブリス・ミスカトニキ：ミスカトニック大学図書館特別コレクションカタログ（Ex Libris Miskatonici: A Catalogue of Selected Items from the Special Collections in the Miskatonic University Library）』（未訳、1995年）ではエドワード・ウィンドロップに、ボブ・カランの『取り憑かれた魂 A Haunted Mind』（未訳、2012年）ではハワード・ウィンドロップになっています。いずれも典拠は不明で、おそらく独自設定と思われます。

『ポナペ教典』
Ponape Scripture

- ホーグ船長
- ポナペ島
- イマシュ＝モ
- ガタノソア

ガタノソアの神官たち

　『ポナペ教典』は、マサチューセッツ湾植民地アーカム出身の貿易商アブナー・エゼキエル・ホーグが、カロリン諸島にあるポナペ島での発掘調査中に発見した、おそろしく古い手稿である。ホーグ船長が発見した原本は、ヤシの葉の貝葉紙を絶滅種のソテツの板で綴じた、原始的な装本で、古代ムー大陸で使用されていたナアカル語で記述されていた。

　『無名祭祀書』よりも更に早くムー大陸について触れた記録であり、ムー大陸で崇拝されていた神々――特に、星々から到来した悪魔的な存在であるクトゥルーとその三柱の御子、ガタノソア、イソグサ、ゾス＝オムモグの三神についての記述が多く、内容から判断するに、ガタノソアの神官イマシュ＝モとその後継者たちが、伝道目的で著したようだ。

　ポリネシア人ないしは東洋人の混血であったというホーグの召使いが、その内容をナアカル語から翻訳して写本を作成した。これが巡り巡って、米国や欧州、アジアのある種の狂信者や神秘学徒の間で、その後長い間回覧されることになった。その中には、マサチューセッツ湾植民地のインスマスという港町などで活動していたダゴン秘儀教団も含まれる。この文書には、遠い昔に忘れ去られたクトゥルー崇拝の儀礼についての記述も含まれていたのだ。なお、ホーグの妻はインスマス出身のバトシェバ・ランドール・マーシュで、彼女の父オーベッド・マーシュはダゴン秘儀教団の創設者である。

クトゥルー教団の教義

　『ポナペ教典』はカーターの「時代より」が初出の書物です。原本はナアカル語というムー大陸で用いられた言語で書かれていて、ヤシの葉の皮紙に記述されていました。ムー大陸で権勢を誇ったガタノソアの神官イマシュ＝モと、その後継者の手によるものだとされています。この文書は、植民地時代のアーカム出身の貿易商であるアブナー・エゼキエル・ホーグ船長が、カロリン諸島のポナペ島を発掘調査中の1734年に発見、"深きもの"と人間の混血だという召使いの協力を得て英語に翻訳されました。カーター「墳墓に棲み

つくもの」によればホーグはこの仕事を、『ポナペ教典』を著したガタノソアの神官たち——イマシュ＝モとその後継者に捧げるつもりだったということです。「時代より」によれば、『ポナペ教典』の原本は、翻訳写本と共にセイラムのケスター図書館に収蔵されていることになっていますが、この図書館は実在しない架空の図書館のようです。

　ところで、アーカムハウスから刊行されたカーターの単行本『ルルイェの夢 Dreams from R'lyeh』の序文によれば、ホーグが1713年に結婚した妻は、高名なるオーベッド・マーシュ船長の娘バトシェバ・ランドール・マーシュだとされています。このオーベッド・マーシュが、HPL「インスマスを覆う影」においてダゴン秘儀教団を設立したのと同一人物だとすれば、ホーグが見つけた『教典』こそがマーシュ船長とカロリン諸島の“深きものども”を結びつけ、ひいてはダゴン秘儀教団の教義のベースとなったことになりそうです。ただし、「インスマス〜」でマーシュが“深きものども”と接触したのは1838年、ダゴン秘儀教団を設立したのは1846年で、大分開きがあります。カーターが年代を勘違いしたか、別人かもしれません。なお、『ポナペ教典』はカーター「外世界の漁者 The Fishers from Outside」でも言及されています。

研究資料としての『ポナペ教典』

『ポナペ教典』は『無名祭祀書』よりも早く、古代ムー大陸にまつわる情報を西欧世界にもたらした、重要な神話典籍です。カーター「墳墓に棲みつくもの」では、環太平洋地域の考古学の権威であったハロルド・ハドリー・コープランド教授が、セイラムのケスター図書館に所蔵されている『ポナペ教典』を研究し、『『ポナペ教典』から考察した先史時代の太平洋海域』（1911年）という本を上梓しましたが、これが原因で学会を追われました。

　彼はその後、『ポナペ教典』や『無名祭祀書』の記述に基づいて古代ムー大陸のイソグサの大神官だったザントゥーの墓所の位置を突き止め、1913年に中央アジアのツァン高原への悪名高い遠征を行い、『ザントゥー石板』を持ち帰っています。

　ちなみに、ロバート・M・プライスがカーターの諸作品を踏まえて執筆した「悪魔と結びし者の魂」には、ミスカトニック大学のホーグ図書館が、コープランド・コレクションが遺贈されているカリフォルニア州サンティアゴのサンボーン太平洋考古遺物研究所と比較する形で言及されています。この図書館はおそらく郷土の名士であるホーグ船長を記念した図書館で、彼が蒐集したコレクションを収蔵しているのだと考えられます。ちなみに、ひとつの大学に図書館が複数存在することは珍しいことではなく、ミスカトニック大学のモデルであるプロヴィデンスのブラウン大学にも、ラヴクラフト・コレクションが収蔵されているジョン・ヘイ図書館やジョン・カーター・ブラウン図書館が存在しているのです。

『ザントゥー石板』

Zanthu Tablets

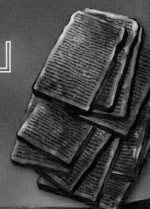

- イソグサ
- ムー大陸
- クトゥルー
- ナアカル語

大祭司の告白録

　『ザントゥー石板』は、ハロルド・ハドリー・コープランド隊長1人を除き全滅の憂き目にあった、1913年のコープランド＝エリントン中央アジア遠征隊が、ツァン高原北方の山岳地帯の石造墳墓より持ち帰った、10枚ないしは12枚ある、黒翡翠の石板である。ムー大陸で崇拝されたクトゥルーの御子の一柱、イソグサを奉ずる教団の最後の大祭司ザントゥーの手になるもので、ナアカル語の神官文字に類似した小さな文字が何列もびっしりと刻み込まれている。教義は秘儀を記したものではなく、ザントゥーの私的な記録に近い部分があり、彼が人望のある弟を騙し討ちにして地位と栄光を手にした顛末や、他ならぬ彼がイソグサを呼び覚まそうとした結果、グリュ＝ヴォ（ベテルギウス）の"旧き神々"の注意を引きつけてしまい、その結果、ムー大陸が滅亡に導かれた経緯が赤裸々に記されている。とはいえ、イソグサ教団とガタノソアの教団がいがみ合っていたことを含め、ムー大陸にまつわる数多くの逸話を伝えてくれる、重要な神話典籍ではある。

　ザントゥーは沈みゆく大陸から脱出し、現在の中央アジアに逃げ延びた。彼はこの地で亡くなった後、石造の墳墓に葬られたのだが、その胸にしっかりとかき抱いていたのが、この『ザントゥー石板』なのである。

　コープランド教授がザントゥーの墓所に辿りついた時、遠征隊は既に全滅し、現地で雇ったポーターも全員逃げ出した後だった。彼自身、墓所で目にしたものによって狂乱状態になり、3ヶ月後にモンゴルで保護された。その後、1914年に刊行した『ザントゥー石板：憶測的な翻訳』が学会とマスコミの双方から糾弾された後、収容された療養所で喉をかき切って自殺している。『ザントゥー石板』の現物は、カリフォルニア州のサンボーン太平洋海域考古遺物研究所に保管されている。

壊滅した遠征隊

　『ザントゥー石板』はカーター「墳墓の主」が初出の、古代ムー大陸で崇拝されたクトゥ

ルーの息子イソグサの最後の大祭司であるザントゥーが著した、黒い翡翠の文字板に小さな文字がびっしりと刻み込まれた石板です。なお、「墳墓の主」では 10、カーター「陳列室の恐怖」では 12 枚と、作品によって枚数の変動があります。

ハロルド・ハドリー・コープランド教授により、1913 年に中央アジアのツァン高原に存在するザントゥーの石造墳墓で発見されました。なお、この墳墓の位置については、『ポナペ教典』に正確な道程が示されていたということです。翌 1914 年には、教授が同調したザントゥーの記憶の助けを借りて"翻訳"された内容が、『ザントゥー石板：憶測的な翻訳』という小冊子として発行されました。しかし、その内容があまりに突飛かつ冒涜的であったため、マスコミはもとより学会からも糾弾の憂き目に遭うことになります。

石板の現物は、カリフォルニアのサンボーン太平洋海域考古遺物研究所に保管されています。なお、『クトゥルフ神話 TRPG』のシナリオ「切除された時 A Resection of Time」（未訳）では、1933 年に盗まれて行方不明になったとされています。

内容について分かっているものは以下のようになっています。

・第七の石板：ザントゥーが強力な護符"イラーンの黒い印形"を入手した顛末。この 1 部を翻訳したのがカーター「赤い供物」とされます。
・第九の石板：ザントゥーがイソグサの力を呼び起こした結果起きた破滅について。この 1 部を翻訳したのがカーター「奈落の底のもの」とされます。

先駆者の遺したもの

「墳墓の主」によれば、ハロルド・ハドリー・コープランド教授は環太平洋地域の考古学の権威として尊敬を集めた人物でした。しかし、初めてアカデミズムの場でクトゥルー神話を取り上げた先駆的研究、1906 年の「ポリネシア神話——クトゥルー神話大系に関する一考察」の発表以降、オカルトに傾倒するようになり、遂には 1911 年の論文「『ポナペ教典』から考察した先史時代の太平洋海域」の発表が原因で学会を追われます。その後、『ポナペ教典』や『無名祭祀書』の記述に基づいて 1913 年に中央アジア調査隊を組織したものの、彼 1 人を除いて全滅の憂き目に遭いました。

彼自身も、この調査で発見した『ザントゥー石板』についての報告を発表後、サンフランシスコの療養所に収容されて狂死しました。彼の残した研究資料は 1928 年 4 月にサンボーン太平洋海域考古遺物研究所に寄贈されていて、「陳列室の恐怖」によれば、同研究所はこの遺贈物を"太平洋中央部とポリネシアの考古遺物についてのコープランド・コレクション"として公開展示しようと企画しましたが、職員が陰惨な殺人事件を引き起こしたことにより、頓挫しています。

『ユッギャ讃歌』

Yuggya Chants

- ウッブ
- ユッグ
- イソグサ
- イェーの裂溝

不浄の信教

　『ユッギャ讃歌』とは、古代ムー大陸のイソグサ教団が、赤の供物を捧げる儀式を行う際に"大地の妖蛆"ユッグに合唱を捧げる、異様なリズムに乗せた咽ぶような讃歌であり、同時にまたこの存在に佞いて金銀財宝を授からんとする者たちがしばしば所有する、この讃歌が記された書物である。ユッグの目的はイソグサをイェーの裂溝から解放することに他ならず、彼らに讃歌を捧げることは、人類に対する裏切りに他ならない。

　なお、この『讃歌』を所有し、魂をユッグとその父たるウッブに捧げつ尽くした人間は、不浄なる崇拝の果てについには自らユッグの姿に成り果てることがある。

"大地の妖蛆"ども

　『ユッギャ讃歌』は、『ザントゥー石板』の一部として執筆されたカーター「奈落の底のもの」が初出で、イソグサに"赤の供物"を捧げる儀式の際に、侍者たちがこれを合唱しています。また、「ウィンフィールドの遺産」では、1936年に亡くなったカリフォルニア州ダンハム・ビーチ在住の神秘主義者ハイラム・ストークリイの蔵書中に名前が挙がる書物です。ユッギャというのはおそらくユッグ Yugg の複数形か何かでしょう。

　ユッグは、カーター「陳列室の恐怖」で最初に言及された、イソグサとゾス＝オムモグの従神である"妖蛆の父"ウッブの眷属で、父たるウッブと共に、現在は海底に封印されている神々を拘束する縛鎖を、長い歳月をかけてゆっくり蝕み続けています。「ウィンフィールド〜」によれば、ユッグが忌まわしい奉仕と引き換えに、自身と契約した者に莫大な富を与えるという話が『ネクロノミコン』に詳しく説明されているということです。

　同作の続編であるロバート・M・プライス「悪魔と結びし者の魂」には、ユッグについて言及する『ネクロノミコン』の文章が引用されていて、これは HPL「祝祭」での引用箇所をアレンジしたものです。なお、同作にはユッグの個体が登場し、頭足類の切り離された触手を思わせる粘液塗れの胴体に、円形の吸盤口がついていると描写されます。

『ゴール・ニグラル』

Ghorl Nigraal

- ヤディス
- 『エイボンの書』
- ゴットフリート・ムルダー
- ミスカトニック大学

宇宙に1冊きりの本

『ゴール・ニグラル』は、惑星ヤディスの魔術師ズカウバがドールという種族から盗み出したこの宇宙にただ1冊きりしか存在しない書物で、『エイボンの書』では『夜の書』と呼ばれている。『ザントゥー石板』にも言及されることから、ムー大陸でも知られていたようだ。『無名祭祀書』の著者フリードリヒ=ヴィルヘルム・フォン・ユンツトの友人ゴットフリート・ムルダーによれば、彼ら2人は中国の奥地のイアン=ホーに隠されているという『ゴール・ニグラル』を探し求め、ついにとある奇怪な寺院で閲覧したという。

ムルダーは1847年に、『アジアの秘めたる神秘、『ゴール・ニグラル』への注釈付』をライプツィヒで自費出版したのだが、刷り上がったものの大半が当局に押収され、燃やされてしまった。なお、ミスカトニック大学地下の金庫室にも、どうやら『ゴール・ニグラル』と題する書物が収められているようなのだが、これはムルダーの本なのかもしれない。

『ゴール・ニグラル』を読んだラヴクラフト

小説作品としてはカーター「陳列室の恐怖」が初出の書物で、概要の大半がこの作品に基づいています。もともとはHPLの書簡に出てくる書物で、怪奇小説ファンのウィリス・コノヴァーが、送って寄越した架空の魔術書のリストの中に含まれていました。HPLは1936年8月14日付の書簡で、「これまでに私が聞いたことのある題名はひとつしかありません——すなわちムルダーの悪名高い『ゴール・ニグラル』です。一度だけ実物を見たこともあるのです——ですが中身を見たことはありません。もう何年も前の話なのですが、アーカムで——ミスカトニック大学図書館での出来事でした」と、自分が実際にその書物を目撃した時のことを報告しています。HPLによれば、『ゴール・ニグラル』はミスカトニック大学図書館の地下にある金庫室に封印されているということですが、宇宙に1冊しかないというカーターの設定と矛盾するので、ダニエル・ハームズは『エンサイクロペディア・クトゥルフ』において、これはムルダーの本だったのではないかと解釈しています。

『金枝篇』
The Golden Bough

ムー大陸
シュブ＝ニグラス
女神イシュタル
アスタルテ

シュブ＝ニグラスの秘密

『金枝篇』は、英国の社会人類学者ジェイムズ・ジョージ・フレイザーが、ケンブリッジ大学の特別研究員だった1890年に上下巻で刊行した、未開社会の神話、信仰、呪術の研究書である。版数を重ねる毎に内容が増補され、1911年から15年にかけて刊行された全12巻の完全版をもって完成された。"金枝"の名称は、ヤドリギにまつわる王殺しの伝説が遺るイタリアのネミ湖畔を描いたジョゼフ・M・ターナーの風景画の題名に由来する。なお、この著作で高い評価を受けたフレイザーは、1907年にリバプール大学の社会人類学教授に着任、1914年にはナイト爵に叙任されている。1920年代以降、フィールドワークが主流になった現代の人類学の現場において、フレイザーは「安楽椅子の人類学者」の蔑称で呼ばれ、顧みられることは少なくなっている。しかしながら、『金枝篇』は欧州各地に残存する古代の慄然たる信仰──とりわけ、古代ムー大陸においてシュブ＝ニグラスと呼ばれ、その後も様々な文明や社会において地母神として崇拝された神にまつわる有力な手がかりが少なからず含まれているため、クトゥルー神話を研究する者たちの座右に置かれることが多く、その価値が失われてしまったわけでは決してないのである。

神話典籍と見なされた実在の人類学書

英国の社会人類学者ジェイムズ・ジョージ・フレイザーが、ケンブリッジ大学の特別研究員だった1890年に上下巻で刊行した、未開社会の神話、信仰、呪術の研究書です。

HPL「クトゥルーの呼び声」では、ジョージ・ガメル・エンジェル教授が遺した草稿に、同書の引用が含まれていました。また、「暗闇で囁くもの」に登場する民俗学研究家ヘンリー・W・エイクリーも、フレイザーの学説に精通していると述べています。さらに、『金枝篇』で説かれている、女神イシュタルやアスタルテを母権性社会起源の地母神とする学説は、「墳丘」のシュブ＝ニグラス設定に影響を与えたようです。こうした積み重ねにより、『クトゥルフ神話TRPG』の旧版では神話典籍として紹介されていました。

『ズィアンの書』

the Book of Dzyan

古代アトランティス
『センザール語』
"星の智慧派"
『シークレット・ドクトリン』

センザールの聖なる言語

『ズィアンの書』は、古代アトランティス大陸で用いられたセンザールの聖なる言語で記されたという、チベット起源の書物である。アジアの奥地に踏み入った者が時にこの書物の写しを持ち帰ることがあり、宗教者や神秘主義者、とりわけ神智学者たちが密かに所蔵して、回覧しているようだ。かつてロードアイランド州のプロヴィデンスに存在したカルト教団"星の智慧派"の拠点であった廃教会にも、1冊存在するのが確認されている。

　ある者たちは、地球が誕生する以前にこの書物の最初の6章分が存在し、金星の君主たちが船で宇宙を渡ってきて、この惑星を文明化した時、既に古いものとみなされていたという胡乱な話をまことしやかに語っている。なお、神智学協会のヘレナ・P・ブラヴァツキーが1888年に刊行した『シークレット・ドクトリン』は、『ズィアンの書』からの数多くの引用に、注釈を入れる形で構成されている。

神智学者の秘奥

『ズィアンの書』は、『シークレット・ドクトリン』の基盤とされる、チベット起源の書物です。HPL作品では、ほぼ同時期に執筆された「闇の跳梁者」「アロンゾ・タイパーの日記」で言及されていて、前者では"星の智慧派"の蔵書に含まれ、後者では「地球が誕生する以前に最初の六章までが存在し、金星の君主たちが船で宇宙を渡り、この惑星を文明化した時、既に古いものとみなされていた」と書かれました。HPLはこの書物について、神智学に詳しかったエドガー・ホフマン・プライスから教えてもらったということです。

　なお、『シークレット〜』にはこの記述がないにもかかわらず、ドイツの作家エーリヒ・フォン・デニケン（1935年〜）の『星への帰還』に同様の記述があり、HPLの読者なのではないかと噂されていました。2016年になって米国の作家ジェイスン・コラビートが、神智学者チャールズ・W・レッドビーターの著書『インナー・ライフ』に同様の記述があることを確認。両者がこの本を参照したのだろうという話に落ち着きました。

『トートの書』

the Book of Thoth

『ネクロノミコン』
"案内者"
セト
トート＝アモン

エジプトの伝説的な書物

『トートの書』とは、古代エジプトの神話・伝説に名前の挙がる、知識を司る神トートの名前を冠した書物（巻物）あるいはその総称だ。ギリシャ神話のヘルメスとトートが習合、人間化したヘルメス・トリスメギストスが著者に擬せられた万巻のヘルメス文書が『トートの書』と呼ばれることもあり、H・P・ブラヴァッキー『シークレット・ドクトリン』には、2〜3世紀の神学者アレクサンドリアのクレメンスが、オジマンディアス（ラムセス2世）の墓所の書庫で3万巻の『トートの書』を目にしたという証言が紹介されている。アブドゥル・アルハズレッドは『ネクロノミコン』において、"終極の空虚"（ラスト・ヴォイド）へと通じて門を抜けようとする者の前に現れる "案内者" について、『トートの書』に「ひと目見ることの代償も恐ろしきもの」と書かれていると、書名を挙げて説明している。

スティギアのトート＝アモン

『トートの書』は、エジプトの神話・伝説や、神秘学の文献に名前が出てくる書物です。

　単独の書名としては、プトレマイオス朝の『日下出現の書』（いわゆる『死者の書』）に記されている、ネフェル＝カー＝プタハという実在の定かならぬ王子が、ナイル川の底に隠されているトート神の呪文を記した書物を盗み出したものの、神罰で妻子を失い、自殺して書物と共に埋葬されたという物語に登場する『トートの書』が知られます。

　HPL「銀の鍵の門を抜けて」において『ネクロノミコン』中でアルハズレッドが言及、同書執筆の参考にしたことを示唆しています。また、第二世代神話作家リチャード・L・ティアニーの作品には、スティギア（REH のコナンもので、エジプトの地に栄えた古代の魔術国家）の魔術師にしてセトの大神官トート＝アモンの魔術書として登場し、カリグラの異名で知られるローマ皇帝が一時期これを所有したとされます。トート＝アモンは、アキロニア王コナンの敵でもあります。ダニエル・ハームズは『エンサイクロペディア・クトゥルフ』で、アルハズレッドが参考にしたのはトート＝アモンの本だと解釈しています。

その他の神話典籍
Other Mythological Tomes

『シグサンド写本』
『断罪の書』
『暗黒の大巻』
『イステの歌』

『シグサンド写本』

危険きわまる書物の数々

- **『シグサンド写本 Sigsand MS.』**：英国の怪奇小説家ウィリアム・ホープ・ホジスンによる幽霊狩人（ゴースト・ファインダー）カーナッキもののシリーズに登場する書物。初出は「妖魔の通路」（1910年）で、同作によれば14世紀にシグサンドなる人物が著した、五芒星による魔性のものからの防御方法などについて詳しく解説された書物。ホジスンはHPLの先輩作家だが、HPLが彼の作品を読んだのは1934年で、『ネクロノミコン』などへの影響はない。ともあれ、HPLが高く評価していたということで、同じく「妖魔の〜」が初出の"サアーマアーの儀式 Saaamaaa Ritual"共々、後続作家の神話作品にしばしば登場する。

- **『断罪の書 Liber-Damnatus』**：HPL「チャールズ・デクスター・ウォード事件」で妖術師ジョゼフ・カーウェンらが所有する、ヨグ＝ソトース召喚にまつわる書物。ティアニー「蟇蛙の館（ひきガエル）House of the Toad」（未訳）によれば正確な書名は『断罪による堕獄の書 Liber Damnatus Damnationum』で、ヤヌス・アクアティカスがラテン語で執筆し、1647年にロンドンで最初に刊行された。

- **『暗黒の大巻 Black Tome』**：HPLの断章「本」を膨らませたM・S・ワーネス「アルソフォカスの書」に登場。人類の誕生以前にエロンギルなる土地に住んでいた妖術師アルソフォカスが著したもので、ラテン語の文章をアンシャル書体で書き写した肉筆の写本。ボロミールの召喚、輝く偏方二十四面体（シャイニング・トラペゾヘドロン）の秘密、クトゥルーの召喚、さらにはナイアルラトホテプの故郷である惑星シャールノスに赴く呪文などの強力な術法が数多く記され、アブドゥル・アルハズレッドが『アル・アジフ』執筆にあたり参考にしたことも示唆される。

- **『イステの歌 Song of Yste』**：ロバート・A・W・ローンダスの「深淵の恐怖」に登場。先祖を氷河期以前にまで遡れるというディルカ一族によって、黎明期における三つの言語、それからギリシャ語、ラテン語、アラビア語、エリザベス朝の英語に翻訳されたというが、原書については一切が不明。異世界や異次元に、その世界の住人の姿に似せた探求者を送り込み、自らの領域に引きずり込むことを好むアドゥムブラリなる種族についての記述がある。ローンダスは、H・ドクワイラー、フレデリック・ポールとの共作による「グラーグのマント」にラテン語版『イステの歌』を登場させている。

銀の鍵

Silver Key

ランドルフ・カーター
ウムル・アト＝タウィル
ズカウバ
"窮極の門"

門を通り抜けてその先へ

　銀の鍵は HPL「銀の鍵」が初出の、奇妙な力を持つ道具です。異国風のつくりで光沢のない、どっしりとした銀色の鍵で、長さは５インチ（約 13 センチメートル）以上あり、謎めいたアラベスク模様もしくは不気味な象形文字がその表面にびっしりと刻みこまれています。なお、同作の続編「銀の鍵の門を抜けて」によれば、その起源はヒュペルボレイオス大陸に遡ります。「抜けて〜」の原形である「幻影の君主」では、ランドルフ・カーターの先祖ジェフリー・カーターが十字軍に参加した折にこれを入手したとあります。

「銀の鍵」によれば、セイラムの魔女狩りを逃れてアーカムに移り住んだ魔術師エドマンド・カーターが、代々保管されてきた鍵を樫材の箱に収め、その２世紀後に子孫のランドルフが発見します。箱には奇妙な象形文字による未知の言語（クトゥルーの眷属が用いたというルルイェ語）が記された羊皮紙が一緒に入っていて、空間的に到達不可能な領域に関わる、無限の力を鍵に付与する追加呪文が記されています。銀の鍵の所有者は、しかるべき条件のもとで呪文を唱えることで、自分の肉体ごとどんな時代にでも移動することができます。もし、所有者に資格があるならば、ウムル・アト＝タウィルなる存在が守護する"窮極の門"を開けてその先へと進むことすらもできます。ランドルフは、銀の鍵を適切な角度で夕日に掲げ、定められた９回の回転を行い、最後の回転の際に必要な式文を虚空に唱えました。1928 年に銀の鍵ともども行方不明になった彼ですが、実はこの鍵の力で少年だった 1882 年の肉体に還り、"第一の門"を抜け、更にその先へと進んだのでした。

「銀の鍵」に感銘を受けた E・ホフマン・プライスは、失踪したランドルフ・カーターの後日談の合作を HPL に持ちかけ、「幻影の君主」と題する草稿を執筆しました。

　HPL はその内容に満足せず、かなりの部分に手を入れて、続編の「銀の鍵の門を抜けて」を完成させました。同作によれば『ネクロノミコン』にも記述があるという、銀の鍵を用いた儀式によって"第一の門"を越え、様々な場所を通り抜けて"窮極の門"へと至る旅の中で、ランドルフは世界の真実を知りました。そのプロセスには、プライスが傾倒していた神智学からの影響が色濃く見られます。

"輝く偏方二十四面体"
シャイニング・トラベゾ ヘドロン

"星の智慧派"
ナイアルラトホテプ
ユゴス
ネフレン＝カ

Shining Trapezohedron

時間と空間の全てに通じる窓

　このアーティファクトは、HPL「闇の跳梁者」が初出の奇妙な多面体を収めた小箱ないしは多面体で、19世紀にプロヴィデンスで猛威を奮ったカルト教団"星の智慧派"の所有物でした。同作の続編であるブロック「尖塔の影」では、小箱は不均整な形と書かれます。

　多面体は4インチ（10センチメートル）ほどの卵型ないしは不規則な球形で、色は黒く、赤い縞が入っています。金属製の帯と箱の内壁の上部から伸びる7つの支柱に支えられ、底部に触れない状態で箱に収められています。"時間と空間の全てに通じる窓"であるこの多面体は、"闇の跳梁者"ナイアルラトホテプをこの世に呼び寄せる魔道具なのです。　教団の秘密が暗号文で記された革装丁のノートには、以下の情報が書かれていました。

―暗黒星ユゴス（冥王星）で造りだされる。
―"古きものども"（これは"外側のもの"の異名））が地球にもたらした。
―南極大陸の海百合生物（"先住者"のこと）により秘蔵される。
―ヴァルーシアの蛇人間が、海百合生物の廃墟から発見する。
―途方もない歳月の後に、レムリア大陸で人間に発見される。
―奇妙な土地や奇怪な海底都市を転々とし、アトランティス大陸と共に水没する。
―猟師の網に引き上げられ、エジプトの神王ネフレン＝カの手に渡る。彼はナイアルラトホテプなどを祀る神殿を建立し、"偏方二十四面体"を使用した。
―ネフレン＝カの失脚後、新たな神王が神殿を破壊する。
―1843年、エジプトでネフレン＝カの墓所を発掘調査したイノック・ボウアン教授によって発見され、教授が設立した"星の智慧派"に使用される。

　「陳列室の恐怖」『ネクロノミコン』などのカーター作品では、"旧き神々"との戦争時、邪神たちがナイアルラトホテプなど異次元の同胞たちを喚び出すのに使用しました。M・S・ワーネス「アルソフォカスの書」によれば、妖術師アルソフォカスが著した『暗黒の大巻』にも、"輝く偏方二十四面体"の秘密が記されています。

アルハズレッドのランプ

Lamp of Alhazred

ウォード・フィリップス
アブドゥル・アルハズレッド
イレム
アド

記憶を映し出す魔法のランプ

　アルハズレッドのランプは、HPLの書簡や覚書などの記述をAWDが膨らませた「アルハズレッドのランプ」に登場する魔法の道具です。同作によれば、ロードアイランド州の州都プロヴィデンスに住んでいる怪奇作家ウォード・フィリップスが、失踪した祖父ウィップルの法的な死亡が認定される7年後、このランプを遺産として受け継ぎました。

　ウィップルが添えていた手紙には、ランプについて以下のことが書かれていました。

・アブドゥル・アルハズレッドという半ば狂ったアラブ人の持ち物だった。
・アラビア半島の南に住んでいた伝説の部族アドが作り出した。
・アドの最後の暴君シェダドが築いた円柱都市イレムで発見された。

　アルハズレッドのランプは奇妙な紋様や未知の文字で飾られた、楕円形の小さな壺のような形をしています。片側には曲線を描く取っ手が、もう片側には灯心に火をつける口がついているという、アラビアの説話集『千夜一夜物語』でもお馴染みの形です。

　フィリップスはこのランプの内側をよく磨いた上で灯を点すことで、かつての所有者の記憶を映像として浮かび上がらせることができると気付きます。ランプの映し出す町や風景に「霧の高みの奇妙な家」「アーカム」「ミスカトニック川」「インスマス」「ルルイェ」などと名づけ、それらの場所にまつわる小説を執筆し始めた彼ですが、ランプはやがてフィリップス自身の記憶をも映し始め、彼もまた映像の中に消えていくのでした。

　ウォード・フィリップスはHPLの分身とも言えるキャラクターで、彼の「銀の鍵」（作中に名前なし）、「銀の鍵の門を抜けて」の登場人物であると同時に、彼が時折用いたペンネームのひとつでもありました。フィリップス家はHPLの母方の一族で、ウィップルというのは父を早くに亡くした彼の保護者にして、地元の名士であった祖父の名前です。

　アドやシェダドなどのくだりはHPLの覚書からの抜粋ですが、その文章自体はHPLが『ブリタニカ百科事典』第9版（1875年版）の「アラビア」項目を丸写しにしたものでした。

レンのガラス

Glass from Lengt

- ウィルバー・エイクリイ
- レン高原
- クトゥルー
- 門

異界を覗く扉

本項で紹介するのは、異界の光景を覗き込むことができる神話アイテムです。

レンのガラスは、HPL の覚書を元に AWD が死後合作という形で執筆した「破風の窓」に登場します。その外見は、差し渡し 1.5 メートル程の木枠にはめられた奇妙な円形の曇りガラスというもの。ミスカトニック大学出身の在野の研究者ウィルバー・エイクリイが、アジア旅行中に入手しました。彼はその出所を伝説のレン高原と考え、レンのガラスと呼びましたが、実際にどこでこのガラスが造られたのかは不明です。ヒュアデス星団も候補地に挙げられています。

このガラスは、建物の壁のような内と外を隔てた場所に、普通の窓のように設置して使用します。使用者は、ガラスの前の床に赤いチョークを用いて、様々な装飾的図案に飾られた五芒星形を描き、その内側に座ります。その上で、「ふんぐるい　むぐるうなふ　くとぅるう　るるいぇ　うがふなぐる　ふたぐん（ルルイェの館にて死せるクトゥルー、夢見るままに待ちいたり）」と、クトゥルーを称える呪文を唱えます。

すると、ガラスの曇りが消え、異界の光景が映し出されるのです。

使用者は、映し出される光景を自由に選択することはできません。どうやら、地球の自転によって映る場所が変化するようです。使用者が向こう側の事を知覚できるのと同じように、向こう側にいるものもまた、ガラス越しで使用者の存在を知覚できます。レンのガラスは、単なる覗き窓であるだけではなく "門" としても機能するので、そこを通じて往来することすら可能なのです。

使用者が身の危険を感じた場合、チョークで描いた五芒星形の一部を消すことで、"門" を閉ざして映像を消すことができます。

ガラスそのものを破壊しても同じですが、その際 "門" を通り抜けようとしていたものがあれば、"門" のあちら側とこちら側の空間が断裂するので、いかなるものであっても切断されてしまいます。エイクリイの所有していたレンのガラスは、彼の従弟が 1924 年に破壊しました。しかし、同じものが存在しないとは限りません。

"夢の結晶器"
ドリーム・クリスタライザー
Crystallizer of Dreams

『ネクロノミコン』
グロスターシャー
ダオロス
ヒュプノス

夢を介した転移装置

"夢の結晶器"は、ほぼ同時期に書かれたキャンベルの「ヴェールを剝ぎ取るもの」「湖の住人」が初出のアーティファクトです。「ヴェール〜」によれば、直径おおよそ30センチメートルの黄色い卵の形をした材質不明の物体で、外見の印象に反して非常に頑丈です。定期的に笛を吹くような音を発しながら明滅し、叩くと、中が空洞であるように聞こえる音を発します。このアーティファクトについては、『ネクロノミコン』に記述があって、眠っている人の意識を別の場の場所や次元に転位させる（＝夢を結晶化する）機能があるということです。同作では、英国グロスターシャー在住のオカルティスト、ヘンリー・フィッシャーがこれを入手して、何年もかけて訓練を積んだ結果、「25次元までのあらゆる次元に入れるようになった」ということです。彼はこれを、ダオロス召喚に必要な物品の入手に使用しました。また、「湖の住人」では、たとえば太陽系から遥か遠い惑星トンドに転移することすらできると説明されています。使用者がどの程度制御可能なのかについてはよくわかりませんが、少なくとも転移した者は夢の中で経験した事をはっきり知覚し、夢の中で手に入れた物品を持ち帰ることもできるようです。

「湖の住人」には、このアイテムが血に飢えた守護者によって厳重に守られていると読み取ることのできる記述があります。『クトゥルフ神話TRPG』のサプリメント『クトゥルフ神話TRPG キーパーコンパニオン』によれば、この守護者は黄色い猫のような目を持つ、浮遊するクラゲのような存在です。ただし、この姿は「ヴェールを剝ぎ取るもの」において、あるオカルティストが夢の"夢の結晶器"を用いてダオロスを召喚し、現実の真の姿を見るという実験の最中、一緒にいた人間の姿がそのように見えただけなのかも知れません。なお、『キーパー〜』では、"夢の結晶器"の本来の所有者は、眠りの大帝とも呼ばれる"旧き神々"の一柱ヒュプノスであり、その力を借りるためのアイテムだとしています。貪欲なヒュプノスは、"夢の結晶器"を自分に無断で使用する者に、怒りを向ける可能性があります。

ニトクリスの鏡

Mirror of Nitocris

『ネクロノミコン』
「碑の一族」
ショゴス
ヘロドトス

食屍鬼の女王

　ニトクリスの鏡は、ラムレイ「ニトクリスの鏡」に登場する恐ろしい鏡です。磨かれた青銅の縁取りには蛇や魔物などの姿が見事な美しさで彫りつけられ、長い歳月を耐えた鏡の表面は、傷ひとつないなめらかさです。この鏡のかつての所有者は、エジプト第6王朝の末期に君臨した伝説的な女王ニトクリスで、『ネクロノミコン』やジャスティン・ジョフリの詩「碑の一族」に言及されます。彼女は、この鏡を処刑道具として使用しました。この鏡を取り付けさせた牢獄に政敵を閉じ込めると、翌朝には姿も形もなくなってしまうのです。実はこの鏡は、ショゴスのすみかへと通じる開口部です。この鏡が近くにあるだけでも悪夢を見るようになるのですが、深夜0時になると鏡の中からショゴスが出現して、目に入った人間に襲いかかるのです。この鏡はニトクリスの墓所に副葬品として収められ、20世紀に探検家バニスター・ブラウン＝ファーレイにより発見されました。その後、競売にかけられて、神秘家アンリ＝ローラン・ド・マリニーが入手したということです。

　歴史上のニトクリスは、先代ファラオである兄弟を暗殺した廷臣たちを罠にかけて謀殺した後、自ら命を絶ったというヘロドトス『歴史』の挿話で知られる、古代エジプトの伝説的な女王です。プトレマイオス朝時代の歴史家マネトの『アイギュプティカ』（断片）によれば、彼女はテーベの22番目の支配者にして第6王朝の女王で、その治世下におけるあらゆる男性より勇敢で、あらゆる女性より美しい人物でした。また、ギザの第三ピラミッド（メンカウラー王のピラミッド）を建てたと伝えられていました。実在性は疑わしく、『トリノ王名表』に名前が記載されている第6王朝時代最後（7番目）の王、あるいは第7王朝最初の王であるニトケルティ Neitiqerty のことだと考えられています。ただし、この王の誕生名は男性名です。ニトケルティの名前が“女神ネイト Neith は素晴らしい”を意味することから、後世女性と考えられるようになったのかもしれません。

　HPL は、奇術師ハリー・フーディーニのためにゴーストライティングした「ファラオと共に幽閉されて」で、ニトクリスを“食屍鬼の女王”と呼びました。このため、ラムレイによってクトゥルー神話にとりこまれたのです。

ド・マリニーの掛け時計

De Marigny's Clock

ド・マリニー親子
イアン＝ホー
時空往還機
ヒアマルディ

時空を越える大時計

　ド・マリニーの掛け時計の初出は、HPL とエドガー・ホフマン・プライスの合作「銀の門を抜けて」です。外見は大時計ですが、文字盤に不可解な象形文字が記され、4 本ある針は地球上で使用されるどんな時間律にも一致しない動きを見せます。あるヨーガ行者が、アジアのレン高原にあるという隠された都市イアン＝ホー（同作が初出）から持ち出して、ニューオーリンズの神秘家エティエンヌ＝ローラン・ド・マリニーに譲ったものとされます。ド・マリニーはプライスがモデルで、その自宅描写は HPL が実際に訪れた彼の自宅をもとにしていますので、掛け時計も実在のモチーフがあるのかもしれません。後に、ド・マリニーの親友ランドルフ・カーターの遺産を巡る会合の最中、同席していたインド人チャンドラプトゥラ師が時計の蓋を開けて中に入り、姿を消すという怪現象が起きました。

　ブライアン・ラムレイ作品のレギュラーキャラクターで、オカルト探偵タイタス・クロウの相棒であるアンリ＝ローラン・ド・マリニーは、エティエンヌ＝ローランの息子です。

　ラムレイ「ド・マリニーの掛け時計」で、掛け時計はクロウの所有物となっています。

　その後、「タイタス・クロウ・サーガ」シリーズの『地を穿つ魔』で、掛け時計は"旧き神々"（エルダー・ゴッズ）の時空往還機だと判明します。邪神の襲撃で絶体絶命に陥ったクロウは、時計に乗って逃亡しました。続く『タイタス・クロウの帰還』では、この時計をイアン＝ホーから持ち出した行者の名前がヒアマルディとされ、以降、移動手段として大活躍します。同作によれば、旧神の神園エリュシアでは、多様な種族のために、様々なタイプの掛け時計が日常的に使用されています。「サーガ」で判明した掛け時計の機能は以下の通り。

・時間と並行次元を移動する能力。
・三次元空間において超光速移動が可能な上、慣性を無視した急発進急停止も可能。
・搭乗者が思考するだけで自由に操縦・操作可能。
・搭乗者の霊的アイデンティティや記憶、経験をバックアップとして記録する。
・"旧き神々"（エルダー・ゴッズ）の武器である白色の光線を放射し、邪神とその手先にダメージを与える。
・掛け時計それ自体を"門"として転移を行なう。

"旧き印"
エルダー・サイン

Elder Sign

"旧き神々"
エルダー・ゴッズ

"鍵"

ムナール

ムルハの星石

邪神とその眷属を封じる力

　邪悪を退ける"旧き印"は、AWDとマーク・スコラーの「湖底の恐怖」「モスケンの大渦巻き」（1931年）に登場します。両作では五芒星形の淡緑の石で、五つの先端は地球の四方と邪神が本来属する場所を示します。表面には小さな五角形と円にも眼にも見える図形が描かれます。"旧き神々"はこれを五つの場所に大量に埋めて巨大な星を作り、邪神やその眷属を封印しました。教会の聖職者はこれを"鍵"と呼び（「彼方からあらわれたもの」）、邪神の影響を受けた人間を正気に戻す効果もあります（「谷間の家」）。連作「永劫の探求」では、ざらざらした表面に光の柱のようなものが刻まれる、古代ムナールが原産地の掌大の灰緑色の石とされ、最終的に「門口に潜むもの」での「破れた菱形の中央に火、あるいは火柱がある」という外見が標準設定として定着しました。なお、同様の効果のアイテムとしてはFBL「喰らうものども」（1927年）の十字架が先立ちます。

　"旧き印"という語を作中で使ったのはHPLが先で、「末裔」「未知なるカダスを夢に求めて」には手を組み合わせたお呪いとして、「異形の死者」という詩には闇の魔物を解き放つものとして言及されます。1930年11月7日付CAS宛書簡には、"イフーの暗黒伝説"と関係のあるものとして木の枝に似た印が描かれています。「湖底〜」「モスケン〜」を読んだ後はAWD設定を取り込んだらしく、「インスマスを覆う影」には"深きもの"を退ける鉤十字のような記号が描かれた"古きものども"の印が登場し、「銀の鍵の門を抜けて」には『ネクロノミコン』の引用中に「"旧き印"をものともしない邪悪」というフレーズがあります。また、「門口に潜むもの」の原型となったHPLの断章にも、オサダゴワァ（ツァトーグァの子）を"旧き印"を彫った平石で封じたというくだりがあります。

　"旧き印"はその後、キャンベルやラムレイ、カーターなど第二世代作家の作品において、様々なアレンジを加えて使用されました。ユニークなところでは、「狂気の幻像 Visions of Madness」（未訳）などのE・P・バーグルンド作品に、ムナールの"旧き印"よりも強い力を持つ、未知の金属で造られた五芒星形のムルハの星石が登場します。

"黄の印"
Yellow Sign

『黄衣の王』
カルコサ
ハリ湖
ハスター

"黄衣の王"

ハスターのシンボル？

　"黄の印"は、ロバート・W・チェンバーズの作品集『黄衣の王』（1895年）に登場する、謎めいた印形です。戯曲『黄衣の王』で言及されるアルデバラン、ヒュアデス、カルコサ、ハリ湖、ハスターなどと関わりがあるようですが、具体的な説明はありません。収録作の「評判修理者」では、国家転覆を目論むワイルドの陰謀組織が、この印形を符牒に使っています。「黄の印」では、シンボルとも文字ともつかぬ奇妙なものが象嵌された縞瑪瑙のメダルとして描写されます。HPLは「暗闇で囁くもの」において、ハスターやハリ湖に並べて"黄の印"に意味ありげに言及し、このシンボルと関係のある、異次元に由来する怪物的な諸力に仕えるカルト教団が、"外側のもの"と敵対していると書いています。

　一般的に、歪んだ三つ巴を思わせる図案が知られていますが、これは『クトゥルフ神話TRPG』のシナリオ集『大いなる古きものども Great Old Ones』（未訳、1989年）収録のシナリオ「"黄の印"を見たことがあるかい？ Tell Me, Have You Seen the Yellow Sign?」のためにデザインされた作者ケヴィン・ロスの権利物で、これを使用したアーロン・ヴァネック監督の映画『黄の印』（2001年）は同氏から許諾を取っています。

　なお、1895年に刊行された『黄衣の王』の複数の版のうち、表紙に黄衣の王をあしらった版の背中に描かれる、逆さのたいまつに絡みつくような炎の柱こそが"黄の印"だという説があります。本書では、これを意匠化した印形を独自に作成しました。デザイン改変は不可ですが、出典として本書の書名を掲げることを条件に、商用・非商用を問わず自由に使用して構いません。（森瀬繚・鷹木骰子）

左）『黄衣の王』（1895年）背中のマーク」
右）本書独自に作成した印形

その他のアーティファクト

Other Artifacts

- ゾン・メザマレックの水晶
- アッシュルバニパルの焰
- セクメトの星
- バルザイの新月刀（シミター）

クトゥルー神話の魔道具

●**ゾン・メザマレックの水晶 Crystal of Zon Mezzamalech**：CAS「ウボ＝サスラ」に登場。小さなオレンジ程度の大きさの、両端がわずかにひしゃげた不透明な結晶体で、中心部は不可思議な規則性に従って明滅を繰り返す。『エイボンの書』によれば魔道師ゾン・メザマレックはこの水晶で地球の過去を垣間見たというが、記録も残さず失踪し、水晶も行方不明となった。実は、これを使用しすぎると、生命誕生以前、原初の地球の泥濘の中でその身を波打たせるウボ＝サスラの無定形の落し子に回帰してしまうのだ。ローレンス・J・コーンフォード「アボルミスのスフィンクス」ではウボ＝サスラの目と呼ばれる。

●**アッシュルバニパルの焰 The Fire of Asshurbanipal**：REH の同名の作品に登場。前7世紀のアッシリア王アッシュルバニパルに仕えた魔術師（マジシャン）ズゥルタンが、魔物から盗み出したもの。彼はこの宝石から予言の力を得るが、邪悪なものを呼び寄せたため、王は魔術師に返却を命じた。反発したズゥルタンは、叛逆都市カラ＝シェヒル（"kara-şehir" は黒い都市を意味するトルコ語なので、トルコ語発音に基づき日本語表記する）に逃亡する。

●**セクメトの星 The Star of Sechmet**：ブロック「妖術師の宝石」。異界の光景を映し出す宝玉で、『妖蛆の秘密（ようしゅ）』によればローマ人がエジプトに侵攻した際に持ち去られ、以後、ジル・ド・レエ、サン・ジェルマン伯爵、ラスプーチンなどの手を転々としたという。

●**バルザイの新月刀（シミター） Scimitar of Barzai**：『魔道書ネクロノミコン』収録の英訳版『ネクロノミコン断章』に製法が解説される。黒檀の柄をつけた青銅の新月刀で、諸霊を従わせる霊験をこの刀に与え、魔法円や図形、記号を描くのを手助けする効果のある呪文が刀身の両面に刻まれている。ヨグ＝ソトースの召喚やスンガクと接触するドー＝フナの呪文のための多角形の蜘蛛の巣を描く際に使用。カーター版『ネクロノミコン』でも、死者蘇生や墓から幽霊を召喚する儀式を行う時、印形やシンボルを描く際に使用される。

●**ノストラダムスの水晶球 Ball of Nostradamus**：AWD の「ソーラー・ポンズ」シリーズに属する、マック・レナルズとの同名の合作に登場。予言者ノストラダムス（ミシェル・ド・ノートルダム）が未来を知ったという水晶球で、同作では HPL「エーリヒ・ツァンの音楽」の舞台であるパリのオーゼイユ街についての言及がある。

クトゥルー神話年代記

CTHULHU CHRONICLES

> 本稿は、"クトゥルー神話の大統合者"と呼ばれるリン・カーターが
> 体系化した設定群をベースに、物語世界「内」の視点から通史として
> のクトゥルー神話年代記の解説を試みたものです。(『ALL OVER ク
> トゥルー』(三才ブックス)に掲載されたもの)

筆者:新井沢ワタル　編集:森瀬　繚

クトゥルー神話の曙光

　英ブリチェスター大学大学院で考古学の博士号を取得し、Egyptian Relics in the British Isles(同大学出版局)などの著作が知られる新井沢ワタル氏は、この分野の数少ない研究者として90年代末期より精力的な探索を続けている人物である。この文章は、氏より委託された草稿を再編集したものだ。

　"クトゥルー神話"あるいは"クトゥルーその他の神話"について、この神話を好んで創作の題材にした20世紀前期のアメリカ人作家H・P・ラヴクラフトは、「戯れに地球上の生物を創造した『ネクロノミコン』中の宇宙的存在にまつわる神話」と総括している。

　クトゥルーとは、この異形の神話に登場する神々——〈大いなる古きものども〉の祭司と呼ばれる存在だ。"ヨグ゠ソトースもの"の呼称の方が適切とする意見もあるが、学術的研究における先行性、そして人間社会に与える危険性により、今日、"クトゥルー神話"の呼称が定着しているのである。

　用語としての"クトゥルー神話"の初出は、1906年のコープランド゠エリントン中央アジア遠征隊の中心人物であったハロルド・ハドリー・コープランド教授が1906年に発表した論文『ポリネシア神話——クトゥルー神話体系に関する一考察』と思われる。

　20世紀初頭、環太平洋地域の島々の神話や民間伝承の比較研究に取り組んでいたコープランド教授は、広漠な海に隔てられたこれらの島々に、はるか太古に波の下へと沈んだ「母なるムー」と呼ばれる失われた故郷にまつわる非常に似通った伝承が存在することに着目した。この論文は考古学会において静かな反響を呼び、セントルイスで1908年に開催されたアメリカ考古学協会の年次総会の席上でも、ある事情によって"クトゥルー"が話題になったと記録されている。

　コープランドはといえば、新たに見出したテーマにすっかりのめりこんでしまった。彼は論文発表の翌年から世界各地の図書館や稀覯書蒐集家に連絡を取り、『ネクロノミコン』『無名祭祀書』『ナコト写本』『ポナペ教典』『ルルイエ異本』『タンガロア、その他の太平

洋の神話』などの書物（一部は写し）をかき集め、1909年からはカロリン諸島のポンペイ（ポナペ）島を拠点にフィールドワークを開始した。彼はこの研究成果を『『ポナペ教典』から考察した先史時代の太平洋海域』と題する論文にまとめ、1911年に発表するのだが、以前の論文とは異なり、学術界からの反応は困惑に満ちていた。考古学会からの退会を余儀なくされたコープランド教授は、悲惨な結果に終わった中央アジア遠征の後、1918年に狂乱して精神病院に入り、1926年に孤独な死を迎えている。

関連作品：

カーター『クトゥルーの子供たち』

ラヴクラフト「クトゥルーの呼び声」

地球の旧支配者たち

“クトゥルー神話”とはいかなるものか——最大公約数的な言葉でまとめると「人類が誕生する以前のはるかな太古に、宇宙や異次元から地球を訪れ、この星を支配していた怪物的な存在を巡る物語群」ということになる。

太古の人間や異形の種族から神として崇められたクトゥルーやヨグ＝ソトース、ナイアルラトホテプなどの名で呼ばれるこれらの宇宙的存在は、現在では地球内外のそこかしこの場所に潜み、あるいは眠りについている。

これらの“神々”の多くは、地球上の生物の誕生に深く関わる一部の存在を含め、人類の繁栄や価値観には無関心である。しかし、『ネクロノミコン』をはじめ、地球の禁断の歴史を記した禁断の書物の内容を信じるならば、地球は入れ替わり立ち替わり異形の神々や種族が訪れる、実に賑やかな場所だった。

ミスカトニック大学のアルバート・N・ウィルマース教授による報告では、ユゴスと呼ばれる太陽系外延の惑星（2006年まで太陽系第9惑星とされていた冥王星とされているが、異説もある）を中継して地球に飛来する菌類に似た宇宙生物が、1億年以上前から特殊な鉱物の採

イラスト：dys

星間宇宙を越えて地球圏に到達したアザトースとその眷属たちは、“旧き神々”（エルダー・ゴッズ）と呼ばれる至高存在および彼らに従属する星の戦士たちと激しい戦いを繰り広げ、その多くが自由を奪われた。オクラホマ州ビンガーで発見されたというパンフィロ・デ・サマゴナ・イ・ヌーニェスの手記のように、この“旧き神々”（エルダー・ゴッズ）と思しい存在を「人間の神々に敵意を抱く宇宙の悪魔」と呼ぶ記録も存在する。

掘を続けているというというが、額面通りに受け取れる話ではない。これほど長い年月を
かければ、地球という惑星そのものが掘り尽くされてしまうだろう。

　19世紀のドイツ人神秘学者フリードリヒ・ヴィルヘルム・フォン・ユンツトが著した
『無名祭祀書』は、この問題にひとつの回答をもたらしてくれる。フォン・ユンツトによ
れば、地球という惑星は本来、この物質世界とは異なる、強大な力を持つ存在が住まう別
の宇宙に属していたというのである。この超越存在を、仮に"旧き神々（エルダー・ゴッズ）"と呼ぶことにし
よう。時間というものが始まってから間もなく、"旧き神々（エルダー・ゴッズ）"たちは自らの従僕として二
つの怪物的な存在を生みだした。一方の名をアザトース、もう一方の名をウボ＝サスラと
いう。これらは共に両性具有ないしは複数の性を有し、"旧き神々（エルダー・ゴッズ）"たちに仕える更なる
生物たちを生みおとす役割を与えられていた。

　しかし、彼らは造り主に叛逆した。まず、ウボ＝サスラが神々の知識が刻印された"旧
き記録"を盗み出した。『ネクロノミコン』によれば、"旧き記録"はローマ人がケレーノ
と呼んだおうし座16番星の付近にある無明の世界に保管されていた。ウボ＝サスラは、
現在、地球と呼ばれるこの星の地底深くにある彼の棲家、灰色に照らし出されたイクァア
に"旧き記録"を隠匿した。そして、怒り狂う"旧き神々（エルダー・ゴッズ）"たちが"旧き記録"の在り処
を突き止めたまさにその時、ウボ＝サスラは記録から学び取った力を行使し、地球とその
原初の住人たちをこの宇宙に落下させた。"幾十億とも知れぬ永劫の昔"のことである。

　ウボ＝サスラの叛逆から間もなく、アザトースとその眷族たち――ナイアルラトホテプ、
ヨグ＝ソトース、サクサクルースなどの異形の存在もまた、"旧き神々（エルダー・ゴッズ）"に対して反旗を
翻し、宇宙の最外縁部から現在地球の存在する領域に侵入し、星々の海に広がり始めた。
彼らはその途上で、さらにおぞましい眷族を生み落としていった。なお、アザトースの三
柱の御子については、ヨグ＝ソトース、サクサクルースではなく"無名の霧"、"闇"とす
る系図（P.170）も知られている。この系図では、"無名の霧"の子がヨグ＝ソトース、
"闇"の子がシュブ＝ニグラスとなっている。

関連作品：

カーター「ネクロノミコン」

ラヴクラフト「狂気の山脈にて」

ラヴクラフト「ダンウィッチの怪」

地球を目指す神々

『無名祭祀書』によれば、〈旧き記録〉を盗み出し、地球の底に広がるイクァアと呼ばれ
る領域にそれを隠匿したウボ＝サスラは、無数の眷族を産み落とし始めた。その中には、
ズルチェクオン（ズシャコン）とアブホース、ニョグタ、イグ、アトラック＝ナチャ、バ

イアティス、ハンなどの、後世において神々と呼ばれる存在が含まれている。

　いっぽう、ウボ＝サスラの双子の兄弟たるアザトースとその御子たちもまた、星海を渡る過程でおぞましい眷族を増やしていた。

　ヨグ＝ソトースは第23星雲の奥に存在するという"ヴール"なる領域において、名前のわからない雌性存在とつがって〈大いなる古きものたち〉の祭司たる大クトゥルーを産んだ。ヨグ＝ソトースはまた、名もなき場所で別の存在との間に"名状しがたきもの"ハスターをもうけた。このため、ハスターはクトゥルーの半兄弟と呼ばれている。

　ヨグ＝ソトースと同じく、アザトースの御子であるサクサクルスはギーズグスを産み、ギーズグスはツァトーグァを産んだ。なお、ツァトーグァにはヴルトゥームという弟がいるのだが、このヴルトゥームは同時にまたヨグ＝ソトースの子にあたるといい、『ネクロノミコン』によればアザトースの眷族たちの中でも最も若い神性とされている。これらの記述が正しいのであれば、ヴルトゥームはツァトーグァと母親にあたる雌性存在とヨグ＝ソトースの間に生まれた子供ということになるのだろう。

　なお、ツァトーグァについて、クトゥルー神話の碩学であった作家のＨ・Ｐ・ラヴクラフトは、根拠は不明ながらクトゥルーよりも年長の存在だとＣ・Ａ・スミス宛ての書簡中で触れている。この書簡には「ツァトーグァの地球到来は、クトゥルーがルルイェの砦を建造した後」ともあるが、『エイボンの書』にはアザトースの眷族たちの中で最初に地球に到着したのがツァトーグァだったと書かれている。『ネクロノミコン』『無名祭祀書』にも、『エイボンの書』を根拠に同様の記述がある。

　ツァトーグァは、星と星の間の次元を通り抜けるという方法で太陽系のサイクラノシュ（ヒュペルボレイオスにおける土星の呼称）に出現し、そこから更に地球の地下に広がるンカイと呼ばれる領域に転移したとされる。

　地球の底に、別世界ともいうべき広大な空間が広がっているという地球空洞説については、世界各地の神話や伝承に語られている。1692年、ハレー彗星の軌道計算で知られるイギリスの天文学者エドモンド・ハレーは、極の磁場変動の問題を説明する手段として地球の中身が空洞であるという大胆な仮説を唱えた。ハレーの説は正統派の科学者達から一蹴されたものの、セイラムの魔女裁判にも関与したことで悪名高いコットン・マーザー師がこの説を支持したこともあって後世に伝わり、スイスの数学者レオンハルト・オイラーやスコットランドの物理学者ジョン・レスリー卿などの後続者が現れた。中でも、1818年に『同心円と極地の空洞帯』を刊行したアメリカのジョン・クリーヴズ・シムズ大尉は、自説を証明するため北極探検を敢行すると発表して世間の耳目を集めた。

　ミスカトニック大学のアルバート・Ｎ・ウィルマース教授らの報告によれば、北米大陸の地下にはクナ＝ヤンと呼ばれる地底世界が広がっており、レムリア（ムー）やアトランティスなどの陸地が海上にあった時代、クトゥルーやシュブ＝ニグラス、イグといった

神々を崇拝していた種族の生き残りが今なお潜むという。

　クナ＝ヤンという地名は、『ザントゥー石板』などに言及のある古代ムー大陸のクナア、クナンなどの都市・国家と関係があるのだろうが、黄帝に反旗を翻した祝融族が封印されたという中国神話の地下世界"崑央"との名称上の類似は興味深い。

　オクラホマ州カドー郡のビンガー村にほど近い古代の墳丘で発見された16世紀のスペイン人冒険家パンフィロ・デ・サマコナの手記（紛失により現存しない）によれば、クナ＝ヤンには青く輝くツァス、赤く輝くヨスと呼ばれる２つの領域が存在する。そして、ヨスの更に下層に広がる暗黒世界が、ツァトーグァが最初に出現し、しばしの棲処としたンカイなのだという。『ネクロノミコン』などによれば、ツァトーグァの到来時期は「地球に最初の生命が誕生してから間もなく」とされるので、最古の生物の痕跡が確認されている38億年前より以前ということになるだろう。

　関連作品：

　カーター『ネクロノミコン』

　カーター『クトゥルーの子供たち』

　ビショップ「墳丘」

　ラヴクラフト「闇に囁くもの」

　朝松健『崑央の女王』

クトゥガの到来時期について

　『ネクロノミコン』などによれば、地球に最初に到達したアザトースの眷族はツァトーグァである。ただし、メトロポリタン美術館の学芸員クラーク・アルマンによる報告によれば、中央アジアへのツァン高原で崇拝されたチャウグナー・フォーンは、有機生命体の出現以前の時代——つまり、ツァトーグァよりも早くに到来したことを示唆したようだ。

　また、『ネクロノミコン』にはフォーマルハウト（みなみのうお座の一等星）にとどまったと書かれている"生ける炎"クトゥガが、地球がどろどろに融解していた40億年以上前に地球に到来したという説も知られている。１世紀頃ローマのグノーシス主義者にまつわる断片的な文書によれば、当時のティルス（レバノン南西部）においてクトゥガがメルカルトの名で崇拝されていたとある。ティルスには地球とフォーマルハウトを結び、クトゥガに生贄を捧げるための門が存在したともされる。このことからも、太古の地球をクトゥガが訪れた可能性は高い。

　少なくとも、1940年にウィスコンシン州のリック湖畔の森を焼きつくした大火は、ウィンスコンシン州立大学の二人の学生がクトゥガを呼び出したことによって発生したと言われている。フォマルハウトが梢の上にかかる時、しかるべき呪文を唱えると無数の光の

小球を従えたクトゥガを召喚することができることが、オカルティストの間ではよく知られている。幸い、この呪文は非常に高いリスクを伴うため、濫用されてこなかった。クトゥガの召喚に失敗した場合、"星から来たむさぼるもの"の異名で知られるヤマンソの精神が術者に接触し、自らをこの世界に解き放つよう要求してくるのである。

関連作品：

ロング「恐怖の山」

ダーレス「闇に棲みつくもの」

ティアニー　Pillars of Melkarth

バーグルンド　The Feaster from the Stars

生物の出現と変容

21世紀現在の地質学的見地によれば、地球という惑星の誕生は46億年前に遡る。

ただし、我々の生きるこの宇宙に地球がいつ出現したのか——かつては"旧き神々（エルダー・ゴッズ）"たちの住まう領域に存在したこの星の深奥にウボ＝サスラが潜み、その力をもって地球を落下させたのがいつであったかについては、ムー・トゥーランのエイボンも、アブドゥル・アルハズレッドも知らなかったようだ。しかし無理もない、彼らの知識の源泉はツァトーグァやヨグ＝ソトースなどのアザトースの眷族たちにあるのであって、ウボ＝サスラ由来のものではないからである。

アザトースの眷族たちの中で地球に一番乗りした可能性のあるクトゥガの到来時、地球の表面はまだどろどろに溶けた状態であったという。地表が冷却し、原初の海が形成されたのは43億年前と考えられているので、ウボ＝サスラが地球最奥のイクァアに巣食ったのは、この星の核となる部分が生まれて間もない頃のことだと考えられる。『ネクロノミコン』の記述を信じるなら、ツァトーグァが到来した時点で地球には既に生命が存在していたというから、38億年前よりも古い時期に遡ることは確かと考えて良いだろう。

無定形の肉塊のような姿をしたウボ＝サスラは、体を波打たせながらひっきりなしに増殖と分裂を続けていた。その眷族たちは、生まれ落ちて間もない頃は親に似た姿をしていたようである。そのままの形状を保持しながら途方もない大きさに育った者もいれば、地の底深くに隧道を穿ちながら這い進んでいく内に、生体細胞を変化させて独特の形状を獲得する者たちがいた。アブホース、ニョグタは前者であり、イグ、アトラック＝ナチャ、バイアティスは後者である。この頃はまだ彼らは地表に興味を示さず、地球という巨大なハーフボイルド・エッグ（半熟卵）の中でゆっくりと力を蓄えていた。

その一方で、ウボ＝サスラから分離した細胞のいくらかは地表の海に辿りついたと考えられる。2013年、東北大学とコペンハーゲン大学の調査グループがグリーンランドで発

見した、38億年前に遡る生物の痕跡は、こうした細胞群によるものだろう。

　ウボ＝サスラの細胞群からはやがて原始的な生物が誕生することになるのだが、大きな変化が生じたのは32億年前のこと。光を用いて有機物を作り出す光合成細菌、シアノバクテリアが出現したのである。

　この頃までに、ンカイと呼ばれる地底の領域にツァトーグァが出現していたが、その前後で地球に到来した別の生命体が存在した。自らを全能の宇宙神、過去と現在、未来を自らに備えた万物の総体と称し、生物の体液を糧とするチャウグナー・フォーン──古代ローマ人から"マグヌム・イノミナンドゥム（大無名者）"と呼ばれた存在である。

　チャウグナー・フォーンの出自については、あまり多くのことがわかっていない。アザトースの眷族とされることもあれば、宇宙起源の吸血生物に過ぎないとの意見もある。

　地球にやってきたばかりの頃、黒い粘液のような姿をしていたチャウグナー・フォーンは、地球上の鉱物を「受肉」することで、現生の象を思わせる形を手に入れた。チャウグナー・フォーンの崇拝者の伝えるところによれば、この存在は自らの糧、自らの召使を得るべく地球上の生物を加工したという。あるいは、シアノバクテリアの出現と、それがもたらした大気中の酸素の増加は、自分に都合のよい環境を求めたチャウグナー・フォーンによる、10億年以上の歳月をかけたテラフォーミングだったのかもしれない。　一つの推測に過ぎないが、少なくとも生物の改良、環境の改造といった大仕事を、怠惰なツァトーグァと結び付けることは難しいという点で、研究者の意見は一致している。

関連作品：

ロング『恐怖の山』

スミス「七つの呪い」

スミス「ウボ＝サスラ」

最初の"地球人"（テレストリアル）

　地球環境の改造に先鞭をつけたのがチャウグナー・フォーンだったとして、それを完成させたのは宇宙から飛来した別の生命体──それも、アザトースの眷族たちのような単独の生命体ではなく、高度な知性を備えた種族によるものだった。彼らは固有の種族名を持たず、文献によって"大いなる古きもの"（グレート・オールド・ワン）"先住者"（エルダー・シング）"極地のもの"（ポーラー・ワン）など様々な名で呼ばれる異星人である。

　背丈は8フィート。黒っぽい灰色をした樽型の胴体は6フィート（1.8メートル）ほどの高さがあり、繊毛の生えた海星型の頭部には、ガラス質の赤い虹彩のある目、白く鋭い歯に似た突起物の並ぶ鈴の形をした口を持っている。胴体の隆起した部分からは、海百合を思わせる5本の触腕が生え、最長3フィート（0.9メートル）まで伸ばすことができる。

彼らはまた扇のように折り畳むことができる膜状の翼を持ち、この翼で星間宇宙を飛行してきたのである。

『エイボンの書』や『ネクロノミコン』の記述、そしてミスカトニック大学地質学科による南極探検隊（1930年）のウィリアム・ダイアー教授らの報告によれば、この種族は10数億年前、原生代の地球に飛来した。当時、地球には巨大な大陸（超大陸パノティア）がひとつ存在するのみで、彼らが最初の植民地を建設したのは後に南極大陸となる領域だった。『エイボンの書』によれば、彼らはウボ＝サスラから分離した肉塊を見い出し、これを加工して自分たちに奉仕する人工生物を産みだした。これが、ショゴスの名で知られる万能生物である。

　ショゴスは何世代にもわたり改良を続けられた。おそらく、他の原始的な生物群も素材として用いられたのだろうが、この過程で重大な事故が起きた。地殻変動によるものか、外敵との戦いの影響か、ショゴス細胞が原生代の海に漏れ出したのである。

　このショゴス細胞こそが多細胞生物の先祖となった。そして、地球の大部分を覆う海の中に、"先住者（エルダー・シング）"の計画に含まれない生物が溢れかえることになったのだ。

　関連作品：
　プライス・編『エイボンの書』
　ラヴクラフト「狂気の山脈にて」

侵略者たち

　今日、"先住者（エルダー・シング）"の通称で主に知られる樽型人の繁栄は、実に数億年にわたって継続した。陸海空のあらゆる環境で暮らすことのできる順応性の高い種族である彼らは、陸上、海中において都市を建設したが、その支配圏はどうやら地表にとどまっていたらしい。

　少なくとも、彼らが地球の底深くで蠢いていたウボ＝サスラとその眷族たちと接触した形跡は見当たらないようである。

　地球を拠点として宇宙にも進出していたのだろう"先住者（エルダー・シング）"だが、エーテルの風を摑んで宇宙空間を飛翔する彼らの翼はある時期から退化をはじめ、徐々に地球に引き込もるか、他植

イラスト：アオガチョウ

地球に入植した樽型異星人によるショゴス創造の想像図。樽型異星人たちは、体の形を自在に変化させるショゴスを、大型の工作機械のように活用したとされる。なお、クリプトン星という地球によく似た生態系を持つ惑星に、ショゴットという緑色の不定形生物が棲息していたという、不確かな風聞もある。樽型人たちは、地球を拠点に他の星々への植民を続けていたのかもしれない。

民星と分断されるかしたようだ。

転換点となったのは、地球外からの侵略者の存在だろう。最初の侵入者は、6億年前に太陽系外から飛来し、地球を含む4つの惑星の侵略を企てた半ポリプ状の生物だ。オーストラリア西部、グレートサンデー砂漠地下の都市遺構で発見された記録によれば、この生物は視覚を持たない代わりに優れた知覚を備え、翼なしで空を飛び、姿を消し、風を操るなどの能力を持っていた。ラテン語版『ネクロノミコン』の翻訳と称する『サセックス稿本』では、この半ポリプ状生物はロイガーノスと呼ばれ、ハスターの眷族たるロイガー、ツァールの下僕と説明されるが、この記述は訳者の誤訳ないしは誤解釈の可能性が高い。

皮肉なことに、この生物の地球侵略は別の侵略者によって食い止められた。前述の都市遺構の建設者であり、半ポリプ状生物についての詳しい記録を遺した精神生命体である。その記録――『ナコト写本』によれば（生命体の言葉で「記録庫の都市」を意味するナコトゥスに由来する）、"大いなる種族〔グレート・レース〕"を自称するこの種族は、哺乳類が誕生した2億2500万年前よりも以前に地球に到来したということである。

なお、アメリカ合衆国有数のクトゥルー神話研究家ダニエル・ハームズは、この時期を4億年前のことだろうと推測している。

彼らは、10億年前から地球に棲息し、半ポリプ状生物の攻撃によって絶滅に瀕していた大型の円錐状生物の肉体に、精神のみを交換するという方法で移住してきた。身長3メートルほどの巨軀でありながら、"大いなる種族〔グレート・レース〕"の精神を受け入れる余地のある高度な知能を備え、精密な機械工作などもこなしたというこの円錐生物は、あるいはショゴス同様の"先住者〔エルダー・シング〕"の奉仕生物、ないしは彼らが別の惑星から連れてきた住人であったのかもしれない。

ともあれ、円錐状生物の肉体を得た"大いなる種族〔グレート・レース〕"は半ポリプ状生物をいったん地下へと追いやり、オーストラリア北西のグレートサンディ砂漠の地下に廃墟が眠る最初の都市ナコトゥスをはじめ、いくつかの都市を建設して"先住者〔エルダー・シング〕"と睨みあったようだ。ただし、ミスカトニック大学地質学部の探検隊が"先住者〔エルダー・シング〕"の都市で確認した、興亡の歴史を

イラスト：dys

移民船内に座する、大いなるクトゥルーの想像図。従来、彼とその眷属たちは、自身の翼で宇宙空間を羽ばたいて飛来したと考えられてきた。しかし、〈深きものども〉をはじめ、明らかに翼を備えていない種族もまたクトゥルーに導かれて地球に到来したことを考慮すると、映画『エイリアン』シリーズに描かれる異星人のように、巨大な宇宙船団で到来したと考えるのが妥当ではないだろうか

綴った壁画には、"大いなる種族"との争いについては触れられていなかった。

　彼らにとってより深刻、より決定的であった侵略は、３億５千万年前に始まった。暗黒のゾス星系を旅立ち、長きにわたり宇宙空間を旅してきた大クトゥルーとその眷族たちが、ついに地球へ到達したのだった。そして、クトゥルーは単独で飛来したのではなかった。イダ＝ヤーとの間にもうけたガタノソア、イソグサ、ゾス＝オムモグらのおぞましい子供たち、ダゴンとヒュドラ、ムナガラーといった強力な従属者たち、そして彼らを崇め、仕える崇拝者たちから成る、大規模な移民団を率いていたのである。

　なお、『ネクロノミコン』や『エイボンの書』によれば、地球に飛来したクトゥルーとその眷族は、現在、太平洋となっている海域に隆起した新大陸を領有したとされている。しかし、現代の地質学者は、大陸隆起の痕跡を見ていない。クトゥルーが支配した「大陸」とはあるいは、彼らを運んできた船そのものだったとも考えられる。

　　関連作品：
　　ラヴクラフト「狂気の山脈にて」
　　ラヴクラフト「超時間の影」
　　カーター『ネクロノミコン』

地球のチェス・ゲーム

　地球の先住種族たる"先住者"と、新来のクトゥルーたちがただちに激しく対立し、戦争が始まったことについては、『ネクロノミコン』をはじめ少なからぬ文献に記述されている。地球の海を襲った大変動（この変動そのものがクトゥルー襲来に引き起こされた可能性がある）によって数多くの海底都市を破壊されていたこともあって、"先住者"はこの侵略者を退けることができなかった。

　両者は最終的に和平を結び、地球は"先住者"とクトゥルーの眷族たちによって分割領有されることになった。なお、クトゥルー到来の少し前に（１千万年のタイムラグがある）、地球上では両生類が誕生していた。クトゥルーとその眷族の奉仕種族である〈深きものども〉にまつわる記録はこの頃に遡れるので、彼らが宇宙から伴ってきた人間に似た崇拝者種族と、原始的な両生類をベースに、地球上で創造されたものと考えられる。

　しかし、クトゥルーの繁栄はわずかな期間──ほんの数千万年ほどしか続かなかったようだ。『ネクロノミコン』などの文献や、前述のパンフィロ・デ・サマコナの手記によれば、本稿で仮に"旧き神々"と呼んでいる存在の攻撃を受け、支配していた大陸のほぼ全域が海中に没し、大クトゥルー自身も拠点であったルルイェの宮殿に幽閉の身となった。

　これは、３億年前のこととされている。『ネクロノミコン』の散漫な記述を読み解くと、地球の底で蠢動していたウボ＝サスラとその眷族たちとの接触が、"旧き神々"介入の引

き金になったことが示唆されている。この戦いについて、北米大陸の地下にあるツァスという都市の住民たちの間では、人間と人間の神々の双方に敵意を持つ宇宙の魔物により地上の大半が水没し、彼らがトゥルと呼んだクトゥルーもまた海底都市レレクスに幽閉されたと伝えられている。ツァスの住民は、遥かな太古、クトゥルーと共に地球にやってきた崇拝者種族の末裔だと伝えている。

　なお、興味深いことに、“旧き神々”（エルダー・ゴッズ）の攻撃を受けた際、“大いなる種族”（グレート・レース）の少なくとも一部がクトゥルーと同じ側に立ち、“旧き神々”（エルダー・ゴッズ）と戦ったことを示唆する記録が存在する。

　関連作品：

　ラヴクラフト「クトゥルーの呼び声」

　ビショップ「墳丘の怪」

　ラヴクラフト＆ダーレス「異次元の影」

人類史以前

『ネクロノミコン』には、地球上の蛇類はイグと密接な関わりを持つという記述がある。

　ある種の両生類が爬虫類に進化したのは３億年前。イグを含むウボ＝サスラの眷族と、アザトースの眷族——クトゥルーが遭遇したのもまた３億年前。この符合は偶然とは思われない。続く人間の時代、ムー（レムリア）大陸などのクトゥルー崇拝地で、同時に崇拝されたのがイグである。あるいは両者は、同盟関係を結んでいたのかもしれない。

　アザトースの眷族であり、『ネクロノミコン』によればアザトースの子である“闇”の娘とされるシュブ＝ニグラスもまた、クトゥルー、イグと共に崇拝された神だった。淫蕩なる多産の女神シュブ＝ニグラスの到来時期については、はっきりした情報は得られていない。ともあれ、シュブ＝ニグラスはイグとの間にウーツル＝ヘーアという娘を設け、クトゥルーとの間にも数多の落とし子を設けたという。約２億5100万年前に始まる中生代三畳紀において巨大爬虫類が繁栄した背景には、この時期に到来したシュブ＝ニグラスの影響があったのかもしれない。なお、ラヴクラフトは、1930年のある書簡において、クトゥルーが恐竜を使役していたことについて触れている。

　『エイボンの書』に基づくミスカトニック大学ののL・N・イジンウィル准教授らの研究によれば、蛇人間とも呼ばれる人型爬虫類（レプティリアン）の出現はペルム紀の終わり頃とされる。彼らの多くは父祖神たるイグの崇拝者だったが、中にはクトゥルーの崇拝者もいて、その子孫が建設したのがルブアルハリ砂漠の“無名都市”であるらしい。

　“先住者”（エルダー・シング）や“大いなる種族”（グレート・レース）に及ばぬまでも、高度な独自文明を発達させた人型爬虫類だが、恐竜の脅威を前に次第にその数を減らし、ついには２億2500万年前頃、長い冬眠に入ることになる。

既に述べたように、地球で活動していた神々の眷族たちは"旧き神々"なる存在の介入で、多くが潜伏ないしは休眠を余儀なくされた。しかし、地球最初の支配種族たる"先住者"が往時の勢いを取り戻すことはなかった。ジュラ紀（約1億9960万年前〜1億4550万年前）になると、古い文献においてユゴスと呼ばれる惑星を橋頭保に、外宇宙から新たな種族"外側のもの"が地球に到来し、"先住者"は北半球における領土の殆どを喪った。この新来の種族は体長1.5メートルほどの甲殻類を思わせる有翼の生物で、その体組織は植物や菌類に近いようだった。頭部には渦巻き型の楕円体があり、短いアンテナが多数ついている。その形状から、彼らは"ユゴスよりの真菌"とも呼ばれている。バーモント州の先住民族ペナクック族の言い伝えによれば、彼らの故郷はおおくま座の方向にあり、地球にしか存在しない希少鉱物を採掘するのが目的だというが、2億年近くにわたり特定の鉱物を採掘し続けてきたなどという途方もない話を、そのまま受け入れるのは難しい。

関連作品：

ラヴクラフト「闇に囁くもの」

カーター "Vengeance of Yig"

タイスン『ネクロノミコン』

"ヒト"の時代

1億5千万年前頃、地球上の生物を捕食ないしは模倣することにより脳を手に入れ、自意識の芽生えたショゴスが反乱を起こすに及び、10億年以上にわたりこの星を支配してきた"先住者"の社会は実質的に崩壊した。5000万年前になると、いったん地下へと追いやられていた半ポリプ状生物が再び地上に現れたことを受け、"大いなる種族"もまた未来の地球に棲息するカブトムシに似た種族の肉体へと移住した。

この黄昏の時期において地球上に出現したのが、「ヒト」と呼ばれる種族である。明らかに現生のホモ・サピエンスとは異なる種ではあるが、非常に似通っていたと思われるこの生物は2000万年前、ティームドラの名で知られる大陸に出現した。

続く時代、ムー（レムリア）やアトランティス、ヒュペルボレイオスなどの古代大陸に出現したヒトもまたホモ・サピエンスとそっくりな種族であったが（「ホモ・マギ」の分類名が用いられることもある）、その起源についてはよくわかっていない。

北米大陸の地下世界クナ＝ヤンの住人は、ムーやアトランティスに住まった人々の子孫を名乗っているが、彼らは自身のことをトゥル（クトゥルー）により地球へと連れてこられた宇宙起源の種族だと考えている。なお、『エイボンの書』によれば、爬虫類型生物の一部が現在の北米大陸の地下深くにある赤い世界ヨスへと移住した。しかし、300万年

ほど前、彼らの多くはヨスよりも更に深い場所に広がる暗闇の世界ンカイで見出したツァートゥーグァを崇拝したことにより、イグの怒りを受けて蛇に変えられた。この時、イグへの信仰を捨てなかった一部の者たちは、大神官ススハーに導かれてヒュペルボレイオス大陸の地下に移り住んだ。ヒュペルボレイオスの蛇人間はヒスと呼ばれ、スリシック・ハイに沼地の王国を築いたものの、ツァートゥーグァによって滅ぼされたという。その後、氷河期を嫌ってヒュペルボレイオスから離れた蛇人間は、いっときムー（レムリア）大陸を支配下に置くも、約50万年前、ヒトによって駆逐される。

　かくして、ヒトの時代が到来した。この新たな種族は、かつてクトゥルーとその眷族達の領土であったムー大陸を中心地として繁栄し、その名残は世界各地に巨石遺構として残されている。中央アジアで発見された『ザントゥー石板』の解読結果によれば、ムー大陸が滅亡したのは16万年以上前のことで、クトゥルーの御子たちの一柱、イソグサを蘇らせるという無謀な試みが発端だったようだ。続く十数万年にわたり、地球上のヒトの文明圏は大西洋のアトランティス大陸へとその中心を移すことになるが、この大陸もまた2万年前に海の底へと沈み、支配種族たるヒトもまたネアンデルタール人、クロマニョン人などの種族との混交を繰り返して現生人類——ホモ・サピエンスへと移行していくのだった。

　関連作品：
ラムレイ　"The House of Cthulhu"
ラヴクラフト「闇に囁くもの」
プライス・編『エイボンの書』
カーター「レムリアン・サーガ」シリーズ

有史以降の蕃神たち

　19世紀後期、ハインリヒ・シュリーマンによるトロイア発見の衝撃を背景に、主に考古学や人類学に代表されるアカデミズムと、神智学に代表されるオカルティズムという2つの分野において、地球外から到来した意識体の関与、ホモ・サピエンス勃興以前の人類文明の存在を前提とするオルタナティブな学問が勃興した。最初に"クトゥルー神話"という言葉を用いたのが誰であったかは不明だが、アザトース、ウボ＝サスラと呼ばれる2柱の神性から生じた血縁関係にある"神々"——蕃神たちがこの星の歴史に影響を及ぼしたことは確かなようである。ただし、世界各地で崇拝を集めた既知の神々に、これらの蕃神たちが1対1で当てはまるわけではない。

　ゼウスがアモンやユピテルと、天照大神が観世音菩薩や大日如来と同一視されたように、時代や土地、そして信仰を共有する人々によって、同じ名前で呼ばれる神々が決して同一の存在ではなかったからだ。

『無名祭祀書』において、現在のエジプトに相当する土地に栄えたスティギアではセトという蛇身の神が崇拝されたという。この神がイグと無関係とは思われないが、古王国時代より後に冥府神ナイアルラトホテプと習合した形跡が見られる。また、帝政ローマ期に遡るグノーシス文献にひとつで、セトとして言及される神は明らかにハスターである。

バビロン捕囚後、ヘブライ人の信仰がバビロニアやエジプトの影響で変質し、天から追放された堕天使と神の軍勢の闘争をモチーフとする黙示文学が出現したことが知られるが、その背景に知識の守り手としてのヨグ＝ソトース信仰があったことが、やはりグノーシス文献から窺える。

大部分が深い森に覆われていた古代ヨーロッパ亜大陸の中央部では、ギリシャ人からケルトイ（よそ者）と呼ばれた人々がシュブ＝ニグラスに相当する大地母神を崇拝し、ハイボリア時代以前に遡るメンヒルやドルメンと呼ばれる巨石遺構を祭祀場として利用していた。4世紀頃にゲルマン民族の大移動が始まると、ケルト人達と彼らの信仰は次第に西方へと追いやられた。五賢帝の一人に数えられるトラヤヌス帝の時代になると、東は黒海と地中海の沿岸地域、西は大西洋の入り口に至る広大な版図がローマ帝国の領するところとなり、古い神々の信仰は、各地の神々を貪欲に呑み込むローマ人の神話に呑み込まれ、ヨーロッパ北方やトランシルヴァニアのような深い森の奥に細々と生き残ったようだ。

313年のミラノ勅令による公認化から1世紀を経ずして国教となったキリスト教は、西方伝道の過程で蕃神崇拝の排除に腐心した。ブリテン島のハイドストール修道院のクリタヌス修道士が著したという『告白録』には、教会が各地に聖職者を派遣し（その中には、かのアウレリウス・アウグスティヌスも含まれる）、これらの邪悪な存在を湖底や海底に封じ込めたという驚くべき逸話が載っている。ヨーロッパ各地に伝わる、聖人による竜退治の逸話は、こうした出来事が形を変えたものだろう。

ガリア（現在のフランス）北西部のブルターニュや、ブリテン島やアイルランドは、北方のロマールやヒュペルボレイオス大陸、西方のアヴェロン大陸（アトランティスを指すと考えら

イラスト：Nottsuo

氷河期が終わった後、ヨーロッパの大部分は深い森に覆われ、ヒュペルボレイオスの記憶を伝えるケルト人達がヨーロッパ中央部に居住した。宗教、政治の両面でケルト人を統べたドルイド僧はシュブ＝ニグラスに相当する大地母神を崇拝し、各地に巨石遺構を遺している。これらの遺跡はヨーロッパ西部に集中し、最近になってエジプトのピラミッドよりも古い時代に遡ることが判明している。

れる）の記憶を残すのみならず、エジプト古王国時代に国を追われた古き神々の神官たちが移り住んだ特異な土地だった。18世紀末のカルト教団に由来する『グラーキの黙示録』には、ブリテン島南西部のグロスタシャーには、グラーキやアイホート、バイアティスなどの蕃神が飛来したと書かれるが、ローマ人がノーデンスの名で呼んだ"旧き神々"の神殿もこの地方に存在する。しかし、これらの島々における蕃神崇拝もまた、ローマ人とキリスト教によって大部分が押し流されていく。

関連作品：
ブロック「ブバスティスの子ら」「無人の家で発見された手記」
ダーレス「湖底の恐怖」「エリック・ホウムの死」

太平洋文明圏

　前述のコープランドやブラウン大学のジョージ・ガメル・エンジェル教授、ムー大陸の研究者であるジェームズ・チャーチワードらは、南太平洋の島々は太古に沈没するか破壊されるかしたムー大陸（レムリア大陸）の残滓であり、これらの土地にはクトゥルーとその眷族、シュブ＝ニグラスやイグといった神々の崇拝が色濃く残留していると説く。

　この地域に点在する巨石遺構や彫像のモチーフが中南米の遺構と共通することから、チャーチワードは南米がムー大陸の植民地だったと主張している。実際、15世紀のヨーロッパ人に「発見」されるまでの間、手つかずの状態だった南北アメリカ大陸には、他の地域とは違う形の蕃神崇拝が息づいていた。16世紀の冒険家スペイン人パンフィロ・デ・サマコナが、北米大陸の広範な地域に、レムリアやアトランティスの時代に遡る広大な地底世界が広がっているという内容の手記を遺していることについては、既に述べた通りである。彼らの信仰が、地上世界にも及んでいたと考えるのが自然なのだろう。

　アメリカ北部からカナダにかけての森林地帯では先住民族のオジブワ族がイタカ（ウェンディゴと呼んだ）を、中西部や南部ではホー＝ホー＝カム族やウィチタ族などがイグ（イグ＝サツゥティ）を、西海岸ではヒパウェイ族がゾス＝オムモグやイソグサなどのクトゥルーの眷族を崇拝した。東海岸沿ではワンパノアグ族が丘の頂に環状列石を築き、サドゴワァやオサダゴワァ（ズヴィルポグーア）を崇拝したというが、これはバーモント州のペナクック族と接触があったと考えられる宇宙生物の影響かもしれない。

　現在、北米大陸はクトゥルー教団の中心地として知られるが、これはアブナー・エゼキエル・ホーグやオーベッド・マーシュといったマサチューセッツ州の貿易商人たちが新たに持ち込んだもので、黒人奴隷やアジア、南太平洋の移民の一部が密かに維持していた蕃神信仰と結び付くことで、世界的ネットワークに拡大したものと考えられている。

関連作品：

ラヴクラフト「クトゥルーの呼び声」「闇に囁くもの」など
カーター「陳列室の恐怖」など

古人の知恵、古き書物

　アザトースとウボ＝サスラという兄弟神に発する異形の蕃神たちの系譜と、外宇宙や異次元からの来訪者たちによる地球上の生命の創造——数十億年に及ぶ秘密の歴史は、様々な形で伝承されている。神々ないしは地球の先住種族から直接教えられる場合もあれば、部族や教派に伝わる歌や祈りを通してその秘史を知る場合もある。しかし、大多数の者たちはやはり、書物——文字化された記録を通してその知識を得たようだ。

　蕃神とその信仰や歴史にまつわる断片的な情報を含む（あるいは含むとされる）文献は、それこそ星の数ほど存在する。しかし、歴史年代記や辞典ないしはそれに準ずる、ある程度体系だった情報を含む書物となると、ごくわずかしか知られていない。

　主だった書物の中で、おそらく最古のものは、ミスカトニック大学附属図書館などに所蔵される『ナコト写本』で、"大いなる種族"の記録とされている。

　次いで古いのが、北方のヒュペルボレイオス大陸において、ツァトゥーグァの大祭司であったエイボンの知識の集大成とされる『エイボンの書』で、彼の高弟サイロンによって編纂されたものらしい。後述の『アル・アジフ』の記述を裏付けるのみならず、欠けた部分を補う情報を数多く含むため、クトゥルー神話の知識を求める人間の間で、『ネクロノミコン』に次いで重要視されている。なお、1847年にライプツィヒで自費出版された『アジアの秘めたる神秘——『ゴール・ニグラル』への注釈付き』は、『エイボンの書』の中で『夜の書』と呼ばれる『ゴール・ニグラル』の翻訳と称し、作家H・P・ラヴクラフトはその書簡中で、この本をミスカトニック大学付属図書館で目にしたと主張している。

　キリスト教圏ではこれらの書物およびその扱うテーマが禁忌とされ、徹底的に根絶が図られた。しかし、『エイボンの書』のギリシャ語版やラテン語版の存在が、少なからぬ聖職者や修道院がこれらの禁断の書物を隠匿していたことを物語っている。

　他の文化圏ではいかなる状況だったかについては、今後の研究が待たれるところである。少なくとも、中国にはクトゥルー教団の本拠地のひとつがあり、この国で執筆・製本された『拉莱耶文本』（英題『ルルイェ異本』）の冊子が確認されている。

　関連作品：
　プライス・編『エイボンの書』
　ラヴクラフト「未知なるカダスを夢に求めて」「狂気の山脈にて」

『アル・アジフ』

　クトゥルー神話を紐解くにあたり、最も重要視されるのは、アブドゥル・アルハズレッド（あるいはアブド・エル＝ハズレッド）という名前の、8世紀アラブの神秘家が著した『アル・アジフ』と題する書物で、日本の稀購書蒐集家の間では『暗黒祭司書』と呼ばれることもある。

　アルハズレッドは、西暦700年頃にイエメンのサナアに住んでいた人物で、"狂える詩人""狂えるアラブ人"などの異名で知られるデモノロジストだ。各地の遺構や廃都を放浪した後、人類以前の古い種族にまつわる秘密を発見したと主張し、イスラム教の神を捨ててヨグ＝ソトース、クトゥルーといった太古の神を崇拝するようになった。その後、現シリアのダマスカスで730年頃に『アル・アジフ』を執筆した後、738年に死亡、あるいは失踪したと後世に伝わっている。

　今日、『アル・アジフ』は『ネクロノミコン』の表題で知られるが、これは10世紀のテオドラス・フィレタスが『アル・アジフ』をギリシャ語訳した際につけたものである。ただし、レイモンド・ノウビー教授がカンダールの遺跡で発見した『ネクロノミコン・エクス＝モルテス』と混同されることが多いので、本稿では『アル・アジフ』を用いることにする。『アル・アジフ』はイマーム、即ち新たな教派の教導者を自称したアルハズレッドが、明らかに「『クルアーン』にとってかわるもの」を意図して著した聖典で、彼が奉ずる神々の素性と歴史、祈禱などの儀式次第が解説されている。それらの知識は、彼が師ヤクトゥーブから学び、放浪の中で直接見聞したもののみならず、『エイボンの書』からの引用を少なからず含んでいる。この書物こそは、中世における蕃神たちの神話大系の集大成であり、19世紀に『無名祭祀書』（『アル・アジフ』からの引用が確認される）を著したドイツ人神秘学者フリードリヒ＝ヴィルヘルム・フォン・ユンツト、16世紀に『妖蛆の秘密』を著したベルギーのルートヴィヒ・プリンをはじめ、後続の者たちは『アル・アジ

イラスト：海野なまこ

738年の、アルハズレッドの不可解な最期については、幾つかの異なる話が存在する。12世紀の伝記作家イブン・ハッリカーンによれば、アルハザードは白昼のダマスカスの大通りで不可視の怪物に捕えられ、惨たらしくも貪り食われたという。しかし、ミスカトニック大学のラバン・シュリュズベリイ博士によれば、これは集団幻覚のようなもので、実際には無名都市に連れ去られたということだ。

フ』を通読し、多かれ少なかれその影響を受けたと考えられている。

のみならず、口伝の不明瞭な情報に満足できない蓄神崇拝者たちの間でも、『エイボンの書』『アル・アジフ』などの書物は聖典扱いを受け、数多くの写本が作られた。その有様は、かつて秘密結社フリーメイソンリーの暴露本が、当のフリーメイソン（フリーメイソンリーの会員のこと）たちの間で奥義書として珍重されたことを想起させる。

やがて——禁じられ、秘匿され、狂信者や神秘家、異端の学者、好事家の間でのみ知られたこれらの書物は、産業革命を経たマス・メディアの時代の只中、20世紀の前半にH・P・ラヴクラフトを筆頭とする一群の怪奇小説家たちの作品を通して、広く知られることとなるのである。

関連作品：

ラヴクラフト「『ネクロノミコン』の歴史」

カーター「ネクロノミコン」

映画『死霊のはらわた』シリーズ

ニューイングランドを覆う影

海外の新聞記事や書籍の日本語訳の中で、時折「ニューイングランド州」と誤って書かれることもあるニューイングランド地方は、アメリカ合衆国の北東の端に固まっているマサチューセッツ州、ロードアイランド州、ニューハンプシャー州、バーモント州、コネチカット州、メイン州を合わせた地域の呼び名である。英国国教会を攻撃し、分離派と呼ばれるピューリタンの一派に属する102人の人々——ピルグリム・ファーザーズが、弾圧を逃れて新たな「神の国」を建設するべくメイフラワー号で故国を後にし、マサチューセッツ州のプリマス湾に上陸したのは1620年のことだ。この土地に彼らが建設した「コモン（共有地）」と呼ばれる街こそがアメリカ最初の植民地であり、やがて人々はこのプリマス植民地から各地に散らばっていった。

ニューイングランド地方とは、言うなればアメリカ合衆国発祥の土地なのだ。「マサチューセッツ」という地名は、この土地に住んでいた先住民族の部族名から取られたものだが、後にマサチューセッツ州の州都となるボストンは、イギリスのリンカシャーにおけるピューリタンの拠点の名前（元々は、「聖ボトルフの街」を意味する英語の短縮名）である。また、1692年に悪名高い魔女裁判の舞台となったセイラムは、キリスト教の聖地であるエルサレム（ヘブライ語で「神の祈り」を意味する）から取られたもので、ジェルーサレムないしはセイラムという地名はアメリカの各地に見られるものだ。

コモンの政治的な中心となった分離派の会衆派教会の教えは、神意にかなうことだけを重要視し、娯楽や奢侈を排する徹底的な禁欲主義が特徴である。但し、ピューリタンの教

えでは労働の対価として財産を得ることは神意に沿ったものとされ、こうした考え方が自由競争による富の蓄積を賛美したアメリカ北部のヤンキー気質のバックボーンとなった。

今日、ニューイングランド気質というと「謹厳実直で批判的、伝統を重んじ、富に対して貪欲でありながら倹約家」というイメージがある。ただし、ロードアイランド州については、少しばかり事情が違っていた。

マサチューセッツにおけるコモンの政治的な中心は分離派の会衆派教会であり、バプテストをはじめ、同じくイギリスから渡ってきた分離派の他の宗派は一段低い地位に置かれていた。そうした中、セイラムの牧師であったロジャー・ウィリアムズは、会衆派ではなくバプテストの聖職者だった。彼は、やがて先住民族の土地を詐欺同然に収奪した植民地の指導者たちを厳しく批判するようになり、1936年1月、ついにはマサチューセッツから追放されることになる。彼とその4人の信奉者たちはナラガンセット湾へと向かい、先住民族との正当な交渉のもと、沿岸の土地を買い取って新たなコミュニティを建設した。自分たちこそが真に神意にかなった存在であると信じるウィリアムズは、この土地に「神の摂理」を意味する「プロヴィデンス」という名前を与えたのだった。

会衆派教会から追放された経緯から、ウィリアムズは他宗派に寛容だった。やがてプロヴィデンスは信教にとらわれない町となり、キリスト教徒だけでなくユダヤ教徒も受け入れる、北米最初の自由都市となったのである。

ロードアイランドという州名は、1663年にイギリス国王チャールズ2世が与えた勅許状に基づくもので、正式名称を「ロードアイランドおよびプロヴィデンス植民地州」という。一説によれば、イタリア人探検家のジョバンニ・ダ・ヴェラッツァーノが1524年にこの土地を訪れ、ロードアイランド州の沖合にあるブロック島がギリシアのロードス島に似ているということでこの名前をつけたのだとされている。（なお、「ロード島」という地名は現在、ナラガンセット湾にあるアクィドネック島のものになっている）

——そうした来歴を持つニューイングランド地方だが、甚だ奇妙なことではあるが、斯界の

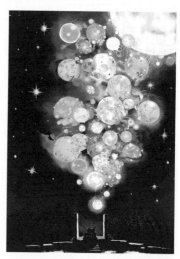

イラスト：Nottsuo

ニューイングランド地方各地には古い石積みの遺構があり、マサチューセッツ州のダンウィッチの町外れにあるセンティネル・ヒルの頂きには、ヨグ＝ソトースの祭祀場として使用されてきたらしい、ストーン・サークルが確認されている。なお、ニューハンプシャー州のノース・セイラムにも、ストーンヘンジと呼ばれる石積みの遺跡が現存し、観光スポットとして公開されている。

研究者やオカルティストたちの間ではクトゥルー神話に連なる神々と深く結びついた、危険な土地として知られている。

　複雑な事情が絡み合った末のことだが、まず大前提として、ヨーロッパ人たちが到来する以前から、キリスト教の目の届かぬこの地において、古き神々への崇拝や星の世界から到来した種族との交流が行われていたという歴史的な事実がある。このあたりに棲んでいたワンパノアグ族やナラガンセット族などの一部の部族の間で、サドゴワァと呼ばれる神が崇拝されていたことについては、既に触れた通り。このサドゴワァが、かつてヒュペルボレイオス大陸などで崇拝されたツァトーグァに他ならぬことは、ミスカトニック大学のセネカ・ラファム博士らの報告から明らかだ。

　のみならず、ニューイングランド地方のいくつかの場所には、『ネクロノミコン』においてヨグ＝ソトースと結び付けらるものと酷似した環状列石や石塔などが存在していた。

　同大学のウィルマース教授によれば、地底世界クナ＝ヤンへと続く開口部がペンシルベニア州の山嶺にあるということなので、これらの先住民族たちは遥かな昔、地上へと出てきたクナ＝ヤン人たちから信仰を受け継いだのか、さもなくば子孫なのかもしれない。

　20世紀前期を代表する魔女研究の泰斗、マーガレット・A・マレーによれば、魔女裁判の舞台となったセイラムには、ヨーロッパに起源を持つ本物のカルトが関与していたということである。アーカムやキングスポートといったマサチューセッツ州の地方都市には、魔女裁判から逃れたセイラム村の住民を匿ったという内容の民間伝承がいくつも伝わっているが、こうした逃亡者たちの中には巧妙に立ち回って騒ぎが起きる前に身を隠した、真に力有る魔術師や魔女たちが含まれていたというのが研究者の一致した見解であり、キザイア・メイスン、ジョゼフ・カーウィン、サイモン・オーンといった人物の名前が古い記録中に頻出している。

　関連作品：
　ラヴクラフト「魔女の家の夢」「チャールズ・デクスター・ウォード事件」など
　ダーレス＆ラヴクラフト「暗黒の儀式」
　リン・カーター「ヴァーモントの森で見いだされた謎の文書」

クトゥルー崇拝者の前哨地

　影横たわるニューイングランド地方について、20世紀前期に好事家の間で人気を集めた怪奇小説家ハワード・フィリップス・ラヴクラフトが、興味深い物語をいくつも書き遺している。ラヴクラフトはプロヴィデンスの名家フィリップス家の血筋の者で、1890年8月20日に生まれた。殖民地時代の輝かしい記憶を残すニューイングランド地方の伝統を重んじる気風の中で育ち、その風土をこよなく愛したラヴクラフトは、同時にまた夜毎

に望遠鏡で空を見上げる天文少年でもあった。

　人文学と自然科学の双方に興味を抱き、幼少時より文筆活動に歓びを見出していた彼は、10代の頃から雑誌上でコラムや記事の執筆を始めている。なお、彼が〈ウィアード・テールズ〉などのパルプ雑誌上に怪奇小説を発表するようになったのは、1920年代以降のことだ。ラヴクラフトの作品の多くは、人類誕生以前に地球と宇宙を支配していた神々の存在について暴露するものであり、ラヴクラフトをチャールズ・フォートのような警告者であったと見なす者も少なくない。

　なお、スタニスラウス・ヒンターシュトイザー博士によれば、ラヴクラフトの幼少期に精神に異常をきたした父親のウィンフィールド・ラヴクラフトは、革命前夜のフランスで暗躍した怪人カリオストロ伯爵が各地に設立した、エジプト・フリー・メイソンリーの会員だったという。この結社には『キタービ・マアニ・アル＝ナフス』という『ネクロノミコン』との関わりが噂される秘儀書が伝わっていて、これに接したウィンフィールドから彼の息子へと禁断の知識が伝えられた可能性が指摘されているのだ。

　ラヴクラフトはまた熱心な郷土史家でもあり、マサチューセッツ州ウィルブラハムの碩学イーディス・ミニターから、この土地に伝わる様々な伝説を教示された。また、セイラムの魔女の子孫を名乗る女性とも手紙で交流していたということだが、残念ながら彼女とやり取りした手紙は現存していない。

　ラヴクラフトはニューイングランド地方の各地に足を伸ばしては、地元の歴史協会に足を運んで古い記録にあたり、歴史の狭間に隠れていた様々な出来事を掘り起こした。

　たとえば、彼が1931年に執筆した「インスマスを覆う影」は、ニューイングランド地方の東海岸に、異星から到来した半人半蛙の種族のコロニーがあって、イプスウィッチ付近の港町インスマスを半ば占拠して地上侵攻の機会を窺っていたというものだ。

　無論、読者諸兄諸姉も知っているように、インスマスは実在の町であるし、1846年に伝染病で人口が激減したことや、1927年末に大きな火事があったことについても、当時の新聞で

イラスト：池田正輝

隣接するセイラム村（現ダンバース）で1692年の魔女裁判騒動が持ち上がる以前、セイラムという町はキザイア・メイスンやアビゲイル・プリンら古い神々を崇拝する魔女や、ジョウゼフ・カーウィンやサイモン・オーンら魔術師の集う、世界有数の危険な土地だった。彼ら、真に力を有する存在の大半は裁判以前に町を離れ、アーカムやダンウィッチ、プロヴィデンスに潜伏した。

確認することができる。なお、ラヴクラフトは、この物語の語り手の名前を覚書にはっきりと記しておきながら、ついに本編中で言及しなかった。まるで、誰かに遠慮してでもいるかのように、である。

　ラヴクラフトの物語は、どこまでが創作で、どこまでが実際に起きた事件を下敷きにしていたのか——彼が数多の友人知人とやり取りしていた夥しい数の書簡や、大量のメモ書きの向こう側に隠された真実の在り処をつきとめられるかどうかは、ひとえに我々探索者の努力に委ねられているのである。

　関連作品：

　ジョージ・ヘイ編『魔道書ネクロノミコン』

　ラヴクラフト「インスマスを覆う影」

幻夢境と夢見人

　夢というものは、どこからやってくるのだろうか。「睡眠」は、大脳を有する生物に特有の生理的な状態のことを指す。神経生理学の分野においては、レム睡眠と呼ばれる急速眼球運動を伴う睡眠中に、大脳の皮質や辺縁系などの記憶に関係する部位が覚醒時と同様の活動状態になり、過去の記憶を組みあわせたストーリーが作られると考えられている。

　然るに、互いに会ったことのない複数の人間が夢の中で同じ場所を訪れ、時には互いに言葉を交わしたという報告例は古い時代から数多く存在している。1980年代に雑誌の読者交流欄において活発に行われた「前世の記憶を共有する仲間探し」も、こうした事例の一種と見ることができるだろう。同様の報告は、19世紀から20世紀の前半にかけての文学者や芸術家のグループからもあがっている。とりわけ、1928年に失踪したマサチューセッツ州アーカムのランドルフ・カーターと、彼を中心とするグループに関係する日記や書簡は、彼らがドリームランド（日本では主に“幻夢境”と翻訳される）と呼ぶ異世界についての潤沢な情報源として、レナード・ディングルをはじめカール・グスタフ・ユングの流れを汲む分析心理学派の間で注目を集めてきた。

　ドリームランドでの記憶を覚醒後にもとどめることができた人々は、“夢見人（ドリーマー）”と呼ばれている。彼らの記録や証言によれば、単に眠るだけではこの世界を訪れることができない。まずは、通常の夢——浅い夢の中のどこかにある階段の入り口を見つけなければならないのである。この階段を70段降りると、そこに“焔の神殿”があって、ナシュトとカマン＝ターという名の2人の神官に迎えられる。彼らに送り出された「夢見人」はそこから更に700段の階段を降りることで、“深き眠りの門”に到達する。この門を越えた先に、広大なドリームランドがある。この地の自然環境や気候などは覚醒の世界

とさほど変わらない。セレファイスやデュラス＝リインといった数多くの都市が栄え、そこで生まれ育った人々が生活を営んでいる。また、人語を解する猫やガグ、ガースト、赤足のワンプなどの怪生物が棲息する。

　諸都市の文明は、産業革命以前の時代を想起させる水準のものだが、空中に都市が浮かび、星と星の間をガレー船が往来し、人語を解する猫や怪生物が多数生息するなど、自然科学の法則に縛られない、「剣と魔法のファンタジー」然とした異世界ではあるようだ。

　住人たちの多くは"大いなるもの"あるいは"地球の神々"と呼ばれる神々を崇拝し、審神と呼ばれる異形の神々については、恐怖の対象としてこれを忌避した。たとえばウルタールという都市にはナス＝ホルタースなどの神々を祀る神殿が存在する。神々はかつて、霊峰ハテグ＝クラの城に住まっていたが、20世紀前期の時点ではカダスと呼ばれる冷たき荒野に聳える巨大な山城で暮らしていた。

　"大いなるもの"は"深淵の大帝"ノーデンスの保護下にある。ノーデンスとは、ブリテン島に植民した古代ローマ人が崇拝した同名の海の神と同一の存在であるらしい。なお、古伝承の大家であるケンブリッジ大学の文献学者Ｊ・Ｒ・Ｒ・トールキーン教授は、ノーデンスの前身がアイルランド神話の"銀の腕"ヌァザだと指摘している。ただし、不可解なことではあるが、"大いなるもの"が同時にナイアルラトホテプの支配下にあったことを示す報告も、数多く存在する。これについて、ドリームランドが長きにわたり審神の侵攻を受けていたという、ミスカトニック大学の外郭団体ウィルマース・ファウンデーションの報告が知られている。ただし、地球外の領域からドリームランドに到来した"大いなるもの"が、この地で深い眠りについていた審神を封印し、神として君臨したという異説もあり、正確なところはよくわかっていない。

　関連作品：
　ラヴクラフト「ウルタールの猫」「セレファイス」「審神」「未知なるカダスを夢に求めて」他
　ラムレイ『幻夢の英雄』

イラスト：ねなし

〈大いなるもの〉〈大地の神々〉などと呼ばれている地球本来の神々の容姿は、概ね人間そっくりではあるが、切れ長の目や長い耳たぶ、薄い鼻と尖りぎみの顎という特徴がある。彼らは時折、人里に降りてきては人間の女性と交わり、子孫をもうけた。神の血を引く子孫は地球の神々の美しい容貌を受け継ぎ、インガノクというセレネル海北岸の町に住んでいる。

クトゥルー神話関連年表

CTHULHU MYTHOLOGICAL TIMELINE

この年表の記載事項は史実並びにH・P・ラヴクラフトをはじめとする第一世代、第二世代のクトゥルー神話作品に基づきます。出典作品については事項の末尾に略号として記載、略号と作品の対応表を最終ページにまとめてあります。

46億年前 ──────── 地球誕生はこの頃とされている。

38億年前 ──────── 地球最初の生命が出現。この頃ツァトーグァがサイクラノーシュから地球へ到来したとされる。`LC5`

20億年前 ──────── チャウグナー・フォーンが地球に到来したとされる。`FBL1`

10数億年前 ─────── "先住者"が地球に到来。奴隷生物ショゴスを創造。`HPL38`

6億年前 ───────── 地球を含む太陽系の4つの惑星を空飛ぶポリプが侵略。`HPL39`

3億5000万年前 ─── クトゥルーとその眷属が到来し、"先住者"争う。`HPL38`

3億年前 ───────── ルルイエが海底に沈み、クトゥルーが眠りにつく。`HPL38`

2億5000万年前 ─── "外側のもの"の到来。樽型異星人を北半球から駆逐する。`HPL34` `HPL38`
〜1億5000万年前

2億2500万年前以前 ── "大いなる種族"がオーストラリア大陸の円錐状生物の肉体に転移。`HPL39`

2億5000万年前以後 ── 超大陸パンゲアに蛇人間が出現。`LC10`

5000万年前 ────── "大いなる種族"が円錐状生物の肉体を去る。`HPL39`

約500万年前 ───── 更新世ないしは中新世にヒュペルボレイオス大陸で文明が勃興。`CAS3`
〜1万年前 `CAS6`

300万年前 ────── アラスカにある廃墟で、ラーン＝テゴスが眠りにつく？ `HPL21`

紀元前173148年頃？── 赤い月の年。シュブ＝ニグラスの神官トヨグがヤディス＝ゴー山へ向かう。
`HPL7`

紀元前161844年頃？── 囁く影の年。ザントゥーがイソグサ教団の大神官に。（ムー大陸滅亡はその少し後と思われる）
`LC3`

約2万6000年前 ─── 現在の北極星と同じ、こぐま座α星が北極星の位置にあった。`HPL23`

約1万2千年前 ──── フォン・ユンツト、『無名祭祀書』の中でこの時期を"ハイボリア時代"と命名。`REH&RMP1`

約1万年前 ────── 地球の幻夢境にて、ムナール地方の宗主都市サルナスが滅亡する。`HPL25`

紀元前5世紀頃 ──── プラトンが『クリティアス』『ティマイオス』でアトランティスに言及。

紀元前2200年頃？── エジプト第六王朝で女王ニトクリスが君臨。`BL1`

紀元前2000年 ──── 聖書の時代のエジプトで神官ネフレン＝カが王位を簒奪、暗黒の神々への信
〜1400年頃？ 仰を再興するが反乱で追われる。`RB1`

紀元前211年 ───── 大スキピオ、遠征軍を率いてヒスパニアに上陸。`HPL13`

紀元前186年 ───── イタリア全土に向けて、元老院によるバッコス祭禁止の布告。`HPL13`

43年 ───────── ローマ帝国によるブリタンニア侵攻。`HPL16`

1〜4世紀 ─────── ローマ人が太母神の神殿を建てようと、ゴーツウッドの森を切り拓く。`RC3`

1世紀頃？ ────── 共和制ローマの兵士たちとミリ・ニグリ族の間で小競り合いが発生。`FBL1`

1世紀 ──────────── 博物学者プリニウス、『博物誌』でヒュペルボレイオスに言及。

183年頃 ─────────── ロリウス・ウルビクス『国境の要塞』を著す。 `BL2`

4〜5世紀 ────────── キリスト教会の聖職者が各地で邪神の眷属を封印する。 `AWD1`

730年頃 ─────────── アブドゥル・アルハズレッド、『アル・アジフ』を執筆。 `HPL11`

935年 ──────────── バクトリア人の墓から『エイボンの書』『カルナマゴスの遺言』が発見される。 `LC9`

9世紀 ──────────── 『エイボンの書』ラテン語版が刊行される。 `LC9`

950年 ──────────── テオドラス・フィレタス、『アル・アジフ』を『ネクロノミコン』の表題でギリシャ語に翻訳。 `HPL11`

1000年頃 ────────── 後世、エクサム修道院が建つあたりに、修道士の宗団が居住。 `HPL16`

1050年 ─────────── 総主教ミハイル一世が『ネクロノミコン』の出版を禁止、焚書。 `HPL11`

1175年 ─────────── アヴェロワーニュの修道士アムブロワーズ、失踪。 `CAS3`

13世紀 ─────────── スペインの宗教裁判により『カルナマゴスの誓約』が処分される。 `CAS1`

1240年 ─────────── ガスパール・デュ・ノール、『エイボンの書』をフランス語訳。 `LC9`

1228年 ─────────── オラウス・ウォルミウス、『ネクロノミコン』をラテン語に翻訳。 `HPL11`

1232年 ─────────── 教皇グレゴリウス九世によって『ネクロノミコン』のギリシャ語版、ラテン語版が禁書となる。 `HPL11`

1261年 ─────────── 初代エクサム男爵ギルバート・デ・ラ・ポーア、ヘンリー一世よりアンチェスターに領地を賜る。 `HPL16`

1307年 ─────────── ある年代記に、デ・ラ・ポーア家にまつわる醜聞。 `HPL16`

1369年　初夏 ────── 赤い彗星が到来しアヴェロワーニュに凶悪な獣が出没する。 `CAS4`

15世紀 ─────────── 『エイボンの書』英語版が刊行される。 `LC9`

15世紀 ─────────── ラテン語版『ネクロノミコン』がおそらくドイツで印刷される。 `HPL11`

1521年 ─────────── スペイン帝国が新大陸にヌエバ・エスパーニャ副王領を設立。

1526年 ─────────── トルコ軍、シュトレゴイカヴァールの先住民を抹殺。 `REH1`

1532年 ─────────── スペイン人パンフィロ・デ・サマコナ、新大陸に渡る。 `HPL5`

1537年 ─────────── 修道士マルコス・デ・ニサが黄金都市シボラを垣間見たと考える。

1540年 ─────────── スペイン人探検家フランシスコ・ヴァスケス・デ・コロナド・イ・ルヤン、黄金都市探索に出発。 `HPL5`

1541年 ─────────── ルートウィヒ・プリン、処刑までの間に獄中で『妖蛆の秘密』を執筆。 `RB2`

1541年　10月7日 ── サマコナ、コロナドの遠征隊から抜け出し、南へと向かう。 `HPL5`

1542年 ─────────── 『妖蛆の秘密』がドイツのケルンにて刊行される。直ちに発禁処分。 `RB2`

1542年 ─────────── ヘンリー八世、厳格な魔術禁止法を発布。

1542年 ─────────── スペイン人探検家アルバル・ヌーニェス・カベサ・デ・バカ、見聞録を出版。

1563年 ─────────── エリザベス一世、若干緩和された魔術禁止法を発布。

1590年　8月18日 ── この日までに、1587年にロアノーク島に入植した115人の男女が行方不明。

1587年 ─────────── ニコラス・ファン・カウランがオランダで処刑される。 `HPL20`

1591年 ─────────── フィリッポ・ピガフェッタ『コンゴ王国について』がイタリアで刊行。 `HPL31`

1597年 ─────────── ドイツ語版『コンゴ王国について』刊行。 `HPL31`

1597年 ─────────── ジェイムズ一世がスコットランドで『悪魔学』を刊行。

1598年 ─────────── 同ラテン語版が『コンゴ王国』のタイトルで刊行。 `HPL31`

16世紀 ———————— ギリシャ語版『ネクロノミコン』がイタリアで印刷される。 `HPL11`
16世紀 ———————— 英国のジョン・ディーが『ネクロノミコン』を英訳する。 `HPL11`
16世紀後期 ————— ジェイムズ１世の治世下において、デ・ラ・ポーア男爵の一族の者たち
　～17世紀初頭　　　が惨殺され、犯人と目されたウォルター・デ・ラ・ポーアが新大陸のバージ
　　　　　　　　　　ニア植民地へ移住。 `HPL16`
17世紀 ———————— ラテン語版『ネクロノミコン』が、おそらくスペインで印刷される。 `HPL11`
17世紀 ———————— ペンシルベニアにて、白魔術信仰自警集団パウワウが活動。
17世紀 ———————— リック湖付近でピアガード神父失踪。 `AWD2`
17世紀 ———————— セヴァンフォードにおいて魔女カルトが活発に活動する。 `RC11`
1600年代 ————— ゴーツウッドの森に隕石らしきものが落下する。 `RC3`
1602年 ————————— ジュリアン・カーステアズ、コラジンに生まれる。 `BL3`
1604年 ————————— ジェイムズ一世、"魔法、魔女及び悪霊との交わりを禁ずる法律"を発布。
1612年 ————————— ランカシャーの魔女リズ・サザーン処刑される。 `CW1`
1613年 ————————— ウィリアム・シェイクスピア、グローブ座に放火。 `GM1`
1620年 ————————— 《メイフラワー》号がプリマス湾に上陸。
1620〜47年 ————— マシュー・ホプキンスがイングランド東部で魔女狩りを主導する。
1621年 ————————— ウィリアム・ブラッドフォード、プリマス植民地の総督に就任。 `HPL37`
1626年 ————————— セイラムにて最初の集落が建設される。
1630年 3月10日 —— ジョン・グリムラン、サフォーク州で生まれる。 `REH2`
1636年 ————————— ジャン＝フランソワ・シャリエール、生まれる。 `HPL&AWD1`
1638年 ————————— グロスター湾のケープアンで、とぐろを巻いた怪物が目撃される。
1647年 ————————— マシュー・ホプキンス、小冊子『魔女の発見』を刊行。
1648年 ————————— ニューイングランドの魔女狩りにより、メアリ・ジョンソン処刑される。
1650年 ————————— この年以前に、キングスポートにある一族の屋敷が建てられる。 `HPL9`
1650年代 ————— 北米先住民族の魔術師ミスカマカス、オランダ人に脅されて転生を試みる。
　　　　　　　　 `GM2`
1662年 2月18日 —— セイラムにてジョゼフ・カーウェン生まれる。 `HPL40`
1670年 ————————— マーテンス館が建設される。 `HPL42`
1674年 ————————— シャリエール、フランス軍医となる。 `HPL&AWD1`
1677年 ————————— カーウェン、船員となり４年間にわたり海外を流浪。 `HPL40`
1683年 ————————— ジョン・ドテンの妻が二月初頭頃に奇怪な子供を生む。 `HPL37`
1686年 ————————— カーウェン、セイラムに帰還し禁断の知識の研究に熱中。 `HPL40`
1690年 12月14日 —— セイラムの魔女アビゲイル・プリン、処刑される。 `HK1`
1691年 ————————— シャリエール、カナダに移住。 `HPL&AWD1`
1692年 ————————— 新大陸マサチューセッツ湾植民地のセイラム村（現ダンバース）を起点に、
　　　　　　　　　　魔女裁判事件が発生。ピックマン家の先祖が絞首刑に処される。魔女キザイ
　　　　　　　　　　ア・メイスンが独房から忽然と姿を消す。住民の一部がダンウィッチ、アー
　　　　　　　　　　カムに移住。また、セイラムのエドマンド・カーターがアーカム背後の丘陵
　　　　　　　　　　地帯に逃亡する。 `HPL10` `HPL12` `HPL29` `HPL35`
1692年 3月 ———— カーウェン、セイラムを逃れてプロヴィデンスに移住。 `HPL40`
1693年 ————————— コットン・マーザー『不可視の世界の驚異』刊行。魔女裁判に言及。。

1697年	プロヴィデンスにシャリエール館建設される。 HPL&AWD1
1706年〜23年	カーター家の者が名状しがたい怪物に襲撃される。 HPL26
1700年代	セヴァンフォード周辺で生まれたばかりの赤ん坊が失踪した事件に、ギルバート・モーリー卿が関与しているとの噂が流れる。 RC1
1710年	メイン州にジェルサレムズロット村創設。 SK1
1710年	アーカムで名前のわからない老人が死に、自宅の裏手に埋葬される。 HPL26
1720年	サイモン・オーン、セイラムより失踪。 HPL30
1734年	アブナー・エゼキエル・ホーグ船長、『ポナペ教典』を発見。 LC5
18世紀中ごろ	リック湖周辺で材木業者が災難に見舞われる。 AWD2
1746年	ニューヨーク州アッティカにヴァン・デル・ヘイル一族が移住。 HPL14
1750年	サイモン・オーンの息子を名乗る瓜二つの男性ジェディダイア・オーン、セイラムに現れサイモン・オーンの財産を要求し認められる。 HPL30
1763年 3月7日	カーウェン、イライザ・ティンガリストと結婚。 HPL30
1770年 1月	《フォルタレサ》号事件。密輸物資にエジプトのミイラが見つかり、カーウェンとの関係が取り沙汰される。 HPL30
1771年 4月12日	カーウェン、近隣の住民達の襲撃を受けて死亡。 HPL30
1771年	ジェディダイア・オーン、セイラムより失踪。 HPL30
1772年	ヴァン・デル・ヘイル家の者たちが姿を消す。 HPL14
1773年	ジョリス・ヴァン・デル・ヘイル誕生。 HPL14
1775年 4月	アメリカ独立戦争が勃発（1783年9月3日に終戦）。
1778年	ニュージャージー州の松類荒原にてジャージー・デビルの目撃始まる。
1781年	アーカム背後の丘陵地帯で、カーター家の者が失踪する。 HPL27 HPL29
1788年 6月5日	アーカム近郊で、取り替え子の獣人焚刑に処せられる。 HPL&AWD2
1789年 9月16日	フィリップ・ブーンの手許に『妖蛆の秘密』が届く。 SK1
1789年 10月31日	ジェルサレムズロットの住人、一夜にして消え去る。 SK1
1790年頃	ブリチェスターのとある湖の湖畔に六、七人のグループが住み着く。 RC5
1790年頃	セヴァンフォードの魔女カルトが衰退する。 RC11
1793年	メイン州のマウント・デザート島の沖で巨大な怪物が目撃される。
1793年	スペイン人ファン・ゴンザレス、蟇蛙の神殿発見。 REH3
1793年	アーカムの廃屋に侵入した少年が、心神喪失状態で発見される。 HPL26
1794年	ウォード・フィリップス師の『ニューイングランドの楽園における魔術的驚異』がボストンにて刊行される。 HPL&AWD2
1795年	フリードリヒ＝ヴィルヘルム・フォン・ユンツト、ドイツに生まれる。 REH1
1797年	オバディアー・マーシュ、《コーリー》号の遭難を報告。 AWD3
1800年	ジェイムズ・フィッブス、クロットンに転居。 RC2
1800年頃	ブリチェスターのグラーキ教団が勢力を広げる。 RC5
1801年	『ニューイングランドの楽園における魔術的驚異』の削除版が刊行。 HPL&AWD2
1804年	プロヴィデンスで吸血鬼事件。4名が犠牲となる。 HPL43
1807年	ダンウィッチにて連続失踪事件。 HPL&AWD2

1816年 ──────────── ランドルフ・ブーン、自殺。 SK1

1817〜1819年 ──────── グロスター湾、ナハント湾で怪物が度々目撃される。

1818年 ──────────── アーカムにて魔女狩り事件。 RB3

1819年 ──────────── マサチューセッツ州ボストンにてキャボット考古学博物館が設立。 HPL7

1820年 ──────────── チャールズ・レゲット翻訳の英語版『妖蛆の秘密』が刊行。 BL3

1825年 初頭 ─────── マーシー・ヒル近くの刑務所から犯罪者が脱獄。 RC2

1834年 ──────────── ニューヨーク州のニューパルツで、地主ハスブルックの怪事件。 HPL20

1838年 ──────────── 東インド諸島のとある島の住民が消失。その後、インスマスのオーベッド・
マーシュ船長が、悪魔の暗礁で"深きものども"と接触。 HPL6

1839年 ──────────── フォン・ユンツトの『無名祭祀書』がドイツで刊行される。 REH1

1839年 ──────────── バルート・ピクタース・ヴァン・コーランがニューパルツから姿を消す。
HPL20

1840年 ──────────── フォン・ユンツトが怪死する。 REH1

1844年 5月 ─────── イーノック・ボーウェン教授がエジプトより帰国。 HPL22

1844年 7月 ─────── ボーウェン教授、"星の智慧派"を創設し、ロードアイランド州プロヴィデ
ンスのフェデラル・ヒルにあった自由意志派の古い教会を買収。 HPL22

1845年 ──────────── 英ブライドウォール社、『無名祭祀書』の海賊版を刊行。 REH1

1846年 ──────────── "星の智慧派"の周辺で失踪者が出始める。 HPL22

1846年 ──────────── インスマスで伝染病流行。同年ダゴン秘儀教団が設立。 HPL6 HPL36

1846年？ ─────────── メイン州スクアンポティス島にもダゴン秘儀教団の教会が設立される。 SC1

1847年 ──────────── ケイレブ・マーシュ、スクアンポティス島で死去。 SC1

1847年 ──────────── ゴットフリート・ムルダー、『アジアの秘めたる神秘、『ゴール・ニグラル』
への注釈付』をドイツのライプツィヒにて刊行。 LC5

1848年 ──────────── ムルダー、精神病院で死亡。 LC5

1850年 10月2日 ─── チャールズ・ブーン、チャペルウェイトに移住。 SK1

1850年 10月27日 ── チャールズ・ブーン、『妖蛆の秘密』を焼き捨てる。 SK1

1853年 ──────────── 当局による"星の智慧派"の捜査が空振りに。 HPL22

1854年 ──────────── ニューイングランドのノールウィッチで吸血鬼騒動。

1857年 ──────────── 大英博物館図書館が開設される。

1860年頃 ─────────── ブリチェスターのレイクサイド・テラスの住人がいなくなる。 RC5
もしくは70年頃

19世紀中頃 ────────── コンゴ自由国で、バコンゴ族の反乱者がアトゥと呼ばれる神を崇拝。 DD1

1861年 4月12日 ── 南北戦争が勃発。1865年5月9日に終戦。

1861年 ──────────── フランス皇帝ナポレオン三世統治下のフランス、メキシコに出兵。 HPL19

1864年 ──────────── ハプスブルク家のマクシミリアンがメキシコ皇帝に即位。 HPL19

1864年 ──────────── 捕鯨船《ネブカドネザル》号がポナペ沖で消息を断つ。 LC4

1865年 ──────────── アメリカ南部で秘密結社クー・クラックス・クランが結成される。

1865年頃 ─────────── 『グラーキの黙示録』の海賊版（9巻本）が刊行。 RC5

1867年 ──────────── 皇帝マクシミリアン、捕虜となった後、軍事裁判を経て処刑。 HPL19

1868年 ──────────── ジェームズ・チャーチワードが、インドの高僧より『ナアカル碑文』を見せ
られる。

1869年	パトリック・リーガンがプロヴィデンスのフェデラル・ヒルで失踪。 HPL22
1869年	アーカムで移民の暴動。 RB3
1870年以降	セヴァンフォードの島で青白い球体がしばしば目撃される。 RC11
1872年頃	ヴァン・デル・ヘイル一族、姿を消す。 HPL14
1872年	ジェイムズ・モリアーティ教授、『小惑星の力学』を発表。 WSBG1
1873年	ランドルフ・W・カーター、生まれる。 HPL27 HPL29
1875年	マサチューセッツ州リンの沖合で怪物が目撃される。
1875年 9月	ニューヨークにて神智学協会設立。
1877年 2月	"星の智慧派"の教会が閉鎖される。 HPL22
1878年 5月11日	貨物船《エリダヌス》号の乗員が太平洋上に新島を発見。 HPL7
1879年	《エリダヌス》号が持ち帰ったミイラをキャボット博物館が購入。 HPL7
1880年頃	レイクサイド・テラスの家屋が貸し出される。 RC5
1880年頃	旧〈星の智慧派〉の教会にまつわる、幽霊の噂が流れ始める。 HPL22
1882年	英国心霊協会設立される。
1882年 6月	アーカム西に隕石が落下、ミスカトニック大学の教授らが調査。 HPL33
1883年 10月7日	ランドルフ・カーター、大おじの家に滞在 HPL27 HPL29
1882年 11月	ネイハム・ガードナーの農場で異様な現象が目撃される。 HPL33
1884年	リチャード・アプトン、ボストンに生まれる。 RB5
1885年	英国心霊協会、ブラヴァッキー夫人を詐欺師として告発。
1888年	『シークレット・ドクトリン』刊行される。
1888年 3月	ウィリアム・ウェストコット、"黄金の夜明け団"を設立。
1888年	アーサー・フェルダンがトラスカラ鉱山社の鉱山で働き始める。 HPL19
1889年 春	デイヴィス夫妻がオクラホマ州に入植する。 HPL18
1889年 8月6日	フェルダンが鉱山から書類を持ち逃げする。 HPL19
1889年 10月31日	夜半、ウォーカー・デイヴィスが死亡。 HPL18
1890年	アラン・ソープがセヴァンフォードの石をロンドンに持ち帰り、三日後重傷を負う。 RC11
1890年	ジェイムズ・ジョージ・フレイザー卿『金枝篇』を刊行。
1890年 8月20日	ロードアイランド州プロヴィデンスにて、H・P・ラヴクラフト誕生。
1891年	ヒートン青年がオクラホマ州ビンガーの墳丘で一時的に失踪。 HPL5
1891年 11月8日	A・S・クラランダン医師がサン・クエンティン州立刑務所の医局長に就任。 HPL17
1892年	ビンガーにて、ジョン・ウィリス保安官が幽霊の戦闘を目にする。 HPL5
1892年 3月	クラランダン医師がサン・クエンティン州立刑務所を解雇。 HPL17
1892年 5月28日	夜半、クラランダン医師と屋敷の召使いが死亡したと思われる。 HPL17
1893年	プロヴィデンスの新聞記者エドウィン・M・リリブリッジが失踪。 HPL22
1895年	ナサニエル・ウィンゲート・ピースリー、ミスカトニック大学政治経済学の講師として奉職。 HPL39
1895年より前	戯曲『黄衣の王』がアメリカで刊行される。 RWC1
1898年 5月	ジェイムズ・フィップスが亡くなる。 RC2
1899年	エドワード・テイラー、ブリチェスターに生まれる。 RC8

1899年 初頭 ———	ライオネル・フィップスが大英博物館で『ネクロノミコン』『エイボンの書』などを閲覧。 RC2
1899年 10月末 ———	ライオネルが川べりで奇妙な儀式を実行する。 RC2
1900年 —————	ピースリーの次男、ウィンゲート生まれる。 HPL39
1900年 —————	ブリチェスターの"バラエティ座"で窃盗未遂事件が起きる。 RC13
1901年 2月21日 —	ジョー・スレイターが州立精神病院で死亡。 HPL44
1901年 4月 ————	シャーロック・ホームズ、ジェフソン・ノリスの依頼でエクサム修道院跡に赴く。 FGM1
1902年 —————	チャールズ・デクスター・ウォード生まれる。 HPL40
1902年 —————	ピースリー、ミスカトニック大学教授になる。 HPL39
1903年頃 ————	『イェーの儀式』の写本がエジプトで発見されたとの噂。 LC3
1904年 —————	ハーバート・ウェスト、ミスカトニック大学医学大学院の三年生。 HPL30
1905年 —————	狂気の詩人ジャスティン・ジェフリイ生まれる。 REH&ADW1
1905年 —————	アーカムにおいて腸チフスのエピデミックが発生。 HPL30
1906年 —————	ハーバート・ウェストら、マサチューセッツ州ボルトンにて開業。 HPL30
1906年 —————	コープランド教授の『ポリネシア神話——クトゥルー神話体系に関する一考察』発表。 LC2
1907年 —————	コープランド教授、世界各地の図書館に神話典籍の所蔵について照会。 LC4
1907年 11月1日 —	ニューオーリンズの沼沢地で、クトゥルー教団に警察の手入れ。 HPL4
1908年 —————	ミズーリ州セントルイスにて開催されたアメリカ考古学会の年次大会の席上にて、ニューオーリンズで押収されたクトゥルー像が話題に。 HPL4
1908年 4月17日 —	アロンゾ・タイパーがコラズィンのヴァン・デル・ヘイル屋敷に向かう。 HPL14
1908年 5月14日 —	ピースリー教授、講義中に突如昏睡状態に。 HPL39
1908年 6月30日 —	シベリア東部のツングースカ川流域に隕石が落下？
1909年 —————	削除版『無名祭祀書』がゴールデン・ゴブリン・プレスより刊行。 REH1
1909年 —————	バック・ロビンスン、ボルトンでの非合法試合中に死亡。 HPL30
1909年 —————	ピースリー教授、ヒマラヤで1月すごす。 HPL39
1909年 —————	ポナペ沖にてゾス＝オムモグの神像が発見される。 LC4
1910年代 ————	ショロック母子がブリチェスターのマーシー・ヒルに転居。 RC7
1910年代 ————	ブリチェスター大学の魔女カルトに解散命令。 RC4 RC8
1911年 —————	ピースリー教授、アラビアの未知の砂漠をラクダで踏破。 HPL39
1911年 —————	『『ポナペ教典』から考察した先史時代の太平洋海域』発表。太平洋海域考古学会、コープランド教授に退会要請。 LC2 LC4
1911年 9月24日以前 —	英国のセント・ジョンらがオランダの教会墓地の墓を暴く。 HPL8
1912年 —————	『エルトダウン・シャーズ』の翻訳小冊子刊行。 HPL41
1912年 夏 ————	ナサニエル・ウィンゲート・ピースリー教授、北極海を旅する。 HPL39
1912年 —————	アーサー・ブルック・ウィンタース＝ホール師が『エルトダウン・シャーズ』の部分的翻訳を刊行。 HPL41
1912年 —————	気象学者アルフレート・ヴェーゲナーが大陸移動説を提唱する。
1913年 —————	コープランド教授とエリントン率いるコープランド＝エリントン中央アジア

遠征隊が遭難。ザントゥーの墳墓並びに『ザントゥー石板』発見。`LC2`
ダンウィッチにウィルバー・ウェイトリイが誕生。`HPL12`

1913年 9月27日 ── ピースリー教授、意識不明の状態で発見される。`HPL39`

1914年 2月 ── ピースリー教授、ミスカトニック大学の教壇に復帰。`HPL39`

1914年 7月28日 ── 第一次世界大戦勃発。

1915年 ── ハーバート・ウェストら、軍医としてフランドルに。`HPL30`

1915年 ── ウィルバー・エイクリー、ミスカトニック大学を卒業。`HPL&AWD3`

1915年 ── ジャスティン・ジョフリ、廃屋で一夜を過ごす。`REH&AWD1`

1915年 ── ハーバード大学ワイドナー図書館が設立される。

1915年 5月 ── 英国船籍の豪華客船《ルシタニア》号をドイツ帝国海軍のU－２０が撃沈。「ダゴン」の事件の発生はそれ以前？`HPL1`

1915年 5月 ── ピースリー教授、夢で奇怪な生物を目撃。`HPL39`

1915年 5月1日 ── ヘンリー・W・エイクリー、くらやみ山にて謎の儀式を録音。`HPL34`

1915年 9月 ── ラバン・シュルーズベリイ博士、アーカムで失踪。`AWD4`

1916年 ── タイタス・クロウ誕生。`BL4`

1916年 ── オーストリア＝ハンガリー帝国皇帝並びにハンガリー国王フランツ・ヨーゼフが没する。

1916年 ── コープランド教授、私家版『ザントゥー石板：その推測的な翻訳』をサンフランシスコにて出版。`LC2`

1916年 ── フランス外人部隊のランドルフ・カーター、フランス北部の街で負傷。`HPL27`

1916年 5月11日 ── ロートン大尉がビンガーの墳丘で失踪。`HPL5`

1917年 6月18日 ── ドイツ海軍のU-29が英国の貨物船《ヴィクトリー》号を撃沈。`HPL2`

1917年 8月13日 ── 漂流中のU-29、大西洋海底の古代遺跡に到達。`HPL2`

1918年 ── ディラポア家がアンチェスターのエクサム修道院を購入。`HPL16`

1918年 ── テイラー、ブリチェスター大学に入学。`RC8`

1918年 11月11日 ── 第一次世界大戦終結。

1919年 ── ド・マリニーとカーター、ハーリイ・ウォーランを訪問する。`HPL29`

1919年 ── エイマリー・ウェンディ＝スミス卿、ゲイハーンで発見された粘土板の翻訳を『ゲイハーニ断章』として出版。`BL5`

1919年 1月15日 ── ミュンヘンにてドイツ労働者党設立。トゥーレ協会が関与する。

1919年 8月 ── チャールズ・ウォード、オルニー・コートの家屋でジョゼフ・カーウェンの肖像画と文書を発見する。`HPL40`

1919年 10月 ── チャールズ・ウォード、ワイドナー図書館などを訪問。`HPL40`

1920年代 ── カリフォルニア州のダンハム・ビーチ付近のハッブルズ・フィールドから大量の遺骨が発見される。`LC6`

1920年 ── 小学校教師ウィリアムズ、ミスカトニック大学のマーティン・キーンの助力を得る。`HPL&AWD4`

1920年 5月 ── ウィリット医師、チャールズ・ウォードと対面する。`HPL40`

1920年 9月 ── クレイ兄弟がビンガーの墳丘で失踪。`HPL5`

1920年 11〜12月 ── ラヴクラフト、ナイアルラトホテプの夢を見る。`HPL15`

1921年 ——————— ハーバート・ウェストが失踪する。 HPL30

1921年 3月 ——————— アンブローズ・デュワート、ビリントン屋敷を相続。 HPL&AWD2

1921年 8月 ——————— デュワート、塔の封印を解いてしまう。 HPL&AWD2

1921年 8月5日 ——— とある人物がテンペスト山の調査に訪れる。 HPL42

1921年 ——————— ヘンリー・エイクリーの甥ウィルバー、アーカムに戻る。 HPL&AWD3

1921年 4月21日 —— シュトルム・マグルゼル・Ⅴ生まれる。 BL5

1921年 12月 ——————— エクサム修道院の再建始まる。 HPL16

1922年 ——————— 〈ウィスパーズ〉1月号にランドルフ・カーターの「屋根裏の窓」が掲載。
HPL26

1922年 5月17日 ——— 漁船《アルマ》号の船員が単眼の怪物を殺害。 HPL3

1922年 6月17日 ——— 〈ホノルル・センティネル〉紙がポナペ沖の怪事件を報じる。 LC4

1922年 8月8日 ——— グロスターのマーティンズ・ビーチにて、謎めいた怪事件。 HPL3

1922年 11月4日 ——— 考古学者ハワード・カーターがトット＝アンク＝アモン（ツタンカーメン）
の王墓を発見。

1922末〜28年 ——————— ランドルフ・カーターとジョエル・マントン、アーカムで怪異に遭遇。
HPL26

1923年 4月 ——————— チャールズ・ウォード、成年に達し母方の祖父の財産を相続。 HPL30

1923年 4月5日 —— ハワード・カーターの支援者カーナヴォン伯爵ジョージ・エドワード・スタ
ンホープ・モリニュー・ハーバートがカイロにて急死。

1923年 6月 ——————— チャールズ・ウォード、ボストンよりヨーロッパ旅行に出発。 HPL30

1923年 7月16日 ——— ディラポア家の最後の一人が英国アンチェスターに引っ越す。 HPL16

1923年 8月8日 ——— エクサム修道院地下が探索される。エドワード・ノリス死亡。 HPL16

1923年 10月の中頃 —— ニューヨーク西十四丁目のマンションで、ムニョス医師が変死する。 HPL32

1923年 10月26日 ——— フランク・ジンメル、パティ・マーフィー嬢を拉致する。 KA2

1924年 ——————— グラディスの息子ロバートが死亡。[RC7 HPL13

1924年 ——————— テイラー、『グラーキの黙示録』を入手し、"悪魔の階（きざはし）"に向かう。 RC8

1924年 ——————— ウィルバー・エイクリー、死亡。 HPL&AWD3 HPL13

1924年 4月10日頃 — ラファム博士と助手のウォード・フィリップス、ビリントンの森の怪異に挑
む。 HPL&AWD2

1924年 8月1日 ——— ウィルバー・ウェイトリイの祖父が死亡。 HPL12

1925年 ——————— ある民族学者が、オクラホマ州ガスリーの精神病院を訪れる。 HPL18

1925年 ——————— チャールズ・ウォード、トランシルヴァニアのフェレンツィ男爵を訪問。
HPL40

1925年 3月1日 ——— H・A・ウィルコックスがジョージ・ガメル・エンジェル教授を訪問する。
HPL4

1925年 3月22日 ——— ニュージーランド船籍の《エマ》号、武装船《アラート》号と交戦。 HPL4

1925年 3月23日 ——— 太平洋上にルルイエあるいはその一部が浮上する。 HPL4
　〜4月2日

1925年 ——————— ヘンリー・アーミティッジ博士、ウェイトリイ家を訪問。 HPL12

1926年 ——————— 画家リチャード・アプトン・ピックマンが失踪する。 HPL11

1926年 ——————— 詩人ジャスティン・ジェフリイが精神病院で狂死。 HPL36

1926年	————————	コープランド教授死去。LC4
1926年	————————	ジェームズ・チャーチワードの『失われたムー大陸』刊行。
1926年〜28年	————	ピックマンの失踪後、ランドルフ・カーター、幻夢境を探求する。HPL28
1926年 春	————————	画家アルドワ＝ボノがパリのサロンにて『夢の風景』を発表。HPL4
1926年 5月	————————	チャールズ・ウォード、プロヴィデンスに帰還。HPL40
1926年 10月13日	———	ラヴクラフト、この日付の手紙をリチャード・アプトンに送る。RB5
1926年 12月10日	———	リチャード・アプトン、絵の盗難を警察に届け出た後拳銃自殺。RB5
1926年 年末	————————	エンジェル教授が怪死。HPL4
1926年末以前	—————	ハーリイ・ウォーラン失踪。HPL24
1927年	————————	プロヴィデンスで墓荒らしや吸血鬼騒動などの怪事が頻発。HPL40
1927年	————————	ジャン＝フランソワ・シャリエール、他界。HPL&AWD1
1927年	————————	ミスカトニック大学のヘンリー・アーミティッジ博士の『世界の隠秘学、神秘主義、魔術に関する書誌的な覚書』が、同大出版局より刊行。LC5
1927年 3月下旬	———	チャールズ・ウォード、カーウェンの墓から棺桶を盗掘。HPL40
1927年 6月	————————	プロヴィデンスで吸血鬼騒ぎが９月ごろまで続く。HPL40
1927年 7月	————————	チャールズ・ウォード、ポータクセットにバンガローを買い求める。HPL40
1927年 7月16日	———	ロバート・オルムステッドがインスマスから逃亡。HPL6
1927年 10月31日	——	ラヴクラフト、ボンペロをミリ・ニグリ族が脅かす古代の夢を見る。
1927年 11月3日	———	ヴァーモント州にて集中豪雨による大洪水が発生する。
1927〜28年 冬	———	ウィルバーがアーカム、ケンブリッジなどの大学図書館を訪問。HPL12
1927年 年末	————————	翌年にかけて、政府機関がインスマスにて一斉検挙を行う。HPL6
1928年	————————	セヴァン川周辺で奇怪な出来事が多発する。RC2
1928年	————————	ダンウィッチで連続殺人事件発生。AWD5
1928年	————————	コープランド・コレクションがサンボーン研究所に遺贈される。LC4
1928〜29年	————	ある年の初頭、ウォルター・ギルマンがアーカムの魔女の家に下宿。５月１日未明にアーカム近郊の森で深夜から騒いでいた集団を警察が検挙し、同日深夜にギルマンが変死する。HPL35
1928年 1月	————————	ポータクセットの積荷襲撃事件に警察が介入する。HPL40
1928年 1月17日	———	ウィルバー・ウェイトリィ、セプティマス・ビショップと交流。AWD6
1928年 3月	————————	ウライア・ギャリスンが死去。アイルズベリイ・ストリートの地所と資産をアダム・ダンカンに譲るとの遺言を残す。HPL&AWD5
1928年 3月8日	————	チャールズ・ウォード、カナニカット島の私設病院入院に同意。HPL40
1928年 4月13日	———	ウィリット医師、カーウェンを滅ぼす。HPL40
1928年 4月23日	———	〈ブラトルボロ・リフォーマー〉紙にミスカトニック大学のアルバート・N・ウィルマースの手紙が掲載される。HPL34
1928年 5月5日	————	ヘンリー・W・エイクリー、ウィルマースに手紙を送る。文通開始。HPL34
1928年 6月	————————	アダム・ダンカン、大伯父の屋敷に引っ越す。HPL&AWD5
1928年 7月3日	————	神秘学者ハルピン・チャマーズの惨死体が発見される。FBL2
1928年 8月	————————	ある民族学者がビンガーでのフィールドワークを開始する。HPL5
1928年 8月3日	————	未明、ミスカトニック大学図書館に侵入を試みたウィルバー・ウェイトリィが死亡。HPL12

1928年 8月3日	サンボーン研究所のキュレーター、ヘンリー・スティーヴンスン・ブレイン博士がサンティアゴ警察に保護され、マーシイ病院に収容される。	LC4
1928年 9月8日	エイクリーの最後の手紙が届く。9月6日の日付。	HPL34
1928年	9月12日、ウィルマース、エイクリー宅を訪問する。	HPL34
1928年 秋	ポール・タトルの屋敷から不思議な音が聞こえる。	AWD13
1928年 9月9日	ダンウィッチに怪異が襲来。	HPL12
1928年 9月15日	ダンウィッチの怪異が収束する。	HPL12
1928年 10月	ポール・タトルの屋敷が爆破される。	AWD13
1928年 10月上旬	ブレイン博士がダンヒル療養所へ移される。	LC5
1928年 10月7日	ランドルフ・カーターがアーカム背後の丘陵地で失踪する。	HPL27 HPL29
1929年	ジャリド・フラーが失踪。	LC8
1929年 3月3日	アーサー・ウィルコックス・ホジキンスがブレイン博士と面会。	LC5
1929年 3月20日	ホジキンスがマサチューセッツ州アーカムを訪問。	LC5
1929年 3月26日	サンボーン研究所で夜警エミリアーノ・ゴンザレスが殺害。	LC5
1929年 5月	ダンウィッチのセプティマス・ビショップ失踪。	AWD6
1930年	ブリチェスター大学の学生たちがセヴァンフォードの島を訪れる。	RC11
1930年	シャリエール館の入居者、まもなく逃げ出す。	HPL&AWD1
1930〜32年	スワーミー・チャンドラブトゥラが世界中の神秘家と文通。	HPL29
1930年 1月3日	ブリチェスター大学元教授のアーノルド・ハードが丘陵の家に転居、夢の中でスグルーオの知性体との接触を開始する。	RC6
1930年 1月8日	ハードがロンドンにて『ネクロノミコン』を閲覧。	RC6
1930年 1月12日	ハードが『グラーキの黙示録』を入手。	RC6
1930年 2月14日	語り手がウィルブラハムにあるピーバディ家の地所に移り住む。	HPL&AWD6
1930年 2月18日	ローウェル天文台のクライド・トンボー、冥王星を発見。	
1930年 2月25日	カナダのスティルウォーター村の住人全員が原因不明の失踪。	AWD7
1930年 3月10日	ジョン・グリムラン死去。	REH2
1930年 9月2日	ミスカトニック大学南極探検隊、ボストン港を出発。	HPL38
1930年 11月9日	ミスカトニック大学南極探検隊、ロス島に上陸。	HPL38
1930年 12月8日	ハードが実験を行う。	RC8
1930年 12月13日〜15日	ミスカトニック大学南極探検隊のピーバディと2人の大学院生、ナンセン山の登頂に成功。ここまでに南ベース・キャンプを設営。	HPL38
1931年	キャボット博物館、フランスのアヴェロワーニュで発見されたミイラを購入する。	HPL7
1931年 1月6日	ミスカトニック大学南極探検隊、2機の飛行機で南極点上空を飛行。	HPL38
1931年 1月22日	南極探検隊のレイク隊、北西の未踏領域へ進出。爆破発掘の後未知の巨大山脈を発見する。	HPL38
1931年 1月23日	レイク隊、ボーリング調査で地下洞窟を発見、中から化石とともに樽型異星人を発掘。	HPL38
1931年 1月24日	南極探検隊本隊、レイク隊との通信途絶。	HPL38
1931年 1月25日	ウィリアム・ダイアー率いる南極探検隊本隊、レイク隊との合流を目指し出発。レイク隊の全滅とゲドニーの行方不明を確認する。	HPL38

1931年	1月26日 ——	ダイアーとダンフォース、狂気山脈への遠征を敢行。 HPL38
1931年	1月27日 ——	午前１時、ダイアーとダンフォース、帰還。 HPL38
1931年	2月 ——	ミスカトニック大学南極探検隊、南極から撤収。 HPL38
1931年	2月26日 ——	カナダ騎馬警察のロバート・ノリスの前に、スティルウォーターで失踪した３人が空から落下しまもなく死亡。 AWD7
1931年	3月 ——	アーカムの《魔女の家》が大風で破損する。 HPL35
1931年	3月 ——	ミシガン湖の埋め立て工事により怪物が解放。 AWD8
1931年	3月7日 ——	警官ロバート・ノリス、イタカの秘密を知った後に失踪。 AWD7
1931年	4月5日 ——	〈ボストン・ピラー〉紙がキャボット博物館のミイラについて報道。これ以降、六月よりも前にチャンドラプトゥラが博物館を訪れる。 HPL7
1931年	夏 ——	シュトレゴイツァヴァールを訪れた旅行者、黒い碑で陰惨な幻を目撃する。 REH1
1931年	9月2日 ——	クロットンで怪事件。チェスタートンが世捨て人となる。 RC2
1931年	10月17日 ——	ロバート・ノリスの死体が発見される。 AWD7
1931年	12月 ——	"魔女の家"の解体作業が行われ、人骨などが発見される。 HPL35
1932年 ——		キャボット博物館のミイラを盗もうとする企てが未遂に。 HPL7
1932年 ——		ド・マリニー邸でランドルフ・カーターの遺産を巡る会合。 HPL29
1932年 ——		ポール・トリガーディス失踪。 CAS2
1932年	12月5日 ——	ウィリアム・マイノット医学博士らがキャボット博物館のミイラの頭蓋骨を開頭。 HPL7
1933年	2月 ——	ヘンリー・ルーカス失踪。 AWD9
1933年	2月18日 ——	ウィリアム・マイノット医学博士、背中を刺され翌日死亡。 HPL7
1933年	3月 ——	ルーカス失踪を調べていたジェイムズ・フレンチ警部失踪。 AWD9
1933年	3月9日 ——	ジョン・ミルウォーブ、秘薬スーヴァラを服用する。 CAS5
1933年	4月2日 ——	ジョン・ミルウォーブ、サンフランシスコの自宅で怪死。 CAS5
1933年	4月22日 ——	キャボット博物館館長リチャード・H・ジョンスン博士、心不全により死去。 HPL7
1933年	5月7日 ——	ジェイムズ・フレンチ警部の死体が発見される。 AWD9
1933年	5月10日 ——	ジョン・ダルフツ隊長の死体が発見される。 AWD9
1933年	9月 ——	ポール・ウェンディ・スミス、失踪。 BL9
1934年 ——		〈ブランフォード・レビュー〉紙に『ネクロノミコン』の書評が掲載される。
1934年	冬 ——	怪奇小説家ロバート・ブレイクがプロヴィデンスで下宿を始める。 HPL22
1934年	7月10日 ——	ピースリー教授のもとにオーストラリアからの手紙が届く。 HPL39
1935年 ——		ラバン・シュルーズベリイ博士、アーカムに帰還。 AWD4
1935年	3月28日 ——	ミスカトニック大学オーストラリア遺跡調査団、ボストンを出発。 HPL39
1935年	4月末 ——	ブレイクがフェデラル・ヒルの廃教会に侵入する。 HPL22
1935年	6月3日 ——	ミスカトニック大学オーストラリア調査団、グレートサンディー砂漠の遺跡に到着し調査を開始。 HPL39
1935年	7月17日 ——	〈プロヴィデンス・ジャーナル〉紙の朝刊にフェデラル・ヒルの怪事件にまつわる記事が掲載。 HPL22
1935年	7月17日 ——	深夜、ピースリー教授が遺跡の探索に出る。 HPL39
1935年	8月8日 ——	午前零時頃より嵐によるプロヴィデンス全域の停電。夜のうちにブレイク変

死する。 HPL22

1935年 11月12日 ── コラズィンのヴァン・デル・ヘイル家が倒壊。4日後にアロンゾ・タイパー
の日記が発見される。 HPL14

1936年以前 ── この年までに、作家のH・P・ラヴクラフトがミスカトニック大学図書館で
『ゴール・ニグラル』ないしは『アジアの秘めたる神秘、『ゴール・ニグラ
ル』への注釈付』を閲覧した。 HPL45

1936年 ── シュルーズベリイ教授の『『ルルイェ異本』を基にした後期原始人の神話の
型の研究』が刊行される。 AWD4

1936年 早春 ── ヴァーモント州ウィンダム郡タウンゼンド村南の森でセス・アドキンズがウ
ィンスラブ・ホウグの文書を発見する。 LC8

1936年 6月 ── カリフォルニア州のダンハム・ビーチにてハイラム・ストークリイが死去。
LC6

1937年? ── サンボーン研究所助手のジェイコブ・メイトランド、アントン・ザルナック
へと相談事を持ち込む。 RMP1

1937年 3月14日 ── ユゴス星人、ロードアイランド病院に侵入。死に瀕した紳士の脳髄を持ち去
る? FL1

1937年 3月15日 ── ラヴクラフト、ロードアイランド病院にて息をひきとる。

1938年 6月 ── アンドリュー・フェラン、シュルーズベリイ博士の助手に。 AWD4

1938年 6月 ── シュルーズベリイ博士、ペルーのクトゥルー神殿を破壊。 AWD4

1938年 9月 ── アンドリュー・フェラン、失踪。 AWD4

1938年 10月 ── オーソン・ウェルズのラジオドラマ「宇宙戦争」がパニックを引き起こす。

1938年 晩冬 ── サンドウィン館で怪事が発生する。 AWD10

1938年 年末 ── ナチス政権下のドイツ、南極に遠征隊を派遣。

1939年 4月3日 ── エリック・ホウム、『クリタヌスの告白録』の呪文の誤用で死亡。 AWD11

1939年 4月27日 ── アサ・サンドウィンがサンドウィン館より失踪する。 AWD10

1939年 ── オーガスト・W・ダーレス、アーカムハウスを設立。

1939年 9月1日 ── 第二次世界大戦勃発。

1940年 7月 ── アプトン・ガードナー教授、ウィスコンシン州にてリック湖周辺のフィール
ドワークを開始。 AWD2

1940年 9月 ── ジョサイア・アルウィン失踪。 AWD12

1940年 10月 ── リック湖畔のンガイの森、クトゥガに焼き払われる。 AWD2

1940年 ── エイベル・キーン失踪。 AWD4

1940年代 ── アンブローズ・ビショップ、ダンウィッチに移住。 AWD6

1941年 4月 ── ジョサイア・アルウィンの死体が発見される。 AWD12

1941年 ── 第三帝国において、オカルト団体の活動が全面的に禁止される。

1942年 2月 ── カリフォルニアのダゴン秘儀教団に調査が入る。 JY1

1944年 ── リチャード・シェイヴァー、地底人デロの陰謀を暴露する。

1945年 9月2日 ── 第二次世界大戦終結。

1945年 ── タイタス・クロウ、陸軍省を退官後「妖蛆の王」と戦う。 BL7

1947年 ── ロバート・クルーク、2年の入院生活から解放される。 BL8

1947年 6月24日 ── ケネス・アーノルド、未確認飛行物体を目撃。

1947年	8月以降	モーリー島の未確認飛行物体目撃者が行方不明となる。
1947年	9月	米海軍太平洋艦隊による〈ポナペ作戦〉が実行される。 AWD4
1947年	9月24日	ハリー・S・トルーマン大統領、ロズウェル事件対処のための秘密機関 "MJ-12" を設立。
1947年	11月7日	『シンガポール・タイムズ』同日号でフィリップス夫婦がポリネシア諸島で失踪したことが報じられる。 AWD3
1947年		探検家トール・ヘイエルダール、《コン・ティキ》号で南太平洋を横断。
1948年	1月7日	ケンタッキー州空軍のトーマス・マンテル大尉、未確認飛行物体の追跡中に命を落とす。
1948年	7月24日	イースタン航空576便、未確認飛行物体と遭遇。
1951年	晩夏	エドマンド・フィスク、プロヴィデンスを訪れアンブローズ・デクスター医師と対面する。 RB4
1952年	7月20日	ロバート・クルークがヨークシャー州の "悪魔が池" で失踪。 BL8
1957年	10月4日	ソビエト連邦、人工衛星の打ち上げに成功。
1958年	夏	ブリチェスター大学の学生らがセヴァンフォードからの帰途変事に。 RC6
1960年	9月頃	トーマス・カートライトがレイクサイド・テラスに転居。 RC5
1960年	2月1日	ノーマン・オーウェンがショロック家の旧宅を購入。 RC7
1960年	11月12日	カートライトが変死する。 RC5
1961年	4月1日	ロイ・リーキイがゴーツウッドで怪異に遭遇する。 RC10
1961年	4月3日	リーキイがマーシー・ヒル病院で変死する。 RC10
1961年	4月12日	ソビエト連邦のガガーリン、初の有人宇宙飛行に成功。
1961年	9月19日	ヒル夫妻、異星人により拉致される。
1962年	8月6日	ブリチェスターのスタンリー・ブルックが死去。 RC9
1963年	11月15日	スルツェイ新島が発見される。 BL10
1963年	11月15日	真夜中過ぎ、フィリップ・ホートリーが弟ジュリアンを殺害する。 BL10
1963年	11月23日	フィリップ・ホートリー、精神病院で自ら命を絶つ。 BL10
1963年	12月	セルレッド・グストー、ティームドラ大陸の遺産を発見。 BL6
1964年		クトーニアンが北米大陸に侵攻。 BL9
1964年	1月	ブリチェスターのトゥルー・ライト・プレスよりフランクリン・ローランドの『人はみな視界から消える』が発行される。 RC12
1964年	3月4日	シュトルム・マグルゼル・V死去。 BL6
1964年	4月8日	有人宇宙船《ジェミニ》1号の乗組員、宇宙で未確認飛行物体と遭遇。
1965年		アンダークリフ、ブリチェスター・ファンタジー・コンベンションに参加。 RC12
1965年	10月15日	エロール・アンダークリフとキャンベル文通開始。 RC12
1966年		アントン・ラヴェイ、悪魔教団を設立。
1966年		ハンク・シルバーハット、ウィルマース・ファウンデーションに参加。 BL11
1966年	11月12日	ウエストヴァージニア州でモスマンの目撃が多発。
1967年	6月	クロウとマリーニがウィルマース・ファウンデーションに参加。 BL9
1967年	7月15日	アンダークリフがマーシー・ヒルのローランド宅を訪問。 RC12

1967年	9月9日	牝馬スニッピー死体で発見。最初のキャトルミューティレーション事件。
1968年	1月22日	ハンク・シルバーハットが乗った飛行機、消息を絶つ。 `BL11`
1968年	6月3日	ウィルマース・ファウンデーションのテレパスであるフアニータ・アルバレス、ハンク・シルバーハットからの思念波を受信する。 `BL11`
1969年	10月4日	タイタス・クロウとアンリ＝ローラン・ド・マリニーが失踪。 `BL9` `BL12`
1969年	2月19日	ムー大陸研究家ライオネル・アーカート失踪。 `CW1`
1969年	7月20日	《アポロ》11号、有人月面着陸に成功。
1970年代		ナイ神父なる人物、カリフォルニアに「星の智慧派」の教会設立。 `RB5`
1971年	10月2日	ジェイムズ・ロバート・ブーン、チャペルウェイトに引っ越す。 `SK1`
1973年		アウルズウィック・プレスから『アル・アジフ』が刊行。
1974年	8月19日	ドリス・フリーマンの夫がクラウチ・エンドで失踪。 `SK2`
1975年		ジェルーサレムズロット、ゴーストタウンとなる。 `SK1`
1977年		スクランクラフト社からシモン版『ネクロノミコン』が刊行。
1979年		この年、デイヴィッド・ヒーローとレナード・ディングル教授がエディンバラで交通事故死。 `BL13`
1980年	3月25日	深夜、ウィルマース・ファウンデーションによるクティーラ殲滅作戦が失敗。三昼夜続く"怪嵐"によりニューイングランド全域が壊滅的な被害を受け、ミスカトニック大学キャンパスも崩壊。ヴァーモント州ラットランドの新ミスカトニック大学に一時移転。 `BL12`
1986年	4月26日	チェルノブイリの原発事故。
1990年		プロヴィデンスの作家ヘルムート・ヘッケル、次年度の世界ファンタジー大会をプロヴィデンスで行う旨の発案。 `CW1`
1990年		スペースシャトル《チャレンジャー》撮影の写真から古代都市ウバル発見。
2169年		ピックマン・カーター、モンゴル人の大群をオーストラリアから撃退する。 `HPL29`

【出典略記号】

HPL：ハワード・フィリップス・ラヴクラフト

1：ダゴン　2：神殿　3：マーティンズ・ビーチの恐怖　4：クトゥルーの呼び声　5：墳丘　6：インスマスを覆う影　7：永劫より出でて　8：猟犬　9：祝祭　10：ピックマンのモデル　11：『ネクロノミコン』の歴史　12：ダンウィッチの怪異　13：往古の民　14：アロンゾ・タイパーの日記　15：ナイアルラトホテップ　16：壁の中の鼠　17：最後のテスト　18：イグの呪い　19：電気処刑器　20：石の男　21：蠟人形館の恐怖　22：闇の跳梁者　23：北極星　24：ランドルフ・カーターの供述　25：サルナスに至る運命　26：名状しがたいもの　27：銀の鍵　28：未知なるカダスを夢に求めて　29：銀の鍵の門を抜けて　30：ハーバート・ウェスト──死体蘇生者（リアニメーター）　31：家の中の絵　32：冷気　33：宇宙（そら）の彼方の色　34：暗闇で囁くもの　35：魔女の家で見た夢　36：戸口に現れたもの　37：断章　38：狂気の山脈にて　39：時間の彼方の影　40：チャールズ・デクスター・ウォード事件　41：彼方よりの挑戦　42：潜み棲む恐怖　43：忌まれた家　44：眠りの壁の彼方　45：書簡（1936年8月14日付ウィリス・コノヴァー宛）

AWD：オーガスト・ウィリアム・ダーレス

1：彼方からあらわれたもの　2：闇に棲みつくもの　3：ルルイエの印　4：永劫の探求　5：丘の夜鷹　6：恐怖の巣くう橋　7：風に乗りて歩むもの　8：湖底の恐怖　9：イタカ　10：サンドウィン館の怪　11：エリック・ホウムの死　12：戸口の彼方へ　13：ハスターの帰還

HPL&AWD：H・P・ラヴクラフト＆A・W・ダーレス

1：生きながらえるもの　2：門口に潜むもの（暗黒の儀式）　3：破風の窓　4：魔女の谷　5：屋根裏部屋の影　6：ピーバディ家の遺産

FBL：フランク・ベルナップ・ロング

1：恐怖の山　2：ティンダロスの猟犬

REH：ロバート・アーウィン・ハワード

1：黒の碑　2：墓はいらない　3：屋根の上に

REH&ADW：R・E・ハワード＆A・W・ダーレス

1：黒の詩人

CAS：クラーク・アシュトン・スミス

1：塵埃を踏み歩くもの　2：ウボ゠サスラ　3：アゼダラクの聖性　4：アヴェロワーニュの獣　5：アフォーゴモンの鎖　6：土星への扉

索引

数字はページ数ではなく、当該ワードを含む項目番号になります。

例：
・長音は無視した配列です。（例：アーカムはアカム）
・読み（＝ルビ）を優先しています。

参考文献一覧

大半の作品について原文にあたっていますが、このリストでは邦訳を優先的に掲載します。なお、一部書籍、版元については、以下の略称で表記します。

クト：クトゥルー（青心社）
全集：ラヴクラフト全集（東京創元社）
新ク：新編 真ク・リトル・リトル神話大系（国書刊行会）
新訳：新訳クトゥルー神話コレクション（星海社）
HJ：ホビージャパン

●事典・図鑑・解説書
フランシス・T・レイニー／クトゥルー神話小辞典／クトゥルーIV（青心社）、クト 13（『クトゥルー神話用語集』）
S・T・ヨシ／H・P・ラヴクラフト大事典（エンターブレイン）
ダニエル・ハームズ／エンサイクロペディア・クトゥルフ（新紀元社、第二版）
ダニエル・ハームズ／The Cthulhu Mythos Encyclopedia（Elder Sign Press、第三版）
Chris Jarocha-Ernst／A Cthulhu Mythos Bibliography & Concordance（Armitage Press）
サンディ・ピーターセン／クトゥルフ・モンスター・ガイド（HJ）
サンディ・ピーターセン／クトゥルフ・モンスター・ガイド 2（HJ）
サンディ・ピーターセン／クトゥルフ神話図説（HJ）
サンディ・ピーターセン／クトゥルフ神話怪物図鑑（KADOKAWA）

●ラヴクラフト作品&代作&共作など
◎ハワード・フィリップス・ラヴクラフト
インスマスを覆う影／新訳 1、全集 1（『インスマスの影』）、クト 8
壁の中の鼠／新訳 3、全集 1（『壁の中の鼠』）
暗黒で囁くもの／新訳 5、全集 1（『闇に囁くもの』）、クト 9（『闇に囁くもの』）
闇に囁くもの／全集 1、クト 9、新訳 5（『暗闇で囁くもの』）
クトゥルーの呼び声／新訳 1、全集 2（『クトゥルフの呼び声』）、クト 1
エーリッヒ・ツァンの音楽／全集 2
チャールズ・デクスター・ウォード事件／全集 2（『チャールズ・デクスター・ウォードの奇怪な事件』）、クト 10
ダゴン／新訳 1、全集 3
家の中の絵／新訳 5、全集 3（『家のなかの絵』）
無名都市／新訳 3、全集 3
潜み棲む恐怖／全集 3
戸口に現れたもの／新訳 5、全集 3（『戸口にあらわれたもの』）
闇の跳躍者／新訳 3、全集 3（『闇をさまようもの』）

時間からの影／全集 3
宇宙の彼方の色／新訳 5、全集 4（『宇宙からの色』）
故アーサー・ジャーミン卿とその家系に関する事実／全集 4
眠りの壁の彼方／全集 4
ピックマンのモデル／新訳 2、全集 4
狂気の山脈にて／全集 4
ナイアルラトホテプ／新訳 3、全集 5（『ナイアラルラトホテップ』）
猟犬／新訳 2、全集 5（『魔犬』）
祝祭／新訳 2、全集 5（『魔宴』）
ハーバート・ウェスト——死体蘇生者／新訳 5、全集 5（『死体蘇生者ハーバート・ウェスト』）
『ネクロノミコン』の歴史／新訳 2、全集 5（『ネクロノミコン』の歴史）
レッドフックの恐怖／アーカム探偵奇譚（新紀元社）、全集 5
魔女の家で見た夢／新訳 5、全集 5（『魔女の家の夢』）
ダンウィッチの怪異／新訳 2、全集 5（『ダニッチの怪』）
白い船／新訳 4、全集 6（『白い帆船』）
ウルタールの猫／新訳 4、全集 6
蕃神／新訳 4、全集 6
セレファイス／新訳 4、全集 6
銀の鍵／新訳 4、全集 6
未知なるカダスを夢に求めて／新訳 4、全集 6
北極星／新訳 4、全集 6
サルナスに至る運命／新訳 4、全集 6（『サルナスの滅亡』）
霧の高みの奇妙な家／新訳 4、全集 7（『霧の高みの不思議な家』）
忌み嫌われる家／全集 7
霊廟／全集 7
末裔／全集 7
往古の民／新訳 2、定本定本ラヴクラフト全集 4（『古えの民』国書刊行会）
異形の死者／定本ラヴクラフト全集 7-II（国書刊行会）
ユゴスよりの真菌／新訳 5、文学における超自然の恐怖（ユゴスの黴）学習研究社）、定本ラヴクラフト全集 7-II 国書刊行会、「ユゴス星より」）
文学における超自然の恐怖／文学における超

自然の恐怖（学習研究社）
各書簡／夢魔の書（学習研究社）
各書簡／定本ラヴクラフト全集 9、10（国書刊行会）
各書簡／Slected Letters I〜V（Arkham House）

◎ハワード・フィリップス・ラヴクラフト&E・ホフマン・プライス
銀の鍵の門を抜けて／新訳 4、全集 5（「銀の鍵の門を越えて」）、クト 3

◎ハワード・フィリップス・ラヴクラフト、C・L・ムーア、エイブラハム・メリット、ロバート・アーヴィン・ハワード、フランク・ベルナップ・ロング
彼方よりの挑戦／新ク 2、文学における超自然の研究（学習研究社）

◎アドルフォ・デ・カストロ（HPL 代作）
最後のテスト／新訳 3、全集 別巻上（「最後の検査」）

◎ゼリア・ビショップ（HPL 代作）
イグの呪い／新訳 3、全集 別巻上、クト 7、ク・リトル・リトル神話集（国書刊行会）
墳丘／新訳 1、クト 12（『墳丘の怪』）、新ク 1（「俘囚の塚」）

◎ヘイゼル・ヒールド（HPL 代作）
蠟人形館の恐怖／新訳 3、全集 別巻下（『博物館の恐怖』）、クト 1（『博物館の恐怖』）
永劫より出でて／新訳 1、全集 別巻下（『永劫より』）、クト 7（『永劫より』）、ク・リトル・リトル神話集（『永劫より』国書刊行会）
翅のある死神／全集 別巻下（『羽のある死神』）
石の男／新訳 3、全集 別巻下（『石像の恐怖』）、クト 4（『石像の恐怖』）

◎ウィリアム・ラムレイ（HPL 代作）
アロンゾ・タイパーの日記／新訳 2、全集 別巻下（「アロンゾ・タイパーの日記」）、クト 1（「アロンソ・タイパーの日記」）

◎Ｍ・Ｓ・ワーネス＆ハワード・フィリップス・ラヴクラフト
アルソフォカスの書／新ク７

◎ヘンリー・Ｓ・ホワイトヘッド＆ハワード・フィリップス・ラヴクラフト
挫傷／新訳１

●海外作家
◎クラーク・アシュトン・スミス
妖術師の帰還／クト３、アヴェロワーニュ妖魅浪漫譚（東京創元社）
ウボ＝サスラ／クト４、ヒュペルボレオス極北怪譚（東京創元社）
七つの呪い／クト４、ヒュペルボレオス極北神怪譚（東京創元社）、エイボンの書（新紀元社）
土星への扉／クト５（「魔道士エイボン」）、ヒュペルボレオス極北神怪譚（東京創元社）、新ク２（「魔道師の挽歌」）、エイボンの書（「土星への扉」新紀元社）
アタマウスの遺言／クト５、イルーヌの巨人（東京創元社）、ヒュペルボレオス極北神怪譚（「アタムマウスの遺書」東京創元社）
サタムプラ・ゼイロスの物語／クト12、ヒュペルボレオス極北神怪譚（「サタムプラ・ゼイロスの話」東京創元社）
白蛆の襲来／ヒュペルボレオス極北神怪譚（東京創元社）、ク・リトル・リトル神話集（国書刊行会）、エイボンの書（新紀元社）
ヴルトゥーム／呪われし地（国書刊行会）
アウースル・ウトックアンの不運／ヒュペルボレオス極北神怪譚（東京創元社）
クセートゥラ／ゾティーク幻妖怪異譚（東京創元社）
塵埃を踏み歩くもの／アヴェロワーニュ妖魅浪漫譚（東京創元社）
聖人アゼダラク／イルーヌの巨人（東京創元社）、アヴェロワーニュ妖魅浪漫譚（「アゼダラクの聖性」東京創元社）
イルーヌの巨人／イルーヌの巨人（東京創元社）、アヴェロワーニュ妖魅浪漫譚（「イルルニュ城の巨像」東京創元社）
アヴェロワーニュの獣／イルーヌの巨人（東京創元社）、アヴェロワーニュ妖魅浪漫譚（東京創元社）
死体安置所の神／ゾティーク幻妖怪異譚（東京創元社）
ヨンドの魔物たち／魔術師の帝国（創土社）
Infernal Star ／ Strange Shadows (Greenwood Press)

◎ロバート・Ｅ・ハワード
影の王国／失われた者たちの谷（アトリエ・サード、ウィアードテイルズ２ 1927-1929（国書刊行会）
大地の妖蛆／黒の碑（東京創元社）
黒の碑／クト４（「黒い石」）、黒の碑（東京創元社）
墓はいらない／クト５、黒の碑（「われ埋葬にあたわず」東京創元社）
アッシュールバニパルの焔／クト７、黒の碑（「アッシュールバニパル王の火の石」東京創元社）
屋根の上に／クト８、黒の碑（東京創元社）、ク・リトル・リトル神話集（「破風の上のもの」国書刊行会）
闇の種族／黒の碑（東京創元社）
夜の末裔／ウィアード３（青心社）
スカル・フェイス／スカル・フェイス（国書刊行会）
ハイボリア時代／黒い海岸の女王（東京創元社）
The Curse of the Golden Skull ／ KULL (Ballantine Books)
バル・サゴスの神々／幻想と怪奇11（新紀元社）
新訂版コナン全集（新紀元社）

◎フランク・ベルナップ・ロング・Jr.
ティンダロスの猟犬／クト５
喰うものど300／クト９、新ク１（「怪魔の森」）
恐怖の山／クト11、新ク１（「夜歩く石像」）
Gateway to Forever ／ The Tindalos Cycle (Hippocampus Press)

◎ロバート・Ｅ・ハワード、フランク・ベルナップ・ロング、カール・エドワード・ワグナー他
Ghor, Kin Slayer (Necronomicon Press)

◎Ｅ・ホフマン・プライス
幻影の君主／新訳４、定本ラヴクラフト全集６（「幻影の王」国書刊行会）

◎ブルース・ブライアン
ホーホーカムの怪／ウィアードテイルズ４（国書刊行会）

◎リチャード・フランクリン・シーライト
知識を守るもの／クト11
暗恨／新ク２

◎ドナルド・ウォンドレイ
足のない男／新ク２
イースター島のウェブ（東京創元社、刊行予定）
The Fire Vampires ／ Don't Dream (Fedogan & Bremer)

◎マンリー・ウェイド・ウェルマン
謎の羊皮紙／ウィアード３（青心社）

◎オーガスト・ダーレス
ハスターの帰還／クト１
ルルイエの印／クト１
永劫の探求／クト２
サンドウィン館の怪／クト３
丘の夜鷹／クト３
風に乗りて歩むもの／クト４、新ク２
闇に棲みつくもの／クト４
戸口の彼方へ／クト５、新ク３
谷間の家／クト５

謎の浅浮き彫り／クト９
イタカ／クト12
彼方からあらわれたもの／クト13
エリック・ホウムの死／クト13
The Adventure of the Six Silver Spiders ／ The Memoirs of Solar Pons (Pinnacle Books)

◎オーガスト・ダーレス＆ハワード・フィリップス・ラヴクラフト
破風の窓／クト１
異次元の影／クト４
ピーバディ家の遺産／クト５
恐怖の臭食う橋／クト６、新ク４（「魔界へのかけ橋」）
生きながらえるもの／クト６、新ク４（「爬虫類館の相続人」）
魔女の谷／クト９、ク・リトル・リトル神話集（国書刊行会）
門口に潜むもの／クト６（「暗黒の儀式」）
閉ざされた部屋／クト７、新ク４（「開かずの部屋」）
ファルコン岬の漁師／クト10
アルハザードのランプ／クト10、ク・リトル・リトル神話集（国書刊行会）
屋根裏部屋の影／クト８

◎オーガスト・ダーレス＆マーク・スコラー
星の忌み仔の棲まうところ／クト８（「潜伏するもの」）、新ク２
湖底の恐怖／クト12
モスケンの大渦巻き／クト12

◎オーガスト・ダーレス＆マック・レナルズ
ノストラダムスの水晶球／ミステリマガジン2003年８月号（早川書房）

◉ヘンリー・カットナー
セイラムの恐怖／クト７、新ク３
侵入者／クト８、新ク３
ヒュドラ／クト９、新ク３
クラーリッツの秘密／クト10
狩りたてるもの／クト11
恐怖の鐘（キース・ハモンド名義）／クト13
ダゴンの末裔／Ｓ・Ｆマガジン1971年10月臨時増刊号（早川書房）
The Eater of Souls ／ The Book of Iod (Chaosium)

◉ヘンリー・カットナー＆ロバート・ブロック
暗黒のロづけ／クト11、新ク３

◉キャサリン・ルシール・ムーア
暗黒神のロづけ（早川書房）

◎ロバート・ブロック
無人の家で発見された手記／クト１
暗黒のファラオの神殿／クト３
無貌の神／クト５、新ク２
星から訪れたもの／クト７、新ク２
尖塔の影／クト７

妖術師の宝石／クト 10
首切り入り江の恐怖／クト 12
哄笑する食屍鬼／クト 13、新ク 2
ブバスティスの子ら／クト 13
自滅の魔術／暗黒界の悪霊（朝日ソノラマ）
冥府の守護神／ポオ収集家（新樹社）
アーカム計画（東京創元社）
Death Is an Elephant ／ The Tindalos
　Cycle（Hippocampus Press）
The Madness of Lucian Grey（未発表）

◎フリッツ・ライバー
アーカムそして星の世界へ／クト 4
Adept's Gambit（Arcane Wisdom Press）
Terror from the Depths ／ Tales of the
　Cthulhu Mythos（DelRay）

◎ダンセイニ卿
ペガーナの神々／時と神々の物語（河出書房
　新社）／ペガーナの神々（早川書房）
時と神々／時と神々の物語（河出書房新社）

◎エドガー・アラン・ポー
ナンタケット島出身のアーサー・ゴードン・ピ
　ムの物語／ポー小説全集 2（東京創元社）

◎ウィリアム・ベックフォード
ヴァテック（国書刊行会）

◎アンブローズ・ビアス
羊飼いのハイータ／完訳ビアス怪異譚（創土社）
カルコサの住人／クト 3

◎ロバート・M・チェンバーズ
評判修理者／宇宙の彼方より（新紀元社）、黄
　衣の王『評判を回収する者』、東京創元社）
仮面／黄衣の王（東京創元社）
黄の印／黄衣の王（東京創元社）、クト 3
In Search of the Unknown（Tredition）

◎アルジャーノン・ブラックウッド
ウェンディゴ／ブラックウッド傑作選（東京
　創元社）

◎アーサー・マッケン
パンの大神／怪奇小説傑作集 1（東京創元社）
白魔／白魔（光文社）
恐怖／アーサー・マッケン作品集成III 恐怖
　（沖積舎）

◎ウィリアム・ホープ・ホジスン
幽霊狩人カーナッキの事件簿（東京創元社）

◎アーヴィン・S・コップ
魚頭／クトゥルー倶楽部（幻想文学会出版局）

◎ハーバート・ゴーマン
The Place Called Dagon（Hippocampus
　Press）

◎エイブラハム・メリット
ムーン・プール（早川書房）
蜃気楼の戦士（東京創元社）

◎ハーパー・ウィリアムズ
The Thing in the Woods ／ Tales Out Of
　Dunwich ／ Hippocampus Press

◎ヘレナ・P・ブラヴァツキー
シークレット・ドクトリン（竜王文庫）
ヴェールをとったイシス（竜王文庫）

◎ジェームズ・チャーチワード
失われたムー大陸（大陸書房）

◎ウィリアム・スコット＝エリオット
アトランティスと失われたレムリア The
　Story of Atlantis and the Lost Lemuria
　（Tredition）

◎エドガー・ライス・バローズ
地底世界ペルシダー（早川書房）

◎ブラム・ストーカー
吸血鬼ドラキュラ（東京創元社）

◎エドワード・E・スミス
レンズマンシリーズ（東京創元社）

◎ジェームズ・ブランチ・キャベル
ジャーゲン（六興出版社）

◎ジョゼフ・ペイン・ブレナン
沼の怪／千の脚を持つ男（東京創元社）
第七の呪文／新ク 4
The Keeper of the Dust ／ Stories of
　darkness and dread（Arkham House）

◎カール・ジャコビ
水槽／幻想と怪奇 1（早川書房）

◎フレッド・L・ペルトン
サセックス稿本／魔道書ネクロノミコン外伝
　（学習研究社）
The Guide to the Cthulhu Cult（Tynes
　Cowan Corp）

◎ゲイリー・メイヤーズ
妖蛆の館（初期版）／新ク 5
The House of the Worm（Arkham House）
The Gods of Earth ／ Nameless Places
　（Arkham House）

◎ブライアン・ラムレイ
狂気の地底回廊／黒の召喚者（国書刊行会）
深海の罠／新ク 5
大いなる帰還／新ク 5
盗まれた眼／新ク 5
妖蛆の王／タイタス・クロウの事件簿（東京
　創元社）
ニトクリスの鏡／タイタス・クロウの事件簿

（東京創元社）
魔物の証明／タイタス・クロウの事件簿（東
　京創元社）
縛り首の木／タイタス・クロウの事件簿（東
　京創元社）
ド・マリニーの掛け時計／タイタス・クロウ
　の事件簿（東京創元社）
名数秘法／タイタス・クロウの事件簿（東京
　創元社）
地を穿つ魔（東京創元社）
タイタス・クロウの帰還（東京創元社）
幻夢の時計（東京創元社）
風神の邪教（東京創元社）
ボレアの妖月（東京創元社）
旧神郷エリシア（東京創元社）
幻夢の英雄（青心社）
Cement Surroundings ／ Tales of the
　Cthulhu Mythos（Arkham House）
The Horror at Oakdeene ／ The Horror at
　Oakdeene and Others（Arkham House）
The Kiss of Bugg-Shash ／〈Cthulhu:
　Tales of the Cthulhu Mythos〉5 号
Born of the Winds ／ FRUITING BODIES
　（Penguin Books）
Cryptically Yours ／ The House of Cthulhu
　（Tor Books）
Mad Moon of Dreams ／ Mad Moon of
　Dreams（Tor Books）
The House of Cthulhu ／ The House of
　Cthulhu（Tor Books）
Sorcery in Shad ／ Sorcery in Shad（Tor
　Books）

◎ラムジー・キャンベル
城の部屋／クト 9、グラーキの黙示 1（サウ
　ザンブックス）
異次元通信機／新ク 4、グラーキの黙示 1
　（「泰音領域」、サウザンブックス）
暗黒星の陥穽／新ク 4、グラーキの黙示 1
　（「ユゴスの坑」、サウザンブックス）
妖虫／新ク 4、グラーキの黙示 1（「昆虫族、
　シャッガイより来る」、サウザンブックス）
ヴェールを剥ぎ取るもの／グラーキの黙示 1
　（サウザンブックス）クトゥルフ神話への
　招待（「ヴェールを破るもの」、扶桑社）
恐怖の橋／グラーキの黙示 1（サウザンブッ
　クス）、クトゥルフ神話への招待（扶桑社）
湖の住人／グラーキの黙示 1（サウザンブッ
　クス）、クトゥルフ神話への招待 2（「湖畔
　の住人」、扶桑社）
ムーン＝レンズ／グラーキの黙示 1（サウザ
　ンブックス）、クトゥルフ神話への招待 2
　（「ムーン・レンズ」扶桑社）
ハイ・ストリートの教会／グラーキの黙示 1
　（サウザンブックス）、漆黒の霊魂（論創
　社）、インスマス年代記 上（学習研究社）
コールド・プリント／グラーキの黙示 2（サ
　ウザンブックス）、〈ナイトランド〉創刊号
　（トライデント・プレス）
誘引／グラーキの黙示 2（サウザンブックス）
嵐の前に／グラーキの黙示 2（サウザンブッ

クス）
フランクリンの章句／グラーキの黙示2（サ
　ウザンブックス）
The Hollow in the Woods
The Darkest Part of the Woods ／ The
　Darkest Part of the Woods（Tor Books）
Three Births of Daoloth（Flame Tree
　Press）
The Last Revelation of Gla'aki（PS
　Publishing）

◎リン・カーター
クトゥルー神話の神神／クト1
クトゥルー神話の魔道書／クト2
ネクロノミコン／魔道書ネクロノミコン外伝
　（学習研究社）
シャッガイ／新ク5、エイボンの書（新紀元社）
炎の侍祭／エイボンの書（新紀元社）
赤い供物／クトゥルーの子供たち
　（KADOKAWA）
奈落の底のもの／クトゥルーの子供たち
　（KADOKAWA）
墳墓の主／新ク5、クトゥルーの子供たち
　（KADOKAWA）
時代より／クトゥルーの子供たち
　（KADOKAWA）
陳列室の恐怖／クトゥルーの子供たち
　（KADOKAWA）
ウィンフィールドの遺産／クトゥルーの子供た
　ち（KADOKAWA）
夢でたまたま／クトゥルーの子供たち
　（KADOKAWA）
「エイボンの書」の歴史と年表について／エ
　イボンの書（新紀元社）
星から来て饗宴に列するもの／エイボンの書
　（新紀元社）
モーロックの巻物／エイボンの書（新紀元社）
深淵への降下／エイボンの書（新紀元社）
暗黒の知識のパピルス／エイボンの書（新紀
　元社）
ヴァーモントの森で見いだされた謎の文書／
　ラヴクラフトの世界（青心社）
レムリアン・サーガシリーズ（早川書房）
ゾンガーと魔道士の王（早川書房）
クトゥルー神話大全（東京創元社）
Something in the Moonlight ／ The Xothic
　Legend Cycle（Chaosium）
The Fishers from Outside ／ The Xothic
　Legend Cycle（Chaosium）
The Shadow from Stars ／〈Crypt of
　Cthulhu〉1988年復活節号
Vengeance of Yig ／ Weird Tales Vol.4
　（Zebra Books）
The Spawn of Cthulhu（Ballantine Book）

◎リチャード・L・ティアニー
Pillars of Melkarth ／ The Gardens of
　Lucullus（Sidecar Preservation Society）
The Drums of Chaos（Chaosium）
The Seed of Star-God ／（）

◎リン・カーター＆クラーク・アシュトン・
　スミス
最も忌まわしきもの／エイボンの書（新紀元社）
窖に通じる階段／エイボンの書（新紀元社）
極地からの光／エイボンの書（新紀元社）

◎L・スプレイグ・ディ・キャンプ＆リン・
　カーター
コナンと毒蛇の王冠（東京創元社）

◎L・スプレイグ・ディ・キャンプ
アル・アジフ Al Azif（アウルズウィック・プレス）

◎ロバート・M・プライス
アトランティスの夢魔／エイボンの書（新紀
　元社）
弟子へのエイボンの第二の書簡、もしくはエ
　イボンの黙示録／エイボンの書（新紀元社）
悪魔と結びしものの魂／クトゥルーの子供た
　ち（KADOKAWA）
Behold, I Stand at the Door and Knock ／
　Cthulhu's Heir（Chaosium）
Gol-Goroth, A Forgotten Old One ／
　〈Crypt of Cthulhu〉1982年聖燭節号

◎ロバート・M・プライス＆リン・カーター
The Strange Doom of Enos Harker ／ The
　Xothic Legend Cycle（Chaosium）

◎ロバート・M・プライス他
エイボンの書（新紀元社）

◎ロバート・M・プライス編
Tales of the Lovecraft Mythos（DelRay）
The Xothic Legend Cycle（Chaosium）
〈Crypt of Cthulhu〉

◎コリン・ウィルソン
精神寄生体（学習研究社）
ロイガーの復活（早川書房）
賢者の石（東京創元社）
宇宙ヴァンパイアー（新潮社）
アウトサイダー（中央公論新社）
夢見る力（河出書房新社）

◎コリン・ウィルソン、ジョージ・ヘイ他
魔道書ネクロノミコン（学習研究社）
ネクロノミコン断章／魔道書ネクロノミコン
　（学習研究社）

◎シモン
Necronomicon（Avon）
Necronomicon Spellbook（Avon）

◎エディ・C・バーティン
Darkness, My Name Is ／ The Disciples of
　Cthulhu（Chaosium）

◎アイザック・アシモフ
終局的犯罪／黒後家蜘蛛の会2（東京創元社）

◎デビッド・ドレイク
轟く密林／新ク7

◎スティーヴン・キング
呪われた村〈ジェルサレムズ・ロット〉／深
　夜勤務（扶桑社）
ザ・スタンド（文藝春秋）
ニードフル・シングス（文藝春秋）
心霊電流（文藝春秋）

◎ロジャー・ゼラズニイ
虚ろなる十月の夜に（竹書房）

◎ヒュー・B・ケイブ
臨終の看護／クト5

◎ロバート・A・W・ローンダス
深淵の恐怖／クト11

◎ロバート・A・W・ローンダス、H・ドク
　ワイラー、フレデリック・ポール
グラーグのマント／クト10

◎ロバート・B・ジョンソン
遥かな地底で／クト13、ク・リトル・リト
　ル神話集（国書刊行会）

◎デイヴィッド・サットン
Daemoniacal ／ The New Lovecraft Circle
　（Del Rey）

◎D・R・スミス
アルハザードの発狂／クト12

◎ドナルド・J・ウォルシュ Jr.
呪術師の指環／新ク5

◎マイクル・シェイ
Fat Face ／ Cthulhu 2000（DelRay）

◎エドワード・P・バーグルンド
The Feaster from the Stars ／ Shards of
　Darkness（Mythos Books）
Sword of the Seven Suns ／ Shards of
　Darkness（Mythos Books）
Visions of Madness ／ Shards of Darkness
　（Mythos Books）
Wings in the Night ／ Shards of Darkness
　（Mythos Books）

◎ジョン・R・フルツ
スリシック・ハイの災難／エイボンの書（新
　紀元社）

◎ウォルター・C・デビル Jr.
Where Yidhra Walks ／ The Disciples of
　Cthulhu（Chaosium）
Predator ／ HPL（Meade and Penny
　Frierson）

◎ブライアン・マクノートン
食屍姫メリフィリア／ラヴクラフトの遺産
　（東京創元社）
謎に包まれた孤島の愛（シーナ・クレイトン
　名義、JMO　日本メールオーダー）

◎ジェイムズ・ブリッシュ
More Light／Hastur Cycle（Chaosium）

◎ジェイムズ・アンブール
The Bane of Byagoona（オンライン公開）

◎アン・K・シュウェーダー
灰色の織り手の物語（断章）／エイボンの書
　（新紀元社）

◎ローレンス・J・コーンフォード
万能溶解液／エイボンの書（新紀元社）
アボルミスのスフィンクス／エイボンの書
　（新紀元社）
ウスノールの亡霊エイボンの書（新紀元社）

◎ジョン・スタンリイ
Ex Libris Miskatonici: A Catalogue of
　Selected Items from the Special
　Collections in the Miskatonic University
　Library（Necronomicon Press）

◎ピーター・トレメイン
ダオイネ・ドムハイン／インスマス年代記
　下（学習研究社）、アイルランド幻想

◎ティナ・L・ジェンス
In His Daughter's Darkling Womb／
　Singers of the Strange Songs
　（Chaosium）

◎ジョン・R・フルツ＆ジョナサン・バーンズ
Wizards of Hyperborea（オンライン公
　開）〈Mythos Online〉1997 年 8 月号、
　9 月号、10 月号、11・12 月合併号

◎ジョゼフ・S・パルヴァー
The Guard Command／〈Crypt of Cthulhu〉
　1998 年ラマッス祭号
Nightmare's Disciple（Chaosium）

◎ドナルド・R・バーリスン
Ghost Lake／Made in Goatswood
　（Chaosium）

◎W・H・パグマイア＆ロバート・M・プライス
The Tree-House／The Dunwich Cycle
　（Chaosium）

◎ケヴィン・ロス
The Music of the Spheres／Made in
　Goatswood（Chaosium）

◎ドナルド・タイスン
ネクロノミコン　アルハザードの放浪（学習
　研究社）

◎ボブ・カラン
A Haunted Mind（New Page Books）

◎エリザベス・ベア
ショゴス開花／S-F マガジン 2010 年 5 月号
非弾性衝突／ラヴクラフトの怪物たち　上
　（新紀元社）

◎キジ・ジョンスン
猫の街から世界を夢見る（東京創元社）

◎アンソロジー
Outsider and others（Arkham House）
Tales of the Cthulhu Mythos（Arkham
　House）
Tales of the Lovecraft Mythos（DelRay）

●日本人作家
◎高木彬光
邪教の神／クトゥルー怪異録（学習研究社）

◎風見潤
クトゥルー・オペラシリーズ、邪神惑星一九
　九九年、地底の黒い神、双子神の逆襲、暗
　黒球の魔神（朝日ソノラマ）

◎栗本薫
グイン・サーガシリーズ、七人の魔道士、夢
　魔の四つの扉（早川書房）
魔界水滸伝（角川書店）

◎新庄節美
地下道の悪魔（学習研究社）

◎殊能将之
黒い仏（講談社）

◎マーク・矢崎
ユダヤの禁書 ネクロノミコン秘呪法（二見
　書房）

◎古橋秀行
斬魔大聖デモンベイン 機神胎動（角川書店）
斬魔大聖デモンベイン 軍神強襲（角川書店）
ド・マリニーの時計／斬魔大聖デモンベイン
　ド・マリニーの時計（角川書店）

◎虚淵玄
Fate/Zero（星海社）

◎逢空万太
這いよれ！ニャル子さん（ソフトバンンクク
　リエイティブ）

◎森瀬繚＆静川龍宗
うちのメイドは不定形（PHP 研究所）

●コミック
◎水木しげる
地底の足音／水木しげる 魍魎 貸本短編名作
　選（ホーム社、2009 年）

◎後藤寿庵
アリシア・Y（一水社、DLsite.com にて電
　子版入手可能）

◎矢野健太郎
邪神伝説シリーズ（学習研究社）

◎渋沢工房
エンジェルフォイゾン（メディアワークス）

◎萩原一至
BASTARD!! 暗黒の破壊神（集英社）

◎アメリカン・コミック
〈アベンジャーズ Avengers〉（Marvel）
〈スワンプシング Swamp Thing〉#8（DC
　Comics）
〈マーベル・プレミア Marvel Premier〉#3
　〜 #14（Marvel）
〈ストレンジ・テイルズ Strange Tales〉
　vol.2 #1 〜 #14（Marvel）
〈蛮人コナン Conan the Barbarian〉#258
　〜 #260（Marvel）
〈インベーダーズ・ナウ！ Invaders now!〉
　#1 〜 #5（Marvel）
〈ウルヴァリン：ファーストクラス
　Wolverlin: First Crass〉#12（Marvel）
The Fish-Men of Nyarl-Amen（National
　Allied Publications）
Creepy #21（Warren）
Chamber of Darkness（Marvel）
Journey into Mystery（Marvel）
Marvel Spotlight（Marvel）
〈バットマン Batman〉#258（DC
　Comics）

●その他
◎円谷プロ
ウルトラマンオーブ完全超全集（小学館）

◎不詳
Alphabet of ben Sirach

◎カール・セーガン
COSMOS 上下／朝日新聞社

◎J・R・R・トールキーン
指輪物語（評論社）

◎ジェイムズ・フレイザー
金枝篇 - 呪術と宗教の研究（国書刊行会）

◎エーリヒ・フォン・デニケン
星への帰還（KADOKAWA）

◎ジョン・ミルトン
失楽園　上下（岩波書店）

◎オヴィディウス
変身物語（岩波書店）

◎ウィリアム・ハイリー・バサースト
Roman antiquities at Lydney park,
　Gloucestershire（Kessinger Pub Co）

◎R・E・M・ウィーラー、T・V・ウィーラー
Report on the Excavation of the
　Prehistoric, Roman, and Post-Roman
　Site in Lydney Park, Gloucestershire

◎ロバート・ルイス・スティーブンソン
子供の詩の園（KADOKAWA ／メディアフ
　ァクトリー）

●映像作品
ダゴン（ライオンズゲート・エンタテイメント）
ウルトラマンティガ（円谷プロダクション）
ウルトラマンティガ THE FINAL ODYSSEY
　（円谷プロダクション）
ウルトラマンオーブ（円谷プロダクション）
インスマウスの影（TBS）
V（ビジター）（ワーナーブラザーズ）
死霊のはらわた（ニューラインシネマ他）

●アナログゲーム
◎クトゥルフの呼び声／クトゥルフ神話
　TRPG ／新クトゥルフ神話 TRPG
クトゥルフの呼び声（HJ）
ヨグ＝ソトースの影（HJ）
殺人リスト／アーカムのすべて（HJ）
ニャルラトテップの仮面（HJ）
TACTICS1989 年 7 月号（HJ）
岡本博信　師資捜奇伝／TACTICS 別冊 ク
　トゥルフ・ワールドツアー（HJ）
コール・オブ・クトゥルフ d20（新紀元社）
クトゥルフ神話 TRPG（KADOKAWA）
キーパーコンパニオン改訂新版
　（KADOKAWA）
ダニッチの怪（KADOKAWA）
ラヴクラフトの幻夢境（KADOKAWA）
マレウス・モンストロルム（KADOKAWA）
星辰正しき刻（KADOKAWA）
Where a god shall tread ／ At Your Door
　（Chaosium）
The Curse of Chaugnar Faugn ／ Curse of
　the Cthonians（Chaosium）
Tell Me, Have You Seen the Yellow
　Sign? ／ The Great Old Ones
　（Chaosium）
A Resection of Time（Chaosium）
Spawn of Azathoth（Chaosium）
The Wild Hunt ／ Unseen Masters
　（Chaosium）

The Sundial of Amen-Tet ／ Lurking Fears
　（Chaosium）
Delta Green（Pagan Publishing）

◎暗黒神話 TRPG トレイル・オブ・クトゥルー
暗黒神話 TRPG トレイル・オブ・クトゥルー
　（新紀元社）
地獄の業火／宇宙の彼方より（新紀元社）
評判修理者／宇宙の彼方より（新紀元社）

◎ダンジョンズ＆ドラゴンズ
Advanced Dungeons&Dragons 1st Edition
　Monster Manual（TSR）
Descent into the Depths of the Earth
　（TSR）
Deities & Demigods 1st Edition（TSR）
The Gates of Firestorm Peak（TSR）
次元界の書（WotC）
〈Strategic Review#1（TSR）
〈DRAGON〉#78（TSR）

◎その他
Gateway Bestiary（Chaosium）
トンネルズ＆トロールズ（社会思想社）
カザンの闘技場（社会思想社）
ガープス妖魔夜行（角川書店）
迷宮キングダム（新紀元社）
異界戦記カオスフレア（新紀元社）
ビーストバインド・トリニティ
　（KADOKAWA）
ネットゲーム 88（遊演体）
ネットゲーム 90 蓬莱学園の冒険！（遊演体）

●デジタルゲーム
アトラク＝ナクア（アリスソフト）
ラプラスの魔（ハミングバード・ソフト）
黒の断章（アボガドパワーズ）
ク・リトル・リトル（BlackCyc）
MARVEL VS CAPCOM シリーズ
　（CAPCOM）
斬魔大聖デモンベイン（ニトロプラス）
機神飛翔デモンベイン（ニトロプラス）
カオスコード（FKDigital）
ファイナルファンタジー（スクウェア）
ファイナルファンタジー 11（スクウェア・
　エニックス）
ファイナルファンタジー 12（スクウェア・
　エニックス）

森瀬繚（もりせ・りょう）
ライター、翻訳家。TVアニメやゲームのシナリオ／小説の執筆の他、各種媒体の作品で神話・歴史
考証に携わる。クトゥルー神話研究家として数多くの著書があり、翻訳者としてはS・T・ヨシ
『H・P・ラヴクラフト大事典』（日本語版監修、エンターブレイン）、H・P・ラヴクラフト作品集
「新訳クトゥルー神話コレクション」（星海社、既刊5冊）、ブライアン・ラムレイ『幻夢の英雄』
（青心社）、ラムジー・キャンベル『グラーキの黙示』（サウザンブックス社、既刊2冊）などがある。
http://chronocraft.jp/

クトゥルー神話解体新書

2022年12月28日　初版第1刷発行
2024年12月12日　　　第2刷発行

著　　者　森瀬繚
イラスト　池田正輝、鷹木骰子、ねなし、Nottsuo、dys、アオガチョウ、海野なまこ、鯵屋槌志
協　　力　立花圭一、butahebi、海星プロポーザル、渦巻栗、竹岡啓
装　　丁　岩堀将吾

編集人　村田惠大
発行人　中澤慎一
製　版　株式会社山栄プロセス
印　刷　大日本印刷株式会社
発行所　〒171-8553　東京都豊島区高田3-7-11　株式会社コアマガジン
電　話　03-5952-7812（編集部）　03-5950-5100（営業部）

ISBN978-4-86653-648-4

本書の一部または全部を無断で複製複写（コピー・スキャン・デジタル化等）すること、または
本書の複製物の一部または全部を無断で譲渡し、もしくは配信することは、著作権法上での例外
を除き禁じられています。本書を代行業者等の第三者に依頼して複製複写（コピー・スキャン・
デジタル化等）することは、たとえ個人や家庭内での利用でも著作権法違反となります。

乱丁・落丁本は送料弊社負担にてお取り替えいたします。ただし中古でお求めいただいたものは
お取り替えいたしかねますので、購入された書店を明記の上弊社営業部までお送りください。